教育部人文社会科学重点研究基地

安徽师范大学中国诗学研究中心 编

中國詩學研究

第十九辑

凤凰出版社

图书在版编目（CIP）数据

中国诗学研究. 第十九辑 / 安徽师范大学中国诗学研究中心编. -- 南京：凤凰出版社，2021.6
ISBN 978-7-5506-3453-4

Ⅰ. ①中… Ⅱ. ①安… Ⅲ. ①诗歌研究－中国－丛刊 Ⅳ. ①I207.22-55

中国版本图书馆CIP数据核字(2021)第114716号

书　　　名	中国诗学研究（第十九辑）
编　　　者	安徽师范大学中国诗学研究中心
责 任 编 辑	徐珊珊
装 帧 设 计	徐　慧
出 版 发 行	凤凰出版社（原江苏古籍出版社）
	发行部电话 025-83223462
出版社地址	江苏省南京市中央路165号，邮编：210009
出版社网址	http://www.fhcbs.com
照　　　排	南京凯建文化发展有限公司
印　　　刷	江苏凤凰数码印务有限公司
	江苏省南京市栖霞区尧新大道399号，邮编：210038
开　　　本	787毫米×1092毫米　1/16
印　　　张	13.75
字　　　数	259千字
版　　　次	2021年6月第1版
印　　　次	2021年6月第1次印刷
标 准 书 号	ISBN 978-7-5506-3453-4
定　　　价	88.00元

（本书凡印装错误可向承印厂调换，电话：025-57718474）

《中国诗学研究》编委会

学术顾问：刘跃进　　莫砺锋　　钟振振
　　　　　胡晓明　　丁　放
主　　编：胡传志
执行主编：潘务正
编　　委：胡传志　　刘运好　　武道房
　　　　　潘务正　　韩震军
执行编辑：任　群　　胡　健　　程　诚

目 录

诗学研究

陆游的故都想象 ………………………………………………… 胡传志 1
"但以古诗为师,一意于道"
　　——陆九渊的《诗经》研究 ……………………………… 叶文举 12
方回《瀛奎律髓》的分类及其意义 …………………………… 胡　健 21
《诗译》与明代《诗经》学 ……………………………………… 陈　勇 35
论清代苏诗评点的学术价值 …………………………… 樊庆彦 刘　佳 49
自我的疏离与确认:男子对镜诗词的书写范式 ……………… 庞明启 65
余事为诗亦可观
　　——读宛敏灏、张涤华、祖保泉《赭山三松集》 ……… 张应中 80
中日古代秀句文化比较
　　——以《文镜秘府论》与日本平安朝秀句批评为中心 … 辛　文 91

诗学文献研究

读杜新札 ………………………………………………………… 蔡国强 101
元稹《三遣悲怀》写作年代考 ………………………………… 刘　剑 119
萧颖士集"李采访"考 …………………………………………… 严寅春 128
《惜抱轩尺牍》:开启姚鼐与乾嘉时期桐城派研究的管钥 …… 卢　坡 137

词学研究

近百年来清词研究范式的形成与发展 ………………………… 陈水云 149
谢逸《溪堂词》考论 …………………………………………… 邢云龙 166

宋元时期作词法文献考述 ··· 郝文达 182
"声学"观与晚清词学批评的新拓 ······································· 昝圣骞 197

新书推介

历史视野与文学本位的双重考察
　　——评金生奎《明代杜诗接受研究》 ························· 潘天英 212

| 诗学研究 |

陆游的故都想象

胡传志

摘 要：南宋前期，朝野兴起怀念北宋故都的思潮。陆游加入其中又显示出不同于北宋移民的个性。他美化北宋故都往昔的承平繁华，感叹今昔巨变，怀念宗泽等抗金英雄；他想象沦于敌手的故都，将之荒漠化、民族化，痛恨占据故都的敌人，关心期待恢复的遗民；他期盼能有中唐李晟那样的名将，收复故都，尽管现实中张诏、辛弃疾等志士无法建立功名，故都未来不可期，但陆游始终没有放弃宋廷重回故都的梦想。

关键词：陆游　故都　开封　洛阳

靖康年间，大批官员、百姓与皇室一同逃往杭州，"大驾初驻跸临安，故都及四方士民商贾辐辏"①，随着临安由行在变为皇都，他们再也回不了北宋故都。于是，越发怀念北宋两京（东京开封和西京洛阳），怀念故都的饮食娱乐，怀念故都的梅花和牡丹，怀想故都的承平与繁华，在这种怀旧思潮作用下，催生出集体记忆汴京的名著——孟元老的《东京梦华录》。陆游虽然没有北宋故都的生活记忆，但他出生于其父亲赴汴京途中，所谓"少傅奉诏朝京师，舣船生我淮之湄。宣和七年冬十月，犹是中原无事时"②，"我生学步逢丧乱，家在中原厌奔窜"③，加之他与许多北宋故老有交往，耳濡目染，真切地感受到怀念北宋故都的时代思潮，他自然难以置身事外。何况他念念不忘恢复大业，故都具有独一无二的政治象征意义，因此他在诗文中反复书写旧京、故都、东都、京师、两京，以行动加入怀念故都的时代大潮之中，并以此来寄托收复故国的爱国情感；同时，又表现出不同于孟元老那些北

---

① 陆游：《老学庵笔记》卷八，见陆游撰，钱仲联、马亚中主编：《陆游全集校注》，浙江教育出版社2011年版，第11册，第437页。

② 陆游撰，钱仲联校注：《剑南诗稿校注》卷三三《十月十七日，予生日也，孤村风雨萧然，偶得二绝句。予生于淮上，是日平旦，大风雨骇人，及予堕地雨乃止》，上海古籍出版社1985年，第4册，第2199页。

③ 《剑南诗稿校注》卷三八《三山杜门作歌五首》（其一），第5册，第2455页。

宋移民的个性。

一、故都往昔

故都日益远去，原本日常的太平与繁华如同梦幻，越发令人怀想。陆游在阅读吕希哲所撰《岁时杂记》时，意识到这本记载北宋风俗著作的特殊价值："承平无事之日，故都节物及中州风俗，人人知之，若不必记。自丧乱来七十年，遗老凋落无在者，然后知此书之不可阙。"①故都沦陷七十多年，故都的节物与风俗，成了值得珍惜的美好往事。

像很多北宋流亡南方的移民一样，陆游深情地描述北宋故都往昔的盛况，并表现出进一步美化的倾向。《老学庵笔记》记载汴京贵族女子的奢靡生活："京师承平时，宗室戚里岁时入禁中，妇女上犊车，皆用二小鬟持香球在旁，而袖中又自持两小香球。车驰过，香烟如云，数里不绝，尘土皆香。"②这些贵妇乘牛车，携侍女，侍女手持散发着"香烟"的香球，不仅如此，这些贵妇还在衣袖里夹带两个小香炉式的"香球"，车队过后，香烟缭绕，如云一般，绵延数里，芳香四溢，连尘土都散发着香气。这比辛弃疾笔下"宝马雕车香满路"的元宵节庆还要铺排，陆游所载不免有所夸饰。

对于西京洛阳，陆游痴迷其天下闻名的牡丹，有《梦至洛中观牡丹，繁丽溢目，觉而有赋》："两京初驾小羊车，憔悴江湖岁月赊。老去已忘天下事，梦中犹看洛阳花。"③晚年在家乡欣赏牡丹，又与洛阳牡丹比较起来："洛阳牡丹面径尺，鄜畤牡丹高丈余。世间尤物有如此，恨我总角东吴居。"④他为此生未能至洛阳欣赏牡丹而遗憾。他的《鹧鸪天》词通篇用洛阳相关的风物、故实，写洛阳樱桃、春笋等风物以及邵雍、司马光等名士的风流雅韵："杖屦寻春苦未迟，洛城樱笋正当时。三千界外归初到，五百年前事总知。　　吹玉笛，渡清伊，相逢休问姓名谁。小车处士深衣叟，曾是天津共赋诗。"⑤这些都透出美化故都的迹象。

陆游对故都的怀念没有止于对这类风物美味、昔日繁华的艳羡，而是向前迈进一步，抒发今昔沧桑的感慨。同是记载故都李和家的畅销食品，《东京梦华录》卷八记载了他家刚上市的"鸡头"（芡实），"一裹十文"的价格，"小新荷叶"配以细红绳子的包装，银皮、鲜嫩

---

① 陆游撰，马亚中、涂小马校注：《渭南文集校注》卷二八《跋吕侍讲〈岁时杂记〉》，浙江古籍出版社2015年版，第3册，第223页。
② 《老学庵笔记》卷一，见《陆游全集校注》，第11册，第165页。
③ 《剑南诗稿校注》卷二七，第4册，第1914页。
④ 《剑南诗稿校注》卷八二《赏小园牡丹有感》，第8册，第4395页。
⑤ 陆游：《放翁词校注》卷下，见《陆游全集校注》，第8册，第441页。

的品质,可谓详尽、诱人。而《老学庵笔记》记载李家的炒栗,只是"名闻四方,他人百计效之,终不可及"寥寥几语带过,至于其品质、价格、口味等都略而不提,随后转写绍兴十四年(1144)陈康伯与钱恺出使金国的奇遇:他们一行到达燕山,"忽有两人持炒栗各十裹来献,三节人亦人得一裹",而这两位无偿赠送炒栗之人自称是李和之子,赠栗人最后"挥涕而去"①。在他们向南宋使节赠送炒栗的行为中,寓含了多少物是人非、时事变易、今非昔比的感慨!很显然,陆游的叙述重点已经从李氏炒栗的美味转向家国沦丧的时代巨变,时间也从北宋末年迁移到了南宋前期。

宋室南迁之后,有些北宋故都的生活方式得以延续到了杭州,有药店打起"东京石朝议女婿乐驻泊药铺"②的招牌,充分体现出这种移植努力。可是,易地以处,谈何容易!有些生活方式已经失去了赖以依靠的物质条件。譬如陆游记载故都皇家所用的木炭,对形状、大小、纹路、颜色都有苛求,"率斫作琴样,胡桃纹,鹁鸽青"③,到了南宋,这一无谓的讲究越来越难以得到满足。绍兴初年,不得不废除旧制,选用本地产的土木炭。

对北宋故都奢华的日常生活,南宋人还有一些附会和歪曲。如陆游记载,靖康初,"京师织帛及妇人首饰衣服,皆备四时。如节物则春旛、灯球、竞渡、艾虎、云月之类,花则桃、杏、荷花、菊花、梅花,皆并为一景,谓之一年景。而靖康纪元果止一年,盖服妖也"④。富足人家准备四季物品和花卉,原本是很正常的事,也未必起源于靖康元年,只是人们在大难过后,痛定思痛,恍惚间将一些偶然现象玄虚化,当成不祥的征兆,虽然牵强,但不失为对奢华生活的一种警醒。

至于名满天下的洛阳牡丹,也是盛颜不再,今非昔比。"洛阳春信久不通,姚魏开落胡尘中"⑤,它所象征的富贵也已烟消云散。"曩者过洛阳,宫阙侵云起。今者过洛阳,萧然但荒垒。……世事茫茫几成坏,万人看花身独在。"⑥

在日常生活之外,陆游怀念北宋承平时强大的国力和兴盛的文化。他观看李公麟的画马图,写下《龙眠画马》诗。该诗既不从绘画写起,也不从北宋开端,而是从南宋缺少骏马落笔:"国家一从失西陲,年年买马西南夷。瘴乡所产非权奇,边头岁入几番皮。崔嵬瘦骨带火印,离立欲不禁风吹。圉人太仆空列位,龙媒汗血来何时?"南宋从西南一带买回的马匹瘦小羸弱,不堪作战,陆游感叹,南宋何时才能拥有所向无前的汗血宝马?随后才进

---

① 《老学庵笔记》卷二,见《陆游全集校注》,第11册,第238页。
② 《老学庵笔记》卷八,见《陆游全集校注》,第11册,第437页。
③ 《老学庵笔记》卷五,见《陆游全集校注》,第11册,第353页。
④ 《老学庵笔记》卷二,见《陆游全集校注》,第11册,第255页。
⑤ 《剑南诗稿校注》卷八《张园海棠》,第2册,第644页。
⑥ 《剑南诗稿校注》卷一三《步虚四首》(其三),第3册,第1044页。

入正题,遥想当年李公麟在故都任职的年代,他常常能见到产自西北的各色神马,从而将之写入画图:"李公太平官京师,立仗惯见渥洼姿。断缣岁久墨色暗,逸气尚若不可羁。"李公麟的绘画尽管已过百年,色泽也有所暗淡,但神马英姿勃发,仍然透出不可羁勒的骏逸之气。陆游最后又回到现实中来,抒发驱马故国的联想:"赏奇好古自一癖,感事忧国空余悲。呜呼,安得毛骨若此三千匹,衔枚夜度桑干碛。"①从杜甫的"安得广厦千万间,大庇天下寒士俱欢颜"到白居易"安得万里裘,盖裹周四垠。稳暖皆如我,天下无寒人"(《新制布裘》),都注重物质生活层面,陆游沿用"安得"句式,转向杀敌复国大业。全诗名为《龙眠画马》,真正描写画马的内容不足三分之一,画马只是引发他现实感慨的媒介,如果将题目掩去,"李公太平官京师"云云更像是对北宋故都承平的追忆。

陆游还有一首相对纯粹的题画诗《题赵生画》。赵生是宣和末年活跃于京师的画家赵廉,曾得到宋徽宗的宠幸:"东都画手排浮萍,天子独赏一赵生。幅缣尺纸皆厚赐,众史妒娟都人惊。"这样红极一时的画家,靖康之难后,他的画作几乎全部失传,难得一见:"尔来一笔不复见,好事往往空闻名。"万幸的是,还有一幅画作传世,让与陆游一同观赏的廉仲宣称赞不已,百看不厌:"奇哉此独出劫火,论价直恐千金轻。老廉博士最别识,一见自谓双眼明。老夫寓居旱河上,矮轴正向幽窗横。饭余扪腹看不厌,林外重阁高峥嵘。"②该诗虽然没有直接抒发现实感慨,但在书写赵廉往昔故都的得意生活时,寄寓了对北宋承平风流的向往之情。

作为诗人,陆游当然瞩目那些生逢北宋盛世的诗人。他在《梅圣俞别集序》中说:"先生当吾宋太平最盛时官京洛,同时多伟人巨公,而欧阳公之文,蔡君谟之书,与先生之诗,三者鼎立,各自名家。"③庆历年间,欧阳修、蔡襄、梅尧臣等人一时名流云集京洛,为北宋盛事。所以,他很早就希望能回到北宋,追陪这些伟人巨公,"复古主盟须老手,勉追庆历数公间"④。

在陆游心目中,故都还是宋王朝宗庙所在地,是赵宋王朝的根本所在,"故国吾宗庙,群胡我寇仇"⑤。北宋史学家宋敏求《东京记》上卷记载宫城,中卷记载旧城,下卷记载新城,"三城之内宫殿、官府、坊巷、第宅、寺观、营房,次第记之"⑥。陆游阅读该书时,想象故都的历史与位置,"煌煌艺祖中天业,东都实宅神明奥",当年宋太祖赵匡胤打下江山,定都

---

① 《剑南诗稿校注》卷五,第1册,第451—452页。
② 《剑南诗稿校注》卷五二,第6册,第3110页。
③ 《渭南文集校注》卷一五,第2册,第140页。
④ 《剑南诗稿校注》卷一《寄别李德远二首》(其二),第1册,第97页。
⑤ 《剑南诗稿校注》卷一九《纵笔二首》(其二),第3册,第1514页。
⑥ 陈振孙撰,徐小蛮、顾美华点校:《直斋书录解题》卷八,上海古籍出版社,2015年,第241页。

开封,故都以及周边都是片神明之地,值得永远怀念:"永怀河洛间,煌煌祖宗业。上天祐仁圣,万邦尽臣妾。"①他又想象故都标志性的建筑——景灵宫,那里供奉着北宋列朝皇帝,"元丰景灵,列圣攸居"②,尽管后来为金人侵占,但一直是北宋王朝的象征,"景灵太庙威神在,北乡恸哭犹可告"③。身在南宋的臣民时时向北面对景灵宫,诉说思念北宋故都之心。在《楼上醉书》中,陆游说:"故都九庙臣敢忘?祖宗神灵在帝旁。"④因此,故都具有神圣的性质,多次被称为"神京",具有独一无二的尊崇地位,如陆游所说:"羲皇受图抚上古,神禹治水开中原。三灵实扶艺祖业,万国共仰东都尊。"⑤

故都是人才聚集之地,"温洛荣河拱旧京,从来人物富豪英"⑥,特别是那些生活在北宋末年英勇抗敌的将领们,是陆游怀念的重点。著名主战派代表宗泽(1060—1128)临危受命,先担任兵马副元帅,抵抗来敌,后又留守开封,召集义兵,"宗泽守东都,巨盗来归百万,号宗爷"⑦。宗泽直到病危时仍然调遣军队,筹备北伐,"大呼过河者三"。宗泽属于北宋,属于东都。陆游几次想起他的英雄壮举,都感慨淋漓:"君不见昔时东都宗大尹,义感百万虎与狼。疾危尚念起击敌,大呼过河身已僵。"⑧可惜宗泽这样的抗敌名将太少。陆游在蜀中拜谒张咏祠,缅怀他平定蜀中动乱的功绩,联想到北宋末年的战争,感叹再也没有像张咏这样的将领为国杀敌:"时无忠定公,孰能折其奸?"⑨

二、故都当下

金兵攻入开封,给开封带来重创。大量民众逃离,人口骤减,繁华消歇,百业萧条,城池残破荒废。南宋少数外交官有机会重回故都,陆游无此机缘,他对故都当下的描写,主要凭借一些传闻和想象。

陆游想象故都自从北宋南迁之后化为丘墟,"神京遂丘墟,迄今天步艰"⑩,"万乘久巡

---

① 《剑南诗稿校注》卷八《登城》,第2册,第662页。
② 《渭南文集校注》卷一六《洞霄宫碑》,第2册,第188页。
③ 《剑南诗稿校注》卷七《夜读东京记》,第2册,第592页。
④ 《剑南诗稿校注》卷八,第2册,第630页。
⑤ 《剑南诗稿校注》卷二〇《送潘德久使蓟门》,第3册,第1571页。
⑥ 《剑南诗稿校注》卷二二《有感》,第4册,第1653页。
⑦ 《剑南诗稿校注》卷二七《书愤》自注,第4册,第1906页。
⑧ 《剑南诗稿校注》卷二〇《感秋》,第3册,第1537页。
⑨ 《剑南诗稿校注》卷三《拜张忠定公祠二十韵》,第1册,第285页。
⑩ 《剑南诗稿校注》卷三《拜张忠定公祠二十韵》,第1册,第285页。

狩,两京尽丘墟"①。故都荆棘丛生,荒芜破败,"洛阳化为灰,棘生铜驼陌"②,"坐令河洛间,百郡暗荆棘"③,"清汴透迤贯旧京,宫墙春草几番生"④。故都甚至阴森恐怖,"故都即今不忍说,空宫夜夜飞秋磷"⑤。在他看来,故都皇家宫殿闲置,已经变得荒凉冷清,鬼火闪烁。陆游还喜欢用沙尘之类词语形容故都景象。客观地说,北宋开封一带自然环境不及山清水秀的杭州。范成大出使金国,到了开封,遭遇沙尘天气。其《市街》诗云:"梳行讹杂马行残,药市萧骚土市寒。惆怅软红佳丽地,黄沙如雨扑征鞍。"⑥陆游一方面将故都进一步沙漠化,"烟尘漠漠暗两京"⑦,"漠漠秋风吹房尘"⑧;一方面将之主观化、民族化,由写实过渡到象征,以胡沙、胡尘来形容入侵中原、盘踞在故都的女真敌人。绍兴三十一年(1161),光禄寺丞李浩因言辞激烈屡中时弊,名扬一时,却不容于朝廷,不得不急流勇退,奉祠回归老家临川(今江西抚州)。周必大、王十朋、陆游等一干名流为他写诗送行。陆游《送李德远寺丞奉祠归临川》在写送别惜别之情的同时,称赞其正直的德行和突出的名声,肯定其辞官归乡的高举,第三联突然插入"旰食烦明主,胡沙暗旧京"⑨两句,意谓王十朋、李浩等一批能臣先后去官,那国事就有劳圣明的皇上日夜操持了。颂圣的言语中,含有一些微词。陆游认为,宋高宗最应该宵夜旰食的事就是任用一些能臣干将,收复北方失地,而北宋故都为"胡沙"所笼罩,一片昏暗,三十年后,陆游对"旰食烦明主,胡沙暗旧京"这两句仍然很满意,因为"颇为前辈所称",同时继续感慨"岂知三十余年后,河洛胡尘讫未平"⑩。

敌人是陆游故都想象中的大患。陆游怀有强烈的民族情绪,称女真等北方民族统治者为胡虏、犬羊之类,充满鄙视、仇恨、愤激之情。他在《夜读东京记》中痛恨崛起于东北的女真族背叛北宋王朝的荫庇恩德,入侵中原,"海东小胡辜覆冒,敢据神州窃名号……即今犬豕穴宫殿,安得帚头下除扫"⑪。他在《夜闻大风感怀赋吴体》里想象被敌人占领的故都,仿佛受到了污染:"故都宫阙污膻腥,原野久稽陈大刑。"⑫同范成大出使途中所写的

---

① 《剑南诗稿校注》卷二〇《夜读兵书》,第 3 册,第 1546 页。
② 《剑南诗稿校注》卷三《先主庙次唐贞元中张俨诗韵三首》(其三),第 291 页。
③ 《剑南诗稿校注》卷一八《燕堂独坐意象殊愤愤起登子城作此诗》,第 3 册,第 1401 页。
④ 《剑南诗稿校注》卷一八《书愤》,第 3 册,第 1420 页。
⑤ 《剑南诗稿校注》卷一四《读书》,第 3 册,第 1142 页。
⑥ 范成大撰:《范石湖集》卷一一《市街》,上海古籍出版社 1981 年版,第 148 页。
⑦ 《剑南诗稿校注》卷九《晚登子城》,第 2 册,第 719 页。
⑧ 《剑南诗稿校注》卷一四《观张提刑周鼎》,第 3 册,第 1130 页。
⑨ 《剑南诗稿校注》卷一,第 1 册,第 38 页。
⑩ 《剑南诗稿校注》卷三三《夜阅箧中书,偶得李德远数帖,因思昔相从时所言,后多可验,感叹有作》,第 4 册,第 2182 页。
⑪ 《剑南诗稿校注》卷七,第 2 册,第 591 页。
⑫ 《剑南诗稿校注》卷一六,第 3 册,第 1232 页。

《宣德楼》如出一辙:"峣阙丛霄旧玉京,御床忽有犬羊鸣。他年若作清宫使,不挽天河洗不清。"①这说明,陆游在山阴的故都遥想与范成大的实地感受基本一致。

随着女真族完全控制北方失地,女真族已经在故都安家落户,传宗接代。"中原宋舆图,今乃传胡雏"②,"东都宫阙郁嵯峨,忍听胡儿敕勒歌"③。北方民族的儿童用他们的语言在北宋故都悠然地唱起他们本民族的歌曲,如同范成大所见,"虏乐悉变中华"④,进而影响到了汉族儿童,连同故都的汉族儿童也开始说起女真语言。乾道八年(1172),韩元吉出使金国,在汴京参加宴会,作《好事近·汴京赐宴闻教坊乐有感》词,后寄给陆游。陆游次年作《得韩无咎书寄使虏时宴东都驿中所作小阕》,在韩词基础上加以引申:"上源驿中捶画鼓,汉使作客胡作主。舞女不记宣和妆,庐儿尽能女真语。"⑤江山易主,那些舞女完全没有北宋装扮,仆人全部会说女真话了。韩元吉原词中没有上源驿、宣和妆、庐儿胡语之类的内容,除非韩元吉在给他的书信中另有介绍,否则这一切都是陆游的合理想象。淳熙四年(1177),陆游在眉州送范成大回杭州,原本与北宋故都没有关系,与范成大使金也相隔六七年,但陆游仍然流下"忧国泪":"君如高光那可负,东都儿童作胡语。常时念此气生瘿,况送公归觐明主。"⑥生逢汉高祖、光武帝一样的明君,不能辜负圣主,一想到东都儿童深受女真族的影响,说起女真语,就异常愤怒。他担心,长此以往,故都民心适应了女真统治,还如何收复故国?至于东都是否真有多少汉族儿童会说女真语,亲历北方的外交使节们没有这方面的突出感受,即使有,也应该是少数,甚至是个案。毕竟在民族文化融合中,汉族为主的中原文化优势基本没有改变过,只有进入中原的女真族放弃女真语,而不见中原汉族民众放弃汉语,改习女真语。

故都大量遗民是陆游的另一牵挂。淳熙三年(1176),陆游在成都作《病起书怀》诗,想到故都遗民:"天地神灵扶庙社,京华父老望和銮。"⑦次年,又作《登城》诗曰:"遗民世忠义,泣血受污胁。"⑧绍熙二年(1191)秋,陆游在家乡想象故都遗民,其《秋思》诗云:"中原形胜关河在,列圣忧勤德泽深。遥想遗民垂泣处,大梁城阙又秋砧。"⑨立意与第二年所作的七言绝句《秋夜将晓出篱门迎凉有感二首》(其二)相同,后两句与"遗民泪尽胡尘里,南

---

① 《范石湖集》卷一一,第148页。
② 《剑南诗稿校注》卷三三《悲歌行》,第4册,第2209页。
③ 《剑南诗稿校注》卷一八《纵笔三首》(其二),第3册,第1417页。
④ 《范石湖集》卷一一《真定舞》,第154页。
⑤ 《剑南诗稿校注》卷四,第1册,第371页。
⑥ 《剑南诗稿校注》卷八《送范舍人还朝》,第2册,第651页。
⑦ 《剑南诗稿校注》卷七,第2册,第578页。
⑧ 《剑南诗稿校注》卷八,第2册,第662页。
⑨ 《剑南诗稿校注》卷二三,第4册,第1691页。

望王师又一年"相比,更加突出秋天,更加突出故都遗民,"又秋砧"显得更加含蓄有味。随着时间的推移,许多北宋遗民陆续作古,十年后,陆游再作《谢韩实之直阁送灯》诗,感叹"东都父老今谁在,肠断当时谏浙灯"①,东都父老消亡殆尽,再没有人像苏轼那样上奏《谏买浙灯状》了。南宋收复故都失去了内应,不免会进一步加重陆游的失望与悲伤。

三、故都未来

"何时复两京?"②这是陆游念念不忘的挂念。陆游梦寐以求的理想是收复故国,回到故都。遗憾的是,"死去元知万事空,但悲不见九州同",陆游最终没有迎来故都美好的未来。

陆游期盼能有中唐李晟那样的名将收复故都。李晟勇武绝伦,号称"万人敌",屡建战功。泾原兵变之后,李晟率众勤王,平定朱泚之乱,收复长安,被封为西平王。陆游《长歌行》:"人生不作安期生,醉入东海骑长鲸。犹当出作李西平,手枭逆贼清旧京。"③李晟是清除旧京敌人的良将,是陆游敬仰的英雄。如果有李晟这样的将军,就可望轻而易举地收复故都。《悲歌行》:"谈笑复旧京,令人忆西平。"④而实际上,英雄难觅,如《秋夜思南郑军中》所说:"盛事何由观北伐,后人谁可继西平?"⑤

现实中即使有爱国志士,也不会得到重用。张俊部将张诏因功被擢升为和州知州,淳熙年间曾出使金国,面对北方接伴使的挑衅,机智应对,受到孝宗的嘉奖,转任兴州知州,深得人心。淳熙九年(1182),陆游在家乡作《观张提刑周鼎》,当时张诏已任江东提刑。张诏喜欢收藏文物,买到一件周鼎,请陆游观赏。陆游赞叹一番之后,结尾四句说:"知公原是功名人,看罢握手同悲辛。镐京洛邑在何许,漠漠秋风吹房尘。"⑥张诏原本具有功名心,也有建立功业的能力,可惜人生无奈,未能纵横沙场,功名蹉跎,渐渐热衷于古玩。陆游感慨,这件周鼎的故地周王的故都镐京和洛邑现在已经沦于敌手,令人悲伤。著名爱国词人辛弃疾更是文武双全的干才,自北方投奔南宋,辗转各地,赋闲多年。嘉泰三年(1203),六十四岁的辛弃疾被起用,出任陆游家乡绍兴知府兼浙东安抚使,次年辛弃疾应

---

① 《剑南诗稿校注》卷五二,第 6 册,第 3103 页。
② 《剑南诗稿校注》卷六二《残年》,第 7 册,第 3561 页。
③ 《剑南诗稿校注》卷五,第 1 册,第 467 页。
④ 《剑南诗稿校注》卷三三,第 4 册,第 2209 页。
⑤ 《剑南诗稿校注》卷六三,第 7 册,第 3591 页。
⑥ 《剑南诗稿校注》卷一四,第 3 册,第 1130 页。

召赴临安,商量国事。他建言:"夷狄必乱必亡,愿付之元老大臣,务为仓猝可以应变之计。"①陆游在《送辛幼安殿撰造朝》中先称赞其文学才华以及赋闲十年的隐居经历,然后转写当下:

忽然起冠东诸侯,黄旗皂纛从天下。圣朝仄席意未快,尺一东来烦促驾。大材小用古所叹,管仲萧何实流亚。天仙挂帔或少须,先挽银河洗嵩华。中原麟凤争自奋,残虏犬羊何足吓。但令小试出绪余,青史英豪可雄跨。古来立事戒轻发,往往谗夫出乘罅。深仇积愤在逆胡,不用追思灞亭夜。②

在陆游看来,辛弃疾出任浙东官职,仍然是大材小用,他认为,辛弃疾能够成就管仲、萧何一样的事业,此次召见,说不定会受命出征,率先收复故都一带。同时,陆游又善意告诫辛弃疾,谨慎行事,不能轻率出兵,防止小人挑拨离间,中伤诬陷。

陆游在绍熙三年(1192)还作有两首《老将》绝句:

忆昔东都有事宜,夜传帛诏起西师。功名无分身空在,犹指金创说战时。

百战西归变姓名,悲歌击筑醉湖城。貂裘换得金鸦觜,种药南山待太平。③

从字面上来看,这位北宋老将曾经带兵到开封勤王,负过刀箭伤,却没有立下功名,后来回到家乡,隐姓埋名,躬耕山野,盼望太平。实际上,该年离靖康之难已达66年之久,如果这位老将在世,应该有八九十岁高龄。所以,很可能这位老将"不一定有其人"④,陆游只是寄托一种怀想罢了。

虽然张诏、辛弃疾等人终究无用武之地,陆游仍然希望能有强大的王师去收复故都。"安得铁衣三万骑,为君王取旧山河"⑤,可是这也只是奢想,"中原阻绝王师老"⑥。无奈之下,陆游只能在诗中一骋想象。其《出塞曲》以"唾壶麈尾事儿嬉"的"京都贵公子"作比,表现北伐壮士的声威和阵势:"佩刀一刺山为开,壮士大呼城为摧。三军甲马不知数,但见动

---

① 李心传撰:《建炎以来朝野杂记》乙集卷一八,中华书局,2000年,第825页。
② 《剑南诗稿校注》卷五七,第6册,第3314—3315页。
③ 《剑南诗稿校注》卷二五,第4册,第1779—1780页。
④ 疾风选注:《陆放翁诗词选》,浙江人民出版社,1958年,第195页。
⑤ 《剑南诗稿校注》卷一八《纵笔三首》(其二),第3册,第1417页。
⑥ 《剑南诗稿校注》卷九《次韵季长见示》,第2册,第748页。

地银山来。"①《军中杂歌八首》(其八)想象军旅情景:"北庭茫茫秋草枯,正东万里是皇都。征人楼上看太白,思妇城南迎紫姑。"②战士们在西北作战,心中念着皇都,准备收复开封。战士们望着太白星,盼望蚀月,盼望敌人消亡,思妇们则在城南迎奉紫姑神,祈求蚕桑丰收。皇都是征人和思妇的感情交集中心。陆游在梦中跟随大驾亲征,尽复汉唐故地,到了凉州,发现"凉州女儿满高楼,梳头已学京都样"③。京都的发式居然风靡到了边疆,可见京都的巨大影响力。

时无英雄,为了故都及北方失地,陆游一直幻想奔赴战场,为国杀敌。他听见战鼓与号角,激起他的斗志,作《闻鼓角感怀》:"亿万遗民望来苏,艺祖有命行天诛。皇明如日讵敢诬,拜手乞赐丈二殳。中原烟尘一扫除,龙舟溯汴还东都。"④他梦想手执兵器,消灭敌人,然后乘着龙舟,顺着汴河,回到故都。但朝廷主和,加之日益老去,他再也不可能上前线。"常恐埋山丘,不得委锋镝。立功老无期,建议贱非职。"⑤遥想故都,隔江阻淮,荆棘铜驼,"丹心自笑依然在,白发将如老去何"⑥?类似这样理想与现实相矛盾的诗句不胜枚举,他甚至想发挥其文字之长,为收复故都效力:"汴洛我旧都,燕赵我旧疆。请书一尺檄,为国平胡羌。"⑦

尽管故都未来不可期,自己不太可能回到故都,但陆游始终没有动摇朝廷重回中原的信念。淳熙十三年(1186),陆游作《拜旦表》,想象宋孝宗回故都,遵循北宋初年清除道路、沿途戒严的制度:"一封驰奏效嵩呼,清跸何时返故都。只道建炎巡狩礼,谁知故事自祥符。"⑧嘉泰四年(1204),陆游由雷雨声想到宋宁宗一行回到故都的盛况。《书事》其四云:"九天清跸响春雷,百万貔貅扈驾回。不独雨师先洒道,汴流衮衮入淮来。"⑨不仅有百万雄师护驾,还有春雷送行、雨师洒道,还有滚滚而来的汴水汇入淮河,迎接大驾,真是轰轰烈烈。陆游盼望某一天,"波暖龙舟溯清汴,道边扶杖眼犹明"⑩。即使老了,扶着拐杖,看着他人乘舟回故都,他的眼睛也会为之一亮,精神也会为之一振。

---

① 《剑南诗稿校注》卷八,第 2 册,第 624 页。
② 《剑南诗稿校注》卷一四,第 3 册,第 1160 页。
③ 《剑南诗稿校注》卷一二《五月十一日夜且半,梦从大驾亲征尽复汉唐故地,见城邑人物繁丽,云西凉府也,喜甚,马上作长句未终篇而觉乃足成之》,第 2 册,第 970 页。
④ 《剑南诗稿校注》卷一八,第 3 册,第 1440 页。
⑤ 《剑南诗稿校注》卷一三《书悲二首》(其一),第 3 册,第 1061 页。
⑥ 《剑南诗稿校注》卷一八《纵笔三首》(其二),第 3 册,第 1417 页。
⑦ 《剑南诗稿校注》卷六《江上对酒作》,第 2 册,第 475 页。
⑧ 《剑南诗稿校注》卷一八,第 3 册,第 1390 页。
⑨ 《剑南诗稿校注》卷五八,第 6 册,第 3371 页。
⑩ 《剑南诗稿校注》卷一九《书意》,第 3 册,第 1458 页。

陆游从未去过开封、洛阳,对故都缺乏感性认识,完全因为它们是宋王朝的故都,具有独特的象征意义,陆游才关注他们的过去、现在与未来,其核心仍然是他一以贯之的爱国情怀。"两京梅发今何似,送老流年只自伤"[①],一生喜爱梅花的陆游,永远欣赏不了故都美丽的梅花,这成了他永远的憾恨。

(作者简介:胡传志,安徽师范大学中国诗学研究中心教授。著有《宋金文学的交融与演进》等。)

---

① 《剑南诗稿校注》卷八〇《微疾》,第8册,第4332页。

"但以古诗为师，一意于道"

——陆九渊的《诗经》研究

叶文举

摘　要：陆九渊对《诗经》的研究虽然没有留下专门性的著述，但在不同的场合陆氏多次谈到了对《诗经》的认知。从诗歌发展史的角度而言，陆氏认为《诗经》"一意于道"，是中国诗歌最高的典范。陆氏秉持"六经注我"的理念，数次引《诗》解读自我的心学思想。陆氏在《诗经》的作者、诗风等方面也提出了自己的一些看法，尤其是以"道"为标准对《诗经》大小雅进行分类，可谓新异。而在对《诗经》具体诗篇的鉴赏上，优游涵泳与实证体悟的结合也颇有启发意义。陆氏的《诗经》研究具有浓烈的心学色彩，深深影响了以杨简为代表的陆氏后学，在南宋诗经学史上可谓独树一帜。

关键词：陆九渊　《诗经》　心学

由于心学观念的影响，陆九渊本人强调不立文字，故而陆氏并不注重著述，《宋史》载："或劝九渊著书，曰：'六经注我，我（安）注六经！'又曰：'学苟知道，六经皆我注脚。'"[①]因而相对于南宋其他理学家，陆九渊留下的著作文字不是很多，陆氏也没有留下专门的《诗经》研究著作。简而言之，陆九渊对《诗经》的认知主要是散见于谈论心学思想的一些言论之中，散漫而不成系统，但经过认真爬梳、分析、归纳，仍然能够窥测到陆氏作为心学一派的开创人物对《诗经》的基本看法。本文主要对陆九渊的《诗经》研究展开讨论，并进一步探究其诗学意义及其影响。

---

* 本文系安徽省哲学社会科学规划重点项目"南宋理学家张栻文学思想与诗文创作研究"（项目编号：AHSKZ2017D16）阶段性成果。

[①]　（元）脱脱等撰：《宋史》卷四三四《儒林传四》，中华书局1977年版，第12881页。

一、诗歌史视野下的《诗经》考察

对于六经之一的《诗经》,陆九渊能够放在中国诗歌发展史的宏观视野下去观照它,突出《诗经》至高无上的地位。陆九渊在《与程帅》的书信中说道:

> 诗亦尚矣,原于赓歌,委于风雅。风雅之变,壅而溢焉者也。湘累之《骚》,又其流也。《子虚》《长杨》之赋作,而《骚》几亡矣。黄初而降,日以渐薄。①

陆氏认为,诗歌起源于原始的劳动唱和之歌,《诗经》是中国诗歌发展的第一座高峰,可以说是作诗者学习的典范。屈原的楚辞之作又受到了《诗经》的泽被,成了另外一座高峰。陆氏认为,屈原之后,诗歌的创作走向了卑下,司马相如、扬雄等人的大赋创作甚至偏离了骚体诗的格调(陆九渊将辞赋归入到诗歌一类)。陆氏所论意在强调《诗经》在中国诗歌发展过程中的重要性。换而言之,《诗经》是中国诗歌史上最高的范式。陆氏在《与沈宰》的书信中再次重申了《与程帅》中对《诗经》的认知:

> 某乡有复程帅惠江西诗派书,曾见之否?其间颇述诗之源流,非一时之说,愚见大概如此。《国风》《雅》《颂》固已本于道。风之变也,亦皆发乎情,止乎礼义。此所以与后世异。若乃后世之诗,则亦有当代之英,气禀识趣,不同凡流,故其模写物态,陶冶情性,或清或壮,或婉或严,品类不一,而皆条然各成一家,不可与众作浑乱。字句音节之间皆有律吕,皆诗家所以自异者。曾子固文章如此,而见谓不能诗。其人品高者,又借义理以自胜,此不能不与古异。今若但以古诗为师,一意于道,则后之作者又当左次矣。何时合并,以究此理。②(按:着重号为笔者所加,下同)

陆氏除了再次谈了对中国诗歌发展史的基本看法之外,最重要的是结合了自己的心学理念突出了对诗歌评判的基本标准,那就是"一意于道",这个"道"显然是指向陆氏的"本心""道心"。与大多数理学家一样,在文道观上陆九渊主张"道本文末",所谓"德成而上,艺成而下"③,就是其文道观的公开宣言。当然不同理学家文道观中的"道"其内涵不尽相同,

---

① 陆九渊著,钟哲点校:《陆九渊集》卷七,中华书局1980年版,第103页。
② 《陆九渊集》卷一七,第220页。
③ 《陆九渊集》卷二〇,第246页。

陆氏文道观中的"道"和陆氏哲学上的"本心"往往是联系在一起的,甚至可以说,其"道心"即是"本心"。《语录上》曾载:"李白、杜甫、陶渊明皆有志于吾道。"①陆氏认为陶、杜等人的作品所反映的内容都和心学思想的"道"相关。此处的语言表达很值得咀嚼,相对于陆九渊而言,陶渊明、李白、杜甫等人都是前贤,陆九渊这里却用了"有志于吾道"的表达,用意很明显,一是将文以载道之"道"直接指向陆氏心学自身的本体,二是看似背离了时间上的逻辑次序,却意在强调了前贤的文学创作其旨趣都表现了心学之"道",因为在陆氏心学体系中,"道"是先天性且永恒存在于所有人内心的。一言以蔽之,陆氏还是突出自身所谓的"道"(即"道心""本心""仁心")在文学表现中的重要性。故而,陆九渊论到《诗经》的价值时一开始就说其"固已本于道",即使有所谓的"变风""变雅",它们也是"发乎情,止乎礼义",而"止乎礼义"即是"止乎善",实际上就是陆九渊"心学"的内核"善心"。陆九渊曾说:"仁义者,人之本心也。"(《与赵监》)②因此,陆氏认为诗人应当"以古诗为师",说到底就是要求诗歌创作以能反映"本心""道心"为根柢,故而"已本于道"的《诗经》毫无疑问就是诗人学习的最高典范。后世诗歌能否以《诗经》为学习的鹄的,也是其盛衰高下的重要原因之一。如其评价杜诗的地位与价值时是以《诗经》为参照,"杜陵之出,爱君悼时,追蹑《骚》《雅》,而才力宏厚,伟然足以镇浮靡"(《与程帅》)③。将杜诗与《风》《骚》并论。陆氏在对《诗经》篇章的具体探讨上同样鲜明地体现了心学色彩,因下文还要加以阐述,此处不赘。

二、引《诗》注心学之大义

陆九渊留下的文字著述虽然并不是很多,不过他仍然继承了"赋诗言志"的传统,时而引用《诗经》的篇章或诗句来对自己心学意旨或学术理念加以注解,更是鲜明地体现了陆氏"六经注我"的思想。如陆氏在《与朱益叔》的书信中论及友道时曰:

> 开岁合并,当究其说。学绝道丧,私说诐论,充塞弥满,朋友讲贯,未能符合,其势然也。然至当归一,精义无二,"至于心独无所同然乎"?此孟子之至言,但咏歌《伐木》之篇,缉熙其事,终必有无间然者矣。④

---

① 《陆九渊集》卷三四,第410页。
② 《陆九渊集》卷一,第9页。
③ 《陆九渊集》卷七,第103页。
④ 《陆九渊集》卷一〇,第133页。

陆氏在这篇书信的开端首先言明朋友之间的交流对提升学问境界的重要性,其曰:"区区之学,不能自已。朋侪相磨,亦谓月异而岁不同。"而《小雅·伐木》是抒发友朋情感的诗歌,与"朋侪相磨"的意味正好有相契合的地方。《小雅·伐木》首章云:"伐木丁丁,鸟鸣嘤嘤。出自幽谷,迁于乔木。嘤其鸣矣,求其友声。相彼鸟矣,犹求友声。矧伊人矣,不求友生。神之听之,终和且平。"不难看出,这本身是一首书写友朋之间燕飨的诗歌,潜在地反映了友朋关系的重要性。《毛诗序》进行了概括与引申,"《伐木》,燕朋友故旧也。自天子至于庶人,未有不须友以成者。亲亲以睦,友贤不弃。不遗故旧,则民德归厚矣"。陆九渊实际上是借用了《毛诗序》的解诗主旨,将其移置到问学之道上,说明了友朋之间的交流对学术提升的重要性。此篇书信还引用了《孟子·告子章》的文字,与其心学的内涵关联在一起。《孟子》上下文这样写道:"故曰:口之于味也,有同耆焉;耳之于声也,有同听焉;目之于色也,有同美焉。至于心,独无所同然乎?心之所同然者何也?谓理也,义也。圣人先得我心之所同然耳。故理义之悦我心,犹刍豢之悦我口。"①说明了"本心""道心"是先天性且普遍性存在的。正因如此,其后陆氏再言歌咏《伐木》之诗,表明在友朋之间揄扬"本心""道心",是没有任何阻隔的。

再如他谈到先天存在的"本心""道心"的重要性时曾说道:

> 为学无他谬巧,但要理明义精,动皆听于义理,不任己私耳。此理诚明,践履不替,则气质不美者,无不变化。此乃至理,不言而信。《诗》曰:"奏假无言,时靡有争。"此之谓也。(《与包敏道》)②

陆氏认为治学没有投机取巧的捷径,但以"本心""道心"为指导,恒存之于内心,人生就不会有偏私,自然也会改变自身的气质。然后引用了《商颂·烈祖》中的诗句来阐明自己的义理,《烈祖》是祭祀诗,所引诗句原意是说祭祀时要保持对神明绝对的虔诚,即使祭祀者不言语,他们也不会产生什么纷争。陆九渊通过引《诗》表达了对"本心""道心"要像对待神明一样的信诚,人生就不会有偏差。引诗后用"此之谓也"的判断是为了表明对《诗》经典地位的确认,"此之谓也"的引诗表达方式是对荀子引诗方式的直接继承③。

再如陆九渊在《邓文苑求言往中都》书信中论到仁心先天存在时又说道:

---

① 孟子:《告子章句上》,见焦循注:《孟子正义》卷一一,上海书店出版社1986年版,第451页。
② 《陆九渊集》卷一四,第182页。
③ 关于荀子的引诗方式,参见拙文《从孔、孟、荀引诗、说诗看儒家〈诗〉的经学化进程》,《东疆学刊》2006年第2期。

义理所在,人心同然,纵有蒙蔽移夺,岂能终泯,患人之不能反求深思耳。此心苟存,则修身、齐家、治国、平天下一也;处贫贱、富贵、死生、祸福亦一也。故君子素其位而行,不愿乎其外。唐虞之时,黎民于变,比屋可封之人,此心存也。周道之行,人皆有士君子之行,《兔罝》"可以干城","可以好仇","可以腹心"者,此心存也。①

《毛诗序》曰:"《兔罝》……《关雎》之化行,则莫不好德,贤人众多也。"陆九渊引用了《周南·兔罝》的诗句来说明周人都有"好德"之心,从而说明"本心""仁心"是先天性并且永恒存在的。只是"自战国以降,权谋功利之说盛行者……此心放失陷溺而然也。当今圣明天子在上……皆不失其本心",故而"吾人可以灌畦耕田,为唐虞成周之民,不亦乐乎"? 陆氏引用了《周南》中诗句就是为了阐明"本心"存在的先天性与永恒性,故而当下无论最高的统治者还是下层的民众完全可以找回"本心""善心",回到上古大同一样的时代,因为本心对于每一个人而言都是先天性的、自然而然的存在。

三、对《诗经》分类、作者、诗风的认知

陆九渊从"道"的角度对《诗经》的大、小雅进行了区分,《语录》上载:

　　《诗·大雅》多是言道,《小雅》多是言事。《大雅》虽是言小事,亦主于道,《小雅》虽是言大事,亦主于事。此所以为《大雅》《小雅》之辨。②

陆氏认为《大雅》表现的是"道",即使叙写的是具体的事情,也是为"道"服务的,而《小雅》所载事情再大,还是具体的事情。陆氏用"道"与"事"来对《诗经》大小雅的类别加以区分,如果用哲学术语来对照,也就是大、小雅所反映的主旨存在形而上与形而下的区别。结合陆氏的哲学思想而论,《大雅》是关涉"本心"的,而《小雅》是书写具体事情的。陆氏这一段的阐述较为简略,故而我们也只能领会陆氏的主要意旨。不过,陆氏这一分类的标准另辟蹊径,颇为新奇,有别于传统《诗经》学往往通过乐曲或政教的内涵加以分类的标准③。陆氏的分类标准是否有其合理性尚有待讨论。当然,放在陆九渊"道本文末"文道观的背景下,陆氏关于大、小雅的区分,显然有以《大雅》为高的倾向。故而陆九渊曾说:"《大雅》是纲,《小

---

① 《陆九渊集》卷二〇,第255—256页。
② 《陆九渊集》三四,第404页。
③ 关于《诗经》大小雅分类标准的学术史讨论,参见洪湛侯著:《诗经学史》,中华书局2002年版,第21页。

雅》是目。"(《语录下》)①含有纲举目张的意味,《大雅》是凌驾于《小雅》之上的。

在《诗经》的作者问题上,陆九渊没有拘囿于儒家男尊女卑的传统观念,《语录下》载:

> 三百篇之诗,有出于妇人女子,而后世老师宿儒,且不能注解得分明,岂其智有所不若?只为当时道行、道明。②

陆九渊承认《诗经》中有女性所作的诗歌,这一点就诗篇如《鄘风·载驰》的实际考察而言,当然是符合客观事实的。然而这些女性作者究竟是谁,陆九渊认为不必确凿地考证,读者只要能理解诗篇所表现的本心之"道"即可,因为"道心"或"本心"存在于日常,是先天性并且永恒性地存在于所有人身上。至于作者是谁,那倒是无关紧要的。

《语录下》还记载了一段陆九渊对《诗》《骚》风格认识的言论,也非常值得体味:

> 法语正如雷阳,巽语正如风阴。人能于法语有省时好,于巽语有省,未得其正,须思绎。《诗》《雅》、正、变《风》,便是巽意,《离骚》又其次也。变《风》无《骚》意,此又是屈原立此,出于有所碍,不得已。后世作《诗》《雅》,不得只学《骚》。③

这里的"法语"是指经典的语言,"巽语"就是"巽言"或"巽词"之意。《论语·子罕》曰:"子曰:'法语之言,能无从乎?改之为贵。巽与之言,能无说乎?绎之为贵。说而不绎,从而不改,吾末如之何也已矣。'"朱熹注曰:"法语者,正言之也。巽言者,婉而导之也。绎,寻其绪也。法言人所敬惮,故必从;然不改,则面从而已。巽言无所乖忤,故必说;然不绎,则又不足以知其微意之所在也。"④陆九渊所说的"巽语",就是指委婉而雅正的语言。《诗经》乐而不淫,哀而不伤,含蓄蕴藉,婉而多章,即使变风、变雅也是如此。上文曾引陆氏之论"《国风》《雅》《颂》固已本于道。风之变也,亦皆发乎情,止乎礼义",从诗风的角度也可作如下理解,陆氏认为《诗经》都是用巽言写成的,优游而不迫,抒情有度,受到礼的节制,"道"又蕴藏在其中,所以称之为"巽意",陆九渊认为具有巽意的诗歌才耐人寻味。而屈原由于个人所遭受的不平处境转向了强烈的抒情,屈原自己就曾说过"惜诵以致愍兮,发愤

---

① 《陆九渊集》卷三五,第434页。原文"雅"原误作"稚"。
② 《陆九渊集》卷三五,第436页。
③ 《陆九渊集》卷三五,第460—461页。
④ 朱熹:《论语集注》卷五,见《四书章句集注》,中华书局1983年版,第114—115页。

以抒情"①,实际上是诗歌不平则鸣文学思想的源头。当然,这种情感的抒发在陆九渊看来虽然迫不得已,但已经"摅怨愤而失中"②,失去了平淡与中和,和《诗经》的风格已是不同格调,故而陆九渊认为屈赋又在变风之下。总而言之,陆九渊认为《诗经》的风格蕴藉、雅正,应当成为学诗者追求的目标。

四、既重优游涵泳又重实证的《诗经》体悟

陆九渊其实是一个相当具有文学气质的人,闲居之时,他时常吟诗诵文,《语录上》曾记载了一段极富人情而不乏文学情思的事情:

> 先生一日自歌,与侄孙濬书云:"道之将废,自孔孟之生,不能回天而易命。"(云云)又歌《柏舟》诗,松为之涕泗沾襟。少间,又歌《东皇太一》《云中君》,见松悲泣不堪。又歌曰:"萧萧马鸣,悠悠旆旌。"乃曰:"萧萧马鸣,静中有动矣;悠悠旆旌,动中有静也。"③

这一段文字让我们感受到了作为理学家的陆九渊也不乏浓烈的悲情意味,现实中的"道不行"让他感到人生的苦闷,情动于中,不免吟诗以排忧。《柏舟》同名之作在《诗经》中有两首,一在《邶风》中,一在《鄘风》中。陆氏所歌当为《邶风·柏舟》,《毛诗序》云"言仁而不遇也",此诗所表达的意旨正契合陆九渊当时"道之将废,自孔孟之生,不能回天而易命"的苦闷心境,如诗的第一章写道:"泛彼柏舟,亦泛其流。耿耿不寐,如有隐忧。微我无酒,以敖以游。"反映了人生失意状态之下的忧愁。陆九渊深有此感,吟咏也特别动情,所以门人严松听到此歌,"为之涕泗沾襟"。当陆九渊再诵吟《九歌》中的两首诗歌时,因诗歌蕴涵了极其深沉的悲伤,所谓"思夫君兮太息,极劳心兮忡忡"(《东皇太一》),"时不可兮再得,聊逍遥兮容与"(《云中君》),再次浓化了悲伤氛围,严松听之愈加心痛。我们能够想象得出陆氏其时吟咏的情境及其强烈的感染力,说明陆氏很重视诗歌的抒情性,且能优游涵泳,在诵读中传达诗歌所蕴含的情调。下面所引《小雅·车攻》中的两句,虽然我们不能确切地阐明陆氏引用的真实意图,但毫无疑问,陆氏对这两句的解读显示了其优游涵泳的文学品鉴才能。尽管"萧萧马鸣,静中有动矣;悠悠旆旌,动中有静也"已成定论,为后世诗学家们

---

① 屈原:《惜诵》,见洪兴祖撰,白化文、许德楠、李如鸾、方进点校:《楚辞补注》,中华书局1983年版,第121页。
② 吴景旭著,陈卫平、徐杰点校:《历代诗话》卷七,京华出版社1998年版,第63页。
③ 《陆九渊集》卷三四,第427页。

所熟知。但从文学批评的渊源来看,《小雅·车攻》写景"动静互衬"的观点当为陆九渊发其端①,这也说明了陆氏具有独特的文学鉴赏眼力,这都是在对诗歌的优游涵泳中完成的。

陆九渊对诗篇除了优游涵泳地体悟之外,有时还非常重视实证性地探究。《语录下》曾载陆氏:

> 因曾见一大鸡,凝然自重,不与小鸡同,因得《关雎》之意。雎鸠在河之洲,幽闲自重,以比兴君子美人如此之美。②

《周南·关雎》开首"关关雎鸠,在河之洲",是比兴之句,目的是为了引出"窈窕淑女,君子好逑"的感喟。"窈窕"一词有"娴静貌",也有"妖冶貌""美好貌"等意味。那么,本诗中"窈窕"的内涵是什么?《毛传》解曰:"窈窕,幽闲也。"《汉书·王莽传上》云:"公女渐渍德化,有窈窕之容,宜承天序,奉祭祀。"唐颜师古注:"窈窕,幽闲也。"③陆九渊通过自己在日常生活中观察大鸡神态的亲身体会,而得出诗中雎鸠的姿态应当是"幽闲自重"的结论,因为雎鸠是用来比况的物象,作为比兴之物进入到诗歌之中,其比兴之意主要由物性而生发,故而后面淑女也应当是"幽闲""娴静"的。我们姑且不论陆氏对首章的解释是否正确,但可以看出,陆九渊在对《诗经》诗篇的鉴赏时往往注意到践履地体认,从实际生活中去揣摩诗意。

余论:陆九渊《诗经》研究的心学色彩

总体而言,陆九渊奉行了传统的儒家诗学宗旨,《语录下》记录了陆氏曾直接引用《毛诗序》"成孝敬、厚人伦、美教化、移风俗"的言语④,表明其对传统诗学以《诗经》为政教手段的认同。同时,作为心学学派的开创者,陆九渊又秉承"六经注我"的理念,为《诗经》研究打上了鲜明的心学色彩,上文所论其诗"主于道"就是有力的证明。即使在具体的《诗经》篇章解读上,陆氏的《诗经》研究也往往表现了这一特征。《语录上》载:

> 《三百篇》之诗,《周南》为首;《周南》之诗,《关雎》为首;《关雎》之诗,好善而已。⑤

---

① 宋末元初的陈世崇《随隐漫录》卷一也引用了这两句,其云:"'萧萧马鸣',静中有动也;'悠悠旆旌',动中有静也。见军整而静也。"当是来源于陆九渊的评论。
② 《陆九渊集》卷三五,第465页。
③ 班固撰、颜师古注:《汉书》,中华书局1962年版,第4052—4053页。
④ 《陆九渊集》卷三五,第449页。
⑤ 《陆九渊集》卷三四,第407页。

《诗经》以《周南·关雎》为开篇之作,陆九渊认为其主要原因就是在于《关雎》宣扬了"善",而"善心"就是人的"本心"。《诗经》有"四始"之说,《诗经》既然以《关雎》为篇首,陆九渊"好善"的解读也就潜在地暗示了整部《诗经》都表现了"善心"的主旨。陆九渊心学思想中的"道"即"本心",而其"本心"直接渊源于孟子的"性善说"。其弟子杨简和陆九渊讨论时曾涉及"本心"的内涵,"(杨简)问:'如何是本心?'先生曰:'恻隐,仁之端也,羞恶,义之端也,辞让,礼之端也,是非,智之端也。此即是本心。'对曰:'简儿时已晓得,毕竟如何是本心?'凡数问,先生终不易其说。……"(《年谱·乾道八年》)①陆九渊哲学思想体系中的本心就是善心,强调《诗经》的"好善",换而言之就是为了突出陆氏心学自我的"本心"。可见陆九渊彰显《三百篇》"好善"的思想,从另外一个角度来说,《诗经》就是陆氏心学的重要体现,完全可以成为陆氏"心学"的注解。其《三百篇》"好善"的观念为陆氏心学的传人所接受乃至强化,后来他的弟子杨简认为《诗经》皆是"道心""善心"的体现,直接渊源于此。杨简在《慈湖诗传·自序》中就开宗明义:

  孔子曰:"心之精神是谓圣。"孟子曰:"仁,人心也。"变化云为,兴、观、群、怨,孰非是心,孰非是正。人心本正,起而为意而后昏,不起不昏,直而达之。则《关雎》求淑女以事君子,本心也;《鹊巢》,昏礼天地之大义,本心也;《柏舟》忧郁而不失其正,本心也;《鄘·柏舟》之"矢死靡它",本心也。②

杨简意在《诗经》所有篇章都是本心的表现,这完全是承继了他老师的观点,并将其发挥到了极致,他说:"呜呼!《三百篇》,一旨也。有能达是,则至正至善之心,人所自有喜怒哀乐无所不通,而非放逸邪僻,是谓寂然不动,感而遂通天下之故。"③换而言之,"至善之心"即为《诗经》表现的唯一主旨,《诗经》完全是心学思想的载体。杨简的《慈湖诗传》对《诗经》每一篇的解读皆是围绕着"至善之心"展开的,《诗经》同样变成了其心学思想的重要载体④。

(作者简介:叶文举,安徽师范大学文学院教授。发表论文有《张栻的〈诗经〉研究及其诗学思想》等。)

---

① 《陆九渊集》卷三六,第487—488页。
② 杨简著,董平校点:《慈湖诗传·自序》,《杨简全集》(第二册),浙江大学出版社2015年版,第437页。
③ 《杨简全集》(第三册),第485页。
④ 关于此点,参见拙文《杨简〈诗经〉研究的心学特色》,《孔子研究》2009年第2期。

方回《瀛奎律髓》的分类及其意义

胡 健

摘 要: 方回所编《瀛奎律髓》是以题材和主题分类的形式出现的诗歌选本。其分类类目在继承前代类书和总集的基础上,又有新发展。尤其以"消遣"类的设立最为典型,这是对一种唐宋新兴的诗歌主题的总结。《瀛奎律髓》反映了方回以题分类而灵活不拘、作品重出"互著"、突出特殊类目的诗歌分类观念。方回通过分类总结题材和主题,又采用了分类与注释相结合的方式,指示读者诗歌创作和阅读门径,使分类具有了文学批评及方法论上的意义。

关键词: 方回 《瀛奎律髓》 分类 形式 消遣主题

方回(1227—1305),字万里,号虚谷,徽州歙县(今属安徽)人。元朝诗人、诗论家。他编纂的《瀛奎律髓》是一部专选唐宋律诗的总集,力倡江西诗派的诗学观念,影响深远。学界对方回《瀛奎律髓》研究较多,成果丰富。但是,作为此书最具特色之一的分类形式,却研究较少,关注者亦多持批评态度。本文则充分肯定其主要以题材和主题分类的价值。

此集按照题材和主题把诗歌分成四十九类,每个类目之下都有方回的小序解题,说明类目的功能、考证源流、分析特色,显示了方回的匠心独运,非常值得注意。分类编纂总集,非始于宋代。那么,《瀛奎律髓》在前人基础上有何损益,又体现了怎样的思想观念,分类方法的运用又有什么意义呢?本文对此初步分析,希望能推进学界对方回及《瀛奎律髓》的新认识。

一、《瀛奎律髓》的分类及其新发展

选本采用分类形式,《文选》已有之。《文选》按体分诗赋等三十多体,诗类下又按题材

---

* 本文系安徽省教育厅人文社会科学研究重点项目"宋代类书与诗学关系研究"(项目编号 SK2020A0083)阶段性成果。

分为补亡、述德、劝励等二十三类。与之类似，《瀛奎律髓》也分为登览、朝省、怀古、风土、升平、宦情、风怀、宴集、老寿、春日、夏日、秋日、冬日、晨朝、暮夜、节序、晴雨、茶、酒、梅花、雪、月、闲适、送别、拗字、变体、着题、陵庙、旅况、边塞、宫阙、忠愤、山岩、川泉、庭宇、论诗、技艺、远外、消遣、兄弟、子息、寄赠、迁谪、疾病、感旧、侠少、释梵、仙逸、伤悼等四十九类。很明显，这些分类及其命名，有一部分类目来自《文选》，只是标题略有不同。如"登览"①"送别""旅况""陵庙"，分别对应着《文选》"诗"下的"游览""祖饯""行旅""郊庙"。

除了《文选》外，《文苑英华》和《唐文粹》也是重要源头。前者列"朝省""宴集""寄赠""边塞""怀古"，后者增加了"侠少""疾病""伤悼"等都为《瀛奎律髓》所采用。当然，"宴集""寄赠""伤悼"都可以上溯到《文选》所立的"公宴""赠答""哀伤"，而内涵是有一定变化的。

前代类书对于《瀛奎律髓》的分类影响更为明显。唐初《北堂书钞》较早设立"天部""岁时部"和"地部"。"天部"下列有"日""月""星""风""雨""霁""雪"等类，"岁时部"有"春""夏""秋""冬""元日""寒食"等类，"地部"则有"丘""江""河""山""石"等类。随后的《艺文类聚》《初学记》亦列此三部，但是放在了全书之首，突出了儒家敬重天地的观念，影响到此后几乎所有的按题分门类书的排列顺序。宋初编纂的《太平御览》改"岁时"为"时序"，更加注重类目的先后次序。稍后的总集《文苑英华》编排也采用了类书分类系统，在文体之下按题材分目。其中，在"诗"类中，把"节序"并入了"天部"。《瀛奎律髓》的类编分目受此启发，选取了诗歌中描写题材较多且非常重要的"月""雪""晴雨""春日""夏日""秋日""冬日""山岩""川泉"等作为类目。值得说明的是方回设立了"节序"类，强调了"时序部"的独立性。因四季皆各已单列一门，故"节序"类尤其注重具有社会性的节日。检视该类所选123首诗歌，多与表达冬至、除夜、元日、元宵、寒食、端午、七夕、重阳等节日相关，内容与题目非常相称。还有，《艺文类聚》《初学记》《太平御览》皆设居住部，下设宫、阙、楼、阁、第、宅、庭、室等小目，《文苑英华》《锦绣万花谷》等皆有类似分门，故《瀛奎律髓》设"宫阙""庭宇"是对前面类书和总集的回应。"茶""酒""梅花"等的设立，亦多类此。方回曾自述"诸类书无不读"②，故受其影响，毫无疑问。

又如"释梵""仙逸"类，是与佛道相关的诗歌。唐前分类唯能从史书中了解情况，北朝魏收于《魏书》中首立"佛老志"，南朝阮孝绪《七录》则设立了"佛法录""仙道录"，说明了史学家对佛道的日益重视。从类书看，《艺文类聚》较早列"内典部"和"灵异部"，前者包括内

---

① 按，"登览"遥接《文选》（《文选》诗下设"游览"类），中接北宋王钦臣编《韦苏州集》（此集按题材和主题分14类，有登眺、游览二类。有南宋乾道翻刻本，今藏于国家图书馆），近承《唐宋分门名贤诗话》（分门编排，列34类，即有"登览"。见张伯伟《稀见本宋人诗话四种》，江苏古籍出版社2002年版）。

② 方回：《桐江集》卷四《跋宋广平梅花赋》，见《续修四库全书》第1322册，上海古籍出版社2002年版，第423页。

典和寺碑，后者包括仙道、神、梦、魂魄等小类，归纳不够明晰。白居易《白氏六帖》则列了"三教"小类，并未分开。到了《太平御览》就明确分立了"释部"和"道部"，《文苑英华》沿袭设立"释门"和"道门"，表现出对佛道及其文献的关注。魏晋六朝以来，儒释道三家渐渐合流，影响了社会生活和文化的方方面面。佛道也早已经成为诗歌中的重要题材，如玄言诗、佛理诗等，也还有不少涉佛涉玄诗歌。此后，佛教在唐代达到鼎盛，宗派林立。晚唐以后，禅宗一枝独秀，影响了宋代士大夫的思维方式。道教在唐代被奉为国教，宋代也极其推崇。唐宋不少文人对佛道非常热衷，创作了大量的相关作品。《瀛奎律髓》选诗约3000首，"释梵""仙逸"二类就有315首，占到了总数十分之一以上，居各类之冠。这体现了方回推崇佛道类题材诗歌，也遵循传统、充分考虑唐宋诗歌史发展实际状况的分类思想。

此外，方回还设立了"晨朝""暮夜"类，应当也是"时序门"的内容。但是，宋前类书和总集中并未见踪影，反倒是编选成书于南宋的词集《草堂诗余》中列了"夏夜""秋夜""暮冬"等类目。稍后的《分门纂类唐宋时贤千家诗选》始列"昼夜门"，下分"晓""昼""晚""夜"等小类这些都可能成为方回设类的根据。

最值得注意的是方回拟了不少新的分类题目。这些分类可分为三个部分，一是风土、升平、宦情、迁谪等，是对早已存在的大量诗歌作品的题材总结；二是拗字、变体、着题、论诗，主要是作诗技巧的总结；三是老寿、忠愤、技艺、远外、消遣、兄弟、子息，主要是对新兴题材的肯定。学界对前面两种谈论较多，对第三种论述较少。实际上，这些新兴题材的设立最能体现方回的眼光和个性。比如"老寿"现象在唐宋诗歌中非常突出。首先唐宋诗人言老现象非常普遍。《礼记·曲礼》说"七十曰老"[①]，白居易、欧阳修、苏轼、黄庭坚等三四十岁便都在诗词中称老。其次，唐宋以来诗人寿命整体比前辈诗人更长，常出现如白居易"香山九老会"、文彦博"洛阳耆英会"、杜衍"睢阳五老会"等老年诗人聚会赋诗的现象。《宋史·礼志》也记述了养老礼，表达了对老寿学者的尊崇，方回认为："寿也者，天未尝轻以与夫人，人未尝易以得诸天。文章有以多为贵者。其积德多，则其享年亦多。"[②]基于这样的观念，他非常"羡慕近世诗人，如曾茶山、陆放翁、赵昌父、滕元秀、刘潜夫，皆年八十以上"，又"放翁之寿为最高，故多取放翁诗"。因此，"老寿"类总结了唐宋诗歌中的一个突出现象，值得肯定。

又如"技艺"类设立也意义重大，因为它指出了百工技巧自唐宋以来进入诗歌成为书写对象，形成了一个重要的诗歌题材。虽然方回录诗才十余首，且以画工、相士为主，但其

---

① 孔颖达等：《礼记正义》卷一，见清嘉庆本《十三经注疏》，中华书局2009年影印，第2665页。
② 《桐江集》卷五《答曹宣慰书》，第446页。

在题序中点明其本意在录"书画琴棋,巫医卜筮,百工技巧"①,主观上是想揭示"唐宋以来,挟一艺游公卿之门,因诗以得名者不少"的现象。唐宋以来科技、工艺、艺术行业的发展繁荣,与社会生活中紧密联系。这促使巫医百工进入诗歌,为公卿士大夫所题咏书写,表现了诗歌题材及其表现空间的拓展。同时,从诗人描写中,我们也可以了解当时工匠艺人的部分情况。如陆游《赠徐相师》"袖阔日常笼短刺,肩寒春未换单衣",描绘了相师的生存状况;其《赠传神水鉴》"误遣汗青成国史",不同于士大夫对百工"君子不耻"的看法,这些诗歌都有利于我们侧面研究古代工匠的相关情况。

还有"远外"类的设立也十分必要。其题序说:"汉蒟酱、邛竹、蒲萄、苜蓿、安石榴,皆自从外国至。远人慕化而来,使人将命而出,以柔以抚,其事不一。"②虽然出发点仍然是天朝上国绥靖四方的心态,但也客观指出了中外交流中的文化传播。其中涉及日本、新罗、安南等国的诗歌,主题多集于异国间的友谊,也有一些值得注意的文化现象。例如唐代诗人顾非熊《送朴处士归新罗》写新罗人在中国久居学得中国语言、老而归国;项斯《日东病僧》记日本僧人老死中土;张籍《送新罗使》则记官方往来等,真实地显现了唐代中外人员往来的情况。方回选了张籍《昆仑儿》一首并注"所谓昆仑儿,即今之黑厮"③,记述了唐宋时代昆仑奴的活动情况。方回自述"远外"类诗于唐为多,故选录多是唐诗,宋诗唯录刘中叟《王昭君》一首,不甚有名且比较勉强。但方回能设立"远外"类,足以表明其对此类题材的认可和中外文化格局的自信与关注,而纪昀评此卷"无甚可采"是本文不能认同的。

二、《瀛奎律髓》的分类观念

方回前后花了五年时间编选《瀛奎律髓》,在选录诗歌、结构形式、内容评点上皆具有特色,足见其匠心独运。故而,《瀛奎律髓》的分类形式,亦完全可以看做方回个人思想观念的体现。统观此集,我们可以总结出方回在分类上的三个观念。

首先,以题分类,合大衍之用,但不拘于分类。《瀛奎律髓》分类十分细碎,多达四十九类,几乎包括了唐宋诗歌主要的题材和主题。凡是分类形式的总集,皆遭后人"破碎"讥语,尤其是分类标准不一,造成了不同类别相互交杂,导致分类不当。如晚清吴汝纶就认为方回所分类目不妥,其《桐城吴先生评选〈瀛奎律髓〉》把"山岩"类、"川泉"类并为"山水"

---

① 方回选评,李庆甲集评校点:《瀛奎律髓汇评》卷三七,上海古籍出版社2005年版,第1438页。
② 《瀛奎律髓汇评》卷三八,第1445页。
③ 《瀛奎律髓汇评》卷三八,第1452页。

类,"兄弟"类、"子息"类合为"家族"类,又删去"论诗"类、"远外"类。且不论删合是否合理,其对于分目不满是可以肯定的。至于这种"不合理",方回分类时已然知晓其困难性。他在"山岩"类下序说"登览时,专取登高能赋之义",就是为了能和"登览"类分开。由此可见,方回对于分类并非没有考量。如"兄弟"类、"子息"类的序文已佚,选诗虽少,亦是存目。而"山岩"说山、"川泉"写水,宜当分开。况且,方回的类目分合之间,还要考虑大衍之用。他精通《周易》,有《易中正考》《易吟一百首》《先天易吟三十首》《后天易吟三十首》《大衍易吟四十首》等说《易》之作,《瀛奎律髓》按照《周易》大衍之用,分成四十九类当是有意义的。虽然如此,但分类数目是否一定恰好是四十九最为合适呢?当然不是。类目的并省派衍,有一定的客观性。但方回对大衍之用的偏好,也会对类目的离合造成影响。同时,对具体诗歌的理解不一样,所排类目也就不一样。纪昀等人就常常指出其归类有问题。如"边塞"类选柳中庸《愁怨》,纪昀批道:"此闺情诗,非边塞诗也。缘误五、六句,故收于此耳。"①又如"消遣"类录李商隐《夜饮》诗,纪昀认为:"或入'宴集',或入'暮夜',皆可。入之'消遣',却无理。"②排除传抄因素,我们应该认为方回有自己的考虑,这一点才是至关重要的。例如《愁怨》虽写闺情,却志在塞外良人,五六句"汉垒关山月,胡笳塞北天",就是边塞风光。而《夜饮》虽描写宴饮,却抒发了身世漂泊的愁绪,放在"消遣",非为无理。因而,我们感觉到,方回的以分类选诗,却并不拘于分类。他在"送别"类小序中即表达了类似的观念:"送人之官,言及风土者,已于'风土类'中收之。间亦见此,不可以一律拘也。"因而,方回的分类是非常灵活的。

其二,作品重出"互著"。《瀛奎律髓》选诗重出,颇受学者诟病。比如,李庆甲先生总结古人批评方回编纂方面的缺点有六条,第一条就是"作品重出"。例如,僧秘演《山中》诗写山中秋日之景,一入"秋日",一入"释梵";杜甫《暮归》诗既入"暮夜"类,又入"拗字"类等。本文简要统计《瀛奎律髓》中重出者,如下表:

作　者	作　品	重出类目
陈子昂	《晚次乐乡县》	暮夜　旅况
杜　甫	《巳上人茅斋》	拗字　释梵
	《上兜率寺》	拗字　释梵
	《阁夜》	登览　暮夜
	《暮归》	暮夜　拗字

---

① 《瀛奎律髓汇评》卷三〇,第1324页。
② 《瀛奎律髓汇评》卷三九,第1454页。

续表

作　者	作　　品	重出类目
皇甫曾	《过刘员外别墅》	冬日　寄赠
刘长卿	《碧涧别墅喜皇甫侍郎相访》	冬日　寄赠
王　建	《原上新居①(二首)》	春日　闲适
贾　岛	《早春题湖上顾氏新居②(二首)》	闲适　拗字
	《送邹明府游灵武》	送别　边塞
韩　偓	《残春旅舍》	春日　消遣
潘　阆	《秋日题琅琊山寺》	秋日　释梵
梅尧臣	《送③高判官和唐店夜饮》	宴集　酒类
韩　琦	《九日水阁》	宴集　秋日
释秘演	《山中》	秋日　释梵
吕本中	《雨后至城外》	晴雨　闲适
陆　游	《五月初夏病体轻偶书④》	夏日　疾病
	《病足累日不出庵门折花自娱》	春日　疾病

　　从表中可知，重出作品共计 18 题，20 首，分在 18 个类目中。其中，频率最高有三类，一是"春日""秋日""暮夜"等，表示时间节序；二是"释梵"类，表示身份或者地点；三是"拗字"，表示诗歌技巧。由于这几类不在同一个分类标准下，所以造成了诗歌归类各异。

　　很显然，同一首作品，若阅读视角不一样，其归类就不一。我们研究的目的不在于批评作品重出，而在分析编者是怎样的态度。"闲适"类曾选王建《原上新居》三首，其中的两首见于"春日"类下。方回当时已经意识到重出的问题，其评语说："荆公《唐选》取此诗之二首，误曰《原上新春》，予亦选入'春类'矣。今观其集，乃是《原上新居》。十三首，并选五首，不妨重也。"⑤因此，可以肯定，重出乃是方回的一种有意识的编纂行为。纪昀批评道："明知其重出，而曰不妨，著书无如此体裁。"这是没有充分认识到此书的编纂体例。本文认为，这应该是借鉴了目录学分类中"互著"的方法。章学诚在《校雠通义》中总结"互著"

---

① 《瀛奎律髓汇评》卷一〇，第 337 页。按，"春日类"选此二首，作"原上新春"，"闲适类"予以纠正。
② "拗字"类作"早春题湖上友人新居"。
③ "酒"类中"送"作"答"。
④ "疾病"类作"五月初病体觉愈轻偶书"。
⑤ 《瀛奎律髓汇评》卷二三，第 966 页。

时说,"理有互通,书有两用者,未尝不兼收并裁,初不以重复为嫌"①。同理,从上述表中,我们也知道,分类标准差异较大,故而"重出"现象绝非编者的疏漏,而是为了让诗充分发挥其"两用"之处。因而,所谓"重出",不仅不是分类的缺点,反而是其优点,因其能够为读者提供多方面的读诗视角。"互著"法的使用,反映了方回分类的灵活通变,正显现出其精思深虑,也使得《瀛奎律髓》超越了很多前代总集。

第三,突出特殊类目。分析《瀛奎律髓》四十九个类目,较引人关注的是"茶""酒""梅花""雪""月""着题"等类的并立。所谓"着题",即咏物诗,只是从作诗技巧而言。那么,"着题"就和前面的五类不在同一层级分类上了。有学者解释说,此是方回对咏物诗"赋而有比"的审美要求,总结一个具有时代性的诗学范畴②。这种说法或可说明"着题"的设立,但却难以解释前面五类的独立。

这和唐宋时期的文化生活有着密切关系。方回认识到这些门类在社会、文化和诗学上的重要性,所以要突出这些类目。比如,酒与诗有密切关系,王安石就说李白诗多言酒。在唐宋时代,不仅是李白,大部分诗人都能与酒联系上。方回指出:"诗与酒常并言,未有诗人而不爱酒者也。虽不能饮者,其诗中亦未尝无酒焉。"③又如茶,更是在唐宋发扬光大,饮茶成为一种雅致的文化艺术活动。方回发表茶论说:"茶之兴味,自唐陆羽始。今天下无贵贱,不可一饷不啜茶。且其确与盐、酒并为国利,而士大夫尤嗜其品之高者。"④茶、酒在文学艺术中有着重要的地位,前贤论述颇多,此不多言。又,宋代茶、酒专卖,关系到国计民生,《宋史·食货志》记之甚详。这一点也是方回考虑范围内的事情。至于"雪""月""梅"之类,方回认为它们在咏物诗中最难赋。原因在于这些事物为历代骚人关注,留下了大量诗赋作品,要想别出心裁,难上加上,是以单列一类,以见典范。比如,雪诗在宋代经由欧阳修、苏轼"禁体物"创作,已经成为一个本朝"故事"和文化常识。后又有李处权、郭印、释居简、杨万里、张镃、方岳等人继作,争奇斗巧,致难以为继。这是宋代文学中的一个经典话题,方回自然不会不注意到,故于序中声名此集"不专用禁体"⑤。

---

① 章学诚著,王重民通解,傅杰导读:《校雠通义通解》,上海古籍出版社 2009 年版,第 15 页。又,"互著"原始,学界说法很多。章学诚指出,刘歆最先使用。王重民先生认为始于郑樵,其指出,"王应麟的《玉海·艺文》已经使用了互著,但他是类书的类目或编题的互著,而不是图书的互著"(王重民《校雠通义通解》序言,上海古籍出版社 2009 年版,第 9 页)。也有学者追溯到《艺文类聚》《直斋书录解题》《百川书志》等。无论"互著"渊源如何,至少在宋元时期,目录学家已经开始有一定认知了。方回与王应麟交往密切,《瀛奎律髓》作品的"重出"也有可能受《玉海》启发。
② 刘飞:《方回〈瀛奎律髓〉"着题"辨》,见黄霖、邬国平主编:《追求科学与创新:复旦大学第二届中国文论国际学术会议论文集》,中国文联出版社 2006 年,第 253—259 页。
③ 《瀛奎律髓汇评》卷一九,第 725 页。
④ 《瀛奎律髓汇评》卷一八,第 712 页。
⑤ 《瀛奎律髓汇评》卷二一,第 855 页。

还有"梅花"类,最受方回所重视。不仅选录诗歌多达 209 首,数目仅次于"释梵"类,排居第二,还作有近千字解题,详细考证梅花诗的来历。梅花体质幽香、德性高洁,成为士人精神象征而不断吟咏的对象。因此,"沿唐及宋,则梅花诗殆不止千首,而一联一句之佳者无数矣"①。的确,在唐代,梅花诗作不足百首,宋代则至少四五千首以上。南宋诗人咏梅成癖,动辄百首,如刘克庄、宋伯仁等,甚至影响了元人的创作热情,如冯子振《梅花百咏》、释明本《梅花百咏》、韦珪《梅花百咏》、郭豫亨《梅花字字香》等。面对数目巨大的咏梅诗作,方回立"梅花"类给予了积极的回应,并也曾作诗称"梅花天下第一花"。四库馆臣特别指出"方回作《瀛奎律髓》,凡咏物俱入着题类,而梅花则自立一类"②,也注意到"梅花"类目比较突出。

同时,方回突出设立"梅花"类,和江湖诗祸有一定的关系。对于江湖诗祸始末,方回在《瀛奎律髓》中说:

> 当宝庆初,史弥远废立之际,钱塘书肆陈起宗之能诗,凡江湖诗人皆与之善。宗之刊《江湖集》以售,《南岳稿》与焉。宗之赋诗有云:"秋雨梧桐皇子府,春风杨柳相公桥。"哀济邸而诮弥远,本改刘屏山句也。敖臞庵器之为太学生时,以诗痛赵忠定丞相之死,韩侂胄下吏逮捕,亡命。韩败,乃始登第,致仕而老矣。或嫁"秋雨""春风"之句为器之所作,言者并潜夫《梅》诗论列,劈《江湖集》板,二人皆坐罪。初弥远议下大理速治……于是诏禁士大夫作诗……绍定癸巳,弥远死,诗禁解,刘潜夫为《病后访梅》九绝句云:"梦得因桃却左迁,长源为柳忤当权。幸然不识桃并柳,却被梅花累十年。"……此可备梅花大公案也③。

在方回看来,江湖诗人愤懑史弥远废济王之事,作诗讥诮,从而引发诗祸。刘克庄的《梅花》诗也是一个诱因,因而也称"梅花诗案"。这个历史事件,牵涉到众多江湖诗人,一直影响着整个南宋后期诗人们的心态。比如,方回选录江湖诗人张道洽二十首梅花诗,就透露出此中消息。张道洽(1205—1268),字泽民,与方回交好。方回在为其诗集作序中说道:"得其咏梅诗极多,篇有意、句有韵。试尝探其根源,则每与予密言,谓开禧、嘉定、宝庆、端平以来无公论,济邸之冤,诸老大儒能言其末而不究其本,纲常泯灭。"④由此可知,张道洽

---

① 《瀛奎律髓汇评》卷二〇,第 745 页。
② 永瑢等撰:《四库全书总目》卷一六七《梅花字字香》提要,中华书局 1965 年版,第 1438 页。
③ 《瀛奎律髓汇评》卷二〇,第 843—844 页。
④ 《桐江集》卷一《张泽民诗集序》,第 360 页。

非苟作梅花诗,乃是痛惜政治纲常的泯灭。"梅花"也成为一个和政治有着密切关系的文学意象。因而,基于这一场"梅花大公案",方回立"梅花"类是有着深刻的社会文化原因。

当然,把混合吟咏多种事物的"着题"类和单纯咏一物的"茶""酒""雪""月""梅"在同一层级上排列,并非毫无来历。《文苑英华》"天部"中有"月""中秋月""玩月""对月""望月""杂题月"等并列,还有"风""杂题风","云""杂题云"等并列。方回在"着题"类小序中说:"今除梅花、雪、月、晴、雨为专类外,凡杂赋体物肖形,语意精到者,选诸此。"①这里的"杂赋体物"就相当于"杂题"。"着题"所咏,有马、鹰、雁、萤火、竹、蝉、鹤、树、草、城、燕、蝇等几十种事物,正可谓"杂题"。尽管如此,方回的分类仍然是突出特殊类目,呈现出总结题材的意义。

三、"消遣"类的分析

《瀛奎律髓》设立众多门类,大致反映了唐宋以来律诗所涉及的题材和主题,其中技艺、老寿、远外、疾病、迁谪等门类,体现了方回的独特眼光。现代学者也注意到唐宋诗歌新出现的这些题材和主题,并进行了专题研究,比如疾病书写、贬谪文学等。方回还提出了"消遣"类诗歌,颇值得注意。其小序曰:

> 《庄子》曰:今人之意也消。有所不平焉而不能消,则褊狭矣。卫玠曰:非意相干,可以理遣。有所不堪焉而不能遣,则怨怒矣。诗人多有所谓消愁遣兴之作,必深达物理、世故、人情、天道者,乃能为真消遣之言,否则非由衷也。②

由此,方回所谓"消遣"有两个方面的内容,一曰消愁,二曰遣兴。方回所谓诗人多有"消愁遣兴"之作,渊源于诗歌抒情传统,和咏怀诗有一定的关系。咏怀诗吟咏抒发诗人怀抱情志,主要表现诗人对现实世界的体悟,对生命存在的思考,对个体生命的把握和对未来人生的设计与追求等。消遣主题的诗歌当主要是抒发日常生活中的所见所感,多书写个人的兴致情性,尤其是排遣心中的不平、忧愁等负面情绪,但需"深达物理、世故、人情、天道"。

---

① 《瀛奎律髓汇评》卷二七,第1151页。
② 《瀛奎律髓汇评》卷三九,第1453页。

消遣类诗歌虽然渊源有自,但在题目或诗句中,直接大量出现"遣兴""遣忧"内容的,还是从杜甫开始的。杜诗中常用"兴"字,多表达的是愁闷忧思,以自适自慰。有学者总结类似的有关杜甫情绪表达诗作,称之为"遣兴体",并将其内涵概括为:"杜诗中凡是以抒写各种忧愁苦闷之类的感兴为主,采用'随时适兴''借物托兴'等方式为独白内心、遣忧解闷、平衡心态的诗作,均可称为'遣兴体'。"[1]此说侧重消愁解闷,而方回"消遣"含义更广,且最先揭示出这一主题,并把杜诗选录列于首位。

值得说明的是,方回所选43首"消遣"诗,杜诗仅入《可惜》一首。按选录体例,古、绝诗作未能入选是一个重要的原因,但按照小序的标准,杜甫也有不少律诗可选,如《至后》《秋兴》《释闷》《愁》及其很多"遣兴""杂兴"作品。事实是,它们分别选入了"节序""忠愤""拗字"等门类。杜诗内容丰富,可身兼多类,方回在权衡中分立各类并不奇怪。但我们纵观整个"消遣"类诗歌,如白居易选入《看嵩洛有叹》《感兴(二首)》《闲卧有所思(二首)》《九年十一月二十一日感事而作》《放言(五首)》等11首,多写了悟后的人生态度,在祸福、真伪、善恶、仕隐等方面,给人以劝告;如陆游选了《寓叹》《龟堂独坐遣闷》《遣兴(几看人间岁月新)》《书兴》《杂兴(散发林间万事轻)》《请息斋书事(三首)》等16首,多写闲居、仕途牢骚和对人生世事的嗟叹。可以看出,方回的"消遣"类诗歌的愁苦方面,排除了直接描写家国离乱之愁的诗作,更注意诗人个人的人生感叹愁苦。陆游虽亦写家国之恨,然终化作种种忧思,融入闲愁之中。其他选入的杜诗所谓"遣兴体",如《有叹》《遣兴(干戈犹未定)》《遣忧》等,其多入"忠愤"类,乃有感于国破离乱之作。其中,《遣兴(青云路不通)》一首写人生无奈,离乱愁绪不是重点,故纪昀称"此不宜入'忠愤类'"[2]。而《可惜》一首正是因写时光老去,功名不成,才得以入"消遣"类。

从文学史发展来看,杜诗是把社会功能与自我抒情功能合而为一,使得"缘情体物"与"载道"二者并行不悖,白居易进一步将诗歌的政治功利转向个人生命的舒忧娱乐上。白居易曾划分己作为四类,其中闲适诗和感伤诗中多有方回所谓"消遣"主题者,如《寓意诗》《感时》《养拙》《遣怀》《闲居》《食饱》等。而宋诗则将此主题进一步发展,直接消淡家国愁绪,更重视诗人一己情绪的表现,加之多用"遣兴""自遣"为题,创作出不少"感兴""杂兴""秋兴"之作,形成了一个新的诗歌主题,即方回总结的"消遣"主题。这也成为宋诗的一个特色。若是突破律诗的范围,只从思想内容上考虑,如文同《遣兴(三首)》、刘敞《秋兴(三首)》、苏轼《秋兴(三首)》、苏辙《感兴(二首)》、范浚《遣兴(五首)》、文天祥《山中

---

[1] 曹辛华:《论杜诗"遣兴体"及其诗史意义》,《文学遗产》2009年第3期,第30页。
[2] 《瀛奎律髓汇评》卷三二,第1351页。

感兴(三首)》等,皆是此类。

唐宋消遣主题的律诗,自杜甫、白居易以下,方回最重张耒和陆游。对于张耒,方回多次提及其作诗"初学张宛丘"①五七言入门,自然对张耒有一番研究。张耒有《遣闷》《遣兴》《春日遣兴》《遣兴和晁补之(四首)》《春日遣兴(二首)》《自遣(四首)》《秋兴(三首)》等诗,内容是感念时光、叹息漂泊、人生际遇等,风格平易而不枯瘠。他喜欢记录日常生活的感受情状,是因其"感物"的诗学观念。张耒在《上文潞公献所著诗书》中自称:"时时心之所感发,亦窃见之于诗。且夫人之生于天地之间,目之所见,耳之所闻,心之所思,一日之间无顷刻之休。……以人之无定情,对物之无定候,则感触交战,旦夜相召,而欲望其不发于文字言语,以消去其情,盖不可得也。则又知诗者虽欲不为,有所不能。"②《瀛奎律髓》选其《十二月十七日移病家居三首》即是此类。当时,张耒谪居黄州贬所,又身体抱恙,心情不佳。三首诗中,既有忧心哀叹,如"老去尘怀痛洗湔","梦为蝴蝶因观化,且送飞鸿谩寄情";又有牢骚自责,如"从今羞复立功名,卤莽因循已半生","心遭我愚应有谓,眼看人智亦何忧";还有自宽自嘲,如"万顷泽空供雪意,一枝梅笑破冬严","寸心若变有如日,万事不忧终在天",说明张诗内容丰富而情感复杂。方回评曰"消愁遣兴,顺时达理"③。张耒善咏又爱写情绪,若把类似诗作排比观之,足见其心态发展史。

陆游诗作亦多,其集中仅以"遣兴"为题的,就至少十首以上。另外,还有不少"寓叹""杂咏""杂兴""遣闷"之作。这些诗作七律为主,对仗十分精工。这是陆诗特色,无须赘言。需要指出的是,陆游年寿高而经历丰富,对仗之句往往蕴涵其对人生经验的总结和处世态度的概括,浅近者如"大床不解除豪气,凡眼安能识贵人","入门明月真堪友,满榻清风不用钱","达士招呼同啸傲,福人分付与功名",皆有警世、醒世意义。这可能就是方回序中所说的"世故"。

如果上面诸家的选录是所谓的"物理""世故"和"人情"的话,那么选如程颢《和尧夫打乖吟》则应该就是"天道"了。邵雍作"打乖吟"④诗,除程颢外,当时多有和者,如王拱辰、司马光、吕希哲等。程诗如下:

> 打乖非是要安身,道大方能混世尘。陋巷一生颜氏乐,清风千古伯夷贫。客求易妙多携卷,天为诗豪剩借春。尽把笑谈亲俗子,德容犹足畏乡人。

---

① 方回:《桐江续集》卷三二《虚谷桐江续集序》,见景印《文渊阁四库全书》第1193册,第664页。
② 张耒撰,李逸安、孙通海、傅信点校:《张耒集》卷五六,中华书局1990年版,第841页。
③ 《瀛奎律髓汇评》卷三九,第1462页。
④ 王拱辰诗押韵文部,其他诗人唱和皆用真部,二者是邻韵,时可通押。现存邵雍《安乐窝中好打乖吟》《自和打乖吟》二首诗,用的是灰部,疑其非唱和原作。

圣贤事业本经纶,肯与巢由继后尘。三币未回伊尹志,万钟难换子舆贫。且因经世藏千古,已占西轩度十春。时止时行皆有命,先生不是打乖人①。

"打乖"的意思是机变。程颢反对以打乖的态度处世,认为君子当安贫乐道,不改千古道心。冯舒、纪昀于二诗批评极严,认为是"恶物""理足而词不入格"②。理学家的诗作,确实容易理过其辞,甚至出现理障。方回对此类作品给予过批评,他说:"古之人,虽闾巷子女风谣之作,亦出于天真之自然,而今之人反是。惟恐夫诗之不深于学问也,则以道德性命、仁义礼智之说,排比而成诗。"③是以方回崇尚天真自然的诗学观,对以理入诗比较谨慎。但他还说:"《诗》以吟咏情性言义理。……诗词之学,自建安迄晚唐,一学也。虽各自名家而求其言之合于义理,号为知道君子,则鲜其人。……去朱子之没未百年,求所谓义理之学者,不一见焉。"④方回所谓义理当指程朱理学,所谓"以吟咏情性言义理",是希望诗合于理学而又不失性情之真。因而我们可以认为,方回只是反对以理学入诗中的末流。作为推尊理学的诗人,对程颢这两首诗,方回赞道:"邵尧夫一世豪杰,而安于闲退。理数之学,胸中浩然,时适有生如明道者知之。伊尹、伯夷、颜子、孟轲、其志也,非大说话。"⑤他认为邵雍不是表面看起来的"安于闲退"者,其学术道心,程颢知其志向。程颢道德学问方面没有问题,但就此诗作而言,无疑不是好诗。同时,理学家的诗多是道德心志的直接表露,且心态平和。这一点颇不同于杜甫抒写忧愁、发泄情绪、描写兴致,甚至也不同于白居易、张耒、陆游等描写个人荣辱、日常感兴、平居闲适等。方回选入集中,且大加赞赏,反映了方回诗"言义理"的诗学观念。

四、结论

方回所编《瀛奎律髓》是较早的一部主要以题材和主题作为类目的诗歌总集。它分成四十九类,在继承前代类书和总集分类基础上,又有所创新。老寿、忠愤、技艺、远外、消遣、兄弟、子息、疾病等门类,体现了方回独特的眼光。

其中,消遣类值得关注。它主要以"遣兴""杂兴""遣忧"等题目为标志,多表现人生际遇、处世方式和身边琐事,注重抒发个体内心的各类情绪,且深达物理、世故、人情和天道。

---

① 《瀛奎律髓汇评》卷三九,第1463页。
② 《瀛奎律髓汇评》卷三九,第1463页。
③ 《桐江集》卷一《赵宾旸诗集序》,第361页。
④ 《桐江续集》卷三二《吴云龙诗集序》,第667页。
⑤ 《瀛奎律髓汇评》卷三九,第1463页。

方回在消遣类中选入理学家的诗歌,体现了他"以吟咏性情言义理"的诗学观念。杜甫较早大量创作"消遣体"诗,把个人愁绪和家国情怀结合起来,对消遣主题诗歌的兴起影响很大。白居易则更加关注自身如何处世,体现出独善思想。宋人在杜、白等人基础上,大量创作消遣主题诗歌,以张耒、陆游为主要代表,更多地转向个体内心愁绪和日常生活中闲适安居的感兴体验。消遣类的设立,回应了唐宋以来诗歌写作主题由外向内转型的趋势。

《瀛奎律髓》的分类也充分反映了方回的诗歌分类观念。分类是一种有意味的形式。方回充分发挥其长处,但并不拘于其中。突出表现就是"互著"方法的运用,既照顾到了诗歌内容的丰富性,又给人以多种视角解读诗歌的启发。方回还把"茶""酒""月""雪""梅花"等单独立目,非常符合文学史发展状况,也是对现实社会文化的某种关注。

分类作为一种认识世界的思维方式,在宋人手里运用得淋漓尽致。方回"所选,诗格也"①的断语,指出了分类立目、选录诗歌来指示作诗门径的同时,也树立了典范。通过对某类题材的集中处理,更好地认识典范作家的典范性题材及其作品。比如,方回设"暮夜"类,收集了暮夜题材的诗歌 61 首,其中杜诗占了 13 首。这有助于我们加深对杜诗的认识。莫砺锋教授已经指出,暮夜诗是杜诗中非常重要的一类主题,名句名篇数量惊人,是唐诗艺苑中的一束奇葩②。清人评价说:"紫阳方氏之编诗也,合二代而荟萃之,不分人以系诗,而别诗以从类。……聚六七百年之诗于一门一类间,以观其意境之日拓,理趣之日生,所谓出而不匮,变而益新者,昭然于尺幅之间,则是编为独得已。"③正说明分门别类在总结题材,进而窥视诗歌创作变化中所起的巨大作用,更显现出了方法论的意义。同时,内容决定形式,《瀛奎律髓》呈现出的分类形式,是因为方回安排题材和主题的需要。虽然其分类继承了前代类书和总集的门类,但归根到底还是在于方回对唐宋诗内容的认知。

最后,分类思维通过诗集编纂,已然形成了一个诗学批评的手段。这体现在分类中的主观别裁。相比较而言,《文选》中的"补亡""述德",《文苑英华》中的"奉使""音乐"等,就被方回舍弃。这固然受限于律诗范围内,但也表明了这些诗歌在方回看来,可能无此必要。又如,"登览""山岩"类,"闲适""郊野"类的分合交叉,突出"茶""酒""雪""月""梅花"等类,都体现了方回的主观意图。此外,选择"着题""拗字""变体"等作为类目,说明了方回对这些诗学技巧的肯定,为其诗学观点张目。正是因为这样,分类和评点成为《瀛奎律

---

① 《瀛奎律髓汇评》,《瀛奎律髓序》,第 1 页。
② 莫砺锋:《穿透夜幕的诗思——论杜诗中的暮夜主题》,《文学遗产》2009 年第 3 期。
③ 《瀛奎律髓汇评》,吴瑞草序,第 1813 页。

髓》中不可分割的两个组成部分,就如方回自己说的:"所注,诗话也。"①这样,分类就有了文学批评上的意义。

(作者简介:胡健,安徽师范大学中国诗学研究中心讲师。发表论文有《论章学诚"文集辅史"的观念》等。)

---

① 《瀛奎律髓汇评》,《瀛奎律髓序》,第1页。

《诗译》与明代《诗经》学

陈 勇

摘 要：王夫之的《诗译》长久以来以与《夕堂永日绪论内编》《南窗漫记》合编后的《姜斋诗话》传布于世，但此书有其独特的编撰体例和论诗方式，值得独立研究。《诗译》中的"诗"乃是《诗经》，"译"为阐释，《诗译》的命意就是基于古今相通的观念，以后世的诗歌为参照解释《诗经》，通过推源溯流的方法，从相互关涉的角度理解后世诗歌与《诗经》之间的关系。《诗译》"以诗解《诗》"，与明代《诗经》研究由经学转向文学的学术思潮紧密相关，但综观王夫之全部有关《诗经》的著述，他仍坚守《诗经》的经学地位及教化功能，二者并不矛盾。

关键词：《诗译》 明代 《诗经》学 文学 经学

道光二十二年(1842)，邓显鹤将《诗译》和《夕堂永日绪论内编》《南窗漫记》合编为《姜斋诗话》，此后《诗译》基本上以《姜斋诗话》为名传布于世。二十世纪以来，此书和《夕堂永日绪论内编》是王夫之诗学研究的主要文献依据，在征引时却鲜有论者对这两者加以区分。《诗译》一卷，共十六则，虽然篇幅短小，但毕竟是一部独立命名的著述，在王夫之诗学体系中应有独特的地位，其编撰体例和论诗方法也自有特点。《四库全书》不收《诗译》，仅在《总目》"诗经稗疏"条云："惟赘以《诗译》数条，体近诗话，殆犹竟陵钟惺批评《国风》之余习，未免自秽其书，虽不作可矣。"[①]在清人重考据、轻评议的学风之下，《诗译》不可能获得公允的评价，但《总目》对此书体式及学术背景的认识却不为虚言。借此线索，以明代《诗经》研究为背景，就《诗译》批评的理念和方法进行更深入的探究。

一、《诗译》解题及体例

正如王夫之《示侄我文》云："读书须要识字，一字为万字之本。"[②]要想把握《诗译》的

---

① 永瑢等撰：《四库全书总目》卷一六，中华书局1965年版，第131页。
② 王夫之：《示侄我文》，见王夫之著，船山全书编辑委员会编校：《船山全书》第15册，岳麓书社1996年版，第146页。

著述体例,需要先理解书名。《诗译》中的"诗"字即指《诗经》,而"译"字是书之核心。《说文》:"译,传四夷之语者。从言,睪声。"①其本义是翻译,后衍化为解释、阐述。所谓"译",就是在一种语言中寻找与另一种语言中意思相对应的语汇,从而获得对不同语言的解释和理解。郭绍虞在中华书局出版的《清诗话》前言中将"译"写成"绎"②,后上海古籍出版社再版时,虽对前言进行了不少修订,但"绎"字未改③。《说文》曰:"绎,抽丝也。从糸,睪声。"④《方言》曰:"绎,理也。丝曰绎之。"⑤王夫之云:"绎,寻其绪也。"⑥因"译"和"绎"音同、形近、义近,所以《清诗话》有此讹误。《诗译》原文首条就出现了"译"字,未写成"绎",今当以"译"为准。《诗译》一书的编撰体例和论诗方法,皆可从"译"字出发予以阐释。

萧驰说:"《诗译》无序言,倘若将《诗译》的首条看作与《内编·序》相对应的话,则二书皆以论'兴观群怨'开篇。"⑦这种看法可能是受到今人编著《诗译》版本的影响,如郭绍虞的《清诗话》、戴鸿森的《姜斋诗话笺注》、岳麓书社出版的《船山全书》,都标识了一、二……十六等数字,使得首条的序言性质不明。《诗译》的首条就是序言,无须"倘若"这样假定性的字眼。不明写"序言"二字,便说"没有序言",是对古人的著述习惯缺乏了解。《诗译》首条意在解题,对全书宗旨和论诗方法有十分明确的阐述。如云:

> 王仲淹氏之续经,见废于先儒,旧矣。继而僭者,《七制》之诏策也。仲淹不任删,《七制》之主臣,尤不足述也。《春秋》者,衰世之事,圣人之刑书也。平、桓之天子,齐、晋之诸侯,荆、吴、徐、越之僭伪,其视六代、十六国相去无几,事不必废也,而诗亦如之。卫宣、陈灵下逮乎《溱洧》之士女,《葛屦》之公子,亦奚必贤于曹、刘、沈、谢乎?仲淹之删,非圣人之删也,而何损于采风之旨邪?故汉、魏以还之比兴,可上通于《风》《雅》;桧、曹而上之条理,可近译以三唐。元韵之机,兆在人心,流连泆宕,一出一入,均此情之哀乐,必永于言者也。故艺苑之士,不原本于《三百篇》之律度,则为刻木之桃李;释经之儒,不证合于汉、魏、唐、宋之正变,抑为株守之兔罝。陶冶性情,别有风旨,不可以典册、简牍、训诂之学与焉也。随举两端,可通三隅。⑧

---

① 许慎撰,段玉裁注:《说文解字注》,上海古籍出版社1981年版,第101页。
② 王夫之等撰:《清诗话》,中华书局1963年版,前言第4页。
③ 王夫之等撰:《清诗话》,上海古籍出版社1978年版,前言第8页。
④ 《说文解字注》,第643页。
⑤ 扬雄撰:《方言》,中华书局1987年版,第61页。
⑥ 王夫之:《四书训义》卷一三,见《船山全书》第7册,第589页。
⑦ 萧驰著:《抒情传统与中国思想——王夫之诗学发微》,上海古籍出版社2003年版,第135页。
⑧ 王夫之:《诗译》,见《船山全书》第15册,第807页。

王通以继承孔子的事业为己任,并效法孔子删订《六经》,"续《诗》《书》,正《礼》《乐》,修《元经》,赞《易》道"①。王通所续之"经"基本上不为后世儒者所认可,后世仅存《元经》和模仿论语的《中说》。王夫之认为,孔子所处的春秋时期,与六代、十六国同为衰世,王通虽然不足以胜任圣人的事业,但其学行不能一概否定。他认为诗歌的演变也是如此,《诗经》中的作品未必都胜过汉魏以来诗歌,汉魏以来的诗歌亦可与《诗经》相提并论,在源自人心、表达哀乐这一层面上二者是相通的。如前所言,"译"就是在一种语言中寻找与另一种语言中意思相对应的语汇,从而获得对不同语言的解释和理解。王夫之的好友方以智说:"译者,释也,绎也。""化本同而无不异,异必译以同之。同者,通也。"②那么"诗译"含义就是:基于古今相通的观念,以汉魏之后的诗歌为参照解释《诗经》;以推源溯流的方法,从相互关涉的角度理解后世诗歌与《诗经》之间的关系。

熟绎首条,结合全文,《诗译》的编撰体例就十分明朗了。为了更清晰地了解此书古今互为参照的阐释之法,现将不包括序言在内的其他十五则诗论,分别以论题、所引《诗经》的篇章、《诗经》之后诗人诗作或诗论为栏,列表如下:

	论题	《诗经》	《诗经》之后的诗人诗作
1	兴观群怨	《周南·关雎》《大雅·抑》	谢灵运、颜延年
2	言意	《周南·芣苢》	《古诗十九首》,陶渊明、韦应物
3	情景	《小雅·采薇》	杜甫《喜达行在所》、李拯《退朝望终南山》,孟郊
4	取影	《小雅·出车》	王昌龄《少年行》③
5	诗品与人品	《小雅·鹿鸣》	杜甫《奉赠韦左丞丈二十二韵》
6	写景	《小雅·庭燎》	杜审言《守岁侍宴应制》、岑参《和贾至舍人早朝大明宫之作》
7	体物	《卫风·氓》《周南·桃夭》	苏轼诗论:非"沃若"不足以言桑。
8	藏意	《鄘风·君子偕老》《秦风·小戎》《豳风·东山》	杜子美《秋兴八首》
9	句与语 韵与意	《商颂·玄鸟》《周南·葛覃》	顾梦麟以帖括塾师之识说诗
10	象外与环中	《小雅·采薇》《豳风·东山》	谢灵运《登池上楼》、张协《杂诗》

---

① 杜淹:《文中子世家》,见董浩等编:《全唐文》卷一三五,中华书局1983年版,第1369页。
② 方以智著,庞朴注释:《东西均注释》,中华书局2001年版,第162页。
③ 戴鸿森据《全唐诗》等文献校《少年行》为《青楼曲》,见王夫之著,戴鸿森笺注:《姜斋诗话笺注》,上海古籍出版社2012年版,第13页。

续表

	论题	《诗经》	《诗经》之后的诗人诗作
11	诗史	《鄘风·桑中》《鲁颂·有駜》	汉乐府《铙吹》《白纻》，杜甫《丽人行》，鲍昭、李白、曹邺
12	句法	《卫风·氓》	李白《上皇西巡南京歌》
13	情理	《小雅·小宛》	谢灵运
14	复字	《卫风·硕人》	《古诗十九首》之"青青河畔草"
15	兴比、情景	《大雅·棫朴》	杜甫《登岳阳楼》、孟郊、温庭筠

从上表可以看出，"译"字的含义应该是双向的。王夫之或以后世诗歌与《诗经》相贯通，揭示诗歌艺术的渊源与本质；或以《诗经》为参照理解后世的诗歌，论述诗歌观念和技艺的发展变化；个别则针对后世论《诗》者而发，自出新意。从总的褒贬取向上看，《诗译》是以《诗经》为标准品评后世的诗歌，在"兴观群怨""言意""情景"等论题上，王夫之认为后世诗歌只能达到或接近《诗经》的层次，从未说过哪些诗篇超越了《诗经》。当然，他在《诗广传》中对《北门》《静女》《相鼠》《蟋蟀》《都人士》等篇章也有不同程度的批评，这也是需要注意的。在王夫之庞大的诗学著述体系中，《诗译》是连接《诗经》与后世诗歌的一座桥梁。

二、《诗译》与明代《诗》学的会通

明代中后期，涌现出大量的《诗》学著作。刘毓庆认为，明代的《诗经》研究经历了由经学向诗学的转变，"从万历开始，到明亡国约七十年间，《诗经》专著就产生了约有四百多种，而其中半数以上与文学研究有关"[①]。刘氏还将明代晚期的《诗》学研究划分为讲意派、评点派、评析派、汇辑派、诗话派。的确，这些派别在论著的形式、《诗》学观念上是有区别的，但它们往往相互渗透、相互影响。在《诗经》由"经"向"诗"回落的思潮中，王夫之不可能置身事外。就批评理念和方法而言，《诗译》与明代中后期的《诗经》研究有很多会通之处，分述如下：

其一，以《诗经》为源头理解后世诗歌。安世凤在《诗批释·自序》中说："予家世《尚书》，而予则从先君子受《诗》，童而诵之，为学究家言，以为诗之观尽于是矣。其后学为韵语，涉猎全唐，泛滥二氏，裴回于六朝魏汉之间以溯之《离骚》，莫不取辞丽而用志精，然于

[①] 刘毓庆著：《从经学到文学——明代〈诗经〉学史论》，商务印书馆2001年版，第8页。

礼义性情哀思喜怨之致，或得一而废百，反之于《三百篇》，然后如轩辕之镜、牟尼之珠，纵横钩斜，顺来背往，各得其形而亡所不照，学之者随其量而挹之，皆可以虚入而果归，融融然与春色俱化矣。"①安氏自述了学诗的过程，童年诵习《诗经》，后经全唐、六朝魏汉，溯之《离骚》，最终回到了《诗经》，并以之反观后世的诗歌，从而达到融会贯通的境界。许学夷(1563—1633)在《诗源辨体》中也申述了以《诗经》为源头考察诗歌史的重要性，"诗自《三百篇》以迄于唐，其源流可寻而正变可考也。学者审其源流，识其正变，始可与言诗矣"②。《诗译》首条的观念与上述观念相通，"汉、魏以还之比兴，可上通于《风》《雅》；桧、曹而上之条理，可近译以三唐"。《诗批释》属于评点体，是专门研究《诗经》的著作；《诗源辨体》是诗话，泛论历代诗歌；《诗译》体近诗话，以汉魏以来的诗歌为参照解释《诗经》。几者在著述体例、论说对象上有一定的差异，但都具有以《诗经》为源头来观照后世诗歌的理念。许学夷还说："论者谓汉、魏不能为《三百》，唐人不能为汉、魏，既不识通变之道；谓我明诸公多法古人，不能自创自立，此又论高而见浅，志远而识疏耳。"③王夫之也说《溱洧》《葛屦》"奚必贤于曹、刘、沈、谢"？二者对诗人诗作具体的品次虽有不同看法，但都认为后世诗歌未必都不如《诗经》。如刘毓庆所言："最早将《诗经》视为文学作品的就是诗话。"④万历之后，诗话中讨论《诗经》的内容越来越多，这种广泛地将《诗经》和后世诗歌相提并论的做法，也是《诗经》研究由经学走向文学的反映。《诗译》和王夫之其他《诗》学著作不同，可以说是专以文学艺术的眼光来解说《三百篇》。

其二，强调读者的主体性。钟惺《批点诗经·自序》（又名《诗论》）云：

> 诗，活物也。游、夏以后，自汉至宋，无不说《诗》者，不必皆有当于《诗》，而皆可以说《诗》。其皆可以说《诗》者，即在不必皆有当于《诗》之中。非说《诗》者之能如是，而《诗》之为物不能不如是也……故说《诗》者散为万，而《诗》之体自一；执其一，而诗之用且万。噫！此《诗》之所以为经也。⑤

钟惺认为，《诗》是有生命的，《诗》的意义不是僵滞的，无论是亲删《诗》的孔子、亲受孔子传《诗》的弟子，还是春秋列国大夫，乃至汉人、宋人，对《诗》的理解都不可能达到统一。王夫之《诗译》与《诗论》的观念十分相似。如云："'可以'云者，随所以而皆可也。""出于四情之

---

① 安世凤撰：《诗批释·自序》，明万历二十九年商丘安氏原刻本，复旦大学图书馆藏。
② 许学夷：《诗源辨体》，见吴文治主编：《明诗话全编》第6册，凤凰出版社1997年版，第6052页。
③ 《诗源辨体》，见《明诗话全编》第6册，第6034页。
④ 《从经学到文学——明代〈诗经〉学史论》，第426页。
⑤ 钟惺撰：《隐秀轩集》卷二三，上海古籍出版社2017年版，第457—458页。

外,以生起四情;游于四情之中,情无所窒。作者用一致之思,读者各以其情而自得。"即是说,读《诗》不必受诗人当初作诗时本意的限制,随读者的感触不同,完全可以有不同的理解。二者均肯定了读者对《诗》自由、个性化的理解。钟惺认为,后世理解的多元化是由《诗经》本身蕴含的丰富意义所决定的,"体一用万"正是《诗》之所以为"经"的原因所在。王夫之认为,能不能"随所以而皆可"是衡量包括《诗经》在内的一切诗歌的标准,也是衡量读者阅读能力的标准。因为具有这种观念,二者对训诂家解《诗》的做法都有所批评。《续修四库全书总目提要》评后者云:"故其说《诗》,意在品题。与经生说《诗》之株守门户、斤斤于名物训诂者,固自不同。"①《诗译》也说《诗》"不可以典册、简牍、训诂之学与焉也"。宋元之际的谢枋得撰《诗传注疏》,着重揭示《诗经》每篇乃至每章、每句的确切含义,苦心揣摩作者的意旨,被王夫之讥之为"井画而根掘之"②。

其三,注重发掘《诗经》的文学艺术性。万时华《读风偶笺·自引》云:"《诗》虽埒之五经,而旨与他经异,或近之而远,或浅之而深,或隐之而显,或笑而叹,或反而正,今之君子知《诗》为经,不知《诗》之为诗。"③万氏明确地将《诗》视为文学作品,其所谓"近"与"远"、"浅"与"深"、"隐"与"显"、"笑"与"叹"、"反"与"正"之间的关系,正是对《诗经》审美艺术特征的辩证总结。"知《诗》之为诗"代表着一股强劲的时代学术风潮,许多论者也将后世论诗观念和术语引入对《诗经》的阐释,现以安世凤(万历十一年进士)、徐光启(1562—1633)、戴君恩(1570—1638)、钟惺(1574—1624)、万时华(1590—1639)、陈组绶(崇祯七年进士)等人对《秦风·蒹葭》一诗的批评为例加以说明。分别如下:

> 调高气逸,迥出霞表。④
>
> "宛在水中央",想象模拟,恍然如见之意,若仿若佛,若灭若没。此等语言,吾不知其所从来,殆神化所致,句法神品。⑤
>
> "溯洄""溯游",既无其事,"在水一方",亦无其人。诗人盖感时抚景,忽焉有怀,而托言于一方,以写其牢骚邑郁之意。⑥
>
> "所谓"二字,便有可望而不可即,可想而不可名之意。⑦

---

① 中国科学院图书馆整理:《续修四库全书总目提要》,中华书局1993年版,第321页。
② 王夫之:《诗译》,见《船山全书》第15册,第808页。
③ 万时华:《读风偶笺·自引》,见《续修四库全书》第61册,上海古籍出版社2013年版,第143页。
④ 安世凤撰:《诗批释》卷一,明万历二十九年商丘安氏原刻本,复旦大学图书馆藏。
⑤ 徐光启撰,邓志锋点校:《毛诗六帖讲意》卷一,上海古籍出版社2011年版,第200页。
⑥ 戴君恩:《读风臆评》,见《四库全书存目丛书·经部》第61册,齐鲁书社1997年版,第256页。
⑦ 钟惺撰:《批点诗经》,明凌杜若刻朱墨印本,上海图书馆藏。

此诗意境空旷,寄托玄澹。秦川咫尺,已宛然三山云气,竹影风声,邈焉如仙。①

思在境先,蒹葭白露,恃其借慨耳,若说触境兴思,便是情短矣。②

这些评语涉及了《蒹葭》一诗写景、抒情及字法、句法、章法等,其"调""气""骨""神""境""味"等术语也是后世诗歌批评习见的术语,多以诗性的、形象的语言描述读诗的具体感受,对《蒹葭》一诗的艺术特性有不同角度的阐发,和汉唐迄宋元以来训诂家、理学家解《诗》的面目完全不同。对比前表可以明显看出,《诗译》与上述评语讨论都是同一类问题,运用的术语也基本类似,只不过是各有各的体会而已。在《诗译》中,王夫之是将《诗经》视为文学作品来评论的,且明确提出了"以诗解诗"③的主张,这不能不说是明代中后期《诗经》研究从"经学"转向"文学"的风气所致。

其四,以反复吟咏方式体味《诗》的精义。如戴君恩云"诗词之妙全在反覆咏叹"④,又云:"爰检衣箧,得《国风》半部,展而玩之,哦之、咏之、楮之、翰之。"⑤万时华云:"'出宿'二章,中间许多曲折,反复吟咏,情致宛然。个中领悟,更可得诗理诗趣。"⑥通过对《诗经》文本的反复吟咏,注重从细节体味诗理诗趣,是明代以文学角度阐释《诗经》的共同特点。王夫之也赞赏反复吟咏的方式:"程子与学者说《诗经》止添数字,就本文吟咏再三,而精义自见。"⑦当然程颢提倡咏《诗》,是因为"看《诗》便使人长一格价"⑧,有直接归正性情的目的。《诗译》解读《诗经》,往往摘取数句,从细节处立论,也应该是王夫之在反复吟咏《诗经》本文之后的心得体会。《诗译》明确提出《诗》的本质在于"陶冶性情",却能立足于其艺术感染力,没有明显的道学色彩。

三、王夫之《诗》学与明代《诗》学的差异

如果仅凭《诗译》一书,很容易认为王夫之孤立地视《诗经》为文学作品。实际上,在明代《诗》学由"经"向"诗"转变思潮中,王夫之既有发掘《诗经》文学性的一面,也有固守其经

---

① 万时华:《读风偶笺》卷四,见《续修四库全书》第 61 册,第 181 页。
② 陈组绶:《诗经副墨》,见《四库全书存目丛书·经部》第 71 册,第 131 页。
③ 王夫之:《诗译》,见《船山全书》第 15 册,第 811 页。
④ 戴君恩:《读风臆评》,见《四库全书存目丛书·经部》第 61 册,第 234 页。
⑤ 戴君恩:《读风臆评》,见《四库全书存目丛书·经部》第 61 册,第 230 页。
⑥ 万时华:《读风偶笺》卷二,见《续修四库全书》第 61 册,第 158 页。
⑦ 王夫之:《夕堂永日绪论·外编》,见《船山全书》第 15 册,第 842 页。
⑧ 朱熹著,吕祖谦撰,严佑之导读:《朱子近思录》卷三,上海古籍出版社 2000 年版,第 57 页。

学地位的一面。要理解王夫之《诗》学的全貌，以及其与明代《诗》学的差异，必须立足于他所有《诗》学著作和论述综合加以考察。

首先，王夫之虽视《诗》为文学作品，但从未否定《诗》的经学地位。如《诗译》首条云："故艺苑之士，不原本于《三百篇》之律度，则为刻木之桃李；释经之儒，不证合于汉、魏、唐、宋之正变，抑为株守之兔罝。"王夫之一方面认为《三百篇》是文学作品，不以《诗经》为源头，后世诗歌则会失去根源；另一方面又认为《三百篇》是经，不了解历代经学继承和演变的关系，不可能获得对《三百篇》的有效阐释。与之不同，明代很多究《诗》者对汉《诗》学、宋《诗》学均有不同程度的菲薄，如孙鑛、钟惺分别云：

> 说《诗》者率祖《小序》，至晦庵乃尽黜之。间有袭者，只十一二，杨用修目为倔强。夫其不然！然小序实有难通者，且今《序》乃毛公所传耳。鲁、齐、韩三家说固特焉。泥《毛序》者宁讵为得哉！京都李翁谓《序》首句系国史所记，的为诗柄无可疑，以下语不无傅会。其言近而有理。①

> 汉儒说《诗》据《小序》，每一诗必欲指一人一事实之。考亭，儒者，虚而慎，宁无其人、无其事，而不敢传疑，故尽废《小序》不用。然考亭所间指为一人一事者，又未必信也者。亭注有近滞者、近痴者、近疏者、近累者、近肤者、近迂者。②

孙鑛、钟惺均赞成朱熹废《序》而解《诗》的主张，但朱熹废《序》解《诗》的说法本身需要辨析。朱熹说"大序亦未必是圣人做。小序更不须说"③，"某解诗，多不依他序"④，此类废《序》的言论出自《朱子语类》，但其《诗集传》反映的情况却非如此。今人杨世明通过详细对比后发现，"实际上全书依从《诗序》旧说则占了绝大多数"⑤。《语类》是朱熹和学生答问时的记录，有一定的随意性，了解其《诗》学观念当以经过他严格审订的《诗集传》为主。《诗集传》对《序》有废也有从，明人只理会"废"的一面，于"从"处却弃置不顾。而朱熹极为随意的"全不依"，到了孙鑛、钟惺便成了"尽黜"和"尽废"。孙鑛尚且以为《诗序》首句"的为诗柄无可疑，以下语不无傅会"，而钟惺不仅以《序》可废，且朱熹《诗集传》也未必可以尽

---

① 孙鑛：《批评诗经》，见《四库全书存目丛书·经部》第 150 册，第 51 页。
② 《隐秀轩集》卷二三，第 4458 页。
③ 黎靖德编，王星贤点校：《朱子语类·诗一·纲领》卷八〇，中华书局 1986 年版，第 2072 页。
④ 《朱子语类·诗一·纲领》卷八〇，第 2092 页。
⑤ 杨世明：《朱嘉〈诗集传〉于〈诗序〉有废有从考说》，见中国诗经学会编：《诗经研究丛刊》（第九辑），学苑出版社 2005 年版，第 92—109 页。

从。明人菲薄汉、宋《诗》学的说法,遭到了王夫之的批评:

> 伯兄石崖先生曰:"吾以序言《诗》,而于生平讽诵所蓄疑而未安者,自觉为之豁如。"觉其豁如者,觉也。觉者,天理之舍,古今之府,以效古人而自觉者也。故一曰学,觉也。觉生于拟议,而效成乎变化,斯以悦心研虑而无所疑。乃若愚所谓眩者,则非此之谓也。窃二氏之土苴,建为门庭,以与朱子讼。戴古木为冒镝之盾,究亦未知汉儒之奚以云也。一字之提,不问其句,一句之唱,不问其篇,矫揉圣教而惟其侮,倚其附耳密传之影响,而不得有一念之豁如,若此者固愚兄弟所过门不入而无憾者,奚忍与党同而伐朱子之异哉?先生此编,一以子夏序为正,而固不怙也。曰:即出于卫氏而亦为近古。①

上文是王夫之为伯兄王介之《诗传合参》所作的序。从其书名及以上记述中可知:王介之是主张以序言《诗》的,并可能以子夏为《诗大序》的作者,卫宏为《诗小序》的作者;其次,王介之解《诗》会参研汉、宋人之说,即使被后世广泛质疑的卫宏之《小序》,考虑到其距离《诗经》时代较近,也不能轻易否定。王夫之同意伯兄的说法,认为解《诗》能参酌于汉、宋,则是"效古人而自觉",而明人废弃《诗序》,甚至怀疑《集传》的做法,主张"臆解"甚至伪托"古本"的行为则属于"眩"。另外,《诗译》中说"陶冶性情"不可以"训诂之学与焉",也是在强调《诗三百》"陶冶性情"的特质,不能沉溺于训诂,并不是完全弃置训诂,其《诗经稗疏》一书就是有关词语名物训诂的专著。

其次,王夫之注重读者的"自得之情",但不提倡对《诗》篇意旨的臆说。若说明代《诗》学的新变,无过于王阳明"心学"兴起之后。阳明论学,主张在"心体上用功"②,他有《五经臆说》,其序言嘲笑世儒于文字中求道,犹如"求鱼于筌""以糟粕为醪"③。在以"臆"解《诗》上,戴君恩可谓是阳明的嫡传。如云:

> 凡吾耳目见闻,大率皆依傍物耳。才有依傍,即有制缚,譬臧获受约束主伯,尺尺寸寸,传习惟谨,何暇出乎域中?惟臆也不受制缚,时潜天,时潜地,时超象罔,时入冥滓。夫欲破习而游于天也,则莫如臆矣。是故芟舍紫阳,以臆读,以臆评,以臆点,浣

---

① 王夫之:《诗传合参序》,见《船山全书》第15册,第131页。
② 王阳明:《语录一》,见王守仁撰,吴光、钱明、董平、姚延福编校:《王阳明全集》卷一,上海古籍出版社2011年版,第17页。
③ 王阳明:《五经臆说序》,见《王阳明全集》卷二二,第965页。

断画册而呈之,直指吴公摄桌。闵公爱进不慧而语曰:"善!夫子舆氏不云乎:'以意逆志,是为得之。'"①

戴氏所谓的"物",就是前人对《诗经》的研究,他在序中提及了朱熹的《诗集传》,从他的逻辑而言,汉人的《诗》学也应该属于"物"的范围。他提倡挣脱"物"的束缚,解《诗》要无所依傍前人,并讥嘲有所依傍好似奴婢受制于主伯。其解《诗》的理论渊源是孟子的"以意逆志"说,他将"意"的作用极度地放大,"意"可以上天入地,无所不能。"以意逆志"在他那里转化成了"以臆逆志","以臆读,以臆评,以臆点"正是《读风臆评》最好的解题。如《周南·葛覃》一诗,戴氏认为其中"归宁父母"之事是虚设,而不是实有其事,"空中构相,无中生有"②正是此诗的妙处所在;而《毛序》《毛诗正义》《诗集传》皆认为"归宁父母"是实际发生的事情。另外,在《王风·中谷有蓷》《王风·兔爰》《郑风·遵大路》《桧风·匪风》的评释中,《臆评》对朱熹的注解都予以驳斥。不仅《臆评》一书,季本(1485—1563)《诗说解颐》、丰坊(1492—1563?)《鲁诗正说》、钟惺(1574—1624)《批点诗经》、凌濛初(1580—1644)《诗翼》、何楷(?—1645?)《诗经世本古义》等很多明人的《诗》学著述,对《诗经》篇旨的解释皆与《毛序》《集传》大有不同。

王夫之也说:"作者用一致之思,读者各以其情而自得。"读者的"自得之情",即意味着读者以自己当下的情境,对诗篇有不同的感触。但王夫之同时也提到了作者的"一致之思",所谓"一致"意即一首诗中作者所要表达的情思是确定的。当代美国文论家赫施说:"本文的含义始终未发生变化,发生变化的只是这些含义的意义。"③依赫施的说法,读者的"自得之情"应该是属于诗篇潜在的意义,而不是本文的含义。当然,潜在意义的引申必然要建立在对本文含义的理解之上。就明人对《诗经》篇旨的臆说,王夫之的态度就是《诗传合参序》中所说的"过门不入而无憾"。王夫之《诗广传》属于外传体④,是就《诗经》的潜在意义进行引申发挥,但对《诗经》的本义,他往往依从古说,如论《郑风·将仲子》一诗,注明"《序》说为是"⑤;论《卫风·木瓜》,注明"当从《毛传》"⑥;论《大雅·桑柔》,注明"当从郑笺"⑦;另如《小雅·黍苗》一诗,《毛序》以为是"刺幽王",《集传》以为是歌颂宣王,《诗广

---

① ② 戴君恩:《读风臆评》,见《四库全书存目丛书·经部》第 61 册,第 231 页。
③ 赫施著,王才勇译:《解释的有效性》,生活·读书·新知三联书店 1991 年版,第 244 页。
④ 清人魏源《诗外传演》下卷就是《诗广传》一书的节录,见魏源撰,魏源全集编辑委员会编:《魏源全集》第 1 册,岳麓书社 2004 年版,第 697—726 页。方孝岳认为《诗广传》是"模仿《韩诗外传》体裁,推论三百篇的诗人言外之意",见方孝岳编著:《中国文学批评》,世界书局 1934 年版,第 242 页。
⑤ 王夫之:《诗广传》卷一,见《船山全书》第 3 册,第 346 页。
⑥ 王夫之:《诗广传》卷一,见《船山全书》第 3 册,第 339 页。
⑦ 王夫之:《诗广传》卷五,见《船山全书》第 3 册,第 494 页。

传》依从了朱熹的说法①。纵观《诗广传》全书,王夫之对《诗经》篇旨的理解总是在《毛序》《毛传》《郑笺》《正义》《集传》等经典著作之间详加参酌。对于明代中后期攻击汉学、菲薄宋儒,在《诗经》篇旨解说上标新立异、主观臆测的风气,王夫之有冷静的思考,自觉地超拔而不受时风的浸染。

再者,王夫之常从细节出发评赏的同时,仍注重对全章的整体观照。明人以文学角度解读《诗经》,无论是讲意派、评点派、评析派、诗话派,均在字法、句法、节意、章旨、结构、义脉等艺术手法层面倾注了许多笔墨。其中不乏精辟的评点和分析,如戴君恩常以"格法"分析《诗》篇的审美效果,所言之法有反空法、铺陈法、关锁法、反振法、伸缩法、以客待主、前呼后应、投胎夺舍、由虚入实、节节相生等②,这些总结皆有助于读者领悟《诗经》生动活泼的艺术境界。但客观地说,明人论《诗》也大量充斥着空泛、陈腐的语言,如动辄"妙妙""大妙""大奇""奇绝",重复多次的使用不免令人生厌。很多评论挑字捡句、分章截韵,因拘于细节而趋于繁杂琐碎,王夫之所说的"一字之提,不问其句,一句之唱,不问其篇",是明人《诗经》研究中普遍性的弊病。如顾梦麟在《诗经说约·序》中说:"至诗有篇有章有句,因而有连有转有截,其体势意思皆依韵脚。"③此说为王夫之猛烈抨击,如云:

> 句绝而语不绝,韵变而意不变,此诗家必不容昧之几也。"天命玄鸟,降而生商。"降者,玄鸟降也,句可绝而语未终也。"薄污我私,薄浣我衣。害浣害否?归宁父母。"意相承而韵移也。尽古今作者,未有不率繇乎此,不然,气绝神散,如断蛇剖瓜矣。近有吴中顾梦麟者,以帖括塾师之识说诗,遇转则割裂,别立一意。不以诗解诗,而以学究之陋解诗,令古人雅度微言,不相比附。陋子学诗,其弊必至于此。④

王夫之反对以"韵"分节立释的做法,他认为诗歌韵脚与意脉的转换未必是整齐划一的,他甚至将"句绝而语不绝,韵变而意不变"提升为诗歌艺术的关键所在。在王夫之的观念中,对诗歌艺术的细节分析一定要顾及作品的全篇,否则便有割裂之嫌,他认为这也是诗歌创作中不容遮蔽的道理,反之则会走入"气绝神散"的地步。

《诗译》体近诗话,吴文治说明人诗话"自觉地进入了诗学理论批评的领域"⑤。和明

---

① 王夫之:《诗广传》卷三,见《船山全书》第3册,第434页。
② 《从经学到文学——明代〈诗经〉学史论》,第338—341页。
③ 顾梦麟:《诗经说约·序》,见《续修四库全书》第60册,第221页。
④ 王夫之:《诗译》,见《船山全书》第15册,第811页。
⑤ 吴文治主编:《明诗话全编》第1册,江苏古籍出版社1997年版,前言第2页。

人诗话相比,《诗译》的理论品格更加突出。从前表可以看出,《诗译》所涉及的基本上是关乎诗歌的体用、创作、评赏等的重大理论问题,仅有两条讨论了句法和字法的问题,有重理论轻技法的倾向,他在《夕堂永日绪论·内编》中曾引《金刚经》云"法尚应舍,何况非法"①,二书的思想是一贯的。当然,《诗译》论诗是摘章择句的,王夫之总是从个别诗例出发,论述属于全局性的问题,与明人琐碎繁复的作风明显不同。作为大思想家,王夫之对《诗》学的认识能秉要执本,于《诗》的文学性阐释而言,《诗译》一书提纲振领的意味十分明显。

另外,王夫之论《诗》以吟咏性情为旨归,批判喜而弄之的倾向。《诗译》首条之"陶冶性情,别有风旨",是王夫之评赏的终极标准。诗歌陶冶性情的功能必定是通过反复吟咏来实现的,但他认为读《诗》不慎也会流于玩物丧志之列。如云:

> 所恶于丧志者,玩也。玩者,喜而弄之之谓。……经亦有可玩者,玩之亦有所丧。如玩《七月》之诗,则且沉溺于妇子生计盐米布帛之中;玩《东山》之诗,则且淫泆于室家嚅唲寒温、拊摩之内。……孙月峰于《国风》《考工记》《檀弓》《公羊》《谷梁》效其尤,而以纤巧拈弄之,皆所谓侮圣人之言也。②

王夫之认为"玩"就是"喜而弄之",如因读《七月》《东山》等诗,而沉溺于禄位田宅之念、室家妻子之情,而不能"求合其志之大者"属于"玩";而局限于挑字捡句、分章截韵,"以纤巧拈弄之"也属于"玩"。显然,包括孙鑛《批评诗经》等在内的多数明人《诗》学著作,在他的眼中均不能切于身心之用,而有玩物丧志之弊,亵渎经典之嫌。《诗译》首条云:"释经之儒,不证合于汉、魏、唐、宋之正变,抑为株守之兔罝。"其中的汉、魏、唐、宋当是泛指,应该也包括明人之正变。明人之"变",在发掘《诗经》艺术感染力有独到之处,同时也盛行着流连忘返、玩弄文句的文人习气,王夫之汲取了前者,而扬弃了后者,其做法是有所辩证的。

四、余论

王夫之既认为《诗经》是"诗",也认为《诗经》是"经";既以诗解《诗》,也以"经"解诗。如果仅局限于《诗译》一书,很容易认为他不注重《诗》的政教功能,如纳秀艳认为:"王夫之

---

① 王夫之:《夕堂永日绪论·内编》,见《船山全书》第15册,第827页。
② 王夫之:《俟解》,见《船山全书》第12册,第477—489页。

提出了'以诗解诗'的阐释方法,以诗歌艺术的角度审视《诗经》,体会蕴含其中的情意之美、艺术之美,并以此祛除厚重的《诗经》政治教化之'魅',从而恢复《诗经》活泼的诗歌生命。"①这种看法并不符合的实际。如《诗广传》论《关雎》云:"辗转反侧而望之,琴瑟钟鼓而荣之,环宫中之尊卑少长,得主而如一身,文王复奚以言哉? 匪太姒能勿警乎悁人! 不然,异乎身以视家,讼言以督,不顺则委之若命,是心与耳目构,而天下之至赜、交格而未已,其不相及也久矣。故曰《关雎》者风化也。"从《毛序》《郑笺》《正义》直至《集传》都认为《关雎》的篇旨为"后妃之德",《诗广传》与上述经典著述的理解也是一贯的。《论语·阳货》云:"人而不为《周南》《召南》,其犹正墙面而立也与?"王夫之阐释说:"夫人而不念及身世相通之理则已耳;若果有身思修,有家思齐,有天下国家之当知明而行美,而于此未能学焉,何以通天下之情? 何以顺天下之理? 其犹正墙面而立,无所见而不能行久矣! 涵泳以养其心气,反求以验诸躬行,推广以施于远迩。"②在王夫之的《诗》学思想中,读《诗》于一己可以陶冶性情,推而广之则能够化成天下。《诗经》既是"诗"又是"经",二者并不矛盾,诗的教化功能正是基于其丰富的艺术感染力。王夫之始终强调读《诗》要切于身心之用,其学《诗》的归趣就是"修身、齐家、治国、平天下"。在其全部有关《诗经》的论述中,绝无所谓"祛除政治教化之'魅'"之意。就王夫之《诗》学,郭绍虞说:

> 明人以《诗经》作文学作品读,不作经学读本读,这眼光本是不错的。不过如孙月峰、钟伯敬一流以评点批尾之学当之,则要不得。要不得,所以招钱牧斋之诋诃。王船山的《诗绎》实在也是同此眼光,同此手法,而说来却高人一等。他没有训诂家道学家的习气,只用文学的眼光,所以说来精警透澈。他又不如评点家这般肤浅;他所说的仍本于儒家的见地,所以又觉其切实。以文学眼光去读诗,则于诗能领悟;本儒家见地以论诗,则于诗能受用。……像他才能打通经学与文学之间的一条路。③

郭绍虞的批评史虽然只提到了的《诗绎》《夕堂永日绪论·内编》,没有提及王夫之的其他诗学著作,但其评价是比较审慎的。之所以认为《诗译》有祛除政治教化之意,显然是向二十世纪以来《诗经》研究的主流意识靠齐。程俊英的《诗经注析》是现代《诗经》学研究的经典,其《序言》说:"《诗经》作为经典,已经被研究了两千多年。而她作为文学艺术的本质却

---

① 纳秀艳:《"以诗解诗"与《诗经》的祛魅——王夫之〈诗经〉研究方法管窥》,《中南大学学报》(社会科学版),2014 年第 1 期,第 166—170 页。
② 王夫之:《四书训义》卷二一,见《船山全书》第 7 册,第 916 页。
③ 郭绍虞编著:《中国文学批评史》,百花文艺出版社 1999 年版,第 461—462 页。

长期地被忽视、被搁置。经学已经走完了它的历史路程,《诗经》应该从'经'的桎梏中解脱出来,恢复文学的本来面目了。"①程氏以为,《诗经》只有彻底摆脱了"经"的桎梏,才能恢复"诗"的本来面目,这种将"诗"与"经"割裂甚至对立的看法代表着二十世纪以来《诗经》研究的普遍倾向。当然也有与之相反的看法,如钱穆认为:《诗三百》彻头彻尾皆成于当时的贵族阶层,诗之与政,有其不可分离之关系,周公使此种深美之文学作品用之于政治,孔子又转用之于教育;《诗经》是中国最早一部文学书,其文学价值将永不磨灭,永受后人之崇重,《诗三百》本都是一种甚深美之文学作品也;《诗经》纵使被认为是一项极精美之文学作品,亦必仍求其能与政教有关,亦必仍求其能对政教有用。此一要求是中国文学史上一传统观念②。其所云周公与《诗经》的关系尚缺乏史实支持,但《诗经》与政教关系不可分离的观念,置于今日孤立地视《诗经》为文学艺术作品的潮流中是极为精警的。我们认为,《诗三百》是经典,不单是文学的经典;《诗三百》是文学,但是与政教关系密切的文学;《诗三百》是后世诗歌的源头,但与后世诗歌个人化的抒写不可等同。至于《诗序》尤其是《小序》,清人方玉润说"《小序》虽伪,必有所传"③,这种说法是客观辩证的,《诗序》毕竟是距《诗经》时代最近的文献之一,其穿凿附会之处固然不可否认,但也保留了大量《诗经》创作、编撰之初的原始信息,绝非简单的"从"或武断的"废"可以解决,要充分考虑到问题的复杂性。刘毓庆说:"《诗经》学从汉唐迄宋元的一千多年间,都迷失在经学与理学的迷雾中,只有明代《诗》学走出了迷雾,寻回了自己的路。"④明人以文学眼光研究《诗经》比较符合现代人的口味,汉、唐、宋、元的《诗经》研究的确存在很多应该检讨的问题,但是否要彻底摆脱汉、唐、宋、元的研究,《诗经》学才能寻回自己的路?而明人的研究是否就更接近《诗经》的本来面目,还是本身也处于"迷雾"之中?这些问题仍值得学界深思。王夫之提倡的"证合于汉、魏、唐、宋之正变",于今后的《诗经》研究而言,也应加上明、清、民国以迄今日的"正变",在"正"与"变"二者之间的审察、抉择应不可偏废。

(作者简介:陈勇,兰州交通大学文学院副教授。发表论文有《王船山"现量"诗说原论》等。)

---

① 程俊英:《诗经注析·序言》,见程俊英、蒋见元著:《诗经注析》,中华书局1991年版,第3页。
② 钱穆:《读〈诗经〉》,见钱穆著:《中国学术思想史论丛》第1册,生活·读书·新知三联书店2009年版,第108—161页。
③ 方玉润撰:《诗经原始》卷四,中华书局1986年版,第188页。
④ 《从经学到文学——明代〈诗经〉学史论》,第15页。

论清代苏诗评点的学术价值

樊庆彦　刘　佳

摘　要：苏轼诗歌评点于清代最为繁盛，涌现出名家众多、形式各异的评本，其中不乏具有学术价值的未刊手批本。清人认为苏诗有为而作，以刺时事，充满真情，独具本色，展现出丰富的审美意蕴，代表了北宋诗歌的最高成就。这些评点有助于对苏轼及其作品正确评价和定位。

关键词：苏诗　清代　评点

苏轼作为北宋"一代文章之宗"①，声名卓著，影响深远，以致"东坡诗文，落笔辄为人传诵。……士大夫不能诵坡诗者，便自觉气索，而人或谓之不韵"②。对苏轼及其作品的编选、注释、评论及刻印也随之展开，其诗文集虽屡遭朝廷诏禁，但"禁愈严而传愈多，往往以多相夸"③，故而"建炎以来，尚苏氏文章，学者翕然从之"④。尽管"明自嘉（靖）、隆（庆）以后，称诗家皆讳言宋，至举以相訾謷；故宋人诗集，庋阁不行"⑤，但"世之訾宋诗者，独于子瞻不敢轻议"⑥，转至有清，"诗人厌薄明代，摹仿唐贤风气，力矫其失，一以清快透脱为宗，而苏诗于是乎盛行。二百年来，家置一编，五尺童子，皆能上口矣"⑦。"二百余年中，大人先生殆无不濡染及之者"⑧。因此，在评骘之风日益盛行的清代自然也兴起了苏诗评点热潮，而这对于确立苏诗在文学史中的地位和贡献有着重要意义，也亟须我们加以全面

---

* 本文系全国高等院校古籍整理研究工作委员会科研项目《苏集叙录》（项目编号：1747）阶段性成果。
① 赵昚：《御制文集序》，见苏轼撰，郎晔选注，庞石帚校订：《经进东坡文集事略》卷首，文学古籍刊行社1957年版，第1页。
② 朱弁撰，孔凡礼点校：《曲洧旧闻》卷八，中华书局2002年版，第204—205页。
③ 《曲洧旧闻》卷八，第205页。
④ 陆游撰，李剑雄、刘德权点校：《老学庵笔记》卷八，中华书局1979年版，第100页。
⑤ 宋荦：《漫堂说诗》，见王夫之等撰：《清诗话》，中华书局1963年版，第416页。
⑥ 吴之振、吕留良、吴自牧选，管庭芬、蒋光煦补：《宋诗钞》卷二〇，中华书局1986年版，第628页。
⑦ 张崇兰：《角山楼苏诗评注汇钞序》，见陈衍撰，赵克宜辑订：《角山楼苏诗评注汇钞》卷首，清咸丰二年丹徒赵氏刻本。
⑧ 陈衍：《知稼轩诗叙》，见陈衍撰：《石遗室文集》卷九，清光绪三十一年武昌刊本。

客观的审视。

一

要探讨清代苏诗评点的学术价值,首先要对苏诗评点的整体情况及其主要特点有基本的了解。纵观苏诗评点的发展历程,自宋迄清呈现出逐步上升的趋势。虽然宋末元初文坛大家刘辰翁全力作诗歌评点,所批《王状元集百家注分类东坡先生诗》25卷曾在其后多版刊印,但他喜于摘句欣赏,"往往意取尖新,太伤佻巧",故所评苏诗"大率破碎纤仄"①,未成理论系统。且前详后略,多平庸之论,仅偶有发明诗旨可资参考者。倒是金元时期因"北方之士,惟崇眉山有苏氏之学"②,方回的《瀛奎律髓》对所选苏诗的内容与形式技巧均有所品评,且议论较为细致,产生了较大影响,但他以江西诗派为尊的倾向也招致了不少后人的争议和批驳。明王朝建立后,对思想文化严加控制,文人们不敢有所议论,明初仅出现了刘弘选评的《苏诗摘律》6卷(明天顺五年刻本),然该书失眼说错处极多,诗卷排序比较混乱,且"不详时代,惟取苏轼集七言律诗注之,潦草殊甚"③。明中叶以后,思想禁锢日趋松弛,万历年间阎士选将所汇录苏轼在胶西知密州、登州时所写诗文编为《宋苏文忠公胶西集》4卷,是书卷首序中对苏轼的文名才华品节推崇备至,故而对其拯灾救民、关心民瘼的诗歌选录较多,评点考释较详。此外尚有《东坡诗选》12卷,明天启元年(1621)文盛堂刻本。是书选东坡诗700余首,系谭元春据袁宏道评阅本增减而成,其评颇精。另有张岱评《和陶集》1卷,为明亡后其息影山林之作。张岱在文学理念及创作上颇受公安与竟陵两派的影响,呈现出褒陶而贬苏的倾向,多处批评甚至讥讽苏氏性情浮躁,热衷功名,其诗亦缺乏情味。这一时期还有沈白辑、陈銎评《东坡诗选》2卷(明刻本),张自烈评《和陶诗》1卷(明崇祯刻本),陈仁锡评《东坡先生诗集》32卷(明崇祯陈仁锡刻本)等。但是总体来看,受明人尊唐黜宋及苏轼"文胜诗"④风气的影响,苏诗评点难掩其备受冷落之局面,与苏文评点的繁盛景象形成鲜明对比,且多重复宋人旧调,鲜有新人耳目者。

清代初期,诗坛一反明人习弊,大力倡言宋诗:"当我朝开国之初,人皆厌明代王、李之肤廓,钟、谭之纤仄,于是谈诗者竞尚宋元。"⑤一时蔚为风气,以至于"今三十年来,天下之

---

① 永瑢等撰:《四库全书总目》卷一六五,中华书局1965年版,第1409页。
② 冯从吾:《元儒考略》卷一·赵复传,见景印文渊阁《四库全书》本,第453册,台湾商务印书馆1986年版,第764页。
③ 《四库全书总目》卷一七四,第1537页。
④ 王世贞:《艺苑卮言》,见唐圭璋编:《词话丛编》,中华书局1986年版,第391页。
⑤ 《四库全书总目》卷一七三,第1521—1522页。

诗皆宋人之诗,天下之家诵户习皆东坡、放翁之句也"①。由此涌现出了众多的苏诗评点本,其中不乏名家,且各有特色。就评点方法来说,有的沿袭元明旧习,诗中夹评、旁批多摘句简析,如纪昀评点《苏文忠公诗集》50卷,足见其对苏诗的推崇。有的则侧重于诗颠眉批或诗末总评,并将注释融于其中,使评与注相互印证,相辅相成,如汪师韩《苏诗选评笺释》、赵克宜《角山楼苏诗评注汇钞》、张廷济批校、王文诰编《苏文忠公诗编注集成》等。王文诰的《苏文忠公诗编注集成》在汇注苏诗时,也夹杂有纪评及己评。就所评内容来说,大多数著作各体皆评,而方东树的《昭昧詹言》注重苏轼七古、七律,温汝能的《东坡和陶合笺》4卷与蒋熏评《东坡和陶诗》1卷则专评苏轼和陶诗。而评点形式亦是多样,查慎行既补注苏诗,又首开清人评点苏诗之风,其《初白庵诗评》卷中选评苏诗430余首,数量为历代大诗人所评之冠。有的则汇录诸家评语,赵克宜《角山楼苏诗评注汇钞》20卷,附录3卷,以载纪评为主,间附己评并选录查慎行与王文诰评注;《东坡和陶合笺》除附录温汝能自己的评语外,还汇辑胡仔、朱熹、刘克庄、樊潜庵、张自立、查慎行等人评释之语。有的精选一家评语,赵克农的《纪评苏诗择粹》18卷,精选纪氏评语汇为一集。冯应榴的《苏文忠诗合注》50卷,汇录何焯的苏诗评语70余条。陈句山的《评注苏诗》,翁道芦谓其"与诸家互有同异,而论特精确"②。除专门评选苏诗的著作外,尚有大量宋诗选集、诗话、笔记中载有对苏轼具体诗作的评点。《昭昧詹言》融评与论于一体,其卷一二、二〇评点苏诗100余首,陈衍《宋诗精华录》卷二选录苏诗92首,其中多数载有他的评语与圈点,典型地反映了同光体诗人对苏诗的一般看法。敕撰《唐宋诗醇》、戴第元《唐宋诗本》、王文濡《宋元明诗评注读本》及曾国藩《读书录》等书中都载有苏诗的评语。另外,冯舒、冯班、钱湘灵、陆贻典、查慎行、何焯、纪昀、许印芳等人评点《瀛奎律髓》时也包含了对所选苏诗的评点。沈德潜编批《宋金元三家诗选》中专辑《苏东坡诗选》,内有赵翼的评语。张景星、姚培谦与王永祺三人合编的《宋诗别裁》选录苏诗63首,其中多有编选者的圈点。

虽然清代涌现出了众多的苏诗选集评本,但多为选录或摘抄查慎行、纪昀两人的批语。查慎行对苏诗评注兼具,其中关于苏诗语言的探讨,某些艺术手法与技巧的分析,以及一些诗的政治思想内涵的挖掘、阐发,都颇有可取之处。查评苏诗的成就,使得他的版本广为后人遵循,汪师韩、纪昀评点苏诗就接受过查氏的一些合理意见,尤其是汪师韩,甚至将查氏的一些批语用于己评中,并做以详细解读,内容充实,寓含新意。当然,在苏诗诸评中,以纪昀因其地位、学识而使得其评点《苏文忠公诗集》最为著名。纪评苏诗虽然固守

---

① 张世炜:《宋十五家诗删序》,见《秀野山房二集》,清道光二年重刊本。
② 杨钟羲撰集,刘承干参校:《雪桥诗话·三集》卷六,北京古籍出版社1991年版,等262页。

"温柔敦厚"的传统诗教,但能以文学因革正变的眼光看待苏诗,对其承继唐诗而又力争创新求变的创作倾向给予了客观公正的评价,亦能敏锐地认识到苏轼不同阶段的诗风变化,并对苏诗的艺术风格予以精妙的分析,颇能发明一家之旨,昭示后学门径。因而,查慎行与纪昀所评苏诗具有极大的影响,二者评语先后被管庭芬、蒋生、刘明、易忠箓、鲍倚云、庄缙度、张穆、陈廷表、陈景云等及不少佚名评点者加以过录或转录。

值得注意的是,清人评点苏诗中有许多未刊的手批本,如萧奇中、彭子嘉、翁同龢、顾莼、郭嵩焘、周贞亮、林琴南、黄绍昌、郑珍、杭世骏、张廷济、钱陆灿、何绍基、钱廷锦、严虞惇、王芑孙等人批点皆是,但其中也有彭元瑞、李鸿裔、孙原湘、翁同书、潘奕隽、丁菊泉等相当数量批本为选录或抄袭查慎行、汪师韩、纪昀三人批语。有的是基本上全同纪评,如孙原湘、丁菊泉手批苏诗即是如此。有的是节录其中一部分,如纪评苏诗50卷,彭元瑞只过录前27卷。有的则是选录,如李鸿裔、潘奕隽等手批苏诗,选录查、纪、汪等人评语。还有的是通过变换位置、删节等形式做了某些修改,如翁同书手批苏诗即是如此。这一时期之所以产生较多的未刊本,原因主要有:一是在此之前的各个时期,一般批点者所批的本子都是常见的本子,藏书家不重视,所以就没有流传下来。二是这一时期更加注重文本保存,比如许多书目中都著录未刊本,而之前的相关书目中就少有提及,这使得许多未刊评本得以保留。三是与明清易代有关,许多文人对于清朝持反对甚至仇视态度,在批语中多有抵触,更易于遭到朝廷的查禁,因此这些评本书商不敢拿出来刊刻。有些已刊刻本也遭到了查禁。四是这些评点并非仅为传播而作,他们大多是为了个人的秘玩自赏,甚至是借苏轼作品抒发个人感慨。这种评点严格说来都是文人自赏型的,文人化和私人化色彩很浓,极为符合文人个性,所以随笔涂抹、肆意挥洒个人性情也就不难理解了。这种自赏性的文人化评点,对于提升评点的整体品味发挥着重要作用。他们脱离商业化影响,能够全身心地表达真正的自我,可读性和艺术品位都很突出。如萧奇中、杭世骏、何绍基、钱廷锦、李鸿裔等人的评点,其鉴赏力和艺术趣味都与众不同。他们评点的动机是源自对苏轼及其作品的热爱,为其艺术魅力所折服。何绍基、郑珍还曾批点过两个版本,查慎行、钱廷锦也是批阅多次。而李鸿裔则在评点苏诗的同时,对纪评苏诗也发表了自己的不同看法。评点在这里首先成为一种个体消闲甚至是宣泄情感的需要,其次才是表达个人对作品内容的理解。这些未刊评点大多有一个共同的特征就是他们评点的时间都比较长,由于是出于自赏,所以并不追求一蹴而就,而是反复研读,经常批阅,他们倾注大量时间甚至毕生精力只是为了在评点过程中获得一种情感上的满足。

总体来看,清人的苏诗评点更多地保留了前代评点的一般特点。如评语较为简略,多直觉式的感悟,虽有时也闪烁出一些思想火花,但缺乏逻辑方法所具有的严谨周密性,只有经过细致爬梳,方能得出论者之要旨;理论阐述又侧重于艺术分析,对诗人的写作背景、意图及诗歌的思想内涵亦有所关注,虽然能够细致入微,鞭辟入里,但亦时有琐屑破碎之处,这是与元明文人的苏诗评点相一致的地方。鉴于时代学术风气的转变及所评对象的独特性,清人的苏诗评点较之前人又形成了一些新特色。如长于比较研究,既有苏轼自身同类型诗作的对比,又有与前代作家作品的比较。与此相联系的是多喜欢探索苏诗的艺术渊源,虽所侧重的对象并不一致,但正好反映了苏诗博收杂取、不主一家的特点。又喜欢将诗艺的探讨与经验实证的研究相结合,立论更稳妥可信。但又易于导致有些评点者形成求凿、求深之弊。诗人作诗往往即景生情,兴来辞发,寓目辄书,并非完全纪实,也未必字字比兴、言言寓讽,评者不可泥迹而求,呆求死看,字字坐实,亦不可违背诗歌"兴象风神,无方可执"①的特征,牵强附会,而应具有活脱玲珑的鉴赏心理,才能真正领略其中韵味。

二

苏轼的诗歌能够受到众人的喜爱而颇多评点,与其具有深刻的思想性和高超的艺术性密不可分。对于苏诗的评点虽然从宋季就已经开始,但是宋金元明时期的评点者或偏重苏轼其文,或喜于摘句赏析,虽也关注苏诗的思想意蕴,但又往往浅尝辄止,不够深入,这种状况直到清代才有了新的变化。

苏轼自幼深受儒家仁政思想影响,富有社会责任感和民本观念,故而认为文学应当是"皆有为而作……言必中当世之过"②、"蔼然有治世之音"③,以对社会的进步和发展有所裨益。可以说,有意识地以议论入诗是苏轼在当时社会背景下行之终身的自觉主张。他以尖锐的笔调,写下了"而今风物那堪画,县吏催钱夜打门"(《陈季常所蓄朱陈村嫁娶图》)、"人间行路难,踏地出赋租"(《鱼蛮子》)等一系列讽刺和揭露社会弊端的诗作。汪师韩评点《画鱼歌》时也指出了作者这一主旨:"时新法盛行,故即'短钩画水'以为喻。所言'此意岂复遗鳅鲵'与'一鱼中刃百鱼惊'者,似皆指新法之病民,王、吕辈坏法乱制,岂异拨渚蒲而乱藻荇哉!其《请罢条例司疏》有云'造端宏大,民实惊疑,创法新奇,吏皆惶惑',正与诗意相同。而其绘事如画,笔端有神,虽寥峭短章,读其词如有千百言在腕下。"而《山村五绝》组诗,则是作者在地方为官时对实施新法的真实感受,查慎行亦直指其弊,评其三曰:"此诗亦似讥刺盐法太严而作。"评其四曰:"此诗以讽青苗、助役不便也。"可谓切中肯綮。

---

① 胡应麟著:《诗薮·内编》卷五,中华书局1958年版,第97页。
② 苏轼:《凫绎先生诗集叙》,见苏轼撰,茅维编,孔凡礼点校:《苏轼文集》卷十,中华书局1986年版,第313页。
③ 苏轼:《王定国诗集叙》,见《苏轼文集》卷十,第318页。

苏轼还善于托事寓意，借古讽今，以刺时弊。如《荔枝叹》一诗，作者虽是批判汉、唐进贡荔枝的弊端，实则指斥当朝权贵贡茶贡花、争新买宠的丑恶行径。查慎行对诗中直刺时事、略无隐避之笔深有感触："耳闻目见，无不可供我挥霍者。乐天讽喻诸作，不过就题还题，那得如许开拓。"纪昀亦不禁赞曰："自此以下，百端交集，胸中郁勃有不可以已者。不可以已而语，斯为至言！"又如《鱼蛮子》诗末云："人间行路难，踏地出赋租。不如鱼蛮子，驾浪浮空虚。空虚未可知，会当算舟车。蛮子叩头泣，勿语桑大夫。"写出了逃税渔民的悲苦遭遇，也揭示出地租盘剥的残酷性，汪师韩评曰："分明指新法病民，出赋租者不如鱼蛮之乐也。忽又念及'算舟车'者，笔下风生凛凛。"查慎行亦感叹曰："主新法者闻之，当奈何！"桑大夫指汉代桑弘羊，武帝时为大农丞，善于筹财，汉代"算舟车"从他和孔仅等开始，这里泛指征收赋税的官吏。诗作表现出渔民难以承受沉重赋税，以至不敢听到"桑大夫"这三个字。萧奇中对此则进一步指出："古在桑大夫矣，今何甚。"刺时讥世之意昭然在目。

苏轼作为传统的儒家士大夫，其忠君爱民之人格魅力令评者甚为服膺，汪师韩评点《赠写御容妙善师》时即云："诗虽为妙善而作，而意则眷恋先皇，无句不是倦倦忠爱之忱。此即轼所谓'发乎情止乎忠孝'，而不仅'止乎礼义'者也。"但苏轼生逢冗官冗费、积弱积贫的宋代，其济世理想与经国宏愿往往被社会现实所粉碎。当儒家的社会价值取向无法实现时，苏轼只好到释、道之境中重新思考和评价人生。汪师韩也注意到苏轼所受老庄思想的影响，如《韩子华石淙庄》是称颂韩绛能急流勇退的诗，汪氏评曰："此盖嫉世之贪位冒禄者。轼通《道藏》，又尝撰《广成子解》，故有取乎老庄知足不辱之旨，非为韩绛有手疏之词，遂顺其意而称道之也。"而其评《秀州僧本莹静照堂》云："厌事人无事更悲，说来绝倒。即就起动相以证真谛之寂然，何必坐断千崖，乃得慧眼无见。"却是针对苏轼的禅学思想而发。但苏轼不同于他人之处在于他能够融合儒、道、释三家思想灵活运用于人生，故能以旷达的态度自我解脱，面对种种坎坷而应付裕如，始终未失其本色。如《十二月二十八蒙恩责授检校水部员外郎黄州团练副使》云："此灾何必深追咎，窃禄从来岂有因。"对自己获释颇有不以得失为怀之意，汪师韩禁不住赞叹："诗狱甫解，又矜诗笔如神，殆是豪气未尽除。"

纪昀对于苏轼的生平遭际颇多感慨，他多次点出此类诗作的寓意。如评《纵笔》："此诗无所讥讽，竟亦贾祸，盖失意之人作旷达语，正是极牢骚耳。"《九月二十日微雪怀子由弟二首》乃是苏轼"居下僚而不得志，愤激而为立功边外之思，郁郁时实有此想"，故而，"骤看若不相属也。必西夏有事而发此慨耳"。另如其评《秦穆公墓》云："纯寓与上官不合之感，所谓借他人酒杯，浇自己垒块。"但与查慎行、汪师韩充分肯定苏轼的政治诗不同的是，纪

昀作为大清重臣,为维护封建统治,极力推阐"温柔敦厚"之诗教:

> 余谓西河卜子,传诗于尼山者也,《大序》一篇,确有授受,不比诸篇小序,为经师递有加增。其中"发乎情、止乎礼义"二语,实探风雅之大原。后人各明一义,渐失其宗。①

故而,纪昀论诗,反对一切逾越"礼义"界限的创作倾向:"要当以不涉怨尤之怀,不伤忠孝之旨,为诗之正轨。"②所以他在评点苏诗时对其讽刺之作屡屡生发不满,并一再强调:"激愤太甚,宜其招尤。即以诗品言之,亦殊非温柔之旨。"(《送曾子固倅越得燕字》评语)"惟激讦处太多,非诗品耳。"(《送刘道原贵觐南康》评语)"讥刺太多,自是东坡大病。然多排诋权幸之言,而无一毫怨谤君父之意,是其根本不坏处,所以能传于后世也。"(《予以事系御史台狱狱吏稍见侵自度不能堪死狱中不得一别子由故作二诗授狱卒梁成以遗子由》评语)但他也不是一概反对讥刺:"古人虽不废讽刺,而皆心平气和,乃不失风人之旨。"(《张安道见示近诗》评语)因此,应该"愤懑而出于和平"(《次韵柳子玉过陈绝粮》评语),方符合"温柔敦厚"之诗教。故而他认为《发洪泽中途遇大风复还》"与《涡口》诗同刺小人之排抑,然俱不露,所以为佳"。并进一步指出"虽不废讽刺,而皆心平气和"之方法,乃在于用"比",即"寓刺却不甚露,好在比而不赋"(《和述古冬日牡丹四首》前二首评语)。如《寄刘孝叔》通篇讽刺新法,但作者却善于以比论事,如其中"平生学问只流俗,众里笙竽谁比数。忽令独奏《凤将雏》,仓卒欲吹那得谱"之句,乃是借用南郭先生滥竽充数之事,内含不与新法同流合污之意,如此处理显得语气委婉而内蕴锋芒,故而纪昀评曰:"妙于用比,便不露激讦之痕。前人立比体,原为一种难着语处开法门。"如果就苏诗某些篇章存在的形象性薄弱之病来看,纪评此种"太露""太激"的针砭亦可谓有所见地。

苏轼反对文学创作脱离现实,还提倡须有真情实感,"杂然有触于中,而发于咏叹"③,应该直抒胸臆,"言发于心而冲于口"④。在他的很多诗作中都以感情是否真实作为评价的标准。如他特别推崇陶渊明,就因为陶诗情真:"有士常痛饮,饥寒见真情。""渊明独清真,谈笑过此生。"(《和陶渊明饮酒》)而这些充满真情的篇章,也为评者所称道。如《子由自南都来陈三日而别》王文诰评曰:"通篇悉出兄弟至情。"《辛丑十一月十九日既与子由别

---

① 纪昀:《云林诗钞序》,见《续修四库全书》第1435册,上海古籍出版社2002年版,第368页。
② 纪昀:《月山诗集序》,见《续修四库全书》第1435册,第366页。
③ 苏轼:《南行前集叙》,见《苏轼文集》卷十第318页。
④ 苏轼:《思堂记》,见《苏轼文集》卷十,第363页。

于郑州西门之外马上赋诗一篇寄之》严虞惇评曰:"真情苦语,令我心恻。"而其中"苦寒念尔衣裳薄"句,更"使人友爱之心,油然而生"(张廷济评语)。《病中闻子由得告不赴商州三首》杭世骏评曰:"坡与子由诸作,意思绵邈,情生于文,味之亹亹不尽,未尝求工于字句,即此三诗,可以隅反。"《次韵李公择梅花》汪师韩评曰:"胸次郁勃,随处激发,其言感饥贫、念羁旅,似无当于梅花,触绪濡毫,忽深感慨,固知文必本于情也。"

但是苏轼又强调"非勉强所为之文也",即不要为文而造情,而应取其自然,缘情而发:

> 夫昔之为文者,非能为之为工,乃不能不为之为工也。山川之有云雾,草木之有华实,充满勃郁,而见于外,夫虽欲无有,其可得耶! 自少闻家君之论文,以为古之圣人有所不能自已而作者。故轼与弟辙为文至多,而未尝敢有作文之意。①

汪师韩对此论颇有同感,如《答吕梁仲屯田》是一首写徐州防洪的诗篇,其中有"旋呼歌舞杂诙笑,不惜饮醼空瓶盆"之句。何焯批评说:"诗宜殷忧恻怛,一入歌舞行乐,便伤体裁。此才人失检处。"亦有人认为:"不于此时殷忧恻怛,而以行乐为言,似为失体。"但汪师韩则持相反意见:"然此语乃在河复之后,幸得免为鱼鼋,因而饮醼,固是人情所有。正见其率真,不作妄语,岂比后之矫情自饰者,对人作凄怆之词,而实于民事漠不加意者耶。"

不过苏轼作为朝廷大臣,其间的官场应酬、人情交往及政治失意、精神慰藉,也让他写下了许多酬唱诗与禅偈诗,这些诗很难说是真正"发乎情"而作。因而,评者也对"为文造情"的倾向提出了批判。如纪昀便认为苏诗卷二十九乃是作者任职翰林时之作:"居富贵者多酬应,其间为文造情,殆亦不少。"②他在其后的总评中也说:"此卷多冗杂潦倒之作,始知木天玉署之中,征逐交游,扰人清思不少。虽以东坡之才,亦不能于酒食场中吐烟霞语也。"苏轼也注意到这一毛病,指出"赋诗必此诗,定非知诗人"(《书鄢陵王主簿所画折枝》)。事实上,艺术作品的品目,除了作者的情感表达,还在于意境之营造。故而他也强调:"意尽而言止者,天下之至言也。"又曰:"某平生无快意事,惟作文章,意之所到,则笔力曲折,无不尽意。自谓世间乐事无逾此者。"③只有主体情意做到了充分准确的表达,才能达到一种回味而高妙的艺术境界。在评者看来,苏轼于此确实有所改进,"此种诗平浅浑浩,笔游天外,少陵却未开此境"(《石鼻城》何绍基评语),"五百字一气相生,不见窘束,亦不见纷杂,笔力殊不可及"(《壬寅二月有诏令郡吏分往属县减决囚禁》纪昀评语)。

---

① 苏轼:《南行前集叙》,见《苏轼文集》卷十,第 323 页。
② 纪昀:《月山诗集序》,见《续修四库全书》第 1435 册,第 366 页。
③ 苏籀撰:《栾城遗言》,清粤雅堂丛书本。

苏诗题材广阔，内涵丰富。通过清人的评点，我们能够感受到作者对家国和人民的真挚情谊，也让我们体会到苏轼对文学创作的深刻认识与独到见解。同样这些评点也成为各种文学观点的试金石，从而为展现苏诗的真实全貌和风格"本色"提供了一面镜子。

三

苏轼在诗歌创作上力求"自出己意"①，不随人后，独具本色，清人也经常在评点中从语言、句法、结构、意境等不同方面论及苏轼的诗风特点，为我们展现出苏诗丰富的审美意蕴。

苏轼在身世经历乃至情感上与韩愈有共鸣之处，对其"豪放险怪"的诗风亦颇为神往："怪词欲逼龙飞起，险韵不量吾所及。"②甚至认为："诗之美者，莫如韩退之。然诗格之变，自退之始。"③故其也喜欢用怪词险韵，且能难中见巧，如《书韩干牧马图》云："骓駓駥骆骊骝骦，白鱼赤兔骅皇駽。"杭世骏评曰："柏梁体应有此句法，从韩文公《陆浑山火》来，后人遂转相仿效。"翁同书评曰："本昌黎《陆浑山火》诗'鸦鸱鹏鹰雉鹄鹍'句法，渔洋谓本《急就篇》。"另如《渼陂鱼》《雪后书北台壁》《送陈睦和知潭州》等也都是窄韵巧押的范例。但不同的是"昌黎好用险韵，以尽其锻炼；东坡则不择韵，而但抒其意之所欲言"④，故而苏轼又能"自趋昌黎一格，而洋洋洒洒，益放厥辞"⑤，如对他的《与顿起孙勉泛舟探韵得未字》，纪昀便认为："窄韵巧押，东坡长技。昌黎亦能押窄韵，而自然则逊矣。"

苏轼在创作过程中不但奇思旁逸，而且艺术手法亦不循常规，经常运用一些特殊格式。如苏诗善用对语，评者便有所论及。《二十七日自阳平至斜谷宿于南山中蟠龙寺》翁同书评曰："自首至尾皆用对语。"何焯亦曰："自起至结，无一语不属对，章法独创。"而汪师韩则将苏诗的用对与前人加以比照："颜谢以后，古诗多有对偶终篇者。……若其自首至尾，无句不裁对，无对不瑰伟绝特，则惟轼集中有之，实为创格，此作亦其一也。"这当属对古人用对的形象诠释。何绍基则认为苏诗在入笔与结语上具有一种波澜壮阔的气势和恣肆纵放的意境，如其评《留题延生观后山上小堂》云："起得突远。"评《常润道中有怀钱塘寄述古五首》曰："起有力。"评《监试呈诸试官》曰："亦是作论起结，激昂生态。"评《秦穆公墓》

---

① 严羽著，郭绍虞校释：《沧浪诗话校释·诗辨》，人民文学出版社1983年版，第26页。
② 苏轼：《次韵舒尧文祈雪雾猪泉》，见苏轼撰，王文诰辑注，孔凡礼点校：《苏轼诗集》卷十七，中华书局1982年版，第897页。
③ 魏庆之编：《诗人玉屑》卷十五，上海古籍出版社1959年版，第320页。
④ 赵翼著，霍松林、胡主佑校点：《瓯北诗话》卷五，人民出版社1998年版，第63页。
⑤ 严恩纹：《东坡诗渊源之商榷》，《文史杂志》第5卷1—2期合刊，中华书局1945年版。

曰:"通首似论矣,赖有结语便有神。"评《大秦寺》曰:"结句亦宕甚。"虽点到即止,却一语中的。

在评者看来,苏轼在诗歌创作上虽然自由驰骋,意出天外,但也是非常重视构思的。汪师韩评点苏诗每以分解为主,亦以起承转合为法,在串解诗作的章法结构、段落层次中品评创作得失。如其评《入峡》诗云:"用险韵作长律,尽如其意之所出,固称体大,亦由思精。首二句虚笼以作起局。'长江'六句又作总挈。其'入峡'十二句,峡中之景物也;'绝涧'十二句,峡中之人事也;'气候'八句,则言人居峡之陋;'叹息'八句,则言己入峡之劳。至'独爱孤栖鹘'以下十二句,前六句单就孤鹘写其高超自得之乐;后六句以我之局促与鸟之飞扬两相对照,作开合之势,知高超之乐则知高遁之甘矣。章法明娴,如观远岫,列秀青青。"评者采取抽丝剥茧之法,逐层分析,思路清晰,推断严谨,不但点出了苏诗的写作特点,更是阐发出了诗旨题意。赵克宜同样重视苏诗的脉络结构。如其评《出峡》,谓起处"以宾形主,双起总顿";谓"东西径千里……高绝每先上"句"四语虚领下文";谓"忆从巫庙回""以下追叙;谓"玉虚悔不至"则是"以未至之处反托所已至,用笔已妙矣,又以所不知名者多于所知(指'峡山富奇伟'四句),将前文一齐托空,两重裹结,运掉自如";而"今朝脱重险"六句"此方入题,篇幅已毕,格意绝奇"。经赵氏如此评点,《出峡》的思路脉络与诗意变化便清晰地展现了出来。

由此观之,苏轼作诗习惯于放笔纵意,一挥而就,"不啻如长江大河,汪洋闳肆,变化万状"①,"如屈注天潢,倒涟沧海,变眩百怪,终归雄浑"②。可以说,意境开阔、想象独特、出奇制胜、自由奔放是苏诗的艺术特点,而其本色则可以归之为豪放。钱钟书先生甚至认为:"李白之后,古代大约没有人能够赶得上苏轼这种豪放。"③但苏轼一生历经北宋中期,其间朝廷内忧外患愈发严重,社会危机急剧发展,政治局面动荡不安。苏轼也深陷其中,宦海沉浮,几多波折。曲折的际遇,多变的环境,丰富的生活,通达的思想,造成了他复杂矛盾而又经常变化的思想认识和艺术追求,也必然对他的诗歌创作产生影响,使之豪放本色有所变化。

苏轼少时作诗学刘禹锡,好骂而语多讥讽,"故造词遣言,峻峙渊深,时有梦得波峭"④。如《寄题清溪寺》《夜泊牛口》等诗,喜欢议论,笔露锋芒,正是深得梦得诗的现实批判精神与战斗性。但作者此时虽"奋厉有当世志"⑤,却缺少深刻的生活经历与人生感悟,

---

① 王十朋:《王状元集注分类东坡先生诗序》,见《苏轼诗集》附录二,第2833页。
② 《诗人玉屑》卷二,第18页。
③ 钱钟书选注:《宋诗选注》,人民文学出版社2005年版,第62页。
④ 《曲洧旧闻》卷九,第208页。
⑤ 苏辙:《栾城集墓志铭》,见《苏轼诗集》附录一,第2803页。

故所发议论往往流于空泛，只是写出了《过巴东县不泊闻颇有莱公遗迹》这样"一往骏爽"（纪昀评语）为数不多的佳作。北宋嘉祐六年（1061）冬，苏轼赴凤翔任，由于刚出仕不久，一面对仕宦人生感到迷惘与怀疑，一面又刻意探索人生的真谛，企图寻找一种永恒的人生价值。兼之北宋诗歌革新运动提倡宗韩学杜，他在这一时期的诗作更多地受到了杜诗沉郁顿挫和韩诗雄奇险怪的风格影响，其诗风虽初见豪放，却在意境恣肆的背后回旋着低沉的咏叹。如《辛丑十一月十九日既与子由别于郑州西门之外马上赋诗一篇寄之》，汪师韩评曰："轼与其弟辙友爱特至。时辙以父洵被命修礼书，旁无侍子，因奏乞留养亲。轼赴凤翔签判之任，既别而作此诗。起句突兀，有意味。前叙既别之深情，后忆昔年之旧约，'亦知人生要有别'，转进一层，曲折遒宕。轼是时年甫二十六，而诗格老成如是。"而其结语"君知此意不可忘，慎勿苦爱高官职"，何绍基眉批曰："时坡公甫出仕，已作此语，而一生为官职所羁，何耶？"又如这个时期在艺术上最有代表性的是《石鼓》，"波澜老成，纯乎少陵"（何焯评语），"雄文健笔，句奇语重，气魄与韩退之作相埒"（汪师韩评语），纵横开阖，奔腾浩瀚，堪与韩愈的同名作品相媲美。在新法实行以后，苏轼"不避陛下雷霆之威，安石狼虎之怒，上书对策，指陈其失"[①]，在政治上受到打击排挤，使他不仅能够正视现实，慨叹"宏材乏近用，巧舞困短袖"[②]，以嘲谑的心情揭示官场的龌龊，并更严肃地审视人生，企图建立一种合理化的生活法则，故出现了谐、理二趣共存的特色。诗风转为恣肆豪放并显现出思想的敏锐和深刻，具有浓厚的、幽默政治抒情意味，促进了其艺术的进一步成熟。如《送曾子固倅越得燕字》起句"醉翁门下士，杂沓难为贤"，指曾巩因劝谏挚友王安石不果而被调离京师，作者在这里表达的分明是对王安石变法的不满，对此何绍基批曰："言贤者之多也，语淡意激。"又如《次韵子由柳湖感物》，翁同书评曰："为'柳'解嘲，为'松'寄慨，总是不平之鸣。"其又评曰："子由原作，先说柳，后说松，末以'物生禀受久已异，世俗何始分愚贤'结。故先生诗有讥评，不少借语。"而且此际"东坡长于趣"[③]的天性也使得其诗颇含"谐风"，如何绍基认为《安州老人食蜜歌》"恰似饮茶甘苦杂，不如食蜜中边甜"两句将佛祖作为"调侃"对象，而《叶教授和溽字韵诗复次韵为戏记龙井之游》之诗亦语含"戏谑"，等等，都彰显了苏诗"俊逸豪丽"[④]而又挥洒自如的特点。元丰三年（1080）苏轼被贬黄州以后，开始对人生进行检索和反思，倾向佛老，藉以解脱痛苦。他在专注于自然美和生活美的同时，更重视心灵的闲适自得和精神的超凡脱俗。这个时期的诗作，有如智慧老人妙解人生

---

① 邵博著：《邵氏闻见后录》卷二三，上海书店出版社1990年版，第242页。
② 苏轼：《次韵答章传道见赠》，见《苏轼诗集》卷九，第425页。
③ 刘熙载撰：《艺概》卷二，上海古籍出版社1978年，第67页。
④ 《诗薮·外编》卷五，第204页。

的独语,于清淡的诗味中抒发着高远的情思,具有一种超然之风神。此际创作的《东坡八首》也是"柴桑真面目,愈淡愈永,愈浅愈厚。读之百回不厌"(何焯评语),"首首清朴,句句自然,真气流行,奇趣尽溢,似此乃不为杜、韩牢笼"(杭世骏评语)。这既是苏轼落其虚华而磨砺自己,也是调整心态不怨天尤人的表现。而当诗人贬谪惠、儋期间,更是"祸福苦乐,念念迁逝,无足留胸中者"①。因而,苏轼心态愈发超脱坦然,诗风亦更趋于古朴平淡。如其《和陶诗》"极平浅而有深味,神似陶公"(《和归园田居六首》潘奕隽评语),"有自然之乐,形神俱似陶公"(《和游斜川正月五日与儿子过出游作》潘奕隽评语)。其《和贫士七首》亦是"淡语超绝"(何绍基评语),"数首平淡,气味与陶为近"(何焯评语),"置之陶集中,几不可辨"(纪昀评语)。

当然,因为苏轼诗风的多样性与兼容性,其诗歌创作也是多种风格并存,并非严格遵循这一变化过程。如在苏轼外放徐州尚未被贬黄州期间所作《雨中过舒教授》一诗,便显得"诗境淡静,耐人玩味"(查慎行评语),"愈炼愈淡,愈曲愈静"(何焯评语)。又如此际所作《答仲屯田次韵》汪师韩评曰:"寥亮清音,超心炼冶。"《台头寺步月得人字》汪师韩评曰:"清辉娱人,穆然意远。"诗风已经显现出平淡的特点。而苏轼在谪任黄州时仍作有"排宕兀傲,奇气纵横"(纪昀评语)的《次韵孔毅父久旱已而甚雨》,在常州时作有"盘空硬语,具体昌黎"(汪师韩评语)的《次韵王定国南迁回见寄》,甚至在谪守颍州所作《次前韵送刘景文》诗中,依然"墨气淋漓,一往酣畅"(纪昀评语),等等。不过整体观之,通过清人评点不仅让我们看到了贯穿在这些作品中的作者的思想感情、性格特点、审美趣味、艺术修养,而且也得知了苏诗风格的演变过程与整体风貌。

四

苏诗评点之所以在清代繁荣发展并达到高潮,除了因为评点本身在这一时期臻于成熟而深受文人喜爱以外,更主要的还是得益于清人对苏轼及其文学成就和地位之高度认同。

苏轼正直坚毅,乐观旷达,"德尊一代,名满五朝"②。其"不可夺者岿然之节,莫之制者自然之名"③,更是由此而感召了当时众多的文人士大夫:

---

① 苏轼:《与孙志康二首》,见《苏轼文集》卷五六,第 1681 页。
② 李廌:《追荐东坡先生疏》,见魏齐贤、叶棻编:《五百家播芳大全文粹》卷八二,景印文渊阁《四库全书》本,第 1353 册,第 453 页。
③ 赵构:《苏文忠公赠太师制》,见《经进东坡文集事略》卷首,第 1 页。

子瞻文章议论，独出当世，风格高迈，真谪仙人也；至于书画，亦皆精绝。故其简笔才落手，即为人藏去，有得真迹者，重于珠玉。子瞻虽才行高世而遇人温厚，有片善可取者，辄与之倾尽城府，论辨唱酬，间以谈谑，以是尤为士大夫所爱。①

　　苏轼文化人格的巨大魅力自然也赢得了清人的一片褒扬之声，如汪师韩曰："轼之器识学问见于政事，发于文章，史称言足以达其有猷，行足以遂其有为，节义足以固其有守，皆志与气为之也。"②达三云："有宋苏文忠公，文章气节，照耀千古，虽妇人孺子，莫不知有东坡先生也。"③何仁镜则曰："由唐而来，学士大夫，其声名饫人耳目，久而弥显，大抵以先生为最。"④

　　而且苏轼"英才绝识，卓冠一世，平生斟酌经传，贯穿子史，下至小说、杂记、佛经、道书、古诗、方言，莫不毕究，故虽天地之造化，古今之兴替，风俗之消长，与夫山川、草木、禽兽、鳞介、昆虫之属，亦皆洞其机而贯其妙"⑤。他博学多识，涉猎广泛，转益多师，兼收并蓄，因而，"苏诗包罗万象，鄙谚小说，无不可用，譬如铜、铁、铅、锡，一经陶铸，皆成精金"⑥。苏轼曾自谓："子美之诗，退之之文，鲁公之书，皆集大成者也。学诗当以子美为师，有规矩故可学。"⑦苏辙曰："公诗本似李、杜，晚喜陶渊明，追和之者几遍。"⑧陈师道则云："苏诗始学刘禹锡，故多怨刺……晚学太白，至其得意，则似之矣。"⑨张戒亦谓："苏子瞻学刘梦得，学白乐天、太白，晚而学渊明。"⑩见解虽不完全一致，但说明了苏诗具有集大成的特性。

　　清代评点者对苏诗与前人之间的渊源亦有精妙的论说与评析。查慎行指出苏诗与庄子之文有着密切的联系。如其评《赠眼医王生彦若》曰"游刃有余，汪洋自恣，漆园之言也。不谓有韵之文，亦能驰骋至此"，又如评《次韵郭功甫二首》（其一）"臭腐神奇，语出庄子"，评《影答形》"无心但因物"二句"理本漆园"，等等，皆见识独到，发前人所未发。不过查慎行对苏轼学杜之评价较前人更为全面而深入。如其评《倦夜》"通首俱得少陵神味"，评《新

---

① 王辟之撰，吕友仁点校：《渑水燕谈录》卷四，中华书局1981年版，第42页。
② 汪师韩：《苏诗选评笺释叙》，《苏诗选评笺释》卷首，清抄本。
③ 达三：《苏文忠公诗编注集成序》，见王文诰撰：《苏文忠公诗编注集成总案》卷首，巴蜀书社1985年版，第1页。
④ 何仁镜：《东坡事类序》，见梁廷楠原著，汤开建、陈文源点校：《东坡事类》卷首，暨南大学出版社1985年版，第1页。
⑤ 王十朋：《王状元集注分类东坡先生诗序》，见《苏轼诗集》附录二，第2833页。
⑥ 叶燮著，蒋寅笺注：《原诗笺注》外篇上，上海古籍出版社2014年版，第292页。
⑦ 陈师道：《后山诗话》，见何文焕辑：《历代诗话》，中华书局2014年版，第304页。
⑧ 苏辙：《栾城集墓志铭》，见《苏轼诗集》附录一，第2813页。
⑨ 陈师道：《后山诗话》，见《历代诗话》，第306页。
⑩ 张戒：《岁寒堂诗话》卷上，见丁福保辑：《历代诗话续编》，中华书局2006年版，第452页。

年五首》(其二)"格律纯学少陵",评《新居》"朝阳入北林"四句"神似少陵",等等,都显示出查氏有意识地将两位大诗人联系起来,以说明苏诗艺术创作上的继承关系。不仅如此,查氏有时更是将苏诗与杜诗的具体作品加以比较,如其评《寓居定惠院之东杂花满山有海棠一株土人不知贵也》云:"读前半,竟似海棠曲矣,妙在'先生饱食'一转。此种诗境,从少陵《乐游园歌》得来,遇其神理而化其畦畛,斯为千古绝作。"全诗由"海棠"而生发感慨,在结构、立意与情调等不同层面皆与杜诗相似。查氏称此诗堪得杜之"神理",认识到二者之间存有紧密关联,体现出了评者较高的审美感悟力。

纪昀也注意到苏诗对前代文学的继承与借鉴,他先后拿来与苏诗进行对照比较的诗人流派难以遍举①。如其评《腊日游孤山访惠勤惠思二僧》:"其源出于古乐府。"评《颍州初别子由二首》之"征帆挂西风"一首:"用李陵'且复立斯须'意。"评《参寥上人初得智果院会者十六人分韵赋诗轼得心字》:"起二句全袭左思。"评《次韵刘贡父独直省中》:"首句用杜预语。"评《和子由闻子瞻将如终南太平宫溪堂读书》:"此一段纯是陶诗气脉。"评《游道场山何山》:"纯用唐人转韵格。"评《于潜令刁同年野翁亭》:"似晚唐人七古下调。"评《新城陈氏园次晁补之韵》:"忽作王、孟清音。"评《次韵黄鲁直画马试院中作》:"此格本之嘉州《走马川》诗。"评《襄阳乐府三篇·上堵吟》:"有太白之意。"评《次韵张安道读杜诗》:"句句似杜。"评《和陶拟古九首》之"有客叩我门"一首:"结二句调用刘随州。"评《新居》:"正在韦、柳间。"评《新滩》:"纯是香山门径。"评《僧清顺新作垂云亭》:"力摹昌黎。"评《太白山下早行至横渠镇书崇寿院壁》:"首句直写刘方平语。"评《襄阳乐府三篇·襄阳乐》:"似张、王不着意作。"评《读孟郊诗二首》:"二首即作'东野体'。"评《李钤辖坐上分题戴花》:"气味似玉溪生。"评《谢人惠云巾方舄二首》:"纯作皮、陆格。"举凡汉唐之间,尤其是唐人有成就者均曾提及,用以说明苏诗的艺术渊源。不但可见纪昀视野之开阔,也足见苏轼接受前代文学影响之广泛。

相比之下,汪师韩对于苏诗的评价则更为细致,颇具系统性。他亦认为苏轼"无所不学,亦无所不工"②,其诗兼具众家之长。如其评《荆州十首》:"俯仰陈迹,怀古者所同。悲壮慷慨,则唐贤得意笔也。"乃是称苏诗具有杜甫诗歌沉郁顿挫的风格。又如其评《行琼儋间肩舆坐睡梦中得句云千山动鳞甲万谷酣笙钟觉而遇清风急雨戏作此数句》:"行荒远僻陋之地,作骑龙弄凤之思,一气浩歌而出,天风浪浪,海山苍苍,足当司空图'豪放'二字。"乃是说苏诗具有李白诗歌豪迈不羁的风格。再如其评《雨后行菜圃》:"质而实绮,癯而实

---

① 项楚:《读〈纪评苏诗〉》,见中国苏轼研究学会编:《东坡诗论丛》,四川人民出版社1983年版,第10页。
② 汪师韩:《苏诗选评笺释叙》,《苏诗选评笺释》卷首,清抄本。

腴,得陶公《田园诸诗》之神髓。"则是认为苏诗具有陶潜诗歌清新雅淡的风格。

而且汪师韩更从唐宋诗演变的角度肯定了苏轼在诗歌史上的地位:

> 诗自杜、韩以后,唐季五代纤佻薄弱,日即沦胥。宋初杨亿、刘筠、钱惟演之徒崇尚昆体,只是温、李后尘。嗣是苏舜钦以豪放自异,梅尧臣以高澹为宗。虽志于古矣,而神明变化之功少,未有能骖驾杜韩,卓然自成一家,而雄视百代者。必也,其苏轼乎。

其后,他又将苏轼人品气节、治学方法与其诗歌创作结合起来具体评说:

> 其诗地负海涵,不名一体,而核其旨要之所在,如云"我诗虽云拙,心平声韵和",此轼自评其诗者也。"作诗熟读《毛诗》《国风》《雅》《骚》,曲折尽在是",此轼自以其所得教人者也。且夫"精深华妙",则苏辙称之矣。"公如大国楚,吞五湖三江",黄庭坚称之矣。"天才横放,宜与日月争光",则蔡绦称之矣。"屈注天潢,倒连沧海,变眩百怪,终归浑雅",则敖陶孙称之矣。前之曹、刘、陶、谢,后之李、杜、韩、白,他无所不学,亦无所不工,同时欧阳、王、黄,犹俱逊谢焉。洵乎独立千古,非一代一人之诗也。①

此外李调元亦将苏轼放在诗歌史上加以肯定:"以其诗声如钟吕,气若江河,不失于腐,亦不流于郛。由其天分高,学力厚,故纵笔所之,无不精警动人。不特在宋无此一家手笔,即置之唐人中,亦无此一家手笔也。"②这恰恰说明,苏轼师法古人却又独出机杼,所谓"出新意于法度之中,寄妙理于豪放之外"③。正如赵翼所言:"以文为诗,自昌黎始,至东坡益大放厥词,别开生面,成一代之大观。……其尤不可及者,天生健笔一枝,爽如哀梨,快如并剪,有必达之隐,无难显之情。"④又如叶燮所说:"苏轼之诗,其境界皆开辟古今之所未有,天地万物,嬉笑怒骂,无不鼓舞于笔端,而适如其意之所欲出。此韩愈后之一大变也,而盛极矣!"⑤朱自清也高度赞赏曰:"子瞻气象宏阔,铺叙婉转,子美之后,一人而已。"⑥从而在题材内容和表现手法两方面都开辟了新的天地,也奠定了苏诗的文学史地位。

---

① 汪师韩:《苏诗选评笺释叙》,《苏诗选评笺释》卷首,清抄本。
② 李调元著,詹杭伦、沈时蓉校正:《雨村诗话》(二卷本)卷下,巴蜀书社1994年版,第20页。
③ 苏轼:《书吴道子画后》,见《苏轼文集》卷七十,第2210页。
④ 《瓯北诗话》卷五,第56页。
⑤ 《原诗笺注》内篇上,第69~70页。
⑥ 朱自清选注:《宋五家诗钞》,上海古籍出版社1981年版,第111页。

综而观之，苏轼能够以宽广的胸襟去拥抱大千世界，以深邃的目光去审视艺术对象，所以凡物皆有可观，到处都能发现美的存在，并且在其诗歌创作过程中，善于融众长于一炉，破旧格生新变，形成了自己独特的艺术风格，集中体现了北宋诗歌的特色，代表了一代诗歌艺术创作的最高成就。而这些都在清人的评点中得到了精妙阐释，为读者开启了积极的导向作用，既让我们充分认识到了苏诗所具有的强烈艺术感染力，也让我们充分认识到了清代苏诗评点的学术价值。

由此我们还可以看到，评点作为一种批评形式，有其产生、发展、存在的历史必然性和合理性。对于苏诗评点者来说，不可否认，苏轼的人格魅力以及人们对其作品的激赏，是影响其评价尺度的重要因素。苏诗评点自南宋肇始，绵延不绝，至明清愈发兴盛，不仅名家评本被广泛过录或刊刻，而且涌现出了许多未刊评本和佚名评本。但无论作者所处的是宋朝，还是其后的金元明清，极少有对其批评者。这不仅说明了苏轼对后人所具有的强大影响力，同时说明了评点本身所具有的旺盛生命力。

（作者简介：樊庆彦，山东大学文学院教授，著有《苏轼诗文评点研究》等；刘佳，山东大学新闻传播学院副教授。）

自我的疏离与确认：
男子对镜诗词的书写范式*

庞明启

摘　要：男子对镜诗词起源于南朝，到唐代始具规模，之后便层出不穷。这类作品以对镜为契机，以咏老为基调，大体包括悲与喜两个方面，悲的是面老体衰、功业无成、光阴虚掷和羁宦羁旅，喜的是退老闲居、知足葆和、天伦之乐和初心未改，时而表现出自我的对立与疏离，时而表现出自我的肯定与确认，为研究诗词的主体性表达提供了合适的题材视域。作为一种媒介，镜意象通常不过是咏老的引题手段，其本身很少深度参与到诗歌的构思中。但明代以后，随着咏镜诗的增多，镜子趋于角色化，在咏老的框架内，"对镜"的书写分量逐渐加重。还有一类特殊的对镜写真诗词，体现了镜子媒介与角色的双重作用：一方面镜子为画师提供了像主的真实影像，另一方面画像与镜影之间也会形成比较，由此引发出更为深刻的关于形影神的思考。

关键词：男子对镜　自我　咏老　写真

二十一世纪以来，"自我"一直都是中国古代诗词中探讨的热点之一，主要集中在具体作家作品的个案研究上，并延伸到了作家群体、题材类型、文学批评、女性文学、文学史等领域，研究角度包括自我意识、自我形象、自我书写、自我认同等诸多方面。在关涉"自我"的文学呈现中，作为自我凝视的对镜行为是一种最为直接的手段，在诗词中屡见不鲜，值得进行系统性的研究。然而目前对古诗词中对镜（或曰览镜、照镜）现象的研究非常冷清，只有寥寥几篇论文，且多集中于白居易一人。在这些研究成果中，"自我"形象或意识成为

---

* 中国博士后科学基金面上资助项目（第64批）"宋代怡老会社及咏老诗词研究"（项目编号：2018M643273）阶段性成果；内蒙古哲学社会科学规划项目"宋代乐府诗歌与乐府制度关系研究"（项目编号：2017NDB096）阶段性成果。

关注的话题之一,但未能进入更深远的研究层次,做出更普遍的诗歌史考察①。一般而言,古诗词中对镜情形的性别区分十分明显,形成了截然不同的题材分域。女子对镜诗词大多属于代言体的闺情范畴,模式化、虚拟化过重,即便是少数女性作家的作品也未能摆脱这个窠臼,在表达明确、真实的自我方面比较受限。所以本文专门探讨历代的男子对镜诗词,在较长的时间跨度内为文学作品中的"自我"主体性研究提供合适的题材视域。

  以男子对镜为主题的诗歌创作始于南朝庾信的《尘镜诗》,曰"明镜如明月,恒常置匣中。何须照两鬓,终是一秋蓬"②,本为咏镜,兼且咏老③。庾氏是南朝宫体诗的代表人物,在宫体诗中,镜是一个非常常见的意象与主题,原因就在于它与女子梳妆的密切关系。把男子对镜纳入诗歌表现领域,是屡见不鲜的女子对镜构思的延伸,但在当时比较罕见。到了唐代,男子对镜诗已小有规模,之后便大量出现,足以与女子对镜题材相抗衡。这类作品以对镜为契机,以咏老为基调,大体包括悲与喜两个方面,悲的是面老体衰、功业无成、光阴虚掷、羁宦羁旅,喜的是退老闲居、知足葆和、天伦之乐、初心未改。有时在同一首作品中也表现出悲喜交集的情绪,有时亦用佛道之理将悲喜之情统统化解,用以宽慰心灵。元代又出现了一种题写男子对镜写真的诗词,直至清代而盛行,成为对镜与题画交叉的题材类型,丰富了自我的表达形式。

一、对镜失意:自我丑化与情绪宣泄

  在以悲为美的中国古典诗歌领域中,顾影自怜一直都是极具吸引力的情境创设,有月

---

① 侯体健《幻象与真我:宋代览镜诗与诗人自我形象的塑造》(《文艺研究》2020年第8期)梳理了自南朝到宋代对镜诗的发展脉络。作者认为对镜诗的发展是一个不断凸显诗人自我形象的过程,至宋代才稳固下来,这不仅体现了宋诗的日常化书写特征,而且具有超越日常的倾向,颇有卓见。本文不以宋代为聚焦点,而是将历朝历代打通来看,亦不做单线发展的论断,而是划分为对镜契机、镜像比重等不同类型,考察其变化,以期获得更为广阔、多元的文学史视野。若从日常化书写的角度来看,宋代对镜诗所表现的时光、衰病、诗酒等内容与其他题材尤其是表现自我题材的宋诗并没有太大区别,所以必须在作为引媒或意象的镜、镜像的特殊作用及其变化上做进一步的思考,但如果仅仅局限在有宋一朝,就难以获得足够多的信息。

② 庾信撰,倪璠批注,许逸民校点:《庾子山集注》卷四,第1册,中华书局1980年版,第378页。

③ 侯体健在《幻象与真我:宋代览镜诗与诗人自我形象的塑造》(《文艺研究》2020年第8期)一文中对"咏镜"和"览镜"主题做了严格的区分,认为照镜主体的性别转换以及相应的主题转换始于初唐,"镜子与流年的对应关系被牢固地确认,览镜诗的底色从女子的朱颜,移向了士人的白鬓。这种转变意味着文本与作者的关系从分离到合一,览镜诗背离宫廷,回到了诗人自我"(第62页)。如果不做这种严格区分(事实上有时也很难区分)的话,就能够看到男子对镜咏老的现象早在庾信咏镜诗中就已经出现,远远早于初唐。而且男子对镜题材的诗歌出现并逐渐增多之后,女子对镜的题材作为传统闺情诗的有机组成部分依然大量存在并不断发展,形成了二者分庭抗礼的局面。据笔者所搜集的资料显示,唐宋时期男子对镜诗数量异军突起,数量远超女子对镜诗,但在元明清三朝二者的数量又趋于平衡,而且两类题材都进入了词体。

影、灯影、镜影的种种不同。而最为真切的当为镜影，让诗人们能够构想出一个直面自我的场景，认真审视一番自己与自己的关系。这种关系往往是紧张对立的，因为诗人们通常选择衰老的自我作为表现对象。衰老与失意相伴相生，无论是对至老不遇的凄怆悲楚还是对暮年衰残的惶恐自怜，抑或对光阴似箭的无力招架都是如此。

  对镜的直接目的在于观看自己的体貌，故而此类诗词中有很多身体描写的内容，其中白须、白发、落发的描写比重最大，其他方面的衰病特征次之①。在唐代诗人中，以镜入诗次数最多的是白居易，但镜意象占比最高的却是李白。李诗中的"镜"形态比较丰富，具有一种月镜与水镜的动态之美，与一般诗歌中的静态之镜不同，故而哪怕是实写的照镜也会给人以瞬间邂逅与变动不居之感，以之写白发、写衰老，同样会造成猝不及防的强烈心理冲击。其《秋浦歌十七首》其十五曰"白发三千丈，缘愁似个长。不知明镜里，何处得秋霜"，对于白发之长、白头之速都做了夸张性的描写，镜子提供了一个突然与衰老的自己相遇的机缘。又其《览镜书怀》曰："得道无古今，失道还衰老。自笑镜中人，白发如霜草。扪心空叹息，问影何枯槁。桃李竟何言，终成南山皓。"②明代朱谏详加解释道：

  白览镜而书怀，言得长生之道者，则容颜无古今之异，可以长不老矣。若失此道则血气易衰，精神易耗，老日至矣。吾方对镜以自照，却笑镜中之发白如霜草。乃扪心而叹息，顾影而自问曰："尔之形容何至枯槁若是耶？岂以不得长生之道致然也？"默若桃李，竟无所言，终为商山之老，皓然白首而已矣。此白虽自叹而实自负也。白之豪放，虽老不衰，于此可见。③

  朱谏的解释紧紧围绕着照镜见枯白如霜草的白发的情形，将整首诗看成李白对求仙不得而衰老的悲叹。这里将"得道"理解为"得长生之道"是颇有慧眼的，李诗中多次出现"得道"一词，皆为此意。这跟诗人一生崇信道教及其养生法密切相关。但这里的"得道""失道"又绝对不仅仅针对"长生之道"而言，更加明确的意思是指得到或失去政治前途，类似于"得意""失意"。在面对满头白发、形容枯槁之时，诗人知道自己的宏伟抱负可能要永远落空了，故以"南山皓"作结，充满了不甘隐逸而又不得不认命的梗阻悲绝之气。以"霜草""枯槁""南山皓"形容白发虽然比较简单，但与镜、影结合起来，便有一种真与幻的对视

---

  ① 关于唐宋诗中的衰病书写可以参见拙文《"剥落"的"老丑"：宋诗衰病书写与身体审美转向》，《中山大学学报（社会科学版）》2020年第5期；《宋代白须白发主题诗歌论析》，《海南师范大学学报（社会科学版）》，2020年第2期。
  ② 詹锳主编：《李白全集校注汇释集评》卷二二，第7册，百花文艺出版社1996年版，第3517页。
  ③ 《李白全集校注汇释集评》卷二二，第7册，第3518页。

感,其艺术效果正如朱谏所评"此白虽自叹而实自负也。白之豪放,虽老不衰,于此可见"。

相对而言,白居易就要平实得多。白居易患有少白头之症,未满三十即有白发,故而其诗中频频出现白发的意象。其《照镜》曰:"皎皎青铜镜,斑斑白丝鬓。岂复更藏年,实年君不信。"①明镜之中斑斑白发分毫毕现,使得整个人看起来比实际年龄要大许多。该诗中出现了两种叙述视角,前两句为对镜的视角,目的在于描写,后两句为对人的视角,目的在于抒情,以波澜不惊的语言道出了现实生活无须夸饰的残酷性。又有《新磨镜》曰:"衰容常晚栉,秋镜偶新磨。一与清光对,方知白发多。鬓毛从幻化,心地付《头陀》。任意浑成雪,其如似梦何。"②诗人在晚间梳头的主要目的并不在于修饰,而在于养生,所以面前的镜子就成了可有可无的摆设,即使出现锈蚀,也无需急于寻找磨镜工擦拭,诗人用"偶"字显示了磨镜之举的漫不经心。就在铜镜逐渐锈蚀的过程中,诗人的白发大量增添,所以才会在镜子变得明净之时如此惊讶于鬓毛的衰煞。但信仰佛教、自诩僧徒的诗人随即又将鬓发的变化视为与现实无关的幻化,以此消除内心对衰老的惶恐。又其《对镜偶吟赠张道士抱元》曰:"闲来对镜自思量,年貌衰残分所当。白发万茎何所怪,丹砂一粒不曾尝。眼昏久被书料理,肺渴多因酒损伤。今日逢师虽已晚,枕中治老有何方?"③这里不仅写了白发,还写了伴随衰老而来的眼病与肺病,诗人似乎已经完全能够接受这种不可逆转的身体变化。他深谙其中的因果,无须在镜前故作惊讶。

宋代对镜诗善写体貌的以杨万里、陆游、刘克庄为著,他们都属于高寿与高产的诗人,作有大量表现晚年生活的诗歌。杨万里《病起览镜二首》其一曰:"病起长新骨,居然非旧容。眼添佩环带,腰减采花蜂。对面不相识,何人忽此逢。吾身无定在,更要问穷通。"诗人所谓"长新骨"不过是病中消瘦、骨骼凸出而已,不仅面瘦,兼且腰瘦,好像完全变了一个人。其二曰"览镜忽自问,何方一病翁……又将数茎雪,憔悴见西风"④,更强化了衰老与憔悴的病体特征。两首诗都以对镜不自识立意,这种构思在男女对镜诗词中都比较常见,但杨万里从中领悟到了"吾身无定在"的带有普遍性规律的认知,是有超越精神的。陆游《晨镜》诗也是很有代表性的作品,曰:

晨起览清镜,有叟鬓已皤。黬黄色类栀,面皱纹如靴。熟视但惊叹,初不相谁何。久乃稍醒悟,举手自摩挲。与汝周旋久,流年捷飞梭。生当老病死,求脱理则那。切

---

① 白居易著,丁如明、聂世美校点:《白居易全集》卷九,上海古籍出版社1999年版,第119页。
② 《白居易全集》卷一四,第185页。
③ 《白居易全集》卷三五,第539页。
④ 杨万里著,薛瑞生校笺:《诚斋诗集笺证》卷四二,第5册,三秦出版社2011年版,第2960—2961页。

勿强撑拄,据鞍效廉颇。惟须勤把酒,暂遣衰颜酡。①

晨起对镜,发现镜中人发白、面黄、皮皱,丑若非人之状,难以将其与心目中一向的自我形象画上等号,经过反复熟视、思考、摩挲,才最终确认这就是自己。这种夸张有增强艺术效果的目的,也有可靠的心理依据。容颜的衰老在不经意间发生,经常照镜的人们虽然不至于猝不及防,但也会有猛然间的警觉与触动,使人心潮难平。在疾速的时光流转中,昔我与今吾难免判若两人,就如同镜内外两个我互不相识一般。诗人所谓"与汝周旋久,流年捷飞梭",进一步指出了理想之我与现实之我始终处于不协调的状态,这是人生前进的动力,也是人生痛苦的根源。诗人用生理的焦虑来观照功业的焦虑,对垂暮之人来说,这两种焦虑都没有解决之道。他提出了一种颓废的缓解办法,即"惟须勤把酒,暂遣衰颜酡",将现实之我再次抛到镜中,使之成为虚幻的镜像。

刘克庄作有《揽镜六言三首》,其一写背驼、发白、貌丑、体瘦曰:"背伛水牛泅涧,发白冰蚕吐丝。貌丑似猴行者,诗瘦于鹤何师。"其二写视力衰退曰:"天上映藜已懒,雾中看花不真。顾我七十余老,见公三两分人。"其三写偏盲废书、不辍吟诗曰:"蚊睫偻然不见,蝇头老矣停披。盲左丘明作传,瞽张太祝工诗。"②衰病之"我"残躯丑怪、视线模糊,对镜不仅难辨为我,甚至难辨为人,更觉如梦似幻。三诗勇于自嘲,以奇特而幽默的比喻对自己的老病特征进行夸饰,既使人生怜,又使人发笑。

元明清的男子对镜作品持续增多,与唐宋没有明显的内容与风格区分,这证明对镜咏老的书写传统是十分稳固的,是男性诗人们对自我生命困顿的主体性形象展示。值得注意的是,在明清时代,对镜题材已经进入了词的表现领域,尽管数量不多,却体现出前所未有的体裁变化。如清代万树《水调歌头·揽镜》曰:

斋几乏明镜,不自识吾颜。偶然惊见,谁道形影自相怜。少亦灯青竹简,壮亦尘红玉勒,酣啸划秋烟。蓄缩乃如此,僵蛹与喑蝉。 眼生花,牙启窦,耳鸣弦。古人四十,强仕如我尚中年。便不门盈车骑,竟至储空儋石,揽镜意茫然。起把镜椎破,拔剑舞龙泉。③

---

① 陆游著,钱仲联校注:《剑南诗稿校注》卷三七,上海古籍出版社 1985 年版,第 2421—2422 页。
② 刘克庄著,辛更儒笺校:《刘克庄集笺校》卷二四,第 4 册,中华书局 2011 年版,第 1316—1317 页。
③ 聂先、曾王孙编:《百名家词钞·香胆词》,见《续修四库全书》第 1721 册,上海古籍出版社 2002 年版,第 604 页。

此词颇有南朝鲍照《拟行路难》风味，而在体貌描摹的精细程度上要远逾后者。该词以照镜始，以椎镜终，描写了自己形体萎缩与眼花、齿落、耳鸣的早衰症状，抒发了落魄潦倒的感伤激愤。词人拔剑椎破明镜的举动，源于三国时夏侯惇、张裕照镜时不满自己相貌愤而扑镜的典故，这里意在表达对自己衰丑寒酸形象及其所指涉的困顿境遇的愤懑不平。

男子对镜诗词中的自我体貌书写多半包含着自我丑诋与嘲弄，继之以种种失意人生的感喟，不乏悲痛欲绝之心声。还有些诗歌会以体貌描写为辅，或者在对镜感衰的简单应题之后便将时光促迫、至老不遇等悲情倾泻而出，甚至也有仅仅冠之以对镜标题而省略内容中相关提示的叹老嗟衰之作。对镜成为一个情绪的宣泄口，衰老则成为失意情怀的爆发点。这种情绪人人皆有，即便仕途显达者亦复如是，它是一种无可避免的挫折体验和普遍性的诗意哀伤。如唐玄宗朝宰相张九龄《照镜见白发联句》曰"宿昔青云志，蹉跎白发年。谁知明镜里，形影自相怜"①，又如以礼部尚书致仕的中唐诗人李益《立秋前一日览镜》曰"万事销身外，生涯在镜中。唯将满鬓雪，明日对秋风"，其悲怆程度不亚于那些在政治上一无所获的文人。如果放在老少对比的构思中，这种失意的普适性就更加明显了。如宋代姜特立《对镜》曰：

少年鉴止水，自喜颜色好。如今对明镜，但觉增老丑。老丑将奈何，行当就枯朽。古来圣与达，阅世谁长久。仙药不可求，红颜复何有。嵇阮真可人，沉冥一杯酒。②

姜特立也是一位长寿诗人，咏老之作颇多，充满了诙谐语调与达观精神。然而此诗却饱含忧生之嗟，有一种沉重的时光压迫感，无论是追求贤达还是修道求仙都无法抵挡，最后只能依靠醉梦麻痹自己。少年红颜与今日老丑的镜影不再指向虚无，而是让人警醒的真相。其他如明代夏原吉《览镜有感》曰"忆昔寻春绣野堂，满堂欣羡少年郎。晓来试览窗前镜，两目生花鬓欲霜"③，清代刘正宗《对镜叹》曰"少年对镜颜色好，衰年对镜颜色老。镜里容光能几时？回头绿鬓成枯槁"④云云，都在叹息镜里流光之速，如同花开花谢的自然规律，勾起无限惆怅。明代钟芳《把镜有感》更是把各个年龄段的对镜所见一一胪列，显示时间对容颜的雕刻作用，曰："我昔年二十，口髭羞见黑。三十髭益蕃，毵毵美颜色。四十把镜照，髭鬓已间白。前此二十年，飘忽在瞬息。去兹廿年后，衰老故无匹。"⑤虽然突

---

① 张九龄著，刘斯翰校注：《曲江集》，广东人民出版社1986年版，第360页。
② 姜特立著，钱之江整理：《姜特立集》，浙江古籍出版社2016年版，第101—102页。
③ 夏原吉：《夏忠靖集》卷六，见景印文渊阁《四库全书》第1240册，台湾商务印书馆1986年版，第531页。
④ 刘正宗：《逋斋诗》卷二，见《四库未收书辑刊》第八辑第16册，北京出版社1997年版，第144页。
⑤ 钟芳著，周济夫点校：《钟筼溪集》下册，海南出版社2006年版，第541页。

出了循序渐进的衰老过程,却依然不减"飘忽瞬息"之感。

另有一种客中对镜的构想,将伤老、漂泊、失落等情感纠缠在一起,形成了复调的悲鸣。宋初刘兼《对镜》曰:"青镜重磨照白须,白须闲捻意何如?故园迢递千山外,荒郡淹留四载余。风送竹声侵枕簟,月移花影过庭除。秋霜满领难消释,莫读离骚失意书。"①闲来磨镜捻须相照,看似潇散自在,实则是一位白须老人在独自品尝着荒郡羁留的落寞。宋代程俱《看镜》曰:"看镜恍如梦,今余犹昔余。身经几堕甑,迹寄一蓬庐。仙客有遐怨,孔兄无近书。尘缨与蕙帐,两事欲何居。"自注曰:"昔人以鹤为仙客,鸭为闲客。"②该诗前四句中"今余""昔余""堕甑""寄蓬庐"皆典出《庄子》,表达了饱经忧患、人生如梦复如寄的感受,后四句直接化用了南朝孔稚圭《北山移文》中"蕙帐空兮夜鹤怨"一句,表达了欲归而不得的两难心境。这些感情皆由"看镜"拎起,诗中出现了多个"我",分别处于镜之内外、时之今昔与心之取舍中,构成三重相互对视与对问的关系。

二、对镜和解:自我解构之后的再建构

对镜诗词在常规性的衰老愁苦开篇之后,要么走向更为浓烈的感伤或更为彻底的消沉,堕入生命意义的空虚和寂寥,要么转向闲适洒然与高迈豪放,实现一种自我解构之后的再建构。这两种情况并非截然对立,而是一种此起彼伏或者相互掺杂的关系,与人的心理与情绪波动相一致。男子对镜诗词将老年视为主要的观照对象,无论是自我否弃之悲还是自我接纳之喜,祈望的都应该是通过诗性宣导,达成自我的谅解与和解,以获取不同程度的自我实现。美国著名心理学家亚伯拉罕·马斯洛指出:"自我实现者有许多在表面上可以觉察的、最初似乎是不同的、互不相关的个人品质,这可以理解为一个更为基本的单一态度的表现形式或派生物。这个态度就是:相对地不受令人难以抬头的罪恶感、使人严重自卑的羞耻心以及极为强烈的焦虑的影响。"③总体而言,文人士大夫们大多有着高于生命的更为终极的追求和思索,能在文学创作中给生命以价值安顿,从而获得超越性的心理能量。加上老年人饱经沧桑、见多识广,具备十分成熟的心理调控与自我评估能力,善于根据自身的现有条件与思想资源化解自卑与焦虑等负面情绪。无论采用儒释道的何种生命认知方式,他们总能找到认同甚至喜爱镜中老朽的方法。

在退老闲居的时刻,明镜宛若一台固定机位的摄影机记录着有限活动空间里的日常

---

① 彭定求等编:《全唐诗》卷七六六,中华书局1960年版,第8689页。
② 程俱:《北山小集》卷一〇,见景印文渊阁《四库全书》第1130册,第99页。
③ 马斯洛著,许金声、刘锋等译:《自我实现的人》,生活·读书·新知三联书店1987年版,第13页。

起居,无论富贵贫贱、健康疾病,都是值得细细品咂的静中滋味。白居易《对镜》曰:"三分鬓发二分丝,晓镜秋容相对时。去作忙官应太老,退为闲叟未全迟。静中得味何须道,稳处安身更莫疑。若使至今黄绮在,闻吾此语亦分司。"①诗人分司东都洛阳,事少官闲而不失尊贵,相当于致仕的预备期,于是不无得意地认为这种吏隐状态恐怕连商山四皓都要艳羡不已。他的另外一首《对镜吟》也表达了类似的思想,曰"闲看明镜坐清晨,多病姿容半老身……如今所得须甘分,腰佩银龟朱两轮"②云云,在命运的丰厚补偿下,纵然老病,也应无憾。陆游《览镜有感》曰:"齿如败屐鬓成丝,七十之年敢自期。阅世久应书鬼录,强颜那复乞山资。绯衫荫子逾初望,下泽还乡负圣时。回首堕沟元有命,不须深计巧丸儿。"③诗人一生仕途极为坎坷,多次遭到小人弹劾而罢官,即诗末"不须深计巧丸儿"之谓。在七十岁致仕之时,诗人将一腔怨愤都化作了感激之情。所列举的"敢自期""逾初望"的几个方面其实都不过是寻常恩典,他用"齿如败屐鬓成丝"的镜中形象作为反衬,突出了应得待遇的难得,虽不免自嘲之意,但更多的是一种老年的通透。刘克庄有《晨起览镜六首》写了偏盲状态下的老年读书、摘花、吟诗的生活,为了能够好好享用这份清福,诗人打趣说"情知老态难遮掩,匣了菱花懒拂尘"④,避免因为见到镜中老态而影响心情。

还有一种家庭小天地中的天伦之乐也应该留意。唐代权德舆《览镜见白发数茎光鲜特异》曰"秋来皎洁白须光,试脱朝簪学酒狂。一曲酣歌还自乐,儿孙嬉笑挽衣裳"⑤,须已全白,预示着可以脱离官场了,于是便试着摆出脱簪、纵酒、酣歌的狂态,引得儿孙一齐嬉戏。宋代范成大《春日览镜有感》写照镜形容憔悴,领悟岁月蹉跎,便刻意欢笑,加入了儿童的歌舞行列,"儿童竞佳节,呼唤舞且歌。我亦兴不浅,健起相婆娑"⑥,童趣十足。清代樊增祥《小诗窘于边幅更为七言广之》其十一《览镜》曰:"鹤骨棱棱瘦益奇,镜心无改旧容仪。渭城五换风前柳,赢得娇儿弄黑髭。"⑦老而不衰,愈见奇骨,兼有娇儿相弄,为福不浅。

对老年闲退生活的歌咏,处处透露出知足葆和的心态。白居易就是这方面的典型,他有一首《对镜吟》写其对镜悲白头之余想到了自己的同辈亲友,一番对比之后,顿觉愉悦,曰:"老于我者多穷贱,设使身存寒且饥。少于我者半为土,墓树已抽三五枝。我今幸得见

---

① 《白居易全集》卷二七,第 417 页。
② 《白居易全集》卷一七,第 253 页。
③ 《剑南诗稿校注》卷二五,第 1794—1795 页。
④ 《刘克庄集笺校》卷三六,第 1933 页。
⑤ 权德舆撰,郭广伟校点:《权德舆诗文集》卷一,上海古籍出版社 2008 年版,第 12 页。
⑥ 范成大著,富寿荪标校:《范石湖集》卷三二,上海古籍出版社 2006 年版,第 429 页。
⑦ 樊增祥:《樊山续集》卷二,见《清代诗文集汇编》第 762 册,上海古籍出版社 2010 年版,第 518 页。

头白,禄俸不薄官不卑。眼前有酒心无苦,只合欢娱不合悲。"①白居易通过"比下有余"以获得自信的说法多为后世所仿效,如明代陆深《南楼对镜见白发》曰"摘染有何益? 世间多少少年郎,要白不得白"②,明代张凤翼《对镜》曰"少年昆弟与交游,屈指于今半土丘。镜里不须憎白发,人生难得雪盈头"③。这种类比颇为世俗,却能有效地慰藉心灵。白居易又有《览镜喜老》诗,作于六十四岁,表达了"不老即须夭,不夭即须衰。晚衰胜早夭,此理决不疑"④的辩证思想,得出了面对年老"当喜不当叹"的结论,立论基础与前述《对镜吟》一致。在同样的年纪,清代徐大镛作有《读白乐天〈览镜喜老〉诗欣然有作》,将读白诗视为解除衰羸忧愁的良药,并同样以对比友人的方式获得优越感,接着引白居易为异代知己,"览镜自喜老,胸襟此何似"。然后又与之作比较,认为自己尚能略胜一筹,"虽无少傅尊,亦曾忝禄仕。虽无履道居,亦粗营宅第。乐天况无儿,我已有孙子"⑤,最后总结道"当喜不当叹,欢娱从此始"。

白居易式的知足思想来源于春秋时的隐士荣启期,其《览镜喜老》明确地说"傥得及此限,何羡荣启期"⑥。《列子·天瑞》记载了荣启期对孔子所述的"三乐",即"天生万物,唯人为贵。而吾得为人,是一乐也。男女之别,男尊女卑,故以男为贵;吾既得为男矣,是二乐也。人生有不见日月、不免襁褓者;吾既已行年九十矣,是三乐也"⑦,将人最基本的天然条件都看成优越感的来源。至于其他种类的知足自宽方式,如苏辙《次韵杨褒直讲揽镜》中的及时行乐,"劝君行乐还听否,即是南风苦热时"⑧;陆游《病起镜中见白发此去七十无十寒暑矣偶得长句》中的颓然自适,"正令宽作十年梦,安用更留三日醒"⑨;明代程文德《览镜》中的随缘任运,"未必此生终孟浪,只应穷达付虚舟"⑩,等等,也都是较为常见的。

照镜诗词中更有一种不服老的初心与恒心,彰显出超越年龄与身体的志气。唐代徐九皋《途中览镜》曰:"四海游长倦,百年愁半侵。赖窥明镜里,时见丈夫心。"⑪他人照镜见

---

① 《白居易全集》卷二一,第319—320页。
② 陆深:《俨山集》卷一九,见景印文渊阁《四库全书》1268册,第120页。
③ 张凤翼:《处实堂集》卷四,见《续修四库全书》第1353册,第284页。
④ 《白居易全集》卷三〇,第460页。
⑤ 徐世昌:《晚晴簃诗汇》卷一三一,见《续修四库全书》第1632册,第91页。
⑥ 《白居易全集》卷三〇,第460页。
⑦ 列御寇著,严北溟、严捷编著:《列子译注》,上海古籍出版社2006年版,第11页。
⑧ 苏辙著,陈宏天、高秀芳点校:《苏辙集》卷一七,中华书局1990年版,第49页。
⑨ 《剑南诗稿校注》卷二五,第1327页。
⑩ 程文德著,程朱昌、程育全编:《程文德集》卷二七,上海古籍出版社2012年版,第455页。
⑪ 《全唐诗》卷二〇三,第2120页。

衰，诗人则见不变之雄心，一扫人生愁倦。宋代韦骧《对鉴》曰："寒光满尺余，拂拭在朝晡。敌面知相应，纤毫肯见诬。壮颜随岁老，短发任秋枯。瞰瞰胸中事，君能照得无。"①明镜照人，毫发不爽，能清楚地反映出岁月对青春容颜的剥蚀和改换，但它无法照察恒久皎洁的内心，思路与徐九皋相反，结论却如出一辙。更有珍惜光阴、老马加鞭的，宋代程公许《览镜鬓间两三点雪》曰："志士伤心髀肉生，寒儒努力在青春。课书恨失囊萤聚，览镜惊呼鬓雪新。岁晚何妨勤秉烛，行迷犹可复通津。余功剩暖丹炉火，莫待幽人唤孔宾。"②镜中鬓雪是蹉跎岁月、光阴无多的警示，这种懊悔与急迫是另一种的"少壮不努力，老大徒伤悲"。结尾"唤孔宾"之典值得注意，《晋书·隐逸传》载西晋祈嘉："字孔宾，酒泉人也。少清贫，好学。年二十余，夜忽窗中有声呼曰：'祈孔宾，祈孔宾！隐去来，隐去来！修饰人世，甚苦不可谐。所得未毛铢，所丧如山崖。'旦而逃去，西至敦煌，依官学诵书，贫无衣食，为书生都养以自给，遂博通经传，精究大义。"③幽人之唤实乃劝人隐居，此处被诗人理解为督促学习与修身，带有逃脱世纷、潜心苦学之意。《宋史》本传载"公许冲澹寡欲，晚年惟一僮侍，食无重味，一裘至十数年不易"④，而且著作颇丰，想必在晚年退隐时更加勤苦刻励而不为物欲所乱。宋代袁燮《览镜二首》所言与之类似，其一曰"朝来览镜一何衰，发秃容枯半白髭。老态侵寻光景促，着鞭从此勿迟迟"，其二曰"工夫一日不专精，面目尘埃已可憎。何必鉴人明得失，青铜相对即良朋"⑤。据传黄庭坚曾言："士大夫三日不读书，则义理不交于胸中，对镜觉面目可憎，向人亦语言无味。"⑥唐太宗又有名言曰："以人为镜，可以明得失。"⑦诗人将两种说法结合起来，把照镜见衰容视为功夫不专所导致的"面目尘埃"，进而以铜镜为良朋净友，催促自己通过修己为学与时间赛跑、与衰老抗衡。

借对镜咏老来表明家国情怀的也大有人在，如"喜有丹心在，常怀报圣明"（明黄淮《对镜》）⑧的耿耿忠心，"因君自验虺隤未，白羽西凉我尚能"（清叶观国《次韵丁给事揽镜》）⑨的老骥之志。明代遗民王夫之的《念奴娇·对镜》在表现饱经沧桑的老年人对故国的情感坚守方面颇具代表性，曰：

---

① 傅璇琮等主编，北京大学古文献研究所编：《全宋诗》第13册，北京大学出版社1998年版，第8540页。
② 程公许：《沧州尘缶编》卷一〇，见景印文渊阁《四库全书》第1176册，第1000页。
③ 房玄龄等撰：《晋书》卷九四，中华书局1974年版，第2456页。
④ 脱脱等撰：《宋史》卷四一五，中华书局1977年版，第12459页。
⑤ 袁燮撰：《絜斋集》卷二四，中华书局1985年版，第398—399页。
⑥ 焦竑：《焦氏类林》卷二，见《续修四库全书》第1189册，第240页。
⑦ 刘悚：《隋唐嘉话》卷上，见丁如明、李宗为、李学颖等校点：《唐五代笔记小说大观》上册，上海古籍出版社2000年版，第95页。
⑧ 黄淮：《省愆集》卷上，见景印文渊阁《四库全书》第1240册，第447页。
⑨ 叶观国：《绿筠书屋诗钞》卷七，见《续修四库全书》第1444册，第341页。

闲愁自昔,到如今当得雪欺霜负。云亚天低抬不起,随意白衣苍狗。剑跃双龙,笔摇五岳,也是闲筋斗。蝶黏蛛网,丝毫动得还否。 别有一线霏微,轻丝杪忽,系蟠泥秋藕。一恁败荷凋叶尽,自有玉香灵透。眉下双岩,电光犹射,独运枯杨肘。无情日月,也须如此消受。①

"枯杨肘",即枯柳肘,典出《庄子·至乐》,比喻疾病等灾难。这里的"雪欺霜负""荷凋叶尽""枯杨肘"都是喻指衰老与困境,而"一线霏微""玉香灵透""眉下双岩,电光犹射"则兼指自然赋予的生命力与永不磨灭的耿耿忠心。吴则虞先生认为"剑跃双龙,笔摇五岳,也是闲筋斗"指的是积极进行反清活动的顾炎武、吕留良等人,表示对他们的否定。"虽在这样恶劣的形势之下,自己的意志是决不动摇、消极的,在无情的岁月里,自有自己的积极的工作可做,以等待未来的'一线霏微'"②。面对国破家亡、异族统治的时代巨变,词人不愿逞英雄,做无谓的牺牲,但也绝不放弃希望或变节易帜。

三、媒介与角色:镜子的呈现作用

在男子对镜诗词描写面老体衰的内容中,都或隐或显地保持着对镜的视角,体貌展示、评论的真切离不开镜影的真实。如杜甫《览镜呈柏中丞》曰"镜中衰谢色,万一故人怜"③,要唤起他人的怜悯首先要能够顾影自怜才行,这是杜甫在镜前反复确认过的。可以想见的是,细部描摹得越多,对镜的场景感就越明显。镜意象往往作为一种媒介或契机,成为咏老的引题手段,而本身却很少深度参与到诗歌的构思当中去。

明代以后,随着咏镜诗的增多,镜子越来越角色化,在咏老的框架内,"对镜"的书写分量逐渐加重。如明代黄省曾《舟中览金陵携归古镜一首》曰:"金陵古镜新所将,孤舟览之情内伤。青年欲付逝波去,黄发渐随春草长。玉颜一代照多少,菱花千古常辉光。箧中留取伴明月,它时访岳载云装。"④由览镜见衰而将思路引到镜子本身的阅人无数与古老辉光,视之为明月般的永恒之物,承诺要带着它入山修道,从而超脱苦短而纷扰的人世。在行文当中,镜子逐渐取代了诗人自己,成为吟咏对象。清代陈恭尹《秋镜》曰:"对镜意茫茫,为躯七尺强。如何千载下,空让昔人长。面目吾犹尔,妍媸汝不藏。因之还自见,敢恨

---

① 王夫之著:《船山遗书》第7卷,北京出版社1999年版,第4570页。
② 吴则虞:《姜斋词论略——为纪念王船山逝世270周年作》,《江汉学报》1962年第2期,第30页。
③ 杜甫撰,仇兆鳌注:《杜诗详注》卷一八,中华书局1999年版,第1575页。
④ 黄省曾:《五岳山人集》卷一六,见《四库全书存目丛书·集部》第94册,齐鲁书社1997年版,第660页。

有秋霜？"①此诗一定程度上借鉴了李白的《秋浦歌》，虽无后者镜中忽见三千丈霜发的豪迈，却在镜的角色化上有所突破。以前的对镜诗通常是将镜影对象化，形成真我与幻我的对立，而这里直接将镜子对象化，称之为"汝"，通过称赞其妍媸无隐的品格，来催促自己一定不能输于昔日同照此镜的杰出人士，如此便赋予镜子品评人物的权力，同时具有历史的纵深感。清代张毛健以拟人化的方式写了两首镜与主人的问答诗，《镜嘲主人》曰"本以虚能照，逢君只欲悲。自从遭拂拭，只见皱眉时"，《主人答》曰"自叹愁兼病，相看更起愁。清光如可掩，愁思近窗休"②，镜子怪主人总是以悲愁相向，于是主人怪镜子让自己更添愁苦，可谓意趣横生。另有清代钱沣《镜问》《镜答》二诗借助庄子的齐物论表达了老少并无分别、白发亦当珍惜的思想，使得镜子成为洞悉人生的哲人角色。

　　对镜很多时候也是阐释形影神的真幻之理的媒介，以之为题者有不少通篇说理的诗歌，其中的一些组诗很值得留意。宋代刘克庄有《次竹溪所和薛明府镜中我诗三首》，阐释了随缘任运的养生之理，怀疑佛理中真幻色空之说，表示信道而不信佛。同时期的林希逸亦有三首同题唱和诗，即《和梯飙薛宰镜中我韵》《再和镜中我》《三和镜中我》，其一曰："菱花泓里炯相亲，久玩还疑假是真。觌面果为谁氏子，回光须照本来人。正惭我老羞看影，堪笑渠痴苦效颦。陶叟但知身有二，当年问答只形神。"③表示出对世人惑于外表、以假为真的不以为然，并引出陶渊明的《形影神三首》。此外，金代密璹《对镜二首》，明代陶望龄《览镜七首》，清代薛敬孟《对镜问影子日占三绝》等，都在赏玩和思索镜影时，反反复复表达了人生与世事的虚幻，不应过于拘执。还有相关的佛偈创作，宋代宗泽《览镜偈》曰"览镜影还在，掩镜影还去。试问镜中人，却归什么处"④，镜影并非实体，本无所谓来去，但在即色即空的佛理中，这个问题就变得非常耐人寻味。清代沈成大《李于亭镜中影偈》开篇便抛出了一系列问题："曰此镜耶？光于何藏？曰此影耶？对面者谁？权耶实耶？背耶触耶？"继而批判了世人"以假为真，以真为假"的"颠倒思维"，认为"人各有心，心即是镜。尽虚空界，无不摄受"⑤，并对高僧们的故弄玄虚表示不满。亦有将梦与镜相提并论者，明代郭正域《甲申十月之望梦人持一镜大一尺曰此业镜也且照令生面目一照而醒》⑥组诗四首，将佛教四大六道、道家庄生梦蝶之说结合起来，告诉世人今生与来世、迷梦与清醒的恍

---

① 陈恭尹：《独漉堂诗文集·诗集》卷六，见《续修四库全书》第1413册，第98页。
② 张毛健：《鹤汀集》卷一，见《四库未收书辑刊》第八辑第22册，北京出版社1997年版，第564—565页。
③ 林希逸：《竹溪鬳斋十一稿续集》卷三，见景印文渊阁《四库全书》第1185册，第583页。
④ 宗泽撰：《宗忠简公集》卷六，中华书局1985年版，第67页。
⑤ 沈大成：《学福斋集》卷一二，见《清代诗文集汇编》第292册，第147页。
⑥ 郭正域：《合并黄离草》卷一四，见《四库禁毁书丛刊·集部》第13册，北京出版社1997年版，第626页。

惚难辨。清代蔡衍鎤《对镜偶忆前梦》阐明了"梦中说梦"与"镜首悬镜"①的相似性,与佛教镜镜相照的譬喻有相通之处。

另有一类特殊的对镜写真诗词,从中能够明显地看到镜子媒介与角色的双重作用:一方面镜子为画师提供了像主的真实影像,另一方面画像与镜影之间也会形成比较,由此引发出更为深刻的关于形影神的思考。虽然目前能够见到的最早的这类作品是元代许有壬的《题对镜写真图用滕玉霄韵》,但将对镜与写真两大元素进行对比的思考却早已出现。比如白居易就很喜欢对镜与写真题材的诗歌创作,他在《与杨虞卿书》中夫子自道曰:"又常照镜,或观写真,自相形骨,非富贵者必矣。以此自决,益不复疑。故宠辱之来,不至惊怪。"②在他看来,两种方式皆可相面,并无差异。宋人对此则不以为然,如宋祁《揽镜》曰"晚匣写菱影,试观憔悴颜……安得长康画,致之岩壑间"③,蔡襄《画生李维写予像今已十年对鉴观之因题其侧》曰"清眸绿发十年前,朴野风神不易传。今日青铜莫相照,白髭垂颔面双颧"④,皆表明画中像与镜中像给人的观感大为不同,前者讲究传神,而后者逼近真实。

关于对镜和写真的差异,元代虞集《无住和尚命俞岩隐写予陋质予盖簪缨家子其意亦萧散因作山偈一首戏赠聊发住公一笑也》一诗提出了自己的看法,曰:

> 我欲自识面,莫如镜中真。引镜实有我,却镜见无因。俞侯乃善幻,作此意生身。旁人总言似,我亦爱其人。但恐年岁久,不知是何人。俞侯俞侯吾已老,百事无能勿复道。幸自不曾亏损他,莫将尘影瞒人好。⑤

诗人指出镜影最能真实地反映自己的本来面貌,而画师难免对形貌做出好恶的取舍,尽管能够讨得像主的欢心,但终究经受不起岁月的检验。所以诗人希望画师能够写实,不要有所隐瞒和美化,以真实的画像留作日后的纪念。清代法式善《题冶亭侍郎镜中小影》组诗提供了一个反面的例证,代表了大多数写真的情况,其二曰:"孤山老梅树,幻作先生身。先生若不知,而曰存吾真。"⑥画师明显是做了遗形取神的处理,将人物画得瘦骨峥嵘如同老梅枝干,使像主欢欣不已。即便冠名"镜影",标榜真实,也不代表就能保证画像的

---

① 蔡衍鎤:《操斋集》卷一六,见《四库未收书辑刊》第九辑第20册,第583页。
② 《白居易全集》卷四四,第640页。
③ 《全宋诗》第4册,第2356页。
④ 蔡襄撰,陈庆元等校注:《蔡襄全集》卷八,福建人民出版社1999年版,第214页。
⑤ 虞集著,王頲点校:《虞集全集》上册,天津古籍出版社2007年版,第58页。
⑥ 法式善:《存素堂诗初集录存》卷七,见《续修四库全书》第1476册,第518页。

真实性。清代孙原湘《调胡翁》其一说道:"饶君妙笔会传神,謦笑终输镜里真。却有胜于明镜处,秋霜不点画中人。"①戏言写真虽不如照镜真实,却能让像主显得更年轻。

实际上,对镜本身就是一种写真手段,南唐画家王齐翰创作过一幅《谢太傅写真图》,"图绢本高八寸,阔一尺二寸,一女侍持镜对谢公,公览镜写照,一女侍捧砚立于旁,面貌衣褶具古法。几格床倚之属,皆精致。屏扆作山水,勾而不皴,简淡可观",有"元贤诸咏及张修撰跋俱书尾纸"②。可见早在东晋时谢安就曾对镜写真,此事成为后世绘画题材,为后人所吟咏。王羲之亦有此举,宋僧仁显《广画录》记载"王羲之有《临镜自写真图》"③。又有清代叶观国《为友人题空空图小影四首》,题序所述画中人物对镜写真方法与《谢太傅写真图》类似,即"图作侧面,照大方镜,就镜中写正面,镜用两美人捧之,傍挂宝剑一具"。其一曰"欲传阿堵笔难亲,却借菱花为写真。不是画师夸狡狯,由来法报具多身"④,言自我写真必须借助镜子,戏称镜中人乃是诗人的真实分身。其实男女对镜的情形本身就是十分常见的绘画题材,甚至还有一种将人物像放进圆形或椭圆形线条中的"镜影图",将镜、人、画三要素进行别具一格的组合,不再赘述。

四、余论

镜子的基本功能是照人面容、辨别美丑,唐代刘知几说:"盖明镜之照物也,妍媸必露,不以毛嫱之面或有疵瑕而寝其鉴也。"⑤大体而言,女子照镜诗词,多见美貌,属于闺情的范畴;男子照镜诗词,多见老丑,属于咏老的范畴。关于二者的区别,清代袁枚有一段比较精彩的论述:

> 元人诗曰:"老不甘心奈镜何?"李益《览镜》云:"纵使逢人见,犹胜自见悲。"本朝郑玑尺先生云:"朱颜谁不惜?白发尔先知。"皆嫌镜之示人以老也。宋人云:"贫女如花只镜知。"又曰:"镜里自应谙素貌,人间只解看红妆。"又曰:"自家怜未了,临去复徘徊。"本朝高夫人有句云:"乍见不知谁觌面?细看真觉我怜卿。"是镜有恩于女子,有怨于老翁也,容成侯何容心哉?⑥

---

① 孙原湘:《天真阁集》卷二三,见《续修四库全书》第1488册,第143页。
② 吴升:《大观录》卷一一,见《续修四库全书》第1066册,第583页。
③ 俞樾:《茶香室丛钞》续钞卷二一,见《续修四库全书》第1198册,第563页。
④ 叶观国:《绿筠书屋诗钞》卷一〇,见《续修四库全书》第1444册,第365页。
⑤ 刘知几撰,浦起龙通释:《史通》卷一四,上海古籍出版社2015年版,第366页。
⑥ 袁枚著,陈君慧译注:《随园诗话》卷七,第2册,线装书局2008年版,第247—248页。

这段话表明了男女对镜的书写策略是有着清晰分界的，但这种分界其实产生于同样的悲感审美传统。陷入相思、孤单困境中的美女的顾影自怜，与陷入不遇、衰老困境中的才子的顾影自怜，表达的都是男性作家们一致的生命悲感体验，只不过前者是想象性的、代言体的，后者是写实性的、自言体的，我们从袁枚所举的诗例也能够清楚地感知到这一点。文学传统一旦形成，就不会轻易发生太大改变。哪怕是女性作家的自我书写，也很难走出原来的美人框架，男性作家的闺情诗词就更不用说了。我们偶尔能够看到丑妇对镜、美男对镜者，但并不能形成新的书写传统。

此外，我们还应考虑到儒释道三家的镜喻对男子对镜诗词书写策略的影响。在这里，清代陈衍《柯凤孙参议属题镜影图》堪为典型，此诗开篇就从儒释道三方面入手，将佛教的大圆镜与明镜台之说法、道家的罔两与内景之假托、儒家的云影天光之诗思结合起来，对镜影的意蕴进行阐发，指出"三教之所同，御动必以静"①，接着又将镜喻引申到了治民与文章上面，重点落在了儒家镜理的层面。儒释道的哲理阐释充斥着各种象喻，镜喻就是其中常见的一种，如儒家认为"明镜者所以察形也，往古者所以知今也"②，佛家认为"如镜中像，假有形色，求不可得，是为空门"③，道家认为"至人之用心若镜，不将不迎，应而不藏，故能胜物而不伤"④等，不乏形与影、真与幻、主观与客观的思考，并赋予镜子各种人格化的特征。这些因素广泛渗透进了男子对镜诗词中，丰富了自我书写的多样性与趣味性，具有相当的思辨色彩。

（作者简介：庞明启，中山大学中文系博士后，重庆邮电大学传媒艺术学院讲师。发表论文有《北宋元丰洛阳真率会考论——兼论"真率"与"耆英"会名的混同及原因》等。）

---

① 陈衍：《石遗室诗集》卷五，见《续修四库全书》第1576册，第149页。
② 卢辩注，孔广森补：《大戴礼记补注》卷三，第1册，中华书局1985年版，第42页。
③ 释智顗撰：《妙法莲华经玄义》，《大正新修大藏经》本。
④ 陈鼓应注译：《庄子今注今译》，中华书局1983年版，第227页。

余事为诗亦可观

——读宛敏灏、张涤华、祖保泉《赭山三松集》

张应中

摘 要:《赭山三松集》是原安徽师范大学中文系宛敏灏、张涤华、祖保泉三位教授的诗词选集,该集反映了1924—2004年长达80年的历史风云和一代知识分子的心灵轨迹,风格清新明丽,平易晓畅,然又各具特点。研读该集对当代诗词创作颇有启示意义。

关键词:《赭山三松集》 家国情怀 山水纪游 亲情爱情 清新明丽

《赭山三松集》是原安徽师范大学中文系三位教授的诗词选集,北岳文艺出版社2006年出版,主编俞子微。这三位教授分别是词学家宛敏灏(1906—1994)先生、语言学家张涤华(1909—1992)先生和古典文艺理论家祖保泉(1921—2013)先生,他们在各自的专业领域卓有建树,享誉当代,诗词为其余事,然亦颇有可观之处,该集曾在社会上产生过较大的影响。余生也晚,学习诗词更迟,所幸犹及聆听祖先生教诲,今不揣浅陋,略陈自己学习所得,以便求正于大方之家。

《赭山三松集》共收诗词318首,其中诗140首(宛24首,张116首),词178首(宛64首,张42首,祖72首)。写作年代最早为1924年,最迟为2004年,合而观之,反映了80年的历史风云和一代知识分子的心灵轨迹,现择其主要方面加以分析。

一

家国情怀。他们这一代知识分子深受儒家思想的熏陶,拥有传统士人的家国情怀,爱国爱民,积极入世,做学问不忘社会现实,教书育人也关心国计民生,诗词多取材于现实中的重大事件和重要人物。诸如五卅运动,南京大屠杀,抗战胜利,南京、芜湖的解放,梅山水库、佛子岭水库的建成,国家领导人的逝世,南京长江大桥、芜湖长江大桥的建成,政协人大会议的召开,各类刊物的创刊与复刊,通信卫星上天,香港回归等在诗词中都得到反映。他们不是"两耳不闻窗外事,一心只读圣贤书"的教书匠,他们有很高的参政议政热情,有着民胞物与的胸襟,在这方面尤其值得我们学习。

张涤华先生《南京大屠杀三周年感赋》诗云:

> 惨绝当年痛定思,石头城破溃军时。万家酷掠无遗物,两月狂屠到小儿。积甲云屯同委弃,哀鸿野哭任流离。伤心忍读兰成赋,何日收京见汉旗?

该诗作于1940年,作者痛定思痛,回顾1937年日寇侵占南京,国民党军队溃逃时的情形。具体描写在诗的中间两联:日寇野蛮地抢劫,疯狂地屠杀,国军丢盔弃甲,人民流离失所,令人不堪回首。"兰成赋"指南北朝庾信(字兰成)的《哀江南赋》,此赋以庾信个人的遭遇为线索,叙述梁朝亡国的惨痛和人民遭受的灾难。作者为什么不忍心读《哀江南赋》呢?因为当时的中国正与该赋所写的情形相仿佛,读赋徒增悲感而已,实际上是借典故以抒哀愤之情。最后一句表达了作者的愿望:中国的军队能早日驱逐日寇,收复京城,国家民族获得解放。

宛敏灏先生《抗战胜利交通梗阻感赋》诗云:

> 小镇争传复九州,欲归无计转增愁。杞忧未解天倾虑,国事依然肉食谋。流落黎民江上望,升腾鸡犬太空游。一樽且买他乡醉,俯仰人间浩荡秋。

该诗作于1945年秋,时作者在四川白沙镇国立女子师范学院,抗战胜利的消息传来,小镇欢欣鼓舞,作者自然非常高兴。但国民党为了抢占战略要地和交通重镇,"接收"敌伪资产,大量运送军队,导致交通梗阻,民众欲返乡而不得,作者"欲归无计转增愁"。抗战虽然胜利了,但内战的阴云日渐浓厚,人民渴望已久的和平、民主似乎遥遥无期,作者不得不为时局忧虑,为苍生发愁,但书生忧国无计可施,只有借酒浇愁而已。

祖保泉先生中华人民共和国成立后的词作,很多涉及政治题材,特别值得一提的是写于1972年的《念奴娇·铁画迎客松赞》:

> 天都过后,看玉屏峰下,有松奇特。几世风霜兼雨雪,依旧凛然苍碧。却对来人,延伸巨臂,当路亲迎客。八方游者,几回惊看奇迹。　　奇在铁骨铮铮,权丫画出,道劲真风格。枝似虬龙将起舞,老干参天自直。叶茂根深,风摇不撼,根在摩天石。春山灿烂,更迎宾友如织。

该词题下有小序云:"屡见周总理与外宾合影于迎客松屏风前,作迎客松赞。"当时中国内忧外患,外交困难,周总理鞠躬尽瘁,不断打开中国外交的新局面。作者深有感触,填词赞迎客松,实际上也是赞周总理。上片从时空大处着笔,勾勒出黄山迎客松的风貌,以游人惊叹"奇迹"歇拍,过片"奇在铁骨铮铮","奇"字承上片,"铁骨铮铮",双关黄山迎客松和铁画迎客松,引出下文对铁画迎客松的工笔细描,写出迎客松的风骨。该词上片写黄山迎客松,下片写铁画迎客松,一而二,二而一,就地取材,深刻形象地表现出周总理的宽广胸怀和政治家的风范。

三位先生的诗词继承了"缘事而发"的乐府传统,以及白居易"文章合为时而著,歌诗合为事而作"的现实主义精神,体现了一代知识分子与时俱进的精神风貌。这些诗词为历史留下了一连串的声音和面影,是一种艺术的记录。

山水纪游。著名画家黄宾虹曾说:"中华大地,无山不美,无水不秀。"[①]观赏山水,体验自然,为历代文人墨客所嗜好。山水诗也是传统诗的重要内容。《赭山三松集》中也有不少山水纪游诗词,代表性作品有宛敏灏先生为数不少的写黄山的诗词,张涤华先生的《黄山纪行词八首》,祖保泉先生的《水调歌头·宿枕霞山舍》《鹧鸪天·游佛子岭水库》《水调歌头·游东坡石壁》《行香子·游淀山湖》等。其中宛、张二先生的诗词主要呈现大自然的美丽与神奇,表现出对自然美的欣赏,个人形象退隐其后;祖先生的词写山水不忘人世,较多抒情议论,个人形象较为突出,总之是各有特色。

宛敏灏先生游黄山诸作传诵一时,1956年8月作《浣溪沙·黄山玉屏楼前晚眺》词云:

> 一抹斜阳映玉屏,文殊台下万峰青,却看来路细如绳。　亦险亦奇真大巧,曰山曰海本无名,今宵倚枕听涛声。

上片写景,气象开阔,大小结合,形象突出,历历在目。下片对句议论,作者自注云:"玉屏峰有'云海奇观'摩崖大字。'不险不奇''大巧若拙'则题于楼前石山青狮上,耐人寻味。"该两句体现出辩证法的趣味,观自然悟理趣,似以诗法为之。结句复写景,"今宵倚枕听涛声",预想夜晚情景,引人遐思。又如《天仙子·雨后小立白龙桥头观人字瀑》:

> 怒卷雪涛人字瀑,椽笔大书惊在目。白龙狎浪下山溪,溪喷玉,山初浴,七十二峰

[①] 黄宾虹著,王伯敏编:《黄宾虹画语》,上海人民美术出版社1997年版,第52页。

青可掬。　一片晚霞铺锦褥,几处淡烟萦古木。归禽啼罢又蜩鸣,歌一曲,忘三伏,四入此山看未足。

上片将镜头对准人字瀑,作特写,歇拍"七十二峰青可掬",仿佛众山都沐浴了人字瀑的水汽,青葱入目,语带夸张,自然引出下片对周围环境的描写,结尾写此处清凉,令人忘记当时的三伏天气,"四入此山看未足",意即人字瀑百看不厌,虽以议论作结,气力不衰。从以上两例可以看出,宛先生写山水善于抓住特征、烘托渲染,有身临其境、引人入胜之感。

张涤华先生 1942 年作《过梅子关》诗云:

山势盘空上,轻车百转升。天风寒到骨,江影细如绳。瀑远声犹壮,熊吼崖欲崩。到门惊宿鸟,投止问山僧。

梅子关,在当时的四川省酉阳县,为由湘入蜀必经之路。张先生时在安徽省国立八中(为避日寇迁湖南永绥)担任语文教师,1942 年秋赴重庆,到沙坝国立中央工业专科学校任语文教师,经过梅子关,写下这首诗。诗纯粹写景,山势险峻,远离人间烟火。诗只作如是记录,想当年此处还有熊吼,现在应该没有了吧?

祖保泉先生《水调歌头·宿枕霞山舍》词云:

已过二郎庙,策杖到青城。青龙岭上趺坐,松韵正泠泠。更入清都上寺,古柏参天自碧,寒翠漫天庭。仿佛闻天语,笑我念凡尘。　宿山舍,听暮鼓,若云腾。幻生灵雨,隐隐雷散月华明。步月三清殿外,遥想玄元帝世,真个世无争?环顾人间世,何处没枪声?

词有小序:"四七年五月,由灌县步行至青城山,宿道观枕霞山舍。入暮,道士击鼓。"交代了词的写作背景。该词上片写景,描述道教名山的清幽景象,歇拍"笑我念凡尘",表示虽到名山,不忘人世,引出下片。过片写道士击鼓引发的想象,飘飘然若腾云驾雾,随后"步月三清殿外",颇有超尘出世之感,但作者不愿以此麻醉自己,他念念不忘人世的枪声,当时正是解放战争时期,内战的枪声不断,流露出对时局的关切与忧虑。祖先生写山水纪游,都不会忘记现实世界,都要写出自己的情怀,"酷不入情"的无我之境在他的词里是找不到的,此是其特色。

亲情爱情。三位先生都重人伦,深于情。他们关心思念亲人,与伴侣相亲相爱,琴瑟和谐,诗词内容或有差别,感情一样深挚,读之足以动人。宛敏灏先生《试为老伴理发戏作》于幽默中见情致,回文词《菩萨蛮》(见难恒别伤鸿燕)悲情婉转。1985年12月作《悼亡诗三首》云:

　　叶落萧萧夜梦惊,对床不复听鼾声。同甘共苦寻常事,死别生离万古情。
　　一去宁知更不归,神山昨夜雪纷飞。此生永诀从今始,回首前尘万事非。
　　鹤话尧年讶苦寒,小春未尽雪漫漫。妥灵祭罢儿孙哭,从此人间一见难。

按:宛先生夫人章泰敬女士于1985年12月5日去世。当年芜湖市的殡仪馆在神山公园,故云"神山昨夜雪纷飞"。南朝宋刘敬叔《异苑》卷三:"大亨二年冬,大寒。南洲人见二白鹄语于桥下,曰:'今兹寒不减尧崩年也。'于是飞去。"(《太平御览》卷九一六)鹄通鹤,"鹤话尧年"即是说当时非常寒冷。"小春"也称"小阳春",指夏历十月,这个期间严冬将至但天气尚暖故云"小春",1985年12月5日即夏历10月24日,故云"小春未尽"。"妥灵",安置亡灵。三首七绝,语言平实质朴,感情深挚内敛,对亡妻的哀悼催人泪下,实不逊色于元稹的《遣悲怀》。

张涤华先生情词《浣溪沙十首》作于1940年,正是与其夫人张素心女士新婚之际,录四首如下:

　　兰室初逢忆旧游,鸭炉香细琐窗幽。红娇粉艳不胜羞。　采胜乍翻蝉影动,黛眉微敛眼波流。那时相望抵三秋。(其一)
　　偶曳长裾过小桥,惹教风柳妒纤腰。名园露饮记相招。　粉气衣香薰座透,脂光钗泽腻人娇。目成真觉欲魂销。(其二)
　　梧影亭亭映画栏,掩帘待得燕飞还。绿芜庭院落花寒。　每爱举杯邀月上,聊因琢句学花间。赏音闺阁有婵娟。(其九)
　　落拓江湖未定居,神州何处着青庐?胡尘扑面待清除。　本为衰亲娱晚暮,敢矜嘉耦似秦徐。同心还欲刘榛芜。(其十)

按:"采胜",即彩胜,古代的一种饰物,立春日用五色纸或绢剪制成小旗、燕、蝶、金钱等形状,簪于髻上,以示迎春。"花间",指五代时期的词集《花间集》。组词写美人,写相恋,温馨旖旎,情意缠绵,为当行本色的婉约词。然又不局限于两情相悦,后两首写知音相赏,同心同德面对乱世,蕴含时代气息。十首《浣溪沙》锦心绣口,纯五代北宋风味,读来口齿噙香。

祖先生前期的词乃当行本色,出手不凡。1945年秋作《虞美人·念祖父》词云:

鬼来山黯河幽咽,辞社如飘叶。叶飘沅水绕山流,应过巢湖堤北大桥头。　　桥头有老青藜杖,引领西南望。风前抖动白须眉,频拭两眶清泪对斜晖。

上片想象树叶从湖南的沅江飘进长江,再顺流而下,飘到巢湖的家乡,这树叶的行程就是词人回家应该走的路程,树叶就是思念祖父之情的具象化。下片不再写自己思念祖父了,而是反转过来写祖父思念自己,想象祖父拄杖桥头,引领遥望,迂回曲折,顿挫生姿。而祖父的形象如同雕塑,读之如在目前,可谓境界全出!《蝶恋花·代某君室人寄外》词云:

漠漠春江翻白鸟,望尽千帆,不见行人到。愿作江边千里草,年年绿遍郎行道。
罗幕人归深院悄,瓦雀声声,搅乱人怀抱。阶下堆红愁不扫,郎归教看愁多少。

该词从题材到构思再到语言风格,都极似《花间集》中佳作。陈廷焯评韦庄词云:"韦端己词,似直而纡,似达而郁,最为词中胜境。"[①]以此语评祖先生该作亦不为过分。其余像《金缕曲·怀蝶子》思念恋人,《小重山·悼锦云》悼二妹,《水调歌头·别内》写到农场劳动辞别妻子等均可一读。

三位先生的作品内容当然不止以上三个方面,比如祖先生就有一些衡文论艺的词作,如《百字令·读蒋凡兄〈世说新语研究〉作俚词题扉页》等,体现了学人之词的特点,兹不赘述。

二

合而观之,三位先生诗词的风格可谓清新明丽、平易晓畅,如同他们各自集子的名称:《晚晴轩诗词稿》(宛敏灏)、《沐晖堂诗词稿》(张涤华)、《丹枫词稿》(祖保泉),皆明丽自然。然各自又有自己的风格,即以词而论,宛词清新隽永,语言质朴,洗尽铅华,语浅情深,臻于炉火纯青之境。张词前期作品清新秀美,蕴藉风流,后期作品受时代影响,变为通俗浅白,甚至发露无余。祖词大体上清浅明白,质朴健朗,走的是"胡适之体"之一路。风格主要体现在语言方面,下面试举例说明。

[①] 陈廷焯著,杜维沫校点:《白雨斋词话》,人民文学出版社2005年版,第7页。

语言。宛先生的诗词语言仿佛信手拈来,毫不着力,极为自然,所谓造语平淡是也。平淡而有味所以隽永耐读。如《唐多令·阵雨惊梦晚晴散步经平章里有感》词云:

> 阵雨袭南窗,新秋一枕凉。笑平生、梦里还忙,一字推敲犹未稳,周与蝶,两相忘。旧里过平章,斜阳树影长,不堪听、邻笛悠扬。极目江东云缥缈,山隐隐,水茫茫。

作者自注:"故友张君勉旧寓平章里,卒葬当涂青山。"虽然"阵雨惊梦",醒后毕竟清凉,心境变得平和。虽然"梦里还忙",但一笑置之,可见从容。散步过平章里,自然而然想起曾经寓居于此的故友,但故人已逝,毕竟怅然,极目向故友葬地望去,当然望不见,所见惟有隐隐青山茫茫秋水而已,怀旧的情绪便弥漫开来,若有若无。"周与蝶,两相忘"用庄周梦蝶的典故,隐含人生如梦梦如人生之感喟。"不堪听、邻笛悠扬",用向秀经过亡友嵇康的旧居,听邻人吹笛而作《思旧赋》的典故,表达对故友的思念,刘禹锡有诗云"怀旧空吟闻笛赋"。两处用典也似颇不经意。语言平淡,意味隽永于此可见一斑。彭国忠先生在回忆宛先生的文章里谈到,宛先生的《词学概论》出版了,但宛先生的夫人却看不到了,说及此事,宛先生"说得很轻;甚至还笑了一下",后来彭先生"才隐约感受到他向我说那几句看似轻淡的话时,内心真实而深厚的感情,他那一笑的无奈,也才知道痛苦的感情不一定要用痛苦的表情表达"①。是知人之论。

张先生的诗词语言大体上由华美蕴藉向着清浅明白的方向转变。张先生是语言学家,学识广博,下笔时偶见僻词僻典,但不妨碍其整体风格的易读易懂。试以诗为例说明,最能体现其华美蕴藉特点的有七律《胡蝶》(1927)、七绝《游仙诗二十首》(1935)等,《胡蝶》如下:

> 懒随春色闭长门,争逐游蜂过小村。一枕松风高士梦,千年香冢美人魂。穿花浥露衣犹湿,隔水寻芳日已昏。最是双双飞过处,金闺拭袂有啼痕。

按:"胡蝶",即蝴蝶。"春色",在诗中不是指春天的景色,而是喻指女子娇艳的容颜。如柳永《梁州令》:"一生惆怅情多少,月不长圆,春色易为老。""长门",汉宫名。汉武帝时陈皇后失宠曾幽闭此宫,后以"长门"借指失宠女子居住的幽寂的宫院。首句的"长门"与结句的"金闺"所指一样。诗的大意是说,蝴蝶不愿意被幽闭在深闺,而是随着游蜂飞过村庄,

---

① 彭国忠:《怀念我的导师宛敏灏先生》,《古典文学知识》2018年第4期。

整日在花间起舞、穿越,像高士梦中的化身一样自由,像美人的魂魄那样优美。蝴蝶双双飞过金闺,勾起幽闭女子的企慕之情,女子不胜悲愁,掩面哭泣。诗写蝴蝶的自由美妙,以此反衬女子的孤寂与不自由,含蓄蕴藉。"高士梦""美人魂""穿花浥露""隔水寻芳"等,金声玉振,语言华美。又如七绝二首《春郊所见》(1943):

舞烟眠雨溪边柳,小白长红屋角花。多少游人寻胜去,不知春在老农家。
门对春山石径斜,清溪新涨浴娇鸦。东风未必偏桃李,一样浓妆到菜花。

婉丽清新,颇有新意,迹近四灵诗派,亦有杨万里、范成大的影子。同是写景抒情之作,到《游香山公园》(1983),语言直白,把话说尽,诗味便薄了:

缆车来往翠微间,霜后园林分外妍。我趁暄风丽日到,纵无红叶也欣然。

诗思虽有转折,但"分外妍""暄风丽日""欣然"等词语难免空疏,唤不起亲切鲜明的印象了。

祖先生性格爽直,所作词语言质直,明白如话,不避新词俗语,有口语化倾向。俞平伯先生曾说:"作词似以浅近文言为佳,不妨掺入适当的白话,词毕竟是古典的也。"①词既然要面向大众,贴近时代生活,写出新的境界,宜在"浅近文言"的基础上"掺入适当的白话"。祖先生认为:"词,宋人称之为'今曲子',本来自民间;今人填词,宜于顾及词的民间本色。文人填词,何妨'民间化'。工农兵填词,也可'文人化'一点。"顾及民间本色,尽量做到朗朗上口,通俗易懂,这就形成了其词平易通脱、明快自然的语言风貌,是近于"胡适之体"的。如《菩萨蛮二首·儿童节见闻》其二:

儿童节日风光好,城乡差别知多少。开我小皇冠,兜风陪崽玩。　　秀娃乡下住,失学长愁苦。家长只抓钱,娃愁年复年。

差不多就是大白话,于城乡对比中见出意味。在祖先生词中,口语词汇或短语,像"怎的""从头""偏不说""我祝"等,口语化的句子,像"相勉啊,把青春献给,人民事业","听组织安排任务","从此港人能治港"之类,在后期词中比较多见,在一定程度上,可能失之于俗,毕

---

① 俞平伯著:《俞平伯论古诗词》,复旦大学出版社2006年版,第107页。

竟词不同于曲。

用典。诗词写作用典在所难免,有节用、曲用两途,使诗词意蕴丰富,含蓄凝练。张先生诗词用典较多,祖先生词用典较少。对于僻典,宛张二位先生有时加注说明典故的出处,便于读者理解,但张先生有时又不加注。综观三位先生诗词,不论事典还是语典,大抵信手拈来,妥帖自然。如张先生《独坐》诗云:

寒雨霏霏镂细尘,客窗独坐正伤神。来书疏似经霜叶,去日疾于下坂轮。那许君平真忘世,可堪烛武已输人。何当一舸成归计,紫苋青茄不厌贫。

颈联用两个事典。严君平,西汉蜀郡人,成帝时,卖卜于成都市,一生不仕。烛之武,指烛地一个叫武的人,春秋时郑国人,他智退秦师,保护了郑国,被认为是一个智勇双全的爱国义士。《左传·僖公三十年》:"(烛之武)辞曰:'臣之壮也,犹不如人;今老矣,无能为也已。'"阳兆鲲《辛亥生日感赋》诗:"潦倒天涯烛武身,臣之壮也不如人。"张先生诗作于1940年,借古人自比。意即:哪里能像严君平那样忘怀世事呢? 我像烛之武那样壮年不如人,实在难堪。张先生引用、化用古人诗词句子的情况更是多见,如"庾信文章老更成,曾观茂制比松陵","有花无酒过清明,种稻辛勤芽已生"(《和井翁韵三首》),"庾信"一句直接引用杜甫《戏为六绝句》诗句,"有花"一句源自王禹偁《清明感事》诗句"无花无酒过清明",只改一字。《浣溪沙十首》多隐括古人句,如"名园露饮记相招"化用周邦彦词句"知谁伴、名园露饮,东城闲步"(《瑞龙吟》),"语轻微觉口脂香"化用顾夐词句"山枕上,私语口脂香"(《甘州子》),"青鸟能传云外音"改写李璟词句"青鸟不传云外信"(《摊破浣溪沙》),"从今恣意教君怜"化用李煜词句"好为出来难,教君恣意怜"(《菩萨蛮》)等,无不切合情境,一如己出。

宛先生多用熟典,如"不求甚解思彭泽,难得糊涂愧板桥"(《鹧鸪天》),前用陶渊明语,后用郑板桥语,皆耳熟能详。又如"向来铁锁枉沉江,此日千帆竞发越茫茫"(《虞美人》)关于"铁锁沉江",典故较熟,但用法较新。邓小军先生微信发给我解释,录之如下:"向来铁锁枉沉江",用歇前式修辞法,用铁锁横江、铁锁沉江之典之后半个典铁锁沉江(《晋书·王濬传》"遇锁,然炬烧之,须臾,融液断绝,于是船无所碍",刘禹锡《西塞山怀古》"千寻铁锁沉江底"),歇铁锁横江、铁锁沉江之典之前半个典铁锁横江(《晋书·王濬传》"吴人于江险碛要害之处,并以铁锁横截之"),字面言向来铁锁沉江都是枉自、多余——暗指如今连铁锁横江都谈不上、都没有了。

祖先生能不用典就不用,用也尽量用大家熟悉一些的,不管是事典还是语典。这样,让文化水平不高的人也能读懂,体现了大众化倾向,这里就不再举例说明了。

格律。旧体诗词讲究音乐美,要写诗词就得遵守格律规范。集中所收三位先生作品,为近体诗和词,守律自是题中应有之义。他们的诗词平仄从严,韵脚从宽。宛先生诗韵亦严守平水韵,张先生诗韵较严,偶尔用方言押韵,祖先生未选诗作。集中都选了三位先生的词,韵脚都有从宽的倾向,这与他们的主张是一致的。宛先生说:"当前,我们事实上存在两种韵,一为普通话,其中入声都派入平、上、去,当然与有入声的韵书不同。另一为方言,依口头语音相协,各地的差别自然更多。……现在是过渡时期,倘以过去的词韵为参考,必要时从普通话或方言取协若干字,有何不可?不过,一定要自注读音,以免读者误会,此在前人存词中早有先例。"①张先生在《毛泽东诗词小笺》一书的附录里说:"本来唐宋词的用韵就比较自由,并非后世韵书所能范围;方音取叶,也早有其例。"②作诗"不但首句可以用邻韵,就是其他韵脚用邻韵也是可以的,只要读起来顺口就行了"③。如宛敏灏先生的《浣溪沙·首都体育馆观冰上表演及球赛》词云:

璀灿华灯泻水明,寒光一片照层冰,银刀闪烁技翻新。　　掠地飞来春燕疾,冲霄倏逝雪鸿惊,横戈骤马扫千军。

韵脚字"明""冰""惊"在《词林正韵》第十一部,"新""军"则在第六部。张涤华先生《临江仙·游赭山》词云:

连日清明风物好,赭山两度登临。游人处处动欢声。珍禽异兽,围看笑言频。
选胜寻幽同踞坐,全家摄影留真。野餐指点望江城。朱楼绮陌,光景一番新。

韵脚字"临"在《词林正韵》第十三部,"声""城"在第十一部,"频""真""新"在第六部。祖保泉先生《一剪梅·"旗手"的"功勋"》词云:

当日风情海上闻,一笑轻狂,脊骨横生。神龙万变尾难藏,原是蓝苹,今叫江青。
为造声名弄戏文,暗忆当年,胆战心惊。胡吹突出有三桩,一调千声,一面千人。

---

① 宛敏灏著:《词学概论》,中华书局2009年版,第368页。
② 张涤华著:《张涤华文集》第四集,安徽师范大学出版社2010年版,第163页。
③ 《张涤华文集》第四集,第167—168页。

韵脚字"闻""文""人"在《词林正韵》第六部,而"生""青""惊"则在第十一部。从以上三例看来,三位先生将《词林正韵》第六部与第十一部互押,它们并非邻韵,而是依据方音取协的。这两部在宋词中虽有牵连混合者,但一般是不通押的,吴梅就持此观点。然而,在南方人读来,这两个韵部字的韵母没有多大分别,可能取其方便吧,但他们这些用韵过宽的作品究竟算不上优秀之作。

(作者简介:张应中,安徽师范大学文学院讲师,中国诗学研究中心研究人员。著有《怎样写古诗词》《怎样修改诗词》等。)

中日古代秀句文化比较

——以《文镜秘府论》与日本平安朝秀句批评为中心*

辛 文

摘 要:《文镜秘府论》是一部可与《文心雕龙》相媲美的体大虑周的诗文论著作,其所选中国诗文论篇目,充分体现出"摘句"而评的意识,这不仅是唐代秀句风潮所被,也是日本平安朝对中国文学与文化个性化选择的结果。本文试通过对《文镜秘府论》中秀句意识特点和日本平安朝秀句批评的比较,探索秀句审美理想、摘句体例、文章摘句、摘句价值与作用在中日两国文化交流过程中的相似与变异。

关键词: 文镜秘府论　摘句批评　秀句　中日比较

"秀句"一语最早见于六朝文论,刘勰《文心雕龙·隐秀》:"隐也者,文外之重旨者也;秀也者,篇中之独拔者也。隐以复意为工,秀以卓绝为巧。……凡文集胜篇,不盈十一,篇章秀句,裁可百二。"[①]"秀句",是一篇中独拔、卓绝、警遒、散发着艺术美感的句子。秀句在文论领域受到重视与六朝摘句批评意识的萌发有关。萧子显《南齐书·文学列传》中说:"陆机辨于《文赋》,李充论于《翰林》,张眎摘句褒贬,颜延图写情兴,各任怀抱,共为权衡。"[②]虽然张眎的"摘句褒贬"已经无缘目睹,但从《世说新语》、钟嵘《诗品》中留下的摘句批评,仍可一睹士人品评佳句的兴致。《文赋》中概括得好:"立片言而居要,乃一篇之警策,虽众辞之有条,必待兹而效绩。"虽指文,却也代表着诗歌批评的一种趋势,而这种摘句而评的现象,在有唐一代有愈演愈烈之势,成为中国诗歌批评的独特方式,此种风尚波及东瀛,演绎出日本式的秀句文化。留学唐朝的日本高僧遍照金刚于九世纪所编撰的《文镜秘府论》,辑录了中国已失传的许多重要文献。此书不仅是一部可与《文心雕龙》相媲美的

---

* 本文系 2019 年江西省高校人文社会科学项目"《和汉朗咏集》研究——以中日比较诗学为视角"(ZGW19209)阶段性成果。

① 刘勰撰,范文澜注:《文心雕龙注》,人民文学出版社 1958 年版,第 65 页。
② 萧子显撰:《南齐书》,中华书局 1972 年版,第 907 页。

体大虑周的诗文论著作,更重要的是,其所选中国诗文论篇目,充分体现出"摘句"而评的意识,这不仅是唐代秀句风潮所被,也是日本平安朝对中国文学与文化个性化选择的结果。本文试通过对《文镜秘府论》中秀句意识特点和日本平安朝秀句批评的比较,探索秀句文化在中日两国文化交流过程中的相似与变异。

一、秀句审美理想之比较

《文镜秘府论》南卷集中引述了初唐诗人对秀句的审美理想,这理想也体现于《文镜秘府论》的其他章节中;日本对秀句的审美观有与中国相通的地方,更显示出日本本土和歌传统的剪裁。

《文镜秘府论》南卷集论第二段所引系唐元兢《古今诗人秀句》,此秀句集在《日本国见在书目》总集中有记载。此序首先对六朝自初唐的摘句选集及时人观念进行了激烈的批驳。首先是对《文选》的指摘,认为其虽与日月同辉,"然于取舍,非无舛谬","如王中书'霜气下孟津',及'游禽暮知返',前篇则使气飞动,后篇则缘情宛密,可谓五言之警策,六义之眉首。弃而不纪,未见其得"①。然后对初唐敕撰《古文章巧言语》不选谢朓《冬序羁怀》中的"寒灯耿宵梦,清镜悲晓发"而选"风草不留霜,冰池共明月"甚表遗憾,以为"每思'寒灯耿宵梦',令人中夜安寝,不觉惊魂,若见'清镜悲晓发',每暑月郁陶,不觉霜雪入鬓。而乃舍此取彼,何不通之甚哉"②。最后谈及与诸学士论小谢诗歌,认为诸人赞赏的"行树澄远阴,云霞成异色"不若"落日飞鸟远,忧来不可及"能够"扪心罕属,而举目增思,结意惟人,而缘情寄鸟"。进而提出自己的秀句理想:

  余于是以情绪为先,直置为本;以物色留后,绮错为末。助之以质气,润之以流华,穷之以形似,开之以振跃。或事理俱惬,词调双举。③

此段论述,结合之前所论秀句的"使气飞动""缘情宛密""扪心罕属""举目增思""结意惟人""缘情寄鸟"等,元兢的秀句审美理想将情之感发置于物色描写之前,将直寻感受置于绮错词采之上。这是对齐梁初唐以来婉媚绮错诗风的一种反驳与挑衅,是对钟嵘"古今胜语,多非补假,皆由直寻"审美理想的继承。刘勰《文心雕龙·情采》篇曰:"夫铅黛所以饰

---

① [日]遍照金刚撰,卢盛江校考:《文镜秘府论汇校汇考》,中华书局2006年版,第1539页。
② 《文镜秘府论汇校汇考》,第1540页。
③ 《文镜秘府论汇校汇考》,第1555页。

容,而盼倩生于淑姿;文采所以饰言,而辩丽本于情性。"①元兢的审美理想亦可上溯至刘勰。至于"气质""流华""形似""事理俱惬""词调双举"也都是秀句所要具备的,元兢秀句的审美理想在《文镜秘府论》地卷所辑录的崔融《新定唐朝诗体》的十体——形似体、质气体、情理体、直置体、雕藻体、映带体、飞动体、婉转体、清切体、菁华体,在王昌龄的《十七势》"直把入势""含思落句势""理入景势""景入理势"中都不难看到。南卷《论文意》中的摘句品评中对此也有阐发:

> 又古今诗人,多称丽句,开意为上,反此为下。如"盈盈一水间,脉脉不得语","临河濯长缨,念别怅悠阻",此情句也。如"白云抱幽石,绿筱媚清涟","露湿寒塘草,月映清怀流",此物色带情句也。②

丽句当以意为上,情句直抒感情,或缠绵悱恻,或惆怅悲伤;以物色带情句,情与物相融无间,物以直置而观,情因真切而发,如上述所举的"白云抱幽石,绿筱媚清涟","露湿寒塘草,月映清怀流",因而有出水芙蓉的自然美。这审美理想是唐代人对秀句认识的升华,也在日本人心中产生了共鸣,无形中为日人的摘句审美理想奠定了一种标准。

以元兢《古今诗人秀句》为代表,提出"以情绪为先,直置为本;以物色留后,绮错为末",注重兴的抒发和"直寻"式审美体验。日本传统的和歌也是非常注重"心"的抒发和直观感受的抒写。《歌经标式》开篇即云:"原夫歌者,所以感鬼神之幽情、慰天人之恋心者也。"③《古今和歌集》真名序:"夫和歌者,托其根于心地、发其花于词林者也。人之在世不能无为。思虑易迁,哀乐相变。感生于志,咏形于言。是以逸者其词乐,怨者其吟悲。可以述怀、可以发愤。"④"幽情""恋心""思虑易迁,哀乐相变""感生于志,咏形于言"等说法,均体现出日本和歌传统以"心"为主。菅原道真《新撰万叶集序》更提出了"随见而兴"的类似中国"直置""直寻"的审美标准:"古者飞文染翰之士,兴咏吟啸之客、青春之时、玄冬之节,随见而兴,既作,触聆而感自生。"⑤"随见而兴",就是排除感兴前的理性安排、雕琢辞藻,如钟嵘《诗品》中所说:"至乎吟咏情性,亦何贵于用事?'思君如流水',既是即目;'高台多悲风',亦惟所见;'清晨登陇首',羌无故实;'明月照积雪',讵出经史。观古今胜语,

---

① 《文心雕龙注》,第32页。
② 《文镜秘府论汇校汇考》,第1442页。
③ [日]佐佐木信纲编:《日本歌学大系》(第一卷),东京风间书房1957年版,第1页。
④ 《日本歌学大系》(第一卷),第41页。
⑤ 《日本歌学大系》(第一卷),第35页。

多非补假,皆由直寻。"①也通于元兢所说的"直置为本""绮错为末"。

然而,日本对秀句的审美理想更多地注入了日本本土的特征。比如日本著名汉诗和歌佳句集《和汉朗咏集》,代表了平安朝贵族对佳句的品味风格,其编者藤原公任不仅是汉诗人,也是著名的歌论家,从其《新撰髓脑》《和歌九品》的论述中可见《和汉朗咏集》摘选佳句的标准。在《新撰髓脑》中提出"心姿论":"大凡和歌,含意深远,格调清雅,富有情趣者,方为佳作。"又曰:"作歌应一气呵成,若心姿难以兼备,应取心舍姿。若终不得深远,方可退而求姿。"②在《九品和歌》中模仿钟嵘《诗品》,将和歌分为上中下三品,各品又分上中下,曰"上之上品者,词妙而有余情","上之中品者,端丽而有余情"③。"心",是指一首和歌所表达的内容(情趣、趣味),"姿"是歌语所构成的整体形象和感觉画面,"余情"属心,是言之不尽、余韵袅袅的诗味;"妙词""端丽"属"姿",是美妙的语言、优雅的形象构成的诗歌的整体氛围。他举出符合这些标准的和歌,《古今集》第67首凡河内躬恒的"君为赏花访寒舍,花谢寂寞更忆君",《拾遗集》第261首平兼盛"岁月年年积在身,送往迎来何须忙",正与《和汉朗咏集》所选诗句属于同一风格。如《和汉朗咏集》中的佳句:"背烛共怜深夜月,踏花同惜少年春","三五夜中新月色,两千里外故人心","林间暖酒烧红叶,石上题诗扫绿苔","三秋岸雪花初白,一夜林霜叶尽红"等,随见起兴、心姿俱佳而余情袅袅。日本的摘句注重表现"心"之"余情",又要求"直寻""直置"式的随见而作、触感而生,以美妙的诗语、优雅的意象传达出绚烂之极而归于平淡的无尽诗味。

二、诗歌摘句体例之比较

《文镜秘府论》中诗歌摘句式批评的范围极广,从纯形式上的对属、病犯、音韵,到内容上的题材、用事,再到风格、体势、意境,无不可以摘句的形式表现。日本早期歌论,多继承中国摘句品评的这种体例,从声病、韵律、风体方面格外重视诗歌的句法。

《文镜秘府论》天卷的《调声》《诗章中用声法式》《七种韵》,东卷的《二十九种对》《笔札七种言句例》,西卷的《文二十八种病》均以摘句形式出现,更多的是依照声调、押韵、对仗、避免病犯等方面的要求来规范诗句写作,有形式批评的意味。但地卷的"十七势""十四例""十体""六义""八阶""六志",其中更多具备了对诗句内容和审美特征的品评,亦可称为"秀句"批评。例如,在诗歌情志的表达方面,"六志"中的"比附志"曰:"比附志者,谓论

---

① 钟嵘著,曹旭笺注:《诗品笺注》,人民文学出版社2009年版,第73页。
② 《日本歌学大系》(第一卷),第64页。
③ 《日本歌学大系》(第一卷),第67页。

体写状,寄物方形,意托斯间,流言彼处。即假作《赠别》诗曰:'离情弦上急,别曲雁边嘶。低云百种郁,垂露千行啼。'释曰:无方叙意,寄急状于弦中;有意论情,附嘶声于雁侧。上见低云之郁,托愁气以合词;下瞩垂露悬珠,寄啼行而奋笔。意在妆颊,喻说鲜花;欲述眉形,假论低月。传形在去,类体在来,意涉斯言,方称比附。"①在诗歌手法的运用方面,如"十四例"中的"四,双立兴以意成之例",举《诗》"鼓钟锵锵,淮水汤汤,忧心且伤",又举诗句曰:"青青陵上柏,磊磊涧中石。人生天地间,忽如远行客。"②"七,上句体物,下句以状成之例"举诗句:"朔风吹飞雨,萧条江上来。"③"八,上句体时,下句以状成之例"举诗句:"昏旦变气候,山水含清晖。"④在诗歌风格方面,"十体"中的"情理体":"情理体者,谓抒情以入理者是。诗曰:'游禽暮知返,行人独未归。'又曰:'四邻不相识,自然成掩扉。'"⑤"飞动体":"飞动体者,谓词若飞腾而动是。诗曰:'流波将去月,湖水带星来。'又曰:'月光随浪动,山影逐波流。'"⑥"清切体":"清切体者,谓词清而切者是。诗曰:'寒葭凝露色,落叶动秋声。'又曰:'猿声出峡断,月彩落江寒。'"⑦在诗歌体势上,"含思落句势"曰:"每至落句,常须含思,不得令语尽思穷。或深意堪愁,不可具说。即上句为意语,下句以一景物堪愁,与深意相惬便道。仍须意出感人始好。"⑧所举的佳句有"醉后不能语,乡山雨雰雰","日夕辨灵药,空山松桂香","此心复何已,新月清江长"等。以上所举,均以一联或两联佳句为例,说明诗歌的创作题材、手法与风格。虽然这些论述的初衷是为学诗者提供规范,但从另一个角度证明了唐代人探索诗歌已经从全篇走向一句一联,其中隐含着对秀句产生、构成方式的追求与细致探索。

　　日本第一部歌论著作《歌经标式》就是模仿中国六朝到唐诗论的批评模式,提出七种歌病,每种歌病举一例句说明,如"一,头尾者、第一句尾字与二句尾字不得同者",举山部赤人春歌曰"旨母我礼能(一句五字),旨陀利夜那凝能(二句七字)",并解释:"能是发句尾字,亦是第二句尾字,二能字同声同字,歌之者不多。"⑨之后的七病"胸尾""腰尾""黡子""游风""同音韵""遍身""头尾",均模仿"八病",以及后面的三种歌体"求韵""查体""杂体"也是举诗句论证。与《歌经标式》采取同一体例的其他三种歌论《倭歌作式》《和歌式》《石

---

① 《文镜秘府论汇校汇考》,第518页。
② 《文镜秘府论汇校汇考》,第418—419页。
③ 《文镜秘府论汇校汇考》,第423页。
④ 《文镜秘府论汇校汇考》,第423页。
⑤ 《文镜秘府论汇校汇考》,第442页。
⑥ 《文镜秘府论汇校汇考》,第453页。
⑦ 《文镜秘府论汇校汇考》,第456页。
⑧ 《文镜秘府论汇校汇考》,第396页。
⑨ 《日本歌学大系》(第一卷),第1页。

见女式》亦从句法入手分析和歌,尤其是《倭歌作式》中的"八阶":一者咏物,二者赠物,三者抒怀,四者恨人,五者惜别,六者谢过,七者题歌,八者和歌,模仿《文镜秘府论》中地卷中的"八阶",是对诗歌内容题材的八种分类。如"夫咏物者先初不表名色设对,咏春山时先可表东山。如此云:'ふゆすぎて思ひはるやま等也。'""若赠物者纯不贵其物、表色仿佛矣。都赠人物岂皆美其物耶。如此云:'ものと見むかずにはあらねど等也。'""若惜别者,悦喜悲叹犹满心里寂寞宣意。如此云:'ゆくからにけふわかれなば等也。'"①与唐代流行的摘句鉴赏之风的盛行相呼应,日本论和歌有"忠岑十体""道济十体",受到我国唐代崔融《唐朝新定诗格》的影响,摘句论诗歌的体格风貌。如忠岑的《和歌体十种》是先引古歌再解释体的内涵,如"写思体"先举了"たのめつつ来ぬ夜あまたになりぬてば待たじと思ふぞ待つにまさる","君が住む宿の梢を行く行くとかくるるまでにかへり見しはや","来ぬ人を下に待ちつつ久方の月をあはれといはぬ夜ぞなき"等五首古歌,然后理论阐释:"此体者,志在于胸难显,事在于口难言,自想心见,以歌写之。言语道断,玄之又玄也。况与余情混其流,与高情交其派。自非大巧可以难决之。"②而道济的《和歌十体》则是直接引用和歌而不作理论阐发,同样是"写思体",道济十体只举了:"君が住む宿の梢を行く行くとかくるるまでにかへり見しはや","来ぬ人を下に待ちつつ久方の月をあはれといはぬ夜ぞなき"两首和歌而没有进行阐发。在日本的早期歌论中,最明显的特点是吸收六朝至唐代诗格著作的摘句品鉴体例,在对具体和歌诗句声病、题材、风体的分类探讨中,显示出对中国摘句批评的继承与变异。以他国批评体例诠释本土传统诗歌的特征,其优点在于快捷有效地形成批评的模式,缺点是容易不顾本民族诗歌独有特点而囫囵吞枣、生搬硬套。

三、文章摘句特征之比较

《文镜秘府论》所辑录不局限于诗论,其对文章语言句法、句式也进行了探索,表现出对文章秀句的关注。这一点也被日本平安朝贵族继承并发扬。

《文镜秘府论》南卷定位篇中有对句法的详细论述。其曰:"篇既连位而合,位亦累句而成。然句无定方,或长或短。长有逾于十,如陆机《文赋》云:'沈辞怫悦,若游鱼衔钩而出重渊之深;浮藻联翩,犹翔鸟缨缴而坠曾云之峻。'短有极于二,如王褒《圣主得贤臣颂》

---

① 《日本歌学大系》(第一卷),第21页。
② 《日本歌学大系》(第一卷),第47页。

云:'翼乎,若鸿毛之顺风;沛乎,若巨鳞之纵壑。'在于其内,固无待称矣。然句既有异,声亦互舛。句长声弥缓,句短声弥促,施于文笔,须参用焉。"①对句之长短各举一例,然后就不同字数句子在文中的特点与作用仔细剖析:"就而品之,七言已去,伤于大缓,三言已还,失于至促。准可以间其文势,时时有之。至于四言,最为平正,词章之内,在用宜多。凡所结言,必据之为述。至若随之于文,合带而以相参,则五言、六言,又其次也。至如欲其安稳,须凭讽读,事归临断,难用辞穷。"②认为七言太缓、三言至促,只可偶尔使用,四言平正可以多用,五言、六言其次,而句式的选择,需要平时讽读感受,单靠写文章时临时断诀是不行的。对于句法的探索,还表现在北卷的《句端》上。《句端》引自隋唐之际文人杜正伦《文笔要诀》,此书在中国早佚,历代书志也未见著录。《日本国见在书目》有"《文笔要诀》一卷,杜正伦撰"。三迫初男《文镜秘府论的句端说》:"从《文笔要诀》书名所得到的暗示,这是与诗赋及四六文有关的句端,可见含有六朝的特质。赋及骈文特别重视对偶法,《秘府论》中,东卷几乎全部是关于二十九种对的说明,北卷也有《论对属》一项,对偶法之应用是中国文章最大的特点。但是,不可能靠单对及隔句对组织成全篇文章,大概要把适当的对句插入文中,必须利用连语。这使文章各有变化,更生动有趣,并使理论明确浅易,'句端'语实际上也负有这样的任务。"③这段论述了《句端》的性质,作为句法对属的补充,《句端》提供了使句式更富有变化的连语集成,亦表明对句法的探索到了一个较高的水平。

平安时期的日本贵族不仅喜欢欣赏诵读汉诗佳句、和歌佳句,对文章句法的探索和重视也不亚于中国人。在著名的《和汉朗咏集》中,摘汉家文章句子39句、日本朝文章句子101篇,所摘句子基本上都是骈体句式,或优美隽永,或内涵哲思,比如卷下僧项张读《闲赋》"苍茫雾雨之霁初,寒汀鹭立;重叠烟岚之断处,晚寺僧归",闲居项引《闲赋》"幽思不穷,深巷无人之处;愁肠断欲,闲窗有月之时",佛事引白居易《赠钵塔院如大师》"愿以今生世俗文字之业狂言绮语之误;翻为来世世赞佛乘之因撰法轮之缘",日本人纪齐名《劝学会摄念山林序》"念极乐之尊一夜,山月正圆;先勾曲之会三朝,洞花欲落"。在理论上,文章句法的探索也比较盛行。比如《杂笔大体》将句子分为:"发句、壮句、紧句、长句、傍句、隔句,此内有六隔句。谓轻句、重句、疏句、密句、平句、杂句、漫句、送句焉。已上十三句,杂笔之大概。"④比如"壮句"为对偶句,编者列举了从三字至十四字的例句,短至三字:"春朝花,秋夜月","命笔砚,调管弦"。长至十字:"梵呗播声于遍法界之风,幡盖飘影于尽虚

---

① 《文镜秘府论汇校汇考》,第1492—1493页。
② 《文镜秘府论汇校汇考》,第1493页。
③ 《文镜秘府论汇校汇考》,第1694页。
④ 《文镜秘府论汇校汇考》,第873页。

空之峰。"十一字:"排月窗以仰天人师于其际,卷风幌以屈龙象众于其前。"十四字:"紫宸殿之皇居七回画圣贤之障子,大尝会之宝祚两度黻画图之屏风。"① "隔句"中有"轻隔句",为上轻下重(上四下六)之对偶句:"器壮道志,五色发以成文。仁尽欢心,百兽舞以调曲。"② "重隔句"为上重下轻(上六下四)之对偶句:"东岸西岸之柳,迟速不同。南枝北枝之梅,开落已异。"③另有"疏隔句""平隔句""杂隔句""漫句"等,均是例举诗句并解释。再如五岛庆太氏《赋谱》:"凡赋句有壮、紧、长、隔、漫、发,合织成,不可偏舍。"④比如解释"疏":"上三,下不限多少。"举句如:"倏而来,异绿蛇之宛转;忽而往,同飞燕之轻盈","府而察,焕乎呈科斗之文;静而观,炯尔见雕虫之艺"。⑤理论上对句法的重视必定反映在创作实践上。《仁和寺圆堂供养愿文》中就包含着壮句、轻隔句、漫句、紧句、长句、杂隔句。如长句"追山之陵近边,望松柏之荒色"、轻隔句"各各连心,观虚空之月。声声异口,任周边之风"、杂隔句"昔为人君,万姓所犯之罪自归于我。今作佛子,一身所修之善尽利于他"、壮句"为慕德,为恋恩"⑥等。日本平安时代对文章佳句的追求比之唐代,可谓有过之而无不及,对佳句的分类和分析也更加细致,然而,崇尚对仗骈俪,则是两者的共同特点。

四、摘句的价值与作用之比较

《文镜秘府论》中还论及摘句的作用和价值,即主要是为创作诗文发兴,提供写作灵感和素材。日本继承了以实用为目的的传统,以佳句集为启蒙教育的读本、创作素材的源头活水。但更重要的是,他们更加重视对秀句的审美鉴赏价值,不仅摘选、玩味,还谱曲吟诵、配画欣赏,达到了只见秀句不见全篇的秀句文化。

《文镜秘府论》南卷《论文意》:"凡作诗之人,皆自抄古今诗语精妙之处,名为随身卷子,以防苦思。"⑦此处所说的"随身卷子",就是以摘句的形式辑录诗歌中精华语句的集子,帮助诗人作诗前发兴,引发诗性,然后进行创作。《〈文镜秘府论〉校注》注曰:"《敦煌掇琐》七三:'《杂抄》一卷。一名《珠玉抄》,二名《益智文》,三名《随身宝》。'"⑧《杂抄》,系新近发现的唐人(疑有唐以前人作品)乐府诗残集,现为日本宫内厅书陵部(皇家图书馆)收

---

① 《文镜秘府论汇校汇考》,第874—876页。
② 《文镜秘府论汇校汇考》,第877页。
③ 《文镜秘府论汇校汇考》,第877页。
④ 《文镜秘府论汇校汇考》,第880页。
⑤ 《文镜秘府论汇校汇考》,第881页。
⑥ 《文镜秘府论汇校汇考》,第885页。
⑦ 《文镜秘府论汇校汇考》,第1331页。
⑧ 《文镜秘府论汇校汇考》,第1331页。

藏,新旧《唐书》及宋代诸家书目均无著录,其中包含大量《全唐诗》未收之佚诗,因此格外珍贵。在《杂抄》中,不少诗句亦以摘句形式出现,比如李端杂言古诗《妾薄命》(摘4句,存《全唐诗》卷二四、《乐府诗集》卷六二,原诗16句)、李端五言古诗《古别离》(摘2句,存《全唐诗》卷二六、《乐府诗集》卷七一,原诗38句)、钱起五言律诗《长安路》(摘2句,《全唐诗》卷二四九署"皇甫冉",注"一作韩诗")。当时,在日本流传甚广的类似"随身宝"还有《白氏六帖》《兔园册子》,以及在中国失传的《李峤百咏》。《白氏六帖》是由白居易编撰的具有类书性质,以收集成语典故为写诗作文提供素材为目的的集子,又名《白氏六帖事类集》,全30卷,有"天地日月""山水川泽""都邑居道"等1970个分类。《兔园册子》,又名《兔园策府》载于《本朝见在书目录》的卷四十"总集"类,是集历代掌故诗文编撰而成的童蒙教育读物,在唐五代以至日本都产生很大影响。如果说《白氏六帖》偏于类书、《兔园册子》偏重于启蒙教育,那么,《李峤百咏》兼具上述两者特点,更别具写诗"随身宝"的功能。其中120首诗全是咏物诗,比如咏《竹》、咏《马》、咏《李》、咏《史》,多用典故,并且在整体结构上运用类书主题法构筑起一个庞大、严密、有序的体系,将乾象、坤仪、芳草、嘉树、灵禽、祥兽、居处、服玩、文物、武器、玉帛凡12部120样事物组合成一个有机整体,这在诗歌史上是前无古人的。院政、镰仓初期的学者源光行(长宽元年至宽元二年,即1163—1244年)曾著有《百咏和歌》12卷,就受其影响。《文镜秘府论》中也不乏具有"随身宝"性质的章节,比如《九意》《帝德录》,诚如《文镜秘府论探源》所说:"《帝德录》一文的作用,大约与《九意》近似,是预备作文的札记。大量的典故和词汇的搜集,该是为此目的的。作者把同类的典故和词汇辑集一起,写起文章来就方便了。"① 所不同的是,《九意》为作诗发兴而作,《帝德录》则是为应用文写作备句法材料。

  日本继承了这种以实用为目的的传统。日本的一些歌学著作如《古今和歌六帖》《和歌童蒙抄》《能因歌枕》《隆源口传》,都是作为启蒙教本或语言素材供歌人学习。平安时代日人所编辑的《古今和歌六帖》作为最早的分类和歌集,把从《万叶集》到《后撰集》的和歌约4500首分为(一)岁时天象、(二、三)地仪、(四、五)人事和(六)动植物等六大类收入六帖而成,在体例和作用上有模仿《白氏六帖》的明显痕迹。《能因歌枕》,歌枕即吟咏和歌时必要使用的"歌语""枕词""名所"等,《能因歌枕》把这些歌枕分门别类,并列举例句。然而,日本人更喜欢对佳句进行鉴赏、朗咏、审美,实用功能对他们来说并不那么重要。佳句成为他们接受汉诗的一种主要渠道,与之相比,诗歌全篇表达的意思似乎并不重要了。比如《和汉朗咏集》,选取的是与平安贵族文人崇尚的闲适优雅情调相符合的诗句,其中白居

---

① 《文镜秘府论汇校汇考》,第1741—1742页。

易诗句就有139首之多,与中国历代诗人所推重的白居易讽喻诗、新乐府不同,日本人对白居易诗句的选择,与日本文化情调——亲近自然、歌咏哀清与花鸟风月、华贵闲适的贵族风雅相一致。比如著名的第734句"琴诗酒友皆抛我,雪月花时最忆君"、第242句"三五夜中新月夜,二千里外故人心"、第18句"花下忘归因美景,樽前劝醉是春风"、第221句"林间暖酒烧红叶,石上题诗扫绿苔"、第126句"落花不语空辞树,流水无心自入池"……从平安时代至今脍炙人口,吟咏不衰。当时更多的文人谱上乐谱进行吟唱,"朗咏"佳句格外流行,还将汉诗句与和歌配上屏风画进行欣赏,形成了《和汉抄》的色纸艺术,并以出色的书法进行书写,如日本三笔之一藤原行成书写的粘叶本《和汉朗咏集》已成为御物。在日本,秀句成为一种文化现象、一种审美方式的主流,这也许与日本和歌音节短小有关,与日本文化崇尚简约洗练、瞬间之美有关。在中国被当作"随身宝"的卷子,却进入了日本主流文化场所,也许连唐代人也始料未及。

《文镜秘府论》集中保存了唐代摘句批评的精髓。虽然《文镜秘府论》编撰的初衷是为诗文作法提供范式,但是却为我们认识唐人对诗歌、文章句法的认知方式提供了宝贵资料,从一个侧面也表明日本人接受中国诗文论的一个倾向——偏重于句法的精细分析与鉴赏。日本平安朝接受中国秀句文化,既有继承的一面,比如审美理想、批评体例、价值功用等,也有经过其自身文化的消化,所烙印上的优雅、余情、简约和瞬间美感的情调。

(作者简介:辛文,上饶师范学院文学与传播学院讲师。)

诗学文献研究

读杜新札

蔡国强

摘　要：杜诗是诗词学中的"显学"，千百年来杜注无数，但几乎每一篇杜诗的诠释中都存在瑕疵，而其中大部分都源自清儒，而沿至今人注解中。今就杜诗第一卷中八首诗歌中的注解问题，略述己见，以供参考。

关键词：愁胡　秖从入　静琴　郡国　乘九皋　失万艘　惟南　褥隐　崩石

画鹰

素练风霜起，苍鹰画作殊。㧐身思狡兔，侧目似愁胡。
绦镟光堪摘，轩楹势可呼。何当击凡鸟，毛血洒平芜。

1. 侧目似愁胡

　　愁胡是什么？自宋代王洙以来，注家主流的看法是：愁胡，就是发愁的胡人。例如：《杜工部集》云："以碧眼言之。"①《分门集注杜工部诗》："王琪曰：'鹰产于岱北，出于胡地，愁胡，谓思胡地也。'"②《杜甫诗选注》："孙楚《鹰赋》：'深目蛾眉，状如愁胡。'一说，胡人碧眼，故以为喻。"③《全杜诗新释》云："愁胡：发愁发怒的胡人。因为胡人眼睛是碧色的，所以古人常用愁胡形容鹰的眼神锐利凶狠。"④《杜甫诗集导读》："似愁胡，言鹰深目，似发愁

---

① 杜甫撰：《杜工部集》卷一，明嘉靖玉几山人刻本，第7页B。
② 王洙等注：《分门集注杜工部诗》卷一六，续修四库全书本，第21页B。
③ 萧涤非选注：《杜甫诗选注》，上海古籍出版社1983年版，第5页。
④ 李寿松、李翼云编注：《全杜诗新释》，中国书店2002年版，第11页。

的胡人。"①《陈耀南读杜诗》:"高鼻深目胡人,皱眉时鹰视狼顾。"②

有人则认为,愁胡是胡人的解释虽然也可以,但还可以理解为是"猴",只是持这种说法的往往模棱两可,态度很不坚决,缺乏底气。例如《杜诗镜铨》引朱注说:"按,傅玄《猿猴赋》云:扬眉蹙额,若愁若嗔,既似老公(即老头的意思),又类胡儿。所谓愁胡也。"③今人《杜诗全集》则干脆持两说并存的态度:"愁胡,指发愁发怒的猿猴。……一说指胡人,因其碧眼,故以为喻,亦可通。"④《杜甫全集校注》虽然没有表明观点,但是抄了很多前人的书,以此暗示他也站在这个立场上。

张忠纲先生的《杜甫诗选》对这个词的解释是今人中最为细致的:"似愁胡:形容鹰的眼睛色碧而锐利。因胡人(指西域人)碧眼,故以为喻。愁胡指发愁时的胡人。语本东汉王延寿《鲁灵光殿赋》'胡人遥集于上楹','状如悲愁于危处'。晋孙楚《鹰赋》:'深目蛾眉,状似愁胡。'"⑤这里将来龙去脉大致说清楚了,但是否合理呢?

首先,强调发愁,为什么非要说胡人呢?应该说,所有人发愁的样子应该是没有区别的,非要说胡人,说明两者之间必有一种共性,这个共性是什么?其次,很多注家强调说"胡人碧眼,故以为喻",这应该是"共性"之一。但实际上,中国鹰的眼睛,其虹膜的颜色大致为三种:红色、黄色、褐色,此外就是介乎这三种颜色之间的各种混合色。所以,显然这是一种想当然的误解,两者间并没有相似之处。第三,所有持此观点的注家都认为,胡人发愁的时候眼睛就像老鹰,因为这个时候眼神给人一种锐利凶狠的感觉,即所谓的"皱眉时鹰视狼顾",这则是又一个"共性"。但是这也是一种发噱的说法,有的注家也意识到了这种说法的荒谬性,所以在注释的时候,为了自圆其说,就凭空加上"发怒"二字。最后,所谓愁胡是鹰因为怀念故乡,"思胡地"的说法,那就只能说是想象力很丰富了。

以《汉语大词典》为代表的说法,大致与前述相同,但有一点创新:"愁胡:谓胡人深目,状似悲愁。多用以形容鹰眼。"

由此可以看到,说"愁胡"就是发愁的胡人,这种说法毫无任何合理的依据。那么,"愁胡"究竟是什么?

"愁胡"就是猴子。胡,就是猢狲的"猢"的古字。《汉语大词典》中有两例:"胡孙:猴的别名。""獮胡:亦作'獮猢'。兽名。"而所谓"愁胡",则是因为猴子的标准面相,总是有一种

---

① 刘开扬、刘新生著:《杜甫诗集导读》,巴蜀书社1988年版,第100页。
② 陈耀南著:《陈耀南读杜诗》,香港天地图书出版公司2008年版,第24页。
③ 杜甫著,杨伦笺注:《杜诗镜铨》,上海古籍出版社1980年版,第6页。
④ 张志烈主编:《杜诗全集》,天地出版社1999年版,第18页。
⑤ 张忠纲选注:《杜甫诗选》,中华书局2005年版,第5页。

类似发愁的神态,所以才有此称呼。而猴子的眼睛,其虹膜跟鹰非常相似(并非碧眼),这便是为什么自古以来总是喜欢用"愁胡"来形容鹰的一个重要原因。此外,猴子踞坐的样子,也像极了老鹰停立之姿态,所谓"侧目似愁胡",写的就是老鹰鹄立的神态。值得指出的是,这里所说的"似愁胡"并非是"侧目",而是"侧目而立的样子",因为鹰立之时,正如傅玄《鹰赋》所描绘的那样:"左看若侧,右视如倾。"总是左顾右盼,是它站立时的一种典型形态。"侧目似愁胡"的意思,就是"侧目而立的姿态像愁胡"。至于"侧目"所形容的中心词之省略,前文已经论及,这正是汉语的一个典型语法特征。前人忽略了这一点,所以总在"眼睛"上做文章,甚至做出"鹰深目"这样违背常识的解释。

过宋员外之问旧庄

宋公旧池馆,零落首阳阿。枉道祇从入,吟诗许更过。

淹留问耆老,寂寞向山河。更识将军树,悲风日暮多。

1. 枉道祇从入

本句的难点在一个"祇"字。"祇"字的权威解释,历代以来就是"只,适也"。但这实际上是一个通释,《说文段注》便是如此。所谓"适",切合本语境应该是什么意思,就需要被选择,但今人则每每诠释不到位。同时,研究杜诗的整个注释过程,可以看出,"适"的含义是什么这一关键的理解往往不被人所注重,所以时有不准确乃至不正确的诠释,这表现在如下两个方面:

其一,诠释缺位或不到位。这也有两种情况,一种是前人的注疏没有做进一步的诠释,例如《杜诗镜铨》就有引朱注"祇从入,言一任过客之人,见庄已无主也"①的说法,《分门集注杜工部诗》和《集千家注杜工部诗集》也都引赵注说:"凡枉道而游者,犹任其人。"②所以有的注家就张冠李戴,将"祇"字当做"任凭"理解了。而另一种则是有的注本语焉不详,这也是引起歧义的一个原因,如《杜诗阐》:"庄既无主,枉道者亦祇从其入耳。"③再比如《杜诗注解》说"'祇从入'谓纡道凭吊也"④也是如此。这是引起误译的重要原因。

其二,有的注本所引典籍本身就不准确。例如《杜诗详注》说:"祇,适也。《诗》:'祇搅

---

① 《杜诗镜铨》,第 7 页。
② 分见《分门集注杜工部诗》卷一三,第 38 页 A;《集千家注杜工部诗集》卷一,四库全书本,第 10 页。
③ 卢元昌:《杜诗阐》卷一,康熙二十一年刻本,第 4 页 A。
④ 张溍评注:《杜诗注解》卷一,读书堂藏版,第 11 页。

我心。'《司马迁传》：'秖取辱耳。'《邹阳传》：'秖恐怨结而不见德。'"①这是影响颇大的一本注本，但是《诗经》的书证中，"秖搅我心"虽然语境之意有"来搅我心"，但《毛诗正义》疏语是"适乱我之心"，《诗集传》则注为"适所以搅乱我心而已"，实际上都没有将"来"的意思表达出来。而《司马迁传》的"秖"则是"恰"的意思，与"秖从人"是一字两义，根本不能用来类例，至于《汉书·邹阳传》的书证，"秖"字通"祇"，又是"但"的意思，同样与"秖从人"为同字异义的不同义项。这些为说明老杜"字字有来历"的书证，也是误导后人的重要原因。

因为这两个原因，加之疏于对古人注释的研究、推敲、翻译，今人的注本中就难免产生各种不到位乃至错误的对译。例如《杜诗全集》："秖，只。秖从人，任凭人们进出。此暗示出庄已无主。"②《全杜诗新释》："秖从人：只任人进入。"③这两个解释，就是将"秖"视作了"只"，变成"只是"的意思了。又比如《杜甫诗全译》就说："秖：适，恰。"④将"秖"视为"恰"则疑从仇兆鳌的《司马迁传》书证中而来的错误。

这个"秖"，或者说"适"究竟是什么意思呢？杜甫这首诗当是离开宋庄所作，站在宋庄之外的空间来说，"适"，就是"到（宋庄）去"的意思；如果站在描述当时身在宋庄心境的角度说，也可以灵活处理为"到（宋庄）来"。唐诗中多有可证明之例：

皎然《哭觉上人》："忆君南适越，不作买山期。"

元稹《舍风夕》："来者良未穷，去矣定奚适。"

王建《送张籍归江东》："行成归此去，离我适咸阳。"

王昌龄《独游》："手携双鲤鱼，目送千里雁。悟彼飞有适，知此罹忧患。"

王瑀《送贺秘监归会稽诗》："退归将适越，攀饯乃倾秦。"

韦应物《留别洛京亲友》："握手出都门，驾言适京师。"

白居易《朱陈村》："孤舟三适楚，羸马四经秦。"

而唐人将"秖"用如"到某处去"或者"到某处来"意思的，也并非是一种偶然的使用，在唐诗中即可读到：

皎然《送崔判官还扬子》："轻传秖远役，依依下姑亭。"

杜牧《朱坡绝句》："贾生辞赋恨流落，秖向长沙住岁余。"

也有写作"祇"的：

---

① 《杜诗详注》，第21页。
② 《杜诗全集》，第20页。
③ 《全杜诗新释》，第12页。
④ 韩成武、张志民译：《杜甫诗全译》，河北人民出版社1997年版，第9页。

虚中《悼方干处士》："先生在世日，秖向镜湖居。"

韦应物《西郊游宴寄赠邑僚李巽》："羁旅念越疆，领徒方秖役。"

最有意思的是白居易的《浥浦早冬》，在四库本《全唐诗》中是"秖抵长安陌，凉风八月时"。而在四库本《白氏长庆集》中则是"秖秖长安陌，凉风八月时"。"抵"字直接就等于了"秖"。

至于一些注本中的"任凭"意，则与"秖"字无关，而体现在"从"字上，因为"从"有"听从""听凭"的意思。

此外，从修辞的角度也可以证明上述的说法。此联对仗，"秖"对"许"，都是动作，所以"秖"就是"适某地"即"去（或来）某地"的意思。

而《杜甫全集校注》认为"秖"是错的，应该据二蔡本改为"祗"，并认为"祗，敬也"。这一解释未见前贤说及，其书证是《诗经·商颂·长发》的"上帝是祗"。这其实字都不是一个，尤误。

夜宴左氏庄

风林纤月落，衣露静琴张。暗水流花径，春星带草堂。

检书烧烛短，看剑引杯长。诗罢闻吴咏，扁舟意不忘。

1. 衣露静琴张

这一句诗一般都作"衣露净琴张"，如宋吕大防《分门集注杜工部诗》、明汪瑗撰《杜律五言补注》、明张含辑《杜诗选》、明玉几山人校刻《杜工部集》、明王嗣奭《杜臆》、明黄生《杜诗说》、清卢元昌《杜诗阐》、清范廷云编注《岁寒堂读杜》、清杨伦《杜诗镜铨》、清沈德潜选本《杜诗偶评》、清钱谦益《钱注杜诗》、清卢坤辑《五家评本杜工部集》、萧涤非《杜甫诗选注》等，都作"净琴"。只有少数几个本子，如清刘浚撰《杜诗集评》、清仇兆鳌注《杜诗详注》、清浦起龙《读杜心解》等，刻作"静琴"，但仇、浦二书同时注明"一作净"。有意思的是，刻作"净琴"的，却没有说"一作静琴"的，似乎"净琴"是标准了。

关于"净琴"，《杜臆》认为是："琴未袭衣，故用'净'字，新而妙。"[①]而萧涤非先生在《杜甫诗选注》中理解为："琴音清，所以说净琴。"[②]这一说法也被张忠纲先生所接受，《杜甫诗选》说："净琴：琴音清，故云。张：弹琴。"[③]《杜甫全集校注》完整继承了这样的说法。

---

① 王嗣奭撰：《杜臆》，上海古籍出版社1983年版，第7页。
② 《杜甫诗选注》，第8页。
③ 《杜甫诗选》，第8页。

这些说法有几个问题是值得质疑的：其一，琴之所以要袭衣，就是为了净，那么未袭衣，怎么反而说净？其二，"清琴"，是汉魏以来频繁使用的一个现成语词，陆云、陆机、陶潜、曹丕、江淹、谢朓等著名诗人都用过，唐人也大量使用，杜甫自己也有"清琴将暇日，白首望霜天"的诗句，如果这里表达的是"琴音清"，为什么不直接用"清琴"？最后，"张"说的是"张弦"，即调校好琴弦以备弹奏，动作并未发生，而非"弹琴"本身。

其实，要厘清"净琴"还是"静琴"，无疑首先要准确理解诗所表达的意思。前人对这一句子的理解实际上是有很大的商榷余地的。一种为今人普遍接受的说法，可以以清儒仇兆鳌、卢元昌为代表，《杜诗详注》认为："月落露浓，静琴始张，入夜方饮也。"①《杜诗阐》说："琴初张，而夜宴举矣。"②张忠纲先生的"张：弹琴"的解释显然源自这一说法。此外，《杜甫诗全译》："我把宁静的琴儿弹响。"③《全杜诗新释》："静琴：即琴。《诗经·郑风·女曰鸡鸣》中有'琴瑟在卿，莫不静好'的句子。张：上紧琴弦，借指弹琴。"④《杜诗全集》："张：指弹琴。琴音清，故云净琴。仇兆鳌注云：'月落露浓，静琴始张，入夜方饮也。'"⑤等等，都是如此步武的。

但这种说法不合情理，弹琴，为何非要等到"月落露浓，静琴始张"呢？首联所描述的实际上是在描述夜宴之久，既扣题，又为后文张本。如何久？纤纤之月落了，张弦之琴静了，不但静，而且琴衣也已经被露水弄湿了，时间之久，不言而喻。王嗣奭和浦起龙的说法是比较合理的，《杜臆》认为："'衣'，琴衣也。衣已沾露，净琴犹张，见主人高兴。"⑥《读杜心解》则说得更为清晰："'静琴张'，设而未必弹也。"⑦但他们的说法都忽略了这个"静"字的作用，王嗣奭甚至用的是"净琴"。他们也忽略了虽然琴张在那儿，却已然是"弹罢"了的。更忽略了"静琴张"是在呼应"纤月落"，如果说"纤月落"是一种宏观描写，那么"静琴张"则是一个微观的细节描写。

所以，这里应该是"静琴"，而不是"净琴"。

临邑舍弟书至苦雨，黄河泛溢，堤防之患，簿领所忧。因寄此诗，用宽其意

二仪积风雨，百谷漏波涛。闻道洪河坼，遥连沧海高。

---

① 《杜诗详注》，第22页。
② 《杜诗阐》卷一，第3页B。
③ 《杜甫诗全译》，第10页。
④ 《全杜诗新释》，第13页。
⑤ 《杜诗全集》，第22页。
⑥ 《杜臆》，第7页。
⑦ 浦起龙撰：《读杜心解》，中华书局1978年版，第342页。

职司忧悄悄,郡国诉嗷嗷。舍弟卑栖邑,防川领簿曹。
尺书前日至,版筑不时操。难假鼋鼍力,空瞻乌鹊毛。
燕南吹畎亩,济上没蓬蒿。螺蚌满近郭,蛟螭乘九皋。
徐关深水府,碣石小秋毫。白屋留孤树,青天失万艘。
吾衰同泛梗,利涉想蟠桃。却倚天涯钓,犹能掣巨鳌。

1. 临邑舍弟书至苦雨黄河泛溢堤防之患簿领所忧

目前可见之标点本,该段句子均作"临邑舍弟书至,苦雨黄河泛滥堤防之患,簿领所忧",虽不影响句意的表达,但于文法论,则是错误的。正确的标点应该是"临邑舍弟书至苦雨,黄河泛滥,堤防之患,簿领所忧"。

这里的"书至苦雨",即"来信叹淫雨之苦",按照现代文法概念分析,这种"书至Vn"的结构才是合乎文法习惯的,例如唐人房孺复的《酬窦大闲居见寄》诗中,就有一个完全相同的句式:"鹏鸟赋成知性命,鲤鱼书至恨睽携。"其中"鲤鱼书至恨睽携"即为"S书至Vn"句式,与杜甫的"舍弟书至苦雨"的结构完全一致。

而"苦雨黄河泛滥堤防之患"读断,则句子成分非常杂糅,无法成句。一则"苦雨"与"泛滥"本为并列关系,非联动关系,无法读成一句,二则"堤防之患"是"簿领所忧"的主语,亦不当读断,所以,如此句读十分混乱。

《杜甫全集校注》应该是注意到了这里的句读问题,所以他读为"临邑舍弟书至,苦雨,黄河泛滥,堤防之患,簿领所忧"[1],亦可,但有点琐碎了。

此外,本标题实为四字一读,非常符合一般的古文行文规则,亦可作为一个佐证。

2. 百谷漏波涛

寸光所及,目前的注本均作如是刻,惟金圣叹《杜诗解》本句作"百谷涌波涛"[2]。二字相校,"漏"当为"涌"之讹误无疑。"漏"字之讹,其实极为低劣,盖其义截然相反。首先,漏,本义为漏壶,滴水计时用。由此引申出动词意义,则漏者,渗漏而已,滴滴答答方称之为"漏",其与"波涛"风马牛不相及也。其次,"漏"之主体是为容器,而非水本身,此处当是"百谷",百谷若漏,则应漏入地下,何来波涛?故《集千家注杜工部诗集》以为"漏字好",真不知好在何处。掩卷而想象"百谷漏波涛",实在是一个很无稽的意象。

---

[1] 萧涤非主编:《杜甫全集校注》,人民文学出版社2014年版,第53页。
[2] 金圣叹著,钟来因整理:《杜诗解》,上海古籍出版社1984年版,第23页。

今人注杜,或知难而退,如萧涤非先生、张忠纲先生干脆不予解释;或强作注释,如《杜诗全集》说"漏:泄漏"①,全然不顾"泄漏波涛"是否合理;或曲解字义,如《杜甫诗全译》说"条条山谷倾泻着波涛"②,《全杜诗新释》说"漏:涌泄"③,无视"漏"字根本不存在"倾泻""涌泄"的意思。仇兆鳌的《杜诗详注》引《资治通鉴》:"汉陈忠曰:'淫雨漏河。'漏字本此。"④以此来解释"漏"字字义的来源,《杜甫全集校注》采其说而注云"漏,溢也"⑤,其实也是错误的。正如前面所说,"漏"的主体为容器,所以"淫雨漏河"实际上应该是"淫雨使河堤漏",即该文"漏"字为使动用法,而这里的"河",实乃"河堤",这正是我们前文说的汉语有省略中心词的文法特征,河堤,类容器之物也。

3. 职司忧悄悄,郡国诉嗷嗷

"郡国"一词,前人基本没有作注,惟《杜诗镜铨》在该联旁批六字:"盖言防河有司。"⑥今人注解,大略来自这六个字,口径一致,都认为"郡国"就是"地方官吏"。如《杜甫诗选注》:"这句是说灾区的地方官吏诉说灾民嗷嗷待哺的惨况。"⑦《杜甫诗选》:"郡国:指受灾诸郡县。……写郡县官吏诉说灾民嗷嗷待哺之惨状。"⑧《杜甫全集校注》虽然去掉了"郡国:指受灾诸郡县"数字,但继续沿用了"郡县官吏诉说灾民嗷嗷待哺之惨状"⑨。《杜诗全集》:"职司:指治水防河的官吏。……郡国:指黄河两岸州县官吏。"⑩《全杜诗新释》:"郡国:借指遭受水灾的州县长官。"⑪

这一联写的是杜甫"闻道"的内容,即描述传言。但是,地方官吏们所诉的对象是谁?若是传言如此,则岂不是他们一个个都像祥林嫂一样逢人便唠叨了?若是同僚之间相诉,则同在灾区,有目共睹,也用不了"诉",所以这显然不合乎事理,经不起推敲。

认为"郡国"就是指"郡国中之官吏",虽合文法却也不合常理,因此,该词的主体必为其他。如果将其理解为"郡国中的灾民",则整个诗义豁然开朗:上联写官,下联写民,官们悄悄而忧,民们嗷嗷而诉,这正是杜甫所听到的传言中之真相。

---

① 《杜诗全集》,第24页。
② 《杜甫诗全译》,第11页。
③ 《全杜诗新释》,第14页。
④ 《杜诗详注》,第24页。
⑤ 《杜甫全集校注》,第54页。
⑥ 《杜诗镜铨》,第8页。
⑦ 《杜甫诗选注》,第8页。
⑧ 《杜甫诗选》,第7页。
⑨ 《杜甫全集校注》,第54页。
⑩ 《杜诗全集》,第24页。
⑪ 《全杜诗新释》,第15页。

顺便指出，将"嗷嗷"想当然地解释为"嗷嗷待哺"也是不对的，"嗷嗷"是一回事，"嗷嗷待哺"是另一回事，就如"莘莘"是一个概念，"莘莘学子"又是另一个概念一样。

4. 蛟螭乘九皋

本句诗中的"乘"字为何义，很多注家也没有吃透。清初的张溍在《杜诗注解》里认为，"螺蚌"这一联是"言其近"，与前一联"言其远"相对①，清人卢元昌的《杜诗阐》则这样解释："螺蚌满而近郭无人烟，蛟螭横而九皋成巨浸。"②都比较含糊，卢元昌的说法更是不通，因为"九皋"原本就是蛟螭居处，用"九"字，是"喻深远也"（郑玄《诗笺》），"朱注引诗传：深泽曰皋。皋言九，深之极也"③。即它本身就是"巨浸"，而并不是因为水灾形成的。

今人的注本中，也是或漏或误，如萧涤非先生的《杜甫诗选注》未作正面诠释，只是笼统地说："二句言大水久不退，以致螺蚌蛟螭诸水族横行陆地。"④句意是准确的，但何以"横行陆地"，没有说清。至若《杜甫诗全译》的"蛟螭肆虐，在深泽中横行"⑤，则完全违背了杜甫"言其近"的本来用意，蛟螭原本就是在深泽中横行的，如此则有何意义？

那么"蛟螭乘九皋"是如何表达"横行陆地"的呢？关键在"乘"字。《玉篇》曰："乘，升也。"也就是说，大水成灾，在"燕南吹畎亩，济上没蓬蒿"的情况下，九皋与陆地已然连成一片，以致蛟螭也从九皋中升腾而出，跑到陆地上来了。

5. 青天失万艘

本句一作"青天矢万艘"，前人诠释可以《杜工部诗通》为例，谓："矢万艘者，言万艘直行如矢，不复回还取路也。"⑥现在基本被否定了，姑且不论。

"青天失万艘"，其实从宋人郭知达开始，前人的理解都是正确的，郭知达的《九家集注杜诗》说："言万艘乘涨速去，青天长远之间，顷刻之中，望之若失。"⑦因为只有物不知在何处了，才可以称之为"失"，而"万艘"则是"失"的对象，所以"失万艘"就是说的"万艘不见了"。"失"的词义，除了"过失"，大抵也就只有"遗失"了，其余诸义，盖从此引申。所以，张

---

① 《杜诗注解》卷一，第 7 页 B。
② 《杜诗阐》卷一，第 4 页 B。
③ 王士菁辑：《杜诗便览》，四川文艺出版社 1986 年版，第 24 页。
④ 《杜甫诗选注》，第 8 页。
⑤ 《杜甫诗全译》，第 11 页。
⑥ 张綖注：《杜工部诗通》卷三，明隆庆刻本，第 8 页 B。
⑦ 郭知达辑：《九家集注杜诗》卷一八，四库全书本，第 8 页 B。

忠纲先生的《杜甫诗选》说:"下句谓一片汪洋,万船若失。"①《杜诗新补注》说:"万艘:指平时河中船多。兹水大已无河道可寻,故航行已失万艘之象。"②虽然没有字字落实,但解释是合理的。

但很奇怪的是,今人却时有理解为"失事"。这一说法或始之于萧涤非先生,他在《杜甫诗选注》中对本句的诠释为:"青天,是没有狂风暴雨的天,但还是有许多船只失事沉没。"③以后诸家纷纷承说,《杜甫诗全译》释为:"青天之下竟有许多船只失事沉没。"④《全杜诗新释》则给出一个自以为合理的条件:"青天之下,无数船只因失去正常的航道而覆没。"⑤《杜诗全集》则说得尤为直接:"失:失事,指船沉没。……即使好天,也有许多船只沉没。"⑥

"失事"的概念,其实是到明清开始才有的,而"失"用如"失事"义,即使在今天的白话文中,也是没有的。萧涤非先生的诠释本身,也只是意译,"船只失事沉没"是萧先生对"失万艘"的一种说法,尽管有对"失"字理解的偏差,还不是"失即失事"的对等的落实。

假山

> 天宝初,南曹小司寇舅于我太夫人堂下垒土为山,一匮盈尺,以代彼朽木,承诸焚香瓷瓯,瓯甚安矣。旁植慈竹,盖兹数峰,欻岑婵娟,宛有尘外数致。乃不知兴之所至,而作是诗。
>
> 一匮功盈尺,三峰意出群。望中疑在野,幽处欲生云。
> 慈竹春阴覆,香炉晓势分。惟南将献寿,佳气日氤氲。

1. 慈竹春阴覆,香炉晓势分

香炉,今人有解为庐山香炉峰的,如《全杜诗新释》:"此句说:清晨,这里的景色气势就像是从香炉峰分出来的一部分。"⑦而这个问题清人仇兆鳌早就否定过了,其《杜诗详注》说:"晓势分,谓晓烟分布。旧注谓从庐山香炉峰分其晓势,太迂。"⑧此说为《杜诗全集》所

---

① 《杜甫诗选》,第7页。
② 信应举著:《杜诗新补注》,中州古籍出版社2002年版,第8页。
③ 《杜甫诗选注》,第8页。
④ 《杜甫诗全译》,第11页。
⑤ 《全杜诗新释》,第16页。
⑥ 《杜诗全集》,第24页。
⑦ 《全杜诗新释》,第17页。
⑧ 《杜诗详注》,第29页。

接受:"晓势分:指晓烟分布。"①

不过,仇氏的说法中也有太过主观的地方,"太迂"云云,其实说服力是不够的。倒是宋人郭知达在《九家集注杜诗》中引了一条极为中肯的解说:"赵云:两句并指实事,下句言土山,上承(焚)香瓷瓯,其晓烟势与春阴分也。"②清人卢元昌《杜诗阐》中的解释也可以拓展思路:"峰不一,香炉亦不一,承诸瓷瓯,忽晓势之分。"③可见,认为"香炉"就是"香炉峰"的,显然缺乏对作品完整的考察,只看到了诗,而忽略了序。

但是,这样的诠释,同时也形成了这一联诗中的另一个错误,且这个错误一直没有被人注意。那就是,从他们的解说词中可以看出,他们都把这一联读破了,其节奏读成了"慈竹/春阴/覆,香炉/晓势/分"。正因为这样的误读,所以何谓"晓势",就使很多注家犯难,说不清楚,甚至将"势"字莫名其妙地等同了"烟",并千百年来纷纷延续这样的错误说法,如《杜甫诗全译》:"慈竹的春阴覆盖着他们,香炉的晓烟分布其间。"④此外,"晓势"有了问题,细玩文意,"春阴"也同样是有问题的。

实际上,这一联的正确读法,应该是"慈竹/春/阴覆,香炉/晓/势分",其表达的意思就是"春天慈竹阴覆,早晨香炉势分"。那么什么是"阴覆"?"阴覆"就是"荫覆",《中华大词典》:"荫覆:遮盖。"当然,"荫覆"也可以写作"阴覆",如唐元结《演兴四首·讼木魅》:"登高峰兮俯幽谷,心悴悴兮念群木。见樗栳兮相阴覆,怜椵榕兮不丰茂。"此处"阴覆"就是遮盖、遮覆的意思。由此可知,"慈竹春阴覆"的意思就是"慈竹在春天遮覆着假山"。

而"势分"的意思,原本是"权势,地位"(见《汉语大词典》),据此可以引申为"高耸"的意思。如白居易的《和答诗十首·和分水岭》有:"高岭峻棱棱,细泉流亹亹。势分合不得,东西随所委。"意谓峰岭因为高耸在上,无法与细泉相合,"势分合不得"就是"高耸合不得"。因此"香炉晓势分"就是"香炉晓高耸",即序言中提及的那个"焚香瓷瓯"高高地摆在假山上"甚安",只是对"香炉"的描写,不涉及什么"烟"。

从作诗的角度来看,这一联前一句写俯,后一句写仰,前一句描写的是序中的"旁植慈竹,盖兹数峰,嶔岑婵娟,宛有尘外数致",后一句则是对假山"代彼朽木,承诸焚香瓷瓯,瓯甚安矣"的效果描述,<u>丝丝入扣</u>。

---

① 《杜诗全集》,第 27 页。
② 《九家集注杜诗》卷一七,第 35 页 B。
③ 《杜诗阐》卷一,第 5 页 B。
④ 《杜甫诗全译》,第 12 页。

2. 惟南将献寿

本句的"惟南"是一个难点，至今未能有令人信服的注解。前人注杜，或回避这个问题，或没来由地举一个《诗经》的句子："如南山之寿。"但是，将"南"等同为"南山"，则是既无书证，亦不合文法的。

或有以为"惟南"是一种歇后语的说法，如《杜律五言补注》："称山为维南，犹称兄弟为友于，歇后语也。结因借山而致祝颂之意。"①而《读杜诗说》则说得更为透彻："公诗，'友子''惟良'之类，皆似歇后语，然有本也。若割用如'南'字，既无本，又南山实字，截去山字，甚于'友子''惟良'之但截虚字矣。且易如为惟，更无由知本诗语。疑惟南字别有所本，故《九日寄岑参》诗，亦云：'惟南有崇山。'"②，这一说法，虽然没有最终得出一个结论，却要远比那种猜谜语似的或者牵强附会的注解好得多，毕竟，不可能所有的语词都能得到准确的解释。

李监宅二首

其一

尚觉王孙贵，豪家意颇浓。屏开金孔雀，褥隐绣芙蓉。
且食双鱼美，谁看异味重。门阑多喜色，女婿近乘龙。

1. 褥隐绣芙蓉

本句之"隐"字，目前所见前人有如下几种说法：

1. 通纃，缝衣也。《杜诗详注》："杨慎《丹铅录》云《集韵》：缝衣曰纃，今俗云纃线。杜诗'褥隐绣芙蓉'，字作隐而意同。"③

2. 蔽也。《九家集注杜诗》："隐者，蔽也。如王维'暮省隐花枝'之隐。"④这种说法或最容易被人接受，如《杜诗全集》："隐：暗藏。仇注引杨慎《丹铅录》云：'缝衣曰隐，今俗云隐线。'王僧孺诗：'以亲芙蓉褥，方开合欢被。'以上两句说：门屏张开，上面画有金孔雀；褥子里边，暗中绣有芙蓉花。此暗言招婿之事。"⑤

3. 倚也。《纂注杜诗泽风堂批解》："师曰：隐如'隐几'之隐，倚也。"⑥《全杜诗新释》

---

① 汪瑗撰：《杜律五言补注》，台湾大通书局1974年版，第46页。
② 施鸿保著，张慧剑校：《读杜诗说》，上海古籍出版社1983年版，第5页。
③ 《杜诗详注》，第31页。
④ 《九家集注杜诗》卷一七，第32页B。
⑤ 《杜诗全集》，第30页。
⑥ 李植批解：《纂注杜诗泽风堂批解》，台湾大通书局1864年版，第104页。

承此说法："隐：依倚。"①

4. 暗示"隐"为"刺……纹"意。如《杜工部草堂诗笺》："襡：而蜀切，毡襡也。谓襡刺绣文为荷花也。"②及《分门集注杜工部诗》："王洙曰：'刺绣纹为芙蓉也。'"③

5. 避而不解。通常只解释"襡"字、"绣"字，而这两个字显然要比"隐"更简单，故曰"避而不解"，而不认为是觉得简单而不解释。

但所有的注家或许都错了。很多人对"隐"字总是先入为主地将其理解为"隐藏"之意。实际上"隐"还有"隐起、浮起、突出、高出"的意思，这一义项甚至连一些字典都没有收录。而此义或源于"隐"的"短墙"义，《左传·襄公二十三年》有"（斐豹）逾隐而待之"句，杜预注曰："隐，短墙也。"这一义项引申之后，在中古则被大量用来专指工艺品上浮起、凸显的饰纹之制作。

可以指琴上的浮饰。如：

汉桓谭《新论·琴道》："琴隐长四十五分，隐以前长八分。"

枚乘《七发》："使琴挚斫斩以为琴，野茧之丝以为弦，孤子之钩以为隐，九寡之珥以为约。"张铣注："隐，琴上饰。"

晋葛洪《西京杂记》卷五："赵后有宝琴，曰凤凰，皆以金玉隐起为龙凤螭鸾、古贤列女之象。"

可以指铜镜上的浮饰。如：

隋薛道衡《昔昔盐》："盘龙随镜隐，彩凤逐帷低。"

唐张说《咏镜》："宝镜如明月，出自秦宫样。隐起双蟠龙，衔珠俨相向。"

可以指台阶石上隆起的装饰。如：

唐陆畅《阶》："甃玉编金次第平，花纹隐起踏无声。几重便上华堂里，得见天人吹凤笙。"

可以指建筑物上的浮饰。如：

唐王初《延平天庆观》："剑化江边绿构新，层台不染玉梯尘。千章隐篆标龙简，一曲空歌降凤钧。"

唐元稹《会真诗三十韵》："珠莹光文履，花明隐绣栊。"

清孙原湘《午梦》："委地垂银押，当窗隐画丝。"

可以指屏风上的浮饰。如：

---

① 《全杜诗新释》，第 19 页。
② 鲁訔编次，蔡梦弼笺注：《杜工部草堂诗笺》卷二，古逸丛书本，第 7 页 B。
③ 《分门集注杜工部诗》卷七，第 19 页 B。

宋赵蕃《从礼折花携具见过且赋二诗》:"花好千金未当价,只宜屏隐绣芙蓉。"

宋阳枋《寿邓提干母》:"出屏绣出方壶隐,峡线托余翠水长。"

此外,"隐"也可以指那些天然隆起的纹饰。如石:

《北齐书·阳休之传》:"高祖幸汾阳之天池,于池边得一石,上有隐起,其文曰:'六王三川。'"

唐白居易《奉和思黯相公,以李苏州所寄太湖石奇状绝伦,因题二十韵见示,兼呈梦得》:"错落复崔嵬,苍然玉一堆。……隐起磷磷状,凝成瑟瑟胚。"

宋张峋《登真观,在利州嘉川县西五里,南临宋江,相传云张天师栖真之地,至今有遗履池。县下二十余里江心,有积石土人,谓天师殡鬼堆。石上有纹隐起,类篆籀,土人谓天师符。观中多大柏连抱,皆数百年物也。又有铁铸老君二,其一已损,六月初五日少息观中,闻其事于小童,与石刻颇验云》

如霜华:

唐李商隐《燕台四首·冬》:"冻壁霜华交隐起,芳根中断香心死。"

如痕迹:

宋欧阳修《升天桧》:"当时遗迹至今在,隐起苍桧犹依然。"

如苔痕:

唐马怀素《奉和立春游苑迎春应制》:"映水轻苔犹隐绿,缘堤弱柳未舒黄。"

宋方岳《夜梦至何许岩壑深窈,石上苔痕隐起如小篆,有僧谓予曰:"杨诚斋、范石湖题也。明日续洪舜俞登玲珑诗,有几人记'曾来老苔蚀雕锼'之句。"恍然如梦,因次韵记之。》

也可以用来比况:

唐皎然《奉同卢使君幼平游精舍寺》:"真界隐青壁,春山凌白云。"

因此,"隐"字当然可以用来指纺织品上的纹饰。例如:

唐王建《宫词一百首·其二十七》:"红灯睡里唤春云,月上三更直宿分。金砌雨来行步滑,两人抬起隐花裙。"

唐李贺《石城晓》:"春帐依微蝉翼罗,横茵突金隐体花。"

元黄玠《至后书怀》:"芙蓉隐绣褥,文绮双鸳鸯。"

由此可知,"褥隐绣芙蓉"的意思就是:褥子上隐起着刺绣的芙蓉花。其实很简单,如果该句是"床褥间掩隐着美艳的芙蓉"①的意思,既然隐着,那么又是如何看到的呢?而且还知道是绣的、美艳的?

---

① 《杜甫诗全译》,第14页。

2. 且食双鱼美,谁看异味重

本句的诠释,前人的解释可以以仇兆鳌在《杜诗详注》中引王嗣奭的说法为代表:"下文又申之,云美鱼可食,只此已足。而乃异味重叠,谁复看此耶。"①这种观点为很多人接受,除仇兆鳌外,又如《九家集注杜诗》:"赵云:此微诮之也。言我但知食双鱼之美耳,谁复顾其异味之多也。"②前人的意思原本是想说:我只顾吃鱼了,谁料还有那么多的异味美食?但是今人则多有误读,乃至得出很失常理的解释,比如《杜甫诗全译》理解为:"我来赴宴,只晓得品尝双鱼之美,谁还顾及那么多的奇珍异味?"③《全杜诗新释》也基本如此理解:"客人们只顾品尝美味的鱼,谁还顾得上那多种多样的奇珍异味?"④

今人徐仁甫先生在《杜诗注解商榷》则给予了另一种解释:"'谁'犹'那',王绩《在家思故园见乡人问》:'院果谁先落?林花那后开?''谁''那'互文,'谁'犹'那'也。'看'犹'料',杜甫《奉赠韦左丞丈》:'赋料扬雄敌,诗看子建亲。''料''看'互文,'看'犹'料'。'且食双鱼美,谁看异味重',言只食双鱼美,那料异味重?"⑤其理解与前人是相同的,但是却从"互文"的角度入手进行一种新的诠释,可谓另辟蹊径。

实际上,徐先生要作如此诠释,无疑是感觉到了这一联诗句在字面上的不合理性,只是如此反复互文见义,其路过险,很难有过得硬的说服力,尤其是"谁"训为"那",则"那"仍为指代词,但其后则不当偷换为疑问代词进行诠释。

这些观点都有可商榷处。因为他们都忽略了本句应该是一个对偶句,如此,则"且"字与"谁"字显然就违律失对了,以老杜作律之功夫,如此低级的错误当不可能出现。因此,这里的"谁"应该是"维"或者"惟""唯"的误刻而已,而且这个错误显然在宋朝已经形成了。这样,"且食双鱼美,唯看异味重"就很容易理解,整个意思也就豁然开朗了。如此,也不会出现将这两句理解为"客人们只顾品尝美味的鱼,谁还顾得上那多种多样的奇珍异味"这样根本不合常理的解释了。

赠李白

二年客东都,所历厌机巧。野人对腥膻,蔬食常不饱。

---

① 《杜诗详注》,第31页。
② 《九家集注杜诗》卷一七,第32页B。
③ 《杜甫诗全译》,第14页。
④ 《全杜诗新释》,第19页。
⑤ 徐仁甫:《杜诗注解商榷》,中华书局1979年版,第11页。

岂无青精饭,使我颜色好。苦乏大药资,山林迹如扫。
李侯金闺彦,脱身事幽讨。亦有梁宋游,方期拾瑶草。

1. 野人对腥膻

　　汉诗中的"对"字,绝大部分语境中都不是一个简单的介词,而是一个极富情感的词,而且这种情感又往往不会是欢快的,大多是"至今月出君不还,世人空对姑苏山"这样的惆怅,"闲来对镜自思量,年貌衰残分所当"这样的哀怨,"繁华朱翠尽东流,唯有望楼对明月"这样的失落,"抚弦无人听,对酒时独斟"这样的落寞,乃至是"野人对腥膻,蔬食常不饱"这样的愤懑。

　　这种情绪的生成并非偶然的,而是与生俱来的,因为"对"字本身就带有"怨恨"的语义元素。当然,随着词义的发展,它这部分意义分化成为另一个新字——"怼"。

　　"野人对腥膻",如果仅仅是"面对"的意思,这一联的表达就会形成一种矛盾:面对鱼肉,可能会少吃蔬食,但应该不至于会不饱。如果撇开这一咬文嚼字,诗人在诗句中所倾注的情感也就荡然无存了。

2. 岂无青精饭,使我颜色好。苦乏大药资,山林迹如扫

　　何为"迹如扫"?前人的观点大抵相同,可以以宋儒蔡梦弼的《杜工部草堂诗笺》为代表:"甫既客居东都,无大药之资,将隐于山林,求青精食之,亦可以驻颜色。奈何山林之迹如扫,谓兵火之后,绝无人烟,盖叹东都之不可居也。"①自此之后,明清学人基本都沿此说法。但是,今人则多持另一种新的观点,这种观点或以萧涤非先生的《杜甫诗选注》为发端,谓:"青精饭,用南烛草木的叶子,杂茎皮煮取汁,浸米蒸饭,即作青色。据说,食之延年。……杜甫不愿见这班机巧的人,所以想离开都市到山林去采药,但苦无资财,故终绝迹于山林。迹如扫,没有足迹。大药,就是金丹。"②也就是说,此"迹"从"人之迹"变成了"己之迹"。

　　这些说法,至少存在三种错误。其一,说"迹如扫",则无疑首先要有"迹"存在或曾经存在。若是并不存在的,那么就无迹可扫了,无迹可扫则不存"迹如扫"一说。此所以该诠释便不合事理了。其二,说杜甫是"想离开都市到山林去采药"的说法也太过实,既然"大药,就是金丹",则可以不必纠缠"采药",采药并不太会涉及资金够不够的问题。第三,

---

① 鲁訔编次,蔡梦弼笺注:《杜工部草堂诗笺》卷一,古逸丛书本,第2页B。
② 《杜甫诗选注》,第9页。

"青精饭"究竟是有还是没有？从"岂无"二字来看显然是有的，既然有，何必离开？因为"岂无"，用在诗里所表示的意思是一种肯定，相当于"虽然有"的意思。

对这句话的诠释，总体来说自古至今理解思路是很混杂的。古人也看到了这一点，《九家集注杜诗》说："赵云：四句通义离为两端，则诗意不相接。"①但他的解释是："盖诗人不以文害辞，以青精石饭之法，内见五藏色如婴孺岂不谓之大药乎？"故又堕入混乱，又堕入了青精饭的碗里去了（本解古人所花的最多的笔墨就是对"青精饭"的考证、诠释、发挥了）。倒是金圣叹的解释最为中肯，他在《杜诗解》中说："看他凭空用'岂无'二字，忽作一转。'青精饭'只是脱身归山寻常蔬食耳，非真用陶隐居法也。……夫所谓大药资，岂须多金哉？屋足盖头，田足糊口；韭毛竹笋，足可留客，粗纸中笔，足用抄书；则山林老死，人亦不来，我亦不出，诚大乐事也！"②

所以本解若从"岂无"二字着手，则诗意开朗，意思无非是说：虽然有青精饭可食，能使我颜色好，但是因为我厌于机巧，恶于腥膻，所以还是一直想离开此地，隐然于世外。只是因为我缺乏大药之资，加之山野之中人迹稀少没法生活，所以还一直待在都市之中。

重题郑氏东亭

华亭入翠微，秋日乱清晖。崩石欹山树，清涟曳水衣。
紫鳞冲岸跃，苍隼护巢归。向晚寻征路，残云傍马飞。

1. 崩石欹山树，清涟曳水衣

本联前人除"清涟""水衣"外，大都疏于注解，其实"崩石"二字，在该诗中是一个关键词，直接影响到对整个作品的理解，当为必注之词。仇兆鳌《杜诗详注》引顾宸云："此诗得力，全在诗腰数实字。着一欹字，如见巉岩参错。着一曳字，宛然藻荇交横。"③可见顾氏乃至仇氏是将其视为"岩石"解的，未免望文生义。而今人大抵重蹈覆辙，寸光所及，未有切中要害的。例如《杜甫全集校注》即引用江淹《学梁王兔园赋》"崩石梧岸，剸朐藏阴"，默认了这样的望文生义④。而《全杜诗新释》："崩落的山石压得大树倾斜，清清的水波牵动着水草。欹：倾斜。"⑤《杜甫诗全译》："崩裂的巨石斜倚着山树，轻轻的涟漪曳着水衣。"⑥

---

① 《九家集注杜诗》卷一，第 9 页 B。
② 《杜诗解》，第 8 页。
③ 《杜诗详注》，第 35 页。
④ 《杜甫全集校注》，第 1277 页。
⑤ 《全杜诗新释》，第 22 页。
⑥ 《杜甫诗全译》，第 16 页。

等这一类说法,基本看法一致。即便未作注疏的,应该也是认为字面上就可以理解,所以不注,观点与前者当为一致。

什么是"崩石"呢?《杜诗详注》引了江淹的《学梁王兔园赋》,以为这便是杜诗的来源,其实不然。《汉语大词典》引南朝宋鲍照《河清颂》之"窥刊崩石,捃逸残竹,巢风寂寥,羲埃绵邈"书证,以为"崩石:损坏的刻石。指残碑"才是这首诗中的含义所在。这里的残碑,当指东亭原有的碑。

至于后联的"水衣",历代来也有两种诠释,《分门集注杜工部诗》引师氏的解说是:"水衣,荇也。"①而《钱注杜诗》则说:"张协诗:'堂上水衣生',注:水衣,苔也。"②持后一种说法的更主流些,像《杜诗详注》《读杜心解》《杜诗镜铨》这几部对今人影响较大的书,都是持此观点。问题是,这个"苔"字给今人,尤其是好望文生义的今人的理解,一定不是"苔藻类植物",而是"青苔,苍苔"(二解均引自《中华大词典》),《杜诗全集》可能是最典型的③。

那么为什么说"崩石"是一个会影响到整个作品理解的词?例如《杜甫诗全译》是这么理解的:"诗中描写郑氏东亭周围美好的秋色,虽是秋图,却一片生机。"④这样的理解颇具代表性,若结合《新安吏》考查一下写作背景,就能发现这种理解存在的问题了。若就诗论诗,则清辉乱日,残云傍马,残碑颓然倚树,苍隼仓皇护窝,每一联诗都是一副败象的描述,又何来"美好的秋色"?杨伦《杜诗镜铨》的理解应该是很到位的:"此诗明是乱后无人之景,一片荒凉,且注有在新安界四字,当亦是从东都返华时作,诸本失编,今改正。"⑤"诸本失编",四字道出理解的偏差,其实也是由来已久的。当然,前人没有详解哪些表现了"乱后无人之景",还需我们仔细体会。

(作者简介:蔡国强,杭州师范大学浙西学术研究中心研究员。发表论文有《〈词律〉及万树词学思想得失评议》等。)

---

① 《分门集注杜工部诗》卷五,第 22 页 A。
② 杜甫著,钱谦益笺注:《钱注杜诗》,上海古籍出版社 1979 年版,第 288 页。
③ 《杜诗全集》,第 505 页。
④ 《杜甫诗全译》,第 15 页。
⑤ 《杜诗镜铨》,第 218 页。

元稹《三遣悲怀》写作年代考

刘 剑

摘 要:《三遣悲怀》是元稹悼亡诗的代表作,是元稹为亡妻韦丛所写。后世对这组诗赞誉颇高,所谓"古今悼亡诗充栋,终无能出此三首范围者,勿以浅近忽之"。然而这组诗的写作年代历来存有争议,多数研究者认为此诗大概作于元和六年(811),也有人主张作于微之晚年,各有所据,莫衷一是。本文拟据元稹诗作内容及其仕宦经历,以及白居易的赠诗为线索,试图对元稹《三遣悲怀》的创作年代进行考证,方便读者更精确地了解和把握组诗的创作背景。

关键词: 元稹 韦丛 三遣悲怀 白居易 监察御史

元稹(779—831)是与白居易齐名的中唐大诗人,世称"元白"。《新唐书》说他"幼孤,母郑贤而文,亲授书传。九岁工属文,十五擢明经,判入等,补校书郎。元和元年举制科,对策第一,拜左拾遗。性明锐,遇事辄举"[①],历任通州刺史、越州刺史、武昌军节度使等职。著有《元氏长庆集》。

韦丛是元稹的元配夫人,是太子少保韦夏卿的幼女、吏部郎中韦执谊的堂侄女[②],可谓出自名门。韦丛于贞元十九年(803)由其父韦夏卿"知遇"的李绅撮合,嫁与时任秘书省校书郎的元稹。婚后生活虽"食亦不饱,衣亦不温",但韦丛安贫乐道,"不悔于色,不戚于言"[③],料理家务井井有条,夫妻生活十分融洽。然而好景不长,元和四年(809)七月九日,韦氏即病卒于洛阳履信里第,成为元稹人生的一大憾事。此后,元稹先后以诗文等形式抒写了他对亡妻韦丛的深情和悼念,《三遣悲怀》就是其中的名作之一。

---

① 欧阳修、宋祁撰:《新唐书》卷一七四,中华书局1975年版,第5223—5224页。
② 按:关于韦夏卿与韦执谊的关系,据《元和姓纂附四校记》卷二"京兆诸房韦氏"条载《南部新书(丁)》:"韦夏卿善知人,道逢再从弟执谊、从弟渠牟及丹三人,皆第二十四。"岑按:依《姓纂》,夏卿、执谊同高祖,应是三从兄弟。见林宝撰,岑仲勉校记,郁贤皓、陶敏整理,孙望审订:《元和姓纂》,中华书局1994年版,第187页。
③ 元稹:《祭亡妻韦氏文》,见元稹撰,冀勤点校:《元稹集》,中华书局1982年版,第630页。

一、《三遣悲怀》创作年代争议

《三遣悲怀》①,通行本多据《全唐诗》作《遣悲怀三首》②,其诗曰:

谢公最小偏怜女,自嫁黔娄百事乖。
顾我无衣搜荩箧,泥他沽酒拔金钗。
野蔬充膳甘长藿,落叶添薪仰古槐。
今日俸钱过十万,与君营奠复营斋。

昔日戏言身后意,今朝皆到眼前来。
衣裳已施行看尽,针线犹存未忍开。
尚想旧情怜婢仆,也曾因梦送钱财。
诚知此恨人人有,贫贱夫妻百事哀。

闲坐悲君亦自悲,百年都是几多时。
邓攸无子寻知命,潘岳悼亡犹费词。
同穴窅冥何所望?他生缘会更难期。
唯将终夜长开眼,报答平生未展眉。

历代对这组诗评价颇高。清乔亿《〈剑溪说诗〉又编》说:"古今悼亡之作……元微之、李义山数篇,虽格韵不高,而情思凄然可诵。"同代的孙洙则说"古今悼亡诗充栋,终无能出此三首范围者,勿以浅近忽之",更是赞誉有加③。但这组诗的创作年代一直不详,颇有争议,大致有两种意见:

一种以《唐诗鉴赏辞典》④、刘逸生《读诗小札》及张天健《唐诗答疑录》等为代表,认为此诗写于元和六年左右,当时元稹正任江陵府士曹参军。按《唐诗鉴赏辞典》认为"时元稹在监察御史分务东台任上",与元稹仕宦经历颇有出入。仅张天健说明他是据白居易给元

---

① 《元稹集》,第98—99页。
② 彭定求等编:《全唐诗》,中华书局1960年版,第4509—4510页。
③ 王步高主编:《唐宋诗词鉴赏》,北京大学出版社2003年版,第108页。
④ 萧涤非等著:《唐诗鉴赏辞典(修订本)》,上海辞书出版社2004年版。

稹的答诗推断而出,下文将予评论。

另一种则以陈寅恪①、金性尧②、赵昌平③为代表,他们推断此诗应作于微之四十岁以后。金性尧据原诗"邓攸无子寻知命"句,引《论语·为政》"五十而知天命"认为此诗应作于元稹五十岁时,实属附会,汪贞干已予反驳。陈寅恪则以"今日俸钱过十万"认为此诗应作于元稹权知通州州务时,但元和十年至十四年稹与安仙嫔子元荆犹在,与所谓"邓攸无子寻知命"并不符合。赵昌平则认为此诗应作于元稹任中书门下平章事,时在长庆二年(822),正是元稹为相之时。其时元稹虽早于长庆元年丧子元荆④,但元稹在中书舍人承旨翰林学士时月俸就已过十万,赵说其实只是截取了元稹一生仕宦的至高点,并不准确。

此外,卞孝萱《元稹年谱》引陈寅恪《元微之遣悲怀诗之原题及其次序》云"统观今本第三首语气俱足表示韦氏亡后不久时之心理及环境,故疑其作于任监察御史分司东台时"及元稹《东台去》诗题下注,认为《三遣悲怀》应作于韦丛去世当年,即元和四年,其说较近于情理,但论说不够充分⑤。

按此,《三遣悲怀》的创作年代一直是个众说纷纭的问题,可谓"仁者见仁,智者见智",各有所据,莫衷一是。

二、从白居易赠诗看《三遣悲怀》的创作年代

那么,元稹的《三遣悲怀》究竟创作于何时呢?韦丛去世后,元稹心情十分悲痛,"感极都无梦,魂销转易惊","怅望临阶坐,沉吟绕树行"⑥。他的朋友如卢子蒙、窦晦之、吕子元等多赠诗安慰,元稹也有《谕子蒙》《劝醉》⑦等诗篇答谢朋辈关心。在这些诗歌酬唱中值得注意的是白居易《感元九悼亡诗因为代答三首》⑧,其诗模拟韦丛口吻寄诗元稹,分别题为《答〈谢家最小偏怜女〉》《答〈骑马入空台〉》《答〈山驿梦〉》,该组诗云:

> 嫁得梁鸿六七年,耽书爱酒日高眠。
> 雨荒春圃唯生草,雪压朝厨未有烟。

---

① 陈寅恪著:《元白诗笺证稿》,上海古籍出版社1978年版。
② 汪贞干著:《〈唐诗三百首〉词义辨难》,香港天马图书有限公司2008年版,第246—247页。
③ 赵昌平解:《唐诗三百首全解》,复旦大学出版社,2006年版。
④ 《哭子十首(翰林学士时作)》,见《元稹集》,第107页。
⑤ 卞孝萱著:《卞孝萱文集·刘禹锡年谱、元稹年谱》,凤凰出版社2010年版,第262—265页。
⑥ 《元稹集》,第96页。
⑦ 《元稹集》,第98、185页。
⑧ 白居易撰,顾学颉校点:《白居易集》,中华书局1979年版,第284—285页。

身病忧来缘女少，家贫忘却为夫贤。
谁知厚俸今无分，枉向秋风吹纸钱。

君入空台去，朝往暮还来。
我入泉台去，泉门无复开。
鳏夫仍系职，稚女未胜哀。
寂寞咸阳道，家人覆墓回。

入君旅梦来千里，闭我幽魂欲二年。
莫忘平生行坐处，后堂阶下竹丛前。

  这三首诗以韦丛口吻回酬，充满了白居易对友人的慰藉之情，其中《答〈骑马入空台〉》《答〈山驿梦〉》分别针对元稹的《空屋题》《感梦》所写，而《答〈谢家最小偏怜女〉》更是直接针对《三遣悲怀（其一）》所作。因此，张天健据白诗有"闭我幽魂欲二年"句，认为元诗的创作年代与白诗相近，应作于韦丛去世后二年，即元和六年①。按白居易三首赠诗虽可认为是作于一时，但元稹三首原诗却未必是同时的作品。《空屋题》有"更想咸阳道，魂车昨夜回"②句，是元稹在韦氏去世后，忙于公务，只能差人将韦氏送回咸阳安葬，其时为元和四年十月十三日③。且《答〈骑马入空台〉》有"鳏夫仍系职，稚女未胜哀"句，白居易是元稹挚友，他对元稹诗词创作的背景、时间、地点等情况应该是非常熟悉的，又是慰藉之作，可认为是对当时元家状况的具实描写。鳏夫独自一人，为官职束缚，不能过分思念和到墓前陪伴过世的妻子，而幼女尚未走脱出母亲去世的哀伤，此情此景，应在韦丛去世不久之后。据此，《空屋题》应是元和四年诗，该诗题下注作于"十月十四日夜"，时距韦丛去世三月有余④，而"魂车昨夜回"的叙述，与韦丛葬于十月十三日的时间节点也十分吻合。此外，《感梦》有"影绝魂销动隔年"⑤句，既是"隔年"之作，决计不能于元和四年写出。所以，张天健认为元诗三首作于同时的观点是立不住的。但白诗作于元和六年却是无疑。

  白诗是代韦氏所拟的对元诗的回答，白诗既作于元和六年，元诗在写作时间上也应该

---

① 张天健著：《唐诗答疑录》，中国文联出版公司2004年版，第296页。
② 《元稹集》，第97、98页。
③ 韩愈《监察御史元君妻京兆韦氏夫人墓志铭》谓"卒三月，得其年十月十三日，葬咸阳，从先舅姑兆"，见韩愈著，钱仲联、马茂元校点：《韩愈全集》，上海古籍出版社1977年版，第247页。
④ 按，卞孝萱也持此观点。
⑤ 《元稹集》，第98、99页。

相近，当在元和四年至元和六年之间，至少不会相差太远。白诗为《三遣悲怀》的写作时间提供了两条线索：

（1）元稹当时俸禄丰厚而韦氏早亡。实际上，《三遣悲怀（其一）》中元稹自己也说过"今日俸钱过十万"，但这也可能是元稹哀悼妻子的动情之语，而白诗说"谁知厚俸今无分"，则可侧证当时元稹俸禄的确很高，也就是说元稹所谓"俸钱过十万"是写实，而并非虚言。

（2）元诗写作时间是在秋天，因白诗有"杖向秋风吹纸钱"句，元诗也有"落叶添薪仰古槐"之语，与秋气十分契合。

据此，我们可以结合元稹在韦丛去世前后的仕宦经历及其薪俸情况进一步分析《三遣悲怀》的创作时间。

三、从元稹仕宦经历看《三遣悲怀》的创作年代

上文说到，元稹初娶韦氏，是在秘书省校书郎任上。元稹十五岁就明经及第，可谓少年得意；时隔十年，又登吏部乙科第，虽然职位不高，却也是前途光明，但与韦门的权势豪贵相比，实在算不得什么。加上元稹俸禄低微，因此韦氏从进门到离世，确实没过上什么好日子。《三遣悲怀》中一再提及当年生活的艰辛："顾我无衣搜荩箧，泥他沽酒拔金钗。野蔬充膳甘长藿，落叶添薪仰古槐"，"衣裳已施行看尽，针线犹存未忍开"，甚至发出了"诚知此恨人人有，贫贱夫妻百事哀"这样的感叹。所以元稹诗云"谢公最小偏怜女，自嫁黔娄百事乖"，以韦丛比谢安侄女谢道韫，自比贫士，倒并不夸张。但是元稹毕竟是一个有政治抱负的诗人，因此他时时谋求着上进。

1. 元稹在韦氏去世前后的仕宦经历[①]

元和元年，二十八岁的元稹应制科，考取第一，任左拾遗。后因"上言数十篇"得罪宰相杜佑，出贬河南尉。同年九月十六日，母卒于长安，稹丁忧在家，生活困难，得白居易资助。

元和四年二月，即赴东川任监察御史，所举奏弹劾多与杜佑、西川节度使武元衡等相违，幸有中书宰相裴垍与御史中丞李夷简支持，职内较为顺利。不久又迁调洛阳，即《旧唐

[①] 主要参考卞孝萱《元稹年谱》、吴伟斌《元稹考论》。

书》所谓"分务东台"①,韦丛去世即在元稹担此任时。时韩愈正在洛阳任尚书都官员外郎,应元稹之请,为韦氏撰写墓志铭,题为《监察御史元君妻京兆韦氏夫人墓志铭》②。按:宋代陈思《宝刻丛编·京兆府》亦有记载"《唐元稹妻韦氏墓志》:韩愈撰,沈传师正书,元和四年(诸道石刻录)"③。东台是指"东御史台"。唐赵璘《因话录》载:"武后朝,御史台有左右肃政之号,当时亦谓之左台右台,则宪府未曾有东西台之称。惟俗间呼在京为西台,东都为东台。"④东都"诸侯不奉法,东御史府不治事",因此元稹这次出任并不容易,不久就感叹"监察官甚小,发言无所裨。小官仍不了,遭夺亦以随。时或不之弃,得不自弃之",并表现出了要学习陶渊明归隐田园的志向,"陶君喜不遇,顾我复何疑?潜书周隐士,白云今有期"⑤,从中也可看出东都之行的险恶。

元和五年二月,元稹因惩办房式,被召回京,途中在敷水驿遭宦官马士元、仇士良等毒打,唐宪宗不仅不为元稹主持公道,反而将元稹下贬为江陵府士曹参军,并罚一季俸银,此后元稹开始了十年贬放外地的生活。元和六年初,因生活困难,稹娶妾安仙嫔,并育有一子元荆;同年秋,恩遇裴垍去世,元稹在政治上失去强辅。以后元稹先后做过唐州从事、通州司马、虢州长史等职,但直到元和十四年在好友崔群等帮助下,才借得宪宗大赦的机会重回长安。此后,因得到唐穆宗赏识,元稹的仕途大体顺当,并曾短暂做过三个月的宰相⑥。

2. 元稹仕宦经历与《三遣悲怀》创作年代的关系

元稹在"分司东都"以前,除了任河南尉、东川监察御史以外,其入仕后大部分时间都生活或任职于长安,与韦氏婚后也长期居住在长安。正因为夫妻二人朝夕相处、相敬如宾,所以在韦氏去世之后,元稹才会写下这么多发自肺腑的悼亡之作。韦氏去世之时,元稹正任东台监察御史,但《三遣悲怀》是否创作于此时呢?

元稹任校书郎不久就与韦氏结亲,他在为韦丛所撰祭文、悼亡诗中多次提到"贱贫""家贫",《三遣悲怀》中更把自己比作"黔娄",直陈"贫贱夫妻百事哀",这说明任校书郎时元稹的家庭生活十分拮据。事实上,校书郎的官位很低,俸禄不够供养家庭也很正常。与他同时任校书郎的白居易则说"俸钱万六千,月给亦有余",未有家庭负担的乐天,生活也

---

① 刘昫等撰:《旧唐书》,中华书局1975年版,第4331页。
② 《韩愈全集》,第247页。
③ 陈思编著:《宝刻丛编》,浙江古籍出版社2012年版,第636页。
④ 李肇、赵璘撰:《唐国史补·因话录》,上海古籍出版社1957年版,第108页。
⑤ 《元稹集》,第58页。
⑥ 以上参考《新唐书》《旧唐书》的《元稹传》、卞孝萱《元稹年谱》及吴伟斌《元稹评传》等。

仅仅"有余"而已。元稹在诗中自述韦氏去世前后的俸禄超过十万钱,但仅校书郎,一年俸禄远不止十万,古人并没有年薪的概念,因此"今日俸钱过十万"说的必然是月俸。按王寿南《隋唐史》第十三章"政治制度"所述,唐制月俸十万这种待遇并非一般官员所能有,至少要做到五品以上的官位才能享受超过十万的俸禄,而元稹做到五品以上官已是晚年的事情了,这也是陈寅恪等学者认为《三遣悲怀》应作于微之晚年仕途通达之时的原因。但前文已证实《三遣悲怀》的创作时间应是在元和四年到六年之间。在此期间,元稹只做过监察御史与江陵府士曹参军,而后更是贬官外放,不仅被罚一季俸银,还被降职降薪,因此元和六年春因为生活困难,由李景检撮合,纳安氏为妾。那么《三遣悲怀》是否就作于元稹在监察御史任上呢?监察御史能否领十万月俸呢?此外,元稹任监察御史一共有两次,一次是在东川,一次是在东都洛阳。第一次任职是元和四年二月至六月,第二次任职是元和四年六月至五年二月。如果监察御史薪俸丰厚有十万之余,那么元白诗中为何还异口同声地说"今日俸钱过十万,与君营奠复营斋","谁知厚俸今无分,枉向秋风吹纸钱",以此说明韦丛没有能享受到元稹厚俸带来的生活的改善呢?

3. 监察御史职官的薪俸问题

"据此可以推知唐代中晚以后,地方官吏除法定俸料之外,其他不载于法令,而可以认为正当之收入者,为数远在中央官吏之上。""故考史者不可但依官书纸面之记载,遽尔断定官吏俸料之实数。只可随时随地随人随事,偶有特别之记载,因而得以依据证实之。"①

元稹任监察御史一共有两次,一次是在东川,一次是在东都洛阳。而韦丛去世是在元稹刚刚分司东都之时,由此可知元稹所谓俸钱十万当是指东台任上。但元稹东川任上就是监察御史,分司东都并未有职位上的升迁,至韦丛去世有半年光景,为何还说生活没有得到改善呢?按唐制监察御史只是八品官,品级并不高,薪俸也并不十分丰厚。所以东川任上元稹的俸禄并不能超过十万,但分务东台则不一样。

首先,洛阳被称为东都,是与皇城长安齐名的大都市,其官员待遇不是其他地方能够比肩的;且东都多权贵,难于治理,薪俸甚至高于首都长安,因此不能完全以唐代法令规定为准。《新唐书·百官志》"御史台"下记载:"东都留台,有中丞一人、侍御史一人、殿中侍御史二人、监察御史三人;元和后,不置中丞,以侍御史、殿中侍御史、监察御史主留台务,而三院御史亦不常备。"②故知东台实际上是一个空架子,"御史府不治事",而"诸侯不奉

---

① 陈寅恪著:《金明馆丛稿二编》,三联书店2001年版,第76、77页。
② 《新唐书》,第1237页。

法",元稹正是为了治理这种局面而被派往东都。东都多豪强,朝廷对此几无约束力,御史官员的任职风险也就比其他地方要高,动辄会招致杀身之祸,因此很少有官员愿意入驻东台御史府,御史府也因而往往人员不齐,月俸超乎常规也就在情理之中。白居易当左拾遗时曾说"月惭谏纸二百张,岁愧俸钱三十万",监察御史是正八品上官员,又承担有政治风险,薪俸自然要比从八品上的左拾遗要高一些,而东台官员的薪俸高于常规,元稹薪俸过十万①也就不足为奇了。

其次,《元稹集》卷十四有《东台去》一诗,诗云:"陶君喜不遇,予每为君言。今日东台去,澄心在陆浑。旋抽随日俸,并买近山园。千万崔兼白,殷勤承主恩。"②元稹于诗题下注云:"仆每为崔、白二学士话陶先生喜不遇之事,且曰:仆得分司东台,即足以买山家。"仅因为分务东台就足以买山治家,《东台去》一诗实际表达了元稹对调职后薪俸的欣喜满足、对生活的美好愿景,因此才殷勤承谢唐王的恩德。这也切实说明了东川和东台任职虽然都是监察御史,但元稹在东台的薪俸要远高于东川。

最后,元稹元和六年初因生活困难而娶妾安仙嫔,实则受贬官导致的薪俸变化悬殊影响。因此,韦丛在元稹获得分务东台这样厚俸的官职之后便即离世,无法享受厚俸带来的家庭生活的改善,也难怪元白二人都为此事哀叹惋惜。正是能共患难而不能同富贵,于夫妻间而言,直为无法弥补的人生憾事!

综上,元稹创作《三遣悲怀》应是在分务东台任上的秋天,时距韦丛去世不久。按元稹元和四年六月至五年二月任职于洛阳,由此可知,《三遣悲怀》的创作时间应是韦丛去世当年的七月九日至秋末这段时期。

四、结语

"曾经沧海难为水,除却巫山不是云。取次花丛懒回顾,半缘修道半缘君",这是元稹

---

① 这里的"薪俸"不单指朝廷法定拨付的"工资",还包括陈寅恪所说的"不载于法令,而可以认为正当收入者"。元稹自述的"俸钱过十万"因与典籍记载不合,故历来研究者多有怀疑,而为组诗的创作时间考证带来了很多困难。然组诗创作发自性情,未必无夸大成分,但深情之下,其言大致可信,而与乐天所说"厚俸"实相一致。加以从下文《东台去》一诗中"买近山园"、对唐王恩德的殷勤承谢中可见,"分司东台"实为元稹带来了远超于过去的经济利益。故而元稹所谓的"俸钱过十万"大致可视为一种纪实,但要证实这种官员薪俸不同于法令记载的情况十分困难。如陈寅恪等学养深厚者也难以考证,故其将组诗创作时间认定为微之权知通州之时,又考证地方官员薪俸有不载于法令而高于中央官员者,疑其诗作于江陵府士曹参军任时,其时元稹被罚一季俸银,不久生活困难而娶妾安氏,如何能"俸钱过十万"?故而本文据元稹诗歌与乐天赠诗等线索认定元稹自述大致可信,而其具体数学上的论证则有待于可靠的新材料的发现。

② 《元稹集》,第195—196页。

《离思诗五首》中的第四首①。千载之后,读来仍能感受到诗人对妻子亡故的痛惜之情。《三遣悲怀》虽不如《离思》想象丰富、虚幻飘缈,但语言浅易近人,"篇篇都取自日常生活","因而写得情深思远、哀婉动人"②。探讨《三遣悲怀》的创作时间,可以为读者将元稹的创作情境具体化,方便读者体会和把握元稹与韦氏之间相濡以沫的款款深情,有助于了解元稹其人其事。

(作者简介:刘剑,《光明日报·文学遗产》编辑。发表论文有《〈屈原赋注·音义〉作者考》等。)

---

① 《元稹集》,第640页。
② 《唐宋诗词鉴赏》,第109页。

萧颖士集"李采访"考

严寅春

摘　要：萧颖士集中三次提及河南采访使李公，但其具体为谁，学界久无定论。本文从新出土《王伷墓志》及传世文献《萧直墓志》等所言李彦允任河南采访使入手，考证其天宝十三载(754)春夏间任河南采访使、汴州刺史；十四载秋冬间调任刑部尚书，分司东都。此李彦允即萧颖士集中所提及的河南采访使李公。

关键词：唐代文学　萧颖士　李彦允

天宝十三载(754)，萧颖士辞去河南府仓曹后，与河南道观察使李公多有交集，其文集中曾三次提及，分别是《陪李采访泛舟蓬池宴李文部序》：

> 圣后钦明天工，愍恤人瘼，罢前监郡，仍昔按部，其为寄也大焉。若乃池梁墟，城浚都，舳舻万里，阛阓千室，通邑之尤也。东至于河，西至于海，亘长淮而弥甸服，方域之雄也。牧守之任，循良之选，岂易人哉！今兹春岁聿旱，人咸荒歉，朝廷虑东方之耗敝也，慎简大贤而临莅之。明诏乃下，俾钜鹿守李公往焉。亦既褰帷，零雨其祁，矜人荫庥，贵籴日衰，被青徐而周充豫，有政刑矣。已而襄国士女，结去思之怨。大君愍然，又命公族之良、前文部侍郎东阳继焉。擅文儒之俊，所以司纶翰、兼铨尺矣；韫戎略之权，所以参简稽、贰庥节矣。登朝而备履清贯，出守而再践名邦。其镇抚斯境，式慰饥渴，宜矣！秋九月，钜鹿舟舆次于是都，明使君客焉。懿夫尊卑有序，敦晋郑之好；前后斯谣，美召杜之德，温温二公，善可知焉。越三日，宴集于南亭，具水嬉也。①

＊ 本论文为西藏自治区哲学社会科学专项资金项目《新出土唐代墓志中涉蕃史料整理与研究》(18AZS001)阶段性成果。

① 萧颖士著，黄大宏、张晓芝校笺：《萧颖士集校笺》，中华书局2017年版，第120—121页。

《蓬池禊饮序》：

> 粤天宝乙未,暮春三月,河南连帅领陈留守李公,以政成务简,方国多暇,率府郡佐吏、二三宾客,帐饮于蓬池,备祓除之礼也。①

《莲蕊散赋并序》：

> 乙未岁夏六月,旅寄韦城,忧伤感疾,肿生于左胁之下,弥旬不愈,楚痛备至。友生于逖、张南容在大梁闻之,以言于方牧李公。公,予之旧知也,俯垂惊嗟,远致是散,题曰莲蕊。②

"采访"即"采访处置使"的简称,唐开元二十二年(734)初置十道采访处置使并置印,"察访善恶,举其大纲"③。"连帅"原指诸侯之长,唐代多指观察使、处置使等。河南道理汴州④,多兼任汴州刺史,天宝中改汴州为陈留郡,刺史改称太守。蓬池即蓬泽,《元和郡县图志》卷七《河南道·汴州·开封县》："蓬泽,在县东北十四里。今号蓬池,左氏所谓蓬泽也。"⑤"大梁"盖即浚仪县,《元和郡县图志》卷七《河南道·汴州·浚仪县》："浚仪县,本汉旧县,属陈留郡。故大梁也,魏惠王自安邑徙此,因浚水为名。"⑥又《陪李采访泛舟蓬池宴李文部序》,各家均系于天宝十三载秋⑦,时萧颖士去职,客居汴州。天宝乙未即天宝十四载,潘吕棋昌《萧颖士研究》、郁贤皓《唐刺史考全编》等,均谓"李采访""河南连帅领陈留守李公""方牧李公"为同一人,时任河南采访处置使、领陈留太守。然"李公"为谁,各家虽多有推断,却一直难有定论。潘吕棋昌《萧颖士研究》第陆章《作品考证》考"李采访"为李憕、"方牧李公"为李昕。其"陪李采访泛舟蓬池宴李文部序"条谓："李采访名憕,天宝十一载累转河东太守、本道采访使,十四载转光禄卿,东京留守(《旧唐书》一八七本传)。李文部即李昕(《唐仆尚丞郎表》卷十页五八三)。文部即原吏部,天宝十一载三月更名,至德二载十二月复旧。序曰:'明诏乃下,俾钜鹿守李公往焉……已而襄国士女,结去思之怨。大君

---

① 《萧颖士集校笺》,第126页。
② 《萧颖士集校笺》,第28页。
③ 王溥撰：《唐会要》,上海古籍出版社2006年版,第1680页。
④ 刘昫等撰：《旧唐书》,中华书局1975年版,第1385页。
⑤ 李林甫撰,贺次君点校：《元和郡县图志》,中华书局1983年版,第176页。
⑥ 《元和郡县图志》,第177页。
⑦ 《萧颖士集校笺》,第122页。

憖然,又命公族之良、前文部侍郎东阳继焉。'是晗乃继李憕职者也。《唐会要》七十八采访处置使条:'(天宝)十二载二月河南采访处置使、河东郡太守李憕。'据此,李晗仅可能于天宝十二载二月以后,至十三载间继职,十四载憕即转光禄卿矣。"又"莲蕊散赋并序"条谓:"天宝十四载。方牧李公即李晗,时已代李憕为河南采访处置使、河东郡太守。"①陈铁民《萧颖士系年考证》系《莲蕊散赋并序》于开元七年,系《陪李采访泛舟蓬池宴李文部序》《蓬池禊饮序》于天宝十四载,且谓:"李采访即《蓬池禊饮序》之'河南连帅领陈留守李公'。李文部疑是李晗。晗为宗室,属'大郑王房'(见《新唐书·宗室世系表上》),天宝末曾官文部侍郎(见《唐仆尚丞郎表》卷一○)。又晗者,光盛貌也,'东阳'或即晗之字。"②郁贤皓《唐刺史考全编》卷五五"汴州·李某"条引《蓬池禊饮序》《陪李采访泛舟蓬池宴李文部序》《莲蕊散赋并序》,谓"李采访""河南连帅领陈留守李公""方牧李公"为同一人,系于天宝十四载,然于人无考③。张卫宏《萧颖士研究》下编下卷《文编年校注》亦以"李采访"为李憕、"李文部"为李晗,然上编第七章交友考中仅言其十一载转河东太守、本道采访使,十四载转光禄卿、东京留守④。黄大宏、张晓芝《萧颖士集校笺》否定了潘吕棋昌的考证,认为《唐会要》卷七十八"采访处置使"条"(天宝)十二载二月河南道采访处置使河东郡太守李憕、河南道采访处置使陈留郡太守王濬等奏请"中,前一河南当为河东之误,李憕与《陪李采访泛舟蓬池宴李文部序》无关,李晗乃钜鹿守之继任者而非河南采访使的继任者,而"李采访"即原"钜鹿守李公",无考⑤。

　　《萧颖士集校笺》所考甚是,《唐会要》中同一时间、同一事件出现两位河南采访使,必有所误。《全唐诗》卷二五五苏源明《小洞庭洄源亭宴四郡太守诗并序》:"天宝十二载七月辛丑,东平太守扶风苏源明,觞濮阳太守清河崔公季重、鲁郡太守陇西李公兰、济南太守太原田公琦、济阳太守陇西李公倰于洄源亭。既尊封壤,乃密惠好。前此济阳以河堤之虞,夫役之弊,请南略我宿及鲁之中都。宿人讼其不便,源明请废济阳,以平阴、长清属济南,卢、东阿归我,阳谷隶濮阳,役均三邦,利倍二邑。不可,则分我寿西入濮阳,东入济阳,鲁之中都北入于我。书贡阊阖,旨下陈留。陈留太守王公,盛德帝俞,才美人与。自总连率,实惟澄清。□命属官湖城主簿王子说会五太守于东平议,县乃不割,郡亦仍旧。"⑥《唐刺

---

① 潘吕棋昌著:《萧颖士研究》,文史哲出版社1983年版,第102、103页。
② 陈铁民:《萧颖士系年考证》,见《文史》第37辑,中华书局1993年版,第187—212页。
③ 郁贤皓著:《唐刺史考全编》,安徽大学出版社2000年版,第743—744页。
④ 张卫宏著:《萧颖士研究》,三秦出版社2012年版,第221、94页。
⑤ 《萧颖士集校笺》,第123页。
⑥ 彭定求等编:《全唐诗》,中华书局1960年版,第2862页。

史考全编》卷二谓此陈留太守王公当即王潣①。《旧唐书》卷一八七《李憕传》："天宝初,出为清河太守。十一载,累转河东太守、本道采访。谒于行在所,改尚书右丞、京兆尹。十四载,转光禄卿、东京留守。"校勘记谓:"'河东',各本原作'河南',时河南为府,其官当为府尹,不当为太守。《新书》卷一九一《李憕传》作河东太守,是,据改。"②《新唐书》卷一九一《李憕传》:"天宝初,除清河太守。举美政,迁广陵长史,民为立祠赛祝,岁时不绝。以捕贼负,徙彭城太守。封酒泉县侯。连徙襄阳、河东,并兼采访处置使。入为京兆尹。杨国忠恶之,改光禄卿、东京留守。"③则天宝十二载,李憕在河东太守、河东采访使任,其后一直未任河南采访使。潘吕棋昌引《唐会要》而未及下文,故误李憕为河南采访使,复误李昕继任河南采访使。

《萧颖士集校笺》虽然否定了"李采访""河南连帅领陈留守李公"为李憕、"方牧李公"为李昕,但遗憾的是没有能进一步考证出集中河南采访使为谁。笔者在翻阅赵文成、赵君平编《秦晋豫新出墓志搜佚续编》时,注意到一方王伷的墓志,对考证萧颖士文集中之河南采访使不无裨益。墓志谓:

> 维大历十四年,太子左赞善大夫王公终于东都私第,春秋六十有六……公讳伷,字敬祖,琅邪临沂人……天宝初,进士登科,署宋州襄邑县尉。天朝以此官为仕之初袟。采访使李公彦允奏充支使,以优选授左领军卫冑曹参军。后使郭纳表请如前职。其奉事以广平称。十四年,禄山叛于幽都,兵及二京。胡臣衣冠,戮辱寇庭。公逃居陆浑南山,凶徒大搜山泽,不从逆命者,诛无遗类。公慷慨激愤,陷于迫胁,勒充萧华判官、河北道宣慰。④

仇鹿鸣《一位"贰臣"的生命史——〈王伷墓志〉所见唐廷处置陷伪安史臣僚政策的转变》对墓志有过详细考释,不过限于主旨,关于王伷"安史之乱"前的履历,只是简要说"王伷天宝初进士及第,历任宋州襄邑县尉、左领军卫冑曹参军,先后受到两任河南道采访使李彦允、郭纳的赏识,得领支使。究其经历而言,属于玄宗以来在政治中扮演越来越重要角色的吏干型的官员,但擢升的速度并不算快"⑤。王伷天宝初进士及第,解褐宋州襄邑县尉,天宝

---

① 《唐刺史考全编》,第743页。
② 《旧唐书》,第4888、4916页。
③ 欧阳修、宋祁撰:《新唐书》,中华书局1975年版,第5510页。
④ 赵文成、赵君平:《秦晋豫新出墓志搜佚续编》,国家图书馆出版社2015年版,第905页。
⑤ 仇鹿鸣:《一位"贰臣"的生命史——〈王伷墓志〉所见唐廷处置陷伪安史臣僚政策的转变》,见《文史》(第二辑),中华书局2018年版,第45页。

末领左领军卫胄曹参军衔,四十多岁时才由从九品晋升到正八品下,其擢升速度的确不算快。不过,考虑到唐代的铨选制度,王偁进士及第后,会有一段时间的待选,则其由从九品上的县尉升任支使并领正八品下衔左领军卫胄曹参军,时间也不会太长,属于正常的循资升迁。又墓志称"采访使李公彦允奏充支使,以优选授左领军卫胄曹参军。后使郭纳表请如前职",郭纳沿用了李彦允主政时王偁的职衔,则郭纳当是李彦允的继任者。《新唐书》卷五《玄宗本纪》载天宝十四载十二月辛卯,安禄山"陷陈留,执太守郭纳"①。如此,李彦允、郭纳当为前后任,且在天宝十四载十二月之前,其后随着郭纳的被俘,王偁作为贰臣辗转于唐与安史叛军之间。

  萧颖士天宝十三载五月后,辞去河南府参军事;九月,自洛阳到汴州,作有《陪李采访泛舟蓬池宴李文部序》。十四载三月,"河南连帅领陈留守李公……率府郡佐吏、二三宾客,帐饮于蓬池",萧颖士作《蓬池禊饮序》记之,则此时萧颖士仍做客陈留。六月,萧颖士"旅寄韦城","方牧李公"赠以莲蕊散,萧颖士作《莲蕊散赋并序》记之。十月,安禄山起兵范阳,河北郡县望风而降;十二月,叛军自灵昌渡河,进逼河南。由于此前封常清已"斫断河阳桥,于东京为固守之备"②,迫使安禄山不得不放弃奔袭洛阳的图谋,只能从滑州方向渡河,迂回至洛阳,陈留遂成为河南的门户,首当其冲。其时,萧颖士自太室山至陈留,面谏河南采访使、陈留太守郭纳,然未得采用。《新唐书》卷二百二《萧颖士传》:"禄山反,颖士往见河南采访使郭纳,言御守计,纳忽不用,叹曰:'肉食者以儿戏御剧贼,难矣哉!'闻封常清陈兵东京,往观之,不宿而还。因藏家书于箕、颍间,身走山南。"③"李采访""河南连帅领陈留守李公""方牧李公"为同一人,且在十四载六月后与郭纳交代,故《唐刺史考全编》系李某于天宝十四载且在郭纳之前。李某、郭纳为前后任,与《王偁墓志》中"采访使李公彦允奏充支使,以优选授左领军卫胄曹参军。后使郭纳表请如前职"之叙正相吻合,颇疑"李采访""河南连帅领陈留守李公""方牧李公"等即李彦允。

  李彦允任河南道采访使,亦见于独孤及《毗陵集》卷一一《唐故给事中赠吏部侍郎萧公墓志铭并序》:

    公讳直,字正仲,梁长沙王懿七代孙,有唐御史中丞、临汝郡守谅之孟子……二十余,以书记参朔方军事。中丞府君之遇谗谪居也,公亦播迁汉东,移尉谷熟。至德二年,乃由廷尉评授监察御史,历河南府户曹、京兆府司录参军……永泰元年拜太子左

---

① 《新唐书》,第151页。
② 《旧唐书》,第3209页。
③ 《新唐书》,第5769页。

庶子,大历三年授给事中。前后居官二十,辟书记、支使、判官、副使、行军司马,贰使臣之车者八,出入冠柱后惠文冠者六,所从之主则朔方元帅张怀钦、汴州刺史李彦允、扬州刺史李成式、户部尚书李公峘、故相国今户部侍郎第五公琦、今相国黄门侍郎王公缙、中书侍郎元公载……为庶子、给事黄门,出入两宫,优游三公间,皆得其欢心。方谓六卿九伯之位可坐而拾,命不我与,天孤人望,岁在丁酉二月二日,终于静安里正寝,春秋四十六。①

萧直为朔方节度使张怀钦掌书记当在天宝五载。《宝刻丛编》卷八著录有节度使参谋尹某撰并书《朔方节度张怀钦碑》,立于天宝六年②。韦述《唐故临汝郡太守桂阳郡司马兰陵萧府君(谅)墓志》:"以兄子之婿交游获罪,坐以亲累,左迁桂阳郡司马……未届所莅,终于长沙之传舍,春秋五十有八,时天宝六载二月才生魄也。"署"子前武陵郡龙阳县尉员外置直书"。萧谅"坐以亲累"时,萧直"亦播迁汉东",从朔方掌书记贬为武陵郡龙阳县尉员外置。毛阳光《洛阳出土唐书家萧谅墓志及相关问题研究》谓:"萧谅被贬的时间当在天宝五载,此时正是李林甫排斥异己,打击与太子关系密切的韦坚、李适之等政敌的高潮期,许多人在这场政治风波中被杀或被贬。"③而萧直"移尉谷熟",或在李林甫去世之后,即天宝十一载十一月后。谷熟为宋州辖县,归河南采访使节制,这为其入汴州刺史李彦允幕府提供了便利,如同王伾署宋州襄邑尉而得李彦允荐拔为支使。又,萧直入李成式幕府在天宝十五载。《旧唐书》卷一○七《李琦传》:"天宝十五年六月,玄宗幸蜀,在路除琦为广陵大都督……以广陵长史李成式为副大使、兼御史中丞。琦竟不行。"④《资治通鉴》卷二一九:至德元载十二月,永王李璘"擅引兵东巡……分兵遣其将浑惟明袭希言于吴郡,季广琛袭广陵长史、淮南采访使李成式于广陵"⑤。入李峘幕府在至德初。《旧唐书》卷一一二《李峘传》:"从上皇还京,为户部尚书……乾元初,兼御史大夫,持节都统淮南、江南、江西节度、宣慰、观察处置等使。二年,以宋州刺史刘展握兵河南,有异志,乃阳拜展淮南节度使,而密诏扬州长史邓景山与峘图之。时展徒党方强,既受诏,即以兵渡淮。景山、峘拒之寿春,为展所败。峘走渡江,保丹阳,坐贬袁州司马。宝应二年,病卒于贬所。"⑥萧直墓志中述"所从之主"当以时间为序,李彦允在李成式之前,则李彦允之河南采访使任当在天宝十四

---

① 独孤及撰:《毗陵集》,中华书局1985年版,第87页。
② 陈思编次:《宝刻丛编》,中华书局1985年版,第240页。
③ 毛阳光:《洛阳出土唐书家萧谅墓志及相关问题研究》,《中原文物》2016年第3期。
④ 《旧唐书》,第3268页。
⑤ 司马光编著,胡三省音注:《资治通鉴》卷二一九,中华书局1956年版,第7009页。
⑥ 《旧唐书》,第3343页。

载左右,与萧颖士文集中之"李公"亦相吻合。另外,《唐刺史考全编》引李阳冰《草堂集序》,系李彦允天宝三载在河南采访使任①。李清源《李白与李彦允交游探略》排比张利贞任期和李彦允品秩,认为李彦允在天宝三载还不具备河南采访使的任职条件,其任职时间当在天宝末②。此考不无道理,只是将任职上限定于天宝十载前后,稍显宽泛,应是未考虑到萧颖士的交游所致。

李彦允天宝十四载转任刑部尚书,安史之乱时任伪职,见于《太平广记》卷一四八《崔圆》,谓:

> 崔相国圆,少贫贱落拓,家于江淮间。表丈人李彦允为刑部尚书。崔公自南方至京,候谒,将求小职。李公处于学院,与弟子肄业,然待之蔑如也。一夜,李公梦身被桎梏,其辈三二百人,为兵仗所拥,入大府署。至厅所,皆以姓名唱入。见一紫衣人据案,彦允视之,乃崔公也。遂于阶下哀叫请命,紫衣笑曰:"且收禁。"惊觉甚骇异,语于夫人。夫人曰:"宜厚待之,安知无应乎。"自此优礼日加,置于别院,会食中堂。数月,崔公请出,将求职于江南。李公及夫人因具盛馔,儿女悉坐。食罢,崔公拜谢曰:"恩慈如此,不知何以报效。某每度过分,未测其故,愿丈人示之。"李公笑而不为答,夫人曰:"亲表侄与子无异,但虑不足,亦何有恩慈之事。"李公起,夫人因谓曰:"贤丈人昨有异梦,郎君必贵。他日丈人迍难,事在郎君,能特达免之乎?"崔公曰:"安有是也。"李公至,复重言之,崔公踧踖而已,不复致词。李公云:"江淮路远,非求进之所。某素熟杨司空,以奉托。"时国忠以宰相领西川节度。崔既谒见,甚为杨所礼,乃奏崔公为节度巡官,知留后事。发日,李公厚以金帛赠送。至西川,未一岁,遇安禄山反乱,玄宗播迁,遂为节度使,旬日拜相。时京城初克复,胁从伪官陈希烈等并为诛夷。彦允在数中,既议罪,崔公为中书令,详决之,果尽以兵仗围入,具姓名唱过,判云准法。至李公,乃呼曰:"相公记昔年之梦否?"崔公颔之,遂判收禁。既罢,具表其事,因请以官赎彦允之罪。肃宗许之,特诏免死,流岭外。③

此为小说家言,难免夸张离奇,不尽可信,但小说主体与新旧《唐书·崔圆传》《资治通鉴》等多有吻合,特别是崔圆任剑南节度使及拜相的时间节点与《资治通鉴》所载完全一致④。

---

① 《唐刺史考全编》,第741页。
② 李清源:《李白与李彦允交游探略》,《祁连学刊》1993年第2期。
③ 李昉等编:《太平广记》,中华书局1961年版,第1069页。
④ 《资治通鉴》,第6978页。

其辞别李彦允赴剑南，不满一年，适逢安史之乱，唐玄宗幸蜀，得以拜剑南节度使、拜相。如此，辞别李彦允时，李彦允已经离开汴州，就任刑部尚书，分司东都，而郭纳则继任河南采访使、汴州刺史。

萧颖士《陪李采访泛舟蓬池宴李文部序》中"池梁墟，城浚都，舳舻万里，阛阓千室，通邑之尤"者，即陈留郡；"东至于河，西至于海，亘长淮而弥甸服，方域之雄"者，即河南道，河南道监察陕、虢、汝、汴、宋、青、齐、海、莱等三十余府州，故辖地"东至于河，西至于海"。因"春岁聿旱，人咨荒歉"，朝廷"慎简大贤而临莅之"，因此"钜鹿守李公往"，则此时之"李采访"，当是由钜鹿太守升任河南采访处置使、陈留太守。黄大宏、张晓芝《萧颖士集校笺》亦谓"李采访"即原"钜鹿守李公"①。自"李采访"莅任后，"零雨其祁，矜人荫庥，贵籴日衰"，虽不免誉美之辞，但亦可知其时河南道的春旱灾情有所缓解。然而，原"钜鹿守李公"离任后，"襄国士女，结去思之怨"，"襄国"借指钜鹿郡，《元和郡县图志》："邢州，钜鹿……亦古邢侯之国……秦兼天下，于此置信都县，属钜鹿郡，项羽改曰襄国。"钜鹿士民因太守李公离任而有哀怨，朝廷遂"命公族之良、前文部侍郎东阳继焉"。唐代重京官，故萧颖士《陪李采访泛舟蓬池宴李文部序》中称"李文部"。是秋九月，"李文部"赴钜鹿太守任，途经陈留郡，"李采访"盛情款待，所谓"钜鹿舟舆次于是都，明使君客焉……越三日，宴集于南亭"，萧颖士时客居陈留，"欣遇二府，篷宾筵之末，从事斯文"，遂有《陪李采访泛舟蓬池宴李文部序》之作。《萧颖士集校笺》谓《陪李采访泛舟蓬池宴李文部序》中有三位"李公"，分别是去陈留守而任河南采访使的"李采访"、时任陈留守的原"钜鹿守李公"、补"钜鹿守李公"之缺且"舟舆次于是都"的"李文部"②，此乃误解"罢前监郡，仍昔按部"所致，实际上通篇只有两位李公，且为钜鹿太守的前后任，"罢前监郡，仍昔按部"所言正是罢去钜鹿太守，升任河南采访处置使。《萧颖士集校笺》系《陪李采访泛舟蓬池宴李文部序》于天宝十三载，其时萧颖士刚罢去河南府参军事，客居陈留，则十三载春夏间"李公"自钜鹿太守转河南采访使、陈留太守。

综上所述，李彦允当即萧颖士集中之"李采访""河南连帅领陈留守李公""方牧李公"，其天宝十三载春夏间自钜鹿太守任河南采访使、汴州刺史；十四载秋冬间调任刑部尚书，分司东都。

此李彦允尝任殿中侍御史，列入宗室，《唐会要》卷六十五载："天宝元年七月二十三日诏：殿中侍御史李彦允等奏称与朕同承凉武昭王后，请甄叙者。源流实同，谱牒犹著。自

---

① 《萧颖士集校笺》，第123页。
② 《萧颖士集校笺》，第124页。

今已后,凉武昭王孙宝已下,绛郡、姑臧、燉煌、武阳等四公子孙,并宜隶入宗正寺,编入属籍。"①李白喜攀附宗室,与李彦允亦有交往,李阳冰《草堂集序》谓:"天宝中,皇祖下诏,征就金马……置于金銮殿,出入翰林中,问以国政,潜草诏诰,人无知者。丑正同列,害能成谤,格言不入帝用疏之。公乃浪迹纵酒,以自昏秽……天子知其不可留,乃赐金归之,遂就从祖陈留采访大使彦允,请北海高天师授道箓于齐州紫极宫。"②学界一般认为,天宝三载李白"赐金放还",遂有东去往依李彦允之事,王琦《李太白年谱》即谓是年"就从祖陈留采访大使彦允请北海高天师授道箓于齐州紫极宫,自是浮游四方"③;《唐刺史考全编》据此系李彦允天宝三载在河南采访使、陈留太守任④。李清源《李白与李彦允交游探略》则据此认为李白与李彦允有交集,且李彦允时任济南太守,称"陈留采访大使"乃是追叙⑤。李白天宝十四载曾北上梁园探亲,适逢安史之乱,遂自东向西,经洛阳、潼关入陕,再折而南下⑥。此间,或与李彦允有相逢。

(作者简介:严寅春,西藏民族大学文学院教授。著有《唐五代涉蕃小说整理与研究》等。)

---

① 《唐会要》卷六五,第1349页。
② 李白著,瞿蜕园、朱金城校注:《李白集校注》,上海古籍出版社1980年版,第1789—1790页。
③ 《李白集校注》,第1761页。
④ 《唐刺史考全编》,第741页。
⑤ 李清源:《李白与李彦允交游探略》,《祁连学刊》1993年第2期。
⑥ 郁贤皓:《安史之乱初期李白行踪新探索》,见傅璇琮主编:《唐代文学研究》(第九辑),广西师范大学出版社2002年版,第272—278页。

《惜抱轩尺牍》：开启姚鼐与乾嘉时期桐城派研究的管钥*

卢 坡

摘 要：姚鼐生前自编文集，尺牍一体随手弃去，存留不多。因陈用光、姚师古、徐宗亮、倪道杰等接续搜集、编刻，遂使得姚鼐尺牍流传至今。《惜抱轩尺牍》是考订姚鼐及友人生平交游的重要资料，也为解读姚鼐诗文提供必要参考。尺牍还成为姚鼐开展学术论争和文学批评的重要载体。姚鼐师友门人的尺牍交往推动了乾嘉时期桐城派群体的形成。

关键词：姚鼐　尺牍　乾嘉　桐城派

尺牍亦称信札、书信，既是一种用于交流思想、传递情感的载体，又是涉及社会生活面较广的一种文体。清代尺牍存量远超前代，又以内容丰富、学术价值高为其显著特点。姚鼐为乾嘉时期著名学者、代表作家，交游广泛，与师友门人尺牍往来频繁。有研究者指出："此书（《惜抱轩尺牍》）是研究姚鼐生平思想和交游的重要材料，学术价值极高。"①目前学界对姚鼐尺牍的存量并无细致考察，通常是征引其中数条言论以为佐证，而缺少对其整体研究。笔者将累年搜集、研读姚鼐尺牍所得撰成此文，以就正方家。

一、《惜抱轩尺牍》的编辑、刊刻与流传

姚鼐生前曾多次刊刻、补刻诗文集，《九经说》《三传补注》等，《今体诗钞》亦于嘉庆三年（1798）付梓金陵，《古文辞类纂》则终因卷帙浩繁谋刻未成，仅以抄本流传。唯尺牍一类，姚鼐存留不多。据姚鼐弟子陈用光《惜抱轩尺牍序》可知，"先生自定其文极严，寻常应

---

* 本文系安徽省哲学社会科学规划后期资助项目"姚鼐信札辑存编年校释"（AHSKHQ2019D007）阶段性成果。
① 王达敏著：《姚鼐与乾嘉学派》，学苑出版社2007年版，第218页。

酬之作，虽他文皆弃去，其尺牍皆无存焉者。用光自侍函丈以来二十余年中，凡与用光者皆藏弆而潢治之为十册，因更访求之与先生有交游之谊者，写录成帙，而先生幼子雉及门人管同复各有录本，余皆录得之，乃成八卷"①。实际上，除陈用光所编《惜抱轩尺牍》，姚鼐尺牍尚存留不少，今对其编辑、刊刻等情况略做考订。

1.《惜抱先生书信》2卷。此部分书信见录于姚鼐文集中，即《惜抱轩文集》卷六、《惜抱轩文集后集》卷三中收录的书信，共计23篇。《惜抱轩文集》16卷为姚鼐手定，初刊于嘉庆五年冬或六年初。《惜抱轩文集后集》10卷为姚鼐卒后梅曾亮等裒集②，有嘉庆刻本。同治五年（1866）省心阁刻《惜抱轩全集》本，《文集》《后集》并录其中，此后又有光绪九年（1883）徐宗亮刻本等，流传颇广。就对象而言，此部分书信交往者有陈奉兹、袁枚、翁方纲、秦瀛、鲁九皋、王芑孙、孔广森、刘开、姚椿、吴德旋等，有地方大员，亦有文坛领袖，更多的是从其学的门人；就内容而言，此部分书信颇能看出姚鼐的出处立场、学术宗向及文学主张；就形式而言，此部分书信写得较为正式，篇幅较长，论题集中。因编入文集无单行本，故名曰"书信"，以示与随手短札不同。

2.《惜抱轩尺牍》8卷。姚鼐弟子陈用光编定，共收姚鼐尺牍300封。《惜抱轩尺牍》最早的刊本由陈用光编辑、陈氏学生郭汝骢刊刻于道光三年（1823）。后杨以增延请高伯平重为校勘，手写上版，"字体浑穆，使此书益可钦玩"，杨氏刊本内封牌记"咸丰五年九月刊成"，书口镌"海源阁"，故称"咸丰刻本"或"海源阁本"。此后又有长沙本，"顾皆依用陈编，别无增辑"。盖因《惜抱轩尺牍》能示学人以门径，此书翻刻极广，光绪三十四年，广智书局以铅字排印；宣统元年（1909），文明书局将此书与《尤西堂尺牍》《方望溪尺牍》三种合刊；宣统二年，国学扶轮社刊印；民国十六年（1927），新文化书社刊印，加以标点，但内容有所减少，亦无陈用光序及郭氏跋语。

陈用光编定《惜抱轩尺牍》主要依靠姚鼐与其手札108通，此外又"因更访求之与先生有交游之谊者"，才成此8卷尺牍。民国二十五年，随着珂罗版技术的推广，商务印书馆刊出陈用光辑、孙陛甫收藏的《惜抱轩手札》，此为陈氏所藏姚鼐尺牍原貌的直接影印，具有较高的版本乃至书法美学价值。将《惜抱轩手札》与《惜抱轩尺牍》刊本对比，得姚鼐佚文一篇，异文百余处，手札所存作书时间对考订姚鼐生平尤有助益③。

3.《惜抱轩尺牍补编》2卷。《补编》共收姚鼐尺牍112封，桐城徐宗亮刊刻于光绪五

---

① 严云绶、施立业、江小角主编：《桐城派名家文集③陈用光集》，安徽教育出版社2014年版，第89页。
② 姚永朴《先世遗书》称："惜抱公集，新城陈氏初刻，但有《前集》。其《文后集》，为梅伯言所编。"见姚永朴著，张仁寿校注：《旧闻随笔》，黄山书社2011年版，第212页。
③ 具体可看卢坡：《陈用光藏姚鼐手札考释》，见《古籍研究》总第69卷，凤凰出版社2019年版，第246—265页。

年,前有李鸿章序,后有徐宗亮跋。经比对,徐氏《补编》是陈氏所编《惜抱轩尺牍》之外,姚鼐信札的又一汇总。据徐宗亮跋语可知,这批信札是汇集了马宗琏(姚鼐外甥)、马起升(马其昶父)所藏姚鼐手札而成。不幸的是,这批手札毁于兵燹之中,后由徐宗亮辗转抄撮而成。观其编排,徐氏以年辈先后为序,故首列《上礼亲王》书,而以家书中《与师古儿》殿后。

4.《惜抱轩尺牍补遗》1卷。《补遗》共收录姚鼐与吴定尺牍9封①。这批信札后为张镜菡收藏,张玮校刊。安徽省图书馆所藏《惜抱轩尺牍补遗》为手抄本,楷书,半页7行,行19字。此书流传不广,为考订姚鼐与吴定关系提供重要参考。

5.《姚惜抱先生家书》1卷。《家书》收录姚鼐与其兄、弟、妹及诸儿等家书25封②。这批家书辗转为倪道杰所得。其前有管同等人题首,其后有倪道杰所作跋语。这批姚鼐手札,在管同题识后,又有邓廷桢等27人题识,时间则从道光九年延续至民国二十五年。此卷家书为沈云龙主编《近代中国史料丛刊》收录,因为手札直接影印,或行或草,殊不易辨识,尚未为学界使用,其价值有待进一步挖掘。

6.《惜抱轩尺牍续补》1卷。《续补》收录姚鼐尺牍13封,由笔者搜集汇编而成。其中包括与王文治(梦楼)2封③,与刘台拱(端临)3封④,与祝德麟(芷塘)1封⑤,与何道冲(砚农)、道生(兰士)兄弟2封⑥,与王凤生(竹屿)1封⑦,与林衍源(仲骞)1封⑧,与袁树(香亭)1封⑨,与陈松(秋麓)1封⑩,与张士元(翰宣)1首⑪。这批信札虽然不多,却较为珍贵,可补姚鼐生平交游情况。其中《与袁香亭》《与王竹屿》可以看出姚鼐与袁枚周边亲友的关系,《与何砚农兰士》能展示姚鼐与灵石两渡何家两代人的情谊,《复林仲骞书》能够反映出姚鼐对"躬行为己"与"义理、考据、辞章"三者关系的认识。

---

① 易向军主编《安徽省图书馆藏桐城派书目解题》称《惜抱轩尺牍补遗》"收《与吴殿麟》书信八篇",实则漏数一篇。具体可参看卢坡:《姚鼐尺牍辑补》,《古籍整理研究学刊》,2019年第2期。
② 管同等所见《家书》为二卷60封,盖其余35封家书因年久丢失。
③ 此两札见刘奕点校:《王文治诗文集》,人民文学出版社2012年版,第7页。
④ 黄湛《国图藏〈清芬外集〉所收乾嘉学人致刘台拱书信考论》一文(《文献》2020年第2期)收录姚鼐与刘台拱书信2封,笔者又从刘文兴撰《刘端临先生年谱》中发现姚鼐与刘台拱书信1封。
⑤ 此手札见李志纲、刘凯主编:《袁氏藏明清名人尺牍》,文物出版社2016年版,第602页。
⑥ 此手札见陈烈主编:《小莽苍苍斋藏清代学者书札》,人民文学出版社2013年版,第195页。
⑦ 此手札见赵一生、王翼奇主编:《香书轩秘藏名人书翰》,浙江古籍出版社2005年版,第70页。
⑧ 此手札藏安徽省博物馆,安徽教育出版社2001年出版的吴孟复《桐城文派述论》前双环有此书影印件。
⑨ 此手札藏上海图书馆,《书法》2014年第10期有影印件。
⑩ 此手札见《惜抱轩手札》,沈云龙主编:《近代中国史料丛刊第六十辑》,台北文海出版社1973年版,第184页。
⑪ 此札为张士元《嘉树山房集》所附录。

据上考订,姚鼐存世尺牍 15 卷 482 封①,这批尺牍为姚鼐生平交往、学术论争及文学创作研究提供了一手资料,弥足珍贵。需要说明的是,与姚鼐弃去不存的态度相反,后人对载有姚鼐只言片语的尺牍视为珍宝。这除了尺牍内容上以"论学及为文之宗旨为多",姚鼐精美高妙的书法艺术亦为此批尺牍增色不少。

二、考订姚鼐及友人生平交游的重要史料

姚鼐尺牍为其生平交往研究提供了重要的一手资料。如关于姚鼐辞官的问题,学界研究较为充分,又众说不一②,而对姚鼐辞官后的心境及辞官行为的反思则关注不够。姚鼐《复张君书》论君子出处之道曰:"古之君子,仕非苟焉而已,将度其志可行于时,其道可济于众。诚可矣,虽遑遑以求得之,而不为慕利;虽因人骤进,而不为贪荣;何则?所济者大也。至其次,则守官摅论,微补于国,而道不章。又其次,则从容进退,庶免耻辱之大咎已尔。"③很显然,姚鼐是以"古之君子"的出处标准作为参照,"所济者大"已无可能,"微补于国"似也渺茫,剩下的只是"从容进退","庶免耻辱之大咎"。在揆之于心、度之于时、审之于己之后,姚鼐做出辞官的选择;当接到梁阶平相国亲信张君"谕以入都不可不速"的书信后④,姚鼐则以"夫朝为之而暮悔,不如其弗为"坚定其心⑤,大有陶渊明种豆南山、无违其愿的操守和坚持。乾隆四十三年(1778)闰六月,姚鼐继室张宜人卒于扬州,《复张君书》言"始反一年,仲弟先殒,今又丧妇",故可知此札作于乾隆四十三年。此时姚鼐已应朱孝纯之请,教授于扬州梅花书院,决心躬耕于杏坛,不愿再回朝廷为官。

关于姚鼐首次执教钟山书院的时间,学界说法不一。郑福照《姚惜抱先生年谱》定为乾隆五十五年⑥。此后,孟醒仁《桐城派三祖年谱》依郑谱定姚鼐首次执教钟山书院的时间为乾隆五十五年⑦,俞樟华、胡吉省著《桐城派编年》亦将此定在乾隆五十五年⑧。王达

---

① 《惜抱轩尺牍补编》中《与亭人兄》《与师古儿》两封尺牍,与《姚惜抱先生家书》中的两封重收,文字略有不同。另外,此显然并非姚鼐实际所作手札数量,仍有部分手札散落,以待搜集。
② 具体可参看王达敏《论姚鼐与四库馆内汉宋之争》(《北京大学学报》2006 年第 5 期)、周中明《姚鼐中年主动辞官的原因辨析》(《姚鼐研究》第八章,安徽大学出版社 2013 年版,第 297—316 页)、李柱梁《姚鼐辞官原因新探》(《安徽师范大学学报》(人文社会科学版)2010 年第 3 期)等。
③ 姚鼐著,刘季高标校:《惜抱轩诗文集》,上海古籍出版社 1992 年版,第 86 页。
④ 姚莹《朝议大夫刑部郎中加四品衔从祖惜抱先生行状》载:"梁阶平相国属所亲语先生曰:若出,吾当特荐先生。"见《桐城派名家文集⑥姚莹集》,第 89 页。
⑤ 《惜抱轩诗文集》,第 86 页。
⑥ 郑福照:《姚惜抱先生年谱》,清同治七年(1868)桐城姚濬昌刻本。
⑦ 孟醒仁著:《桐城派三祖年谱》,安徽大学出版社 2003 年版,第 196 页。
⑧ 俞樟华、胡吉省著:《桐城派编年》,人民文学出版社 2015 年版,第 285 页。

敏利用姚鼐《与汪稼门》信中"弟本居皖中,去秋因遘遭闵恤,乃辞去省城。今岁为新安守延主紫阳,秋初归里。昨章淮树观察语以闵抚台有邀主钟山之意。弟颇畏歊中山险。若明岁来江宁,于情较便。设闵公论及,可以鄙意允就告耳"等语,佐以其他资料,考证出"乾隆五十四年(1789)三月,姚鼐已在江宁"①。这即是利用尺牍解决姚鼐生平重要问题。笔者翻检《姚惜抱先生家书》,《与八弟》的信札中有"我明年定于钟山书院,三月初去,吾弟馆地想尚安贴"等语②,此札后标"戊申"二字,故可知此札作于乾隆五十三年。由此即可确定乾隆五十四年三月中下旬,姚鼐已至江宁钟山书院。

尺牍不仅能为姚鼐生平考订提供第一手资料,亦可为姚鼐友人生平考证提供参考。如吴贻咏,乾隆五十八年会元,关于其生卒年一直未有定说③。姚鼐《与吴敦如》尺牍言:"此时已奉灵輀登舟不?想过石头时,可申一奠,兹先奉唁,或尚未行也。鼐去冬寄礼邸启并传文,已至都未?"④据笔者考证,吴敦如即吴贻咏之子吴赓枚⑤。如此,知此信所作时间即可确定吴贻咏卒年。尺牍中言"鼐去冬寄礼邸启并传文",此"礼邸启"即姚鼐《上礼亲王书》,"传文"即姚鼐所作《礼恭亲王家传》。据《清史稿》《礼恭亲王家传》等材料可知,此礼恭亲王为永恩,卒于嘉庆十年(1805),姚鼐于嘉庆十一年始作成《礼恭亲王家传》⑥。此札言"去冬"寄传文,则知此札作于嘉庆十二年。故可知吴贻咏卒于是年⑦。

陈用光编辑《惜抱轩尺牍》时有以类相从之意,如第三卷卷首,陈用光加按语道:"此卷皆同里故旧及后进。"其中吴惠连(贻咏)为吴敦如(赓枚)之父,吴敦如为吴子方(孙珽)之父,可见姚鼐与吴氏祖孙三代皆有交往。又如第四卷,陈用光道:"此卷皆门人。"其中录有《与何季甄》4首,《与何砚农兰士》1首⑧,何季甄(思钧)为何砚农(道冲)、何兰士(道生)之父,由此则可知姚鼐与山西灵石两渡何氏交情颇深。除麻溪吴氏、灵石何氏,姚鼐与辽东朱孝纯、朱尔赓额父子,曲阜孔继涑、孔广森叔侄,新城陈守诒、陈用光父子等,皆有尺牍往来,这对于了解姚鼐生平交往颇为重要。

《姚惜抱先生家书》很少被学界提及,更少利用者。管同题此书道:"先生自在京至告

---

① 《姚鼐与乾嘉学派》,第198页。
② 《近代中国史料丛刊第六十辑·姚惜抱先生家书》,第15—16页。
③ 江庆柏《清代人物生卒年表》据《清代官员履历档案全编》定其生于乾隆八年(1743),卒年不可知。
④ 姚鼐:《惜抱轩尺牍》卷三,清道光三年(1823)刻本。后文所引尺牍内容,均源于此刻本。
⑤ 吴赓枚字登虞,"登虞""敦如"桐城方言读音相近。姚鼐与吴敦如尺牍存7封,所载事迹与姚莹《春麓先生传》所记吴赓枚生平合辙。又,《清人室名别称字号索引》不载吴赓枚另有"敦如"字,据此可补。
⑥ 此据《桐城派三祖年谱》,第229页。
⑦ 吴贻咏生于乾隆元年(1736),具体考证见拙文《乾隆五十八年会元吴贻咏生卒年考》,《江海学刊》2019年第4期。
⑧ 道光三年本《惜抱轩尺牍》《与何季甄》后即《与何砚农兰士》,咸丰五年海源阁本则在两者之间加入《与孔某》《与周东屏》《与周希甫》,显然道光三年本凸显了陈用光以类相从之意,而海源阁本则无此见识。

归以终五十余年,仕宦之进退,丧祭之措置,姻亲之任恤,以至米盐之鳞杂琐细,言家事者粗具此。"①关于"姻亲之任恤",其《与观儿》书叮嘱道:"寄来白银两锭……十二姑夏布褂可急为赎来。"②《与四妹》家书道:"今寄来火腿一只,妹可查收。又公中那我白银九两七钱……四妹取五两,三两与元姑,余一两七钱与十二姑,略以赎冬衣也。我今年受衡儿之累,手头甚窘,故无银多寄。"③嘉庆十八年,姚景衡署江都知县,但仅两月即卸事,"反有数千金之身累,盖此邑兑漕例须赔累"④,此即姚鼐所言"受衡儿之累"。由此可知,姚鼐《与四妹》书作于嘉庆十八年,此时姚鼐已83岁。正是为生活所迫,83岁高龄的姚鼐继续执教钟山书院,坐馆授徒。设若姚鼐家资丰饶,广有田宅,出京即归老乡里,颐养天年,而非辗转东南多地设帐授徒,恐怕只是桐城多了一位乡绅,文学史上则少了集大成的姚鼐,甚至连桐城派都无从谈起。

三、解读姚鼐诗文创作必要的辅助资料

姚鼐尺牍虽有兼及家人琐事者,至与朋友学徒,则以论学及为文宗旨为多。其中有些尺牍对了解姚鼐的诗文创作有一定的助益。如姚鼐《与陈硕士》言:"鼐又为随园作志。此老身后,大为杭州人所诋,至有规鼐不当与作志者。鼐谓设余生康熙间,为朱锡鬯、毛大可作志,君许之乎?其人曰'是固宜也'。余谓随园虽不免有遗行,然正是朱、毛一例耳。其文采风流有可取,亦何害于作志?第不得述其恶转以为美耳。"这封书信交代袁枚去世后被诋毁的情形,这是《袁随园君墓志铭并序》创作的背景;"第不得述其恶转以为美",则表明姚鼐不虚美不隐恶的创作态度。翻阅《袁随园君墓志铭并序》,其言:"于为诗尤纵才力所至,世人心所欲出不能达者,悉为达之。士多效其体,故《随园诗文集》,上自朝廷公卿,下至市井负贩,皆知贵重之。海外琉球,有来求其书者。君仕虽不显,而世谓百余年来,极山林之乐,获文章之名,盖未有及君也。"⑤这段文字突出了袁枚的诗才,以及袁枚诗歌在当时广为流传的情况。诗歌本为文人雅士之作,而袁枚之诗却播之人口,甚至"市井负贩"之徒"皆知贵重",此正凸显袁枚诗歌"通俗"的特点。实际上,姚鼐对袁枚诗歌显豁、通俗等特点是有所不满的,以为诗家恶派。而"极山林之乐,获文章之名",又可以与"锦灯耽宴

---

① 《近代中国史料丛刊第六十辑·姚惜抱先生家书》,第53—54页。
② 《近代中国史料丛刊第六十辑·姚惜抱先生家书》,第23—24页。
③ 《近代中国史料丛刊第六十辑·姚惜抱先生家书》,第17页。
④ 姚鼐:《与石甫侄孙》,见《惜抱轩尺牍》卷五。
⑤ 《惜抱轩诗文集》,第202页。

韩熙载,红粉惊狂杜牧之"等句对读①,写出了袁枚的"风流宏长"。姚鼐认为创作态度要"敬",批评态度要"恕",但这要在尊重事实的基础上展开,即尺牍所言"第不得述其恶转以为美耳"。通过对姚鼐尺牍的解读,我们了解到《袁随园君墓志铭并序》创作的来龙去脉,也可知晓姚鼐墓志之作兼有"文德"与"史笔"的特点。

姚鼐久居江宁,与江南文士交往颇多,其中有不少文章知己,王芑孙即为其中之一。姚鼐《与陈硕士》尺牍言:"顷见吴中王铁夫集中有《跋惜抱集》一篇,此君乃未识面之人,而承其推许,使人有知己之感。其论鄙作所最许者序事之文,甚爱《朱竹君传》,而不甚喜考证之作。"此札作于嘉庆十一年,姚鼐与王芑孙虽已神交却未面识。今从王氏《渊雅堂全集》中寻得《书惜抱轩文集》一篇,其中有言:"予间从他处见桐城姚郎中姬传所为志铭杂文,虽不多,苟一见,必把读五六遍不能去手。因思睹其全集,访之士大夫间不获也。久之,始传得所刻《惜抱轩集》者,观之其文,简澹而清深,翛然有得于性情之际。其于古人若明清盏酒之况而成味焉,不独能载其乡先生之流风余绪也。……尔所谓《惜抱轩集》十卷,前三卷亦多考订家言。自记序以后,文始惊绝,《朱竹君》一传,尤有史笔。"②王芑孙首言喜读姚鼐之文,又以"简澹而清深,翛然有得于性情之际"等概括姚鼐文章的特色和成就,颇具眼光。后面言其不喜考订之作,又特别挑出《朱竹君先生传》一篇,以为此篇"尤有史笔"。

《朱竹君先生传》系姚鼐为朱筠所作传文。此文先概论朱筠的名字、籍贯及仕途履历,此为传记文应有之体。朱筠奏请开四库馆为朱氏生平大事,应当浓墨重彩。此部分,姚鼐围绕朱氏与刘文正公(统勋)、于文襄公(敏中)的交往,写出朱氏的性格特点。朱筠先是为刘统勋所知,但在开四库馆修书一事上,又有不同看法,朱氏并不因刘统勋的知遇之恩而言听计从,反而在于敏中的支持下据理力争;四库馆开,朱氏却不拜谒于敏中,"时以持馆中事与意迕",以至于敏中"大憾"。通过这段描写,一位不阿私情的耿介之士呼之欲出。此后,姚鼐重点写朱筠与亲朋生徒的交往,"称述人善,惟恐不至,即有过,辄覆掩之,后进之士,多因以得名","为学政时,遇诸生贤者,与言论若同辈,劝人为学先识字,语意谆勤,去而人爱思之"③,都可以看出朱筠诚恳待友、提携后进的品格特点。这与前一段正形成鲜明对比,朱筠不媚于上、爱护于下的性格特点得到充分展现。姚鼐传记文继承了方苞所谓"常事不书"的原则④,写人物常择取其生平大节,最能表现人物性格特点的地方书写,

---

① 《惜抱轩诗文集》,第607页。
② 王芑孙:《渊雅堂全集·惕甫未定稿》卷二三,清嘉庆刻本。
③ 《惜抱轩诗文集》,第142页。
④ 方苞:《书汉书霍光传后》,见方苞著,刘季高校点:《方苞集》,上海古籍出版社2009年版,第62页。

此或即王芑孙所激赏的"尤有史笔"之所在。至于王氏所概括的"简澹而清深",《朱竹君先生传》中亦有表现。如通过日常琐事的描写,"室中自晨至夕,未尝无客。与客饮酒谈笑穷日夜,而博学强识不衰,时于其间属文"等,则为读者画出朱筠的另一面相。至于最后一句"余间至山中崖谷,辄遇先生题名,为想见之焉",尤显文风纡徐深婉,一唱三叹,耐人寻味,从中正可以领略姚鼐文章神韵之所在。或许正是王芑孙"尤有史笔"的评价深中姚鼐之怀,此文被编为《惜抱轩文集》卷十传记类第一篇。实际上,几乎姚鼐每一篇墓志铭创作的背后都有一至两封尺牍为此文作解说,如将这些辅助的解释说明弃去不观,这无疑是不利于姚鼐诗文解读的。

四、展开学术论争和文学批评的重要载体

郭汝骢在跋《惜抱轩尺牍》中言:"汝骢己卯应京兆试,试卷为陈石士夫子所荐。因谒夫子,得读先生集。尝自愧谫劣,未能涉其涯涘也。夫子复以先生尺牍见示,谓汝骢曰:'此虽随手简牍,而其中论学论文语,开发学者神智,视归震川尺牍有过之无不及也。学者苟能由是而悟于学,则不啻亲炙先生之謦欬矣。'"陈用光向郭氏推荐姚鼐尺牍,即希望其中论学论文之语能开发学者神智。郭汝骢受而读之,"日夕不能释手,遂请于夫子,付诸剞劂",这才有了《惜抱轩尺牍》刻本行世。

因学术取向不同,学人间时有论争,而尺牍则成为论争的载体。虽曰姚鼐"有儒者气象","与人言终日不忤"[①],但还是存留不少与人论争的尺牍。姚鼐尺牍直接论辩的对象有袁枚、翁方纲、钱大昕、凌廷堪、张聪咸等。其中姚鼐与钱大昕关于"秦分天下为三十六郡"的论辩较有意味。最初,姚鼐并未与钱大昕直接论辩,牵起这场论争话题的是谈泰。谈泰先是以钱大昕说秦三十六郡事向姚鼐请教,又以姚鼐复书向钱大昕请教。钱大昕虽在秦置郡县数量上与姚鼐有不同看法,但毕竟没有直接通信论辩,其中原因之一当是没有看到对方的著作,而仅仅依凭谈泰的传言,而传言毕竟不可靠。当钱大昕在陈用光处看到姚鼐所著之书,即作《与姚姬传书》与姚鼐论辩。钱大昕长于史学,姚鼐亦曾言"近时史学,无过钱辛楣",可见其对钱大昕史学成就的推重,但紧接着又言"吾有所辨论,殆足俪之"[②]。姚鼐虽拜戴震为师不成,但受戴震影响,研治地理之学。除《郡县考》,姚鼐文集中尚有《项羽王九郡考》《汉庐江九江二郡沿革考》,《惜抱轩笔记》《九经说》中亦有一些关于

---

① 《桐城派名家文集⑥姚莹集》,第91页。
② 姚鼐:《与陈硕士》,见《惜抱轩尺牍》卷六。

舆地之学的讨论。其在《泰山道里记序》中言:"余尝病天下地志谬误,非特妄引古记,至纪今时山川道里远近方向,率与实舛,令人愤叹。"①足见姚鼐确实用心舆地之学。我们于此不对姚鼐与钱大昕所论孰是孰非做评论②,但从钱大昕书信所言"先生当代宗师,一言之出,当为后世征信,敢献所疑,幸明以示我"来看③,钱氏对自己的学问颇为自信,并希望就此问题继续讨论下去。姚鼐则没有就此问题继续与钱大昕展开探讨,其在《与陈硕士》尺牍中说明桂林四郡置革后,又言:"鼐尝谓辨论是非,当举其于世甚有关系不容不辨者。若此数郡,所论不过建置前后之异耳。得亦何足道,不得亦何足道?于世事之治乱,伦类之当从违,夫岂有所涉哉?庄子云'有争气者,勿与辨也',鼐于辛楣先生处,已不更作复,聊与吾石士言之耳。"笔者认为,姚鼐此论并非仅仅对弟子有所交代,更多的是从根本上否定这些于世无益的话题,"得亦何足道,不得亦何足道",即话题本身意义并不大,更不愿与他人争气。姚鼐虽受考据学的影响,但并非汉学家,在"汉宋之争"这一话题中,始终为宋学左袒者。《惜抱轩尺牍》中,以为汉学家"偏徇而不论理之是非,琐碎而不识事之大小,哓哓聒聒,道听途说,正使人厌恶耳"。这显然不是针对某一汉学家,而是以为整个汉学阵营在治学方法上陷入了"搜残举碎"的泥淖,甚至以为玩物丧志,这是从根本上否定汉学家无益于"吾身心"的治学之道。

姚鼐以治古诗文名于世,谈文论艺之语颇多。其镕铸唐宋的诗学宗旨,讲求神、理、气、味、格、律、声、色兼具的为文之道等,既见诸诗文集所论,又为《今体诗钞》《古文辞类纂》等选本所体现。但尺牍所论则颇直接、大胆,少隐藏、修饰。如姚鼐《与鲍双五》尺牍所言:"镕铸唐宋,则固是仆平生论诗宗旨耳。"这是非常明确地指出自己的诗学观点。姚鼐又曾于尺牍中言"吾断谓樊榭、简斋皆诗家之恶派"。厉鹗搜奇嗜博,钩深摘异,为诗精深峭洁,不易解索;袁枚则务求平易,以走夫贩卒能解为尚。这两种极端皆不为姚鼐所取。姚鼐在此札中又说"此论出必大为世怨怒",但又坚持"理不可易"。可见,正是在尺牍这种具有对象性和私密性的文体中,姚鼐能明确提出自己的真实观点,直指他人得失,而少有顾忌。尺牍这种文体所披露的人事关系、文学见解等,常常是不见正史记载或公开说明的,往往寥寥数行,便抵得千言万语。此外,姚鼐不少书信是写给弟子的,故时有"鸳鸯绣了从教看",又把金针度与人之举。比如姚鼐认为要想达到古人文章的境界,需要"途辙

---

① 《惜抱轩诗文集》,第253页。
② 关于此问题,今人亦有讨论,如辛德勇《秦始皇三十六郡考》(《文史》2006年第1期)对秦"分天下为三十六郡"考证甚详。此问题,尚可参考谭其骧发表于1933年的《汉百三郡国建置之始考》等。就今天关于秦置郡县的研究成果看,姚鼐的说法有不足之处,钱大昕的观点亦值得商榷,如以钱大昕所论驳斥姚鼐所论,正可谓五十步笑百步。实际上他们的研究都是接近历史真相的"中间物"。
③ 陈文和主编:《嘉定钱大昕全集》第9册,江苏古籍出版社1997年版,第602页。

正",又要"用功深久"。这就需要模仿古人,"须专模拟一家,已得似后,再易一家,如是数番之后,自能镕铸古人,自成一体"①。姚鼐正是从模仿明七子入手,卒能兼具唐宋诗美。至于实际创作阶段,姚鼐指出"大抵好文字,亦须待好题目然后发,积学用功,以俟一旦兴会精神之至"②。在姚鼐看来,设若题中本无话可说,又如何成就一篇好文章?这显然亦是源自其创作实践的甘苦之言。有了好题目即有了好的"命意",但姚鼐以为"命意""立格""行气""遣词"缺一不可,又需要"理充于中""声振于外"。姚鼐对于诗文的"声"是非常重视的,如在与学生的尺牍中言"诗古文各要从声音证入,不知声音,总为门外汉耳"③。"文章之精妙,不出字句声色之间,舍此便无可窥寻矣"④。此言诗文一例,以诗为文。"学古文者,必要放声疾读,又缓读,只久自悟。若但能默看,即终身作外行也。"⑤又言"急读以求体势,缓读以求神味。得彼之长,悟吾之短,自有进也"⑥。这是因声求气,以气摄意,此皆为桐城派文法精义。

五、尺牍交往与乾嘉时期桐城派群体的形成

乾嘉时期,名家辈出,姚鼐在当时诗名并不甚高,《乾嘉诗坛点将录》中以沈德潜为"托塔天王"、袁枚为"及时雨",而仅以"混江龙"属姚鼐⑦。曾国藩在《欧阳生文集序》中感叹道:"(姚鼐)当时孤立无助,传之五六十年。近世学子稍稍诵其文,承用其说。道之兴废,亦各有时,其命也欤哉!"⑧姚鼐的孤立无助与当时四库馆汉宋之争、汉学大兴等学术风气相关。退出四库馆的姚鼐,则借助书院聚拢了一批追随者。乾隆四十二年春,姚鼐首次主讲扬州梅花书院,嘉庆二十年秋,姚氏病逝江宁钟山书院,三十八年间,姚鼐辗转多处书院,致力于"传道授业解惑"和精研诗文。姚莹称:"有来问,则竭意告之,喜导人善,汲引才俊如恐不及,以是人益乐就而悦服。"⑨书院成为姚鼐为弟子传道授业解惑之所,扬州梅花书院、安庆敬敷书院、歙县紫阳书院,特别是南京钟山书院,聚集了一批青年才俊,这为桐城派的进一步发展和传布积聚了人才。但是因为谋生等原因,包括姚门四杰等众多弟子,

---

① 姚鼐:《与伯昂从侄孙》,见《惜抱轩尺牍》卷八。
② 姚鼐:《与陈硕士》,见《惜抱轩尺牍》卷六。
③ 姚鼐:《与陈硕士》,见《惜抱轩尺牍》卷六。
④ 姚鼐:《与伯昂从侄孙》,见《惜抱轩尺牍》卷八。
⑤ 姚鼐:《与陈硕士》,见《惜抱轩尺牍》卷六。
⑥ 姚鼐:《与陈硕士》,见《惜抱轩尺牍》卷六。
⑦ 舒位:《乾嘉诗坛点将录》,清光绪丁未(1907)九月长沙叶氏刊本。
⑧ 曾国藩著:《曾国藩全集》(修订版)第十四册,岳麓书社2011年版,第204页。
⑨ 姚莹:《朝议大夫刑部郎中加四品衔从祖惜抱先生行状》,见《桐城派名家文集⑥姚莹集》,第91页。

与姚鼐聚少离多，尺牍则成为师徒之间联系的载体。姚鼐与弟子的尺牍，打破了书院教育的时空限制，延展了师徒授受的时空范围，保留了师徒谈文论艺的内容，承载了姚鼐对弟子的鼓励和期许。除了尺牍所论内容的精到，姚鼐在尺牍中所表露的期许心理和鼓励态度亦着实感人，如《与管异之同》言："诗文皆已评阅，兹寄还，以三隅反，贤必能之矣。年谊疏而师生重，以后书札，勿以年谊称也。吾所著未刻者难钞寄，已刻而贤未得者，可指明以便觅寄。""寄来文十篇，阅之极令人欣快。若以才气论，此时殆未有出贤右者。勉力绩学，成就为国一人物也。贤今岁必是专于文大用功，故文进而诗退。有文若此，何必能诗哉？况后尚未可量耶？诸文体格已成就，足发其才，所望学充力厚，则光焰十倍矣。智过于师，乃堪传法，须立志跨越老夫，乃为豪杰耳。"虽非晤面，胜于言谈，期许之情，溢于字表。从姚鼐与陈用光、管同等尺牍观之，姚氏真可谓学生的良师益友，这无疑有利于聚拢一批好学之士。

姚鼐不但以自己的诗文创作为追随者提供学习范本，还以尺牍的形式提出论文、论学见解，时时加以引导，唱和切磋，结成论文、论学相近的群体。陈用光、姚莹、管同、方东树、刘开、梅曾亮、毛岳生、吴德旋、李兆洛、郭麐、邓廷桢、康绍镛、钱泋、秦瀛、姚景衡、姚柬之、姚元之、张聪咸、胡虔、马宗琏、光聪谐等一大批青年才俊以尺牍从姚鼐问学，姚鼐则择善而教，循循善诱，不厌不止。姚鼐还有意引导门人之间的往来，如令陈用光拜鲍桂星于京城，又荐管同入鲍桂星幕府；及陈用光出仕，姚鼐又时常向陈用光言及方东树、刘开、姚莹等读书、作馆情况，管同更是因陈用光典试江南而中试。姚门弟子则又各以所学，传之乡里，授以门徒。正如曾国藩《欧阳生文集序》所概述："姚先生晚而主钟山书院讲席，门下著籍者，上元有管同异之、梅曾亮伯言，桐城有方东树植之、姚莹石甫。四人者，称为高第弟子。各以所得，传授徒友，往往不绝。……其不列弟子籍，同时服膺，有新城鲁仕骥絜非、宜兴吴德旋仲伦。絜非之甥为陈用光硕士。硕士既师其舅，又亲受业姚先生之门。乡人化之，多好文章。硕士之群从，有陈学受艺叔、陈溥广敷，而南丰又有吴嘉宾子序，皆承絜非之风，私淑于姚先生。由是江西建昌有桐城之学。仲伦与永福吕璜月沧交友，月沧之乡人有临桂朱琦伯韩、龙启瑞翰臣、马平王锡振定甫，皆步趋吴氏、吕氏，而益求广其术于梅伯言。由是桐城宗派流衍于广西矣。"①曾国藩简洁地概括出姚鼐之后桐城派的传布情况，即安徽有桐城之学，江西有桐城之学，广西有桐城之学，后面又说湖南有桐城之学，甚至认为"举天下之美，无以易乎桐城姚氏者也"。桐城派之所以能够影响遍及东南，很大程度上是上述姚门弟子及再传弟子鼓吹和推动的结果，姚鼐居于中心，姚门弟子及再传弟子

---

① 《曾国藩全集》(修订版)第十四册，第204页。

相互阐发应和,相互帮扶提携,累土成九层之塔、毫末成合抱之树,待学术风气转变,桐城派终于成为全国有影响力的文学流派。

有文献证明,曾国藩是由《惜抱轩尺牍》而识"上池源头",又与梅曾亮游,"乃得益进"。姚永朴即言:"(戴钧衡)先生得乡举北上,曾文正公询古文法,先生以《惜抱轩尺牍》授之,文正由是精研文事。"①除了得益于古文之教,通过对《惜抱轩尺牍》的揣摩学习,曾国藩对姚鼐尺牍交往对象当较为熟悉,这才有其《欧阳生文集序》中关于桐城派传布的精确概括。曾国藩这段话的重要性在于,他不仅为我们描述出桐城派由弱到强、由小到大、由地方文学流派到子弟遍布东南乃至影响遍及全国的文学流派这一发展过程,更揭示了姚鼐及姚门弟子在这一过程中的坚守和努力。这些又都为姚鼐及师友门人的尺牍所记载。

今天,我们研究桐城派,应该给予姚鼐及其弟子以充分的重视,对乾嘉时期桐城派给予特别的关注,因为这是桐城派所以能够立派、所以能够成为全国有影响力流派的基石的关键所在。姚鼐尺牍不仅具有丰富的诗文创作和批评史料,更以其详细记载了姚鼐与子弟等的交往以及传播桐城派道统与文统的种种努力,成为桐城派研究的重要资料。从这一角度而言,《惜抱轩尺牍》诚可谓开启姚鼐与乾嘉时期桐城派研究的管钥。

(作者简介:卢坡,安徽大学文学院副教授。著有《姚鼐诗文及交游研究》等。)

---

① 《旧闻随笔》,第190页。

[词学研究]

近百年来清词研究范式的形成与发展*

陈水云

摘 要：近百年来的清词研究，大约形成了三大研究范式：以人为本位的研究范式，以文化为本位的研究范式，以文学为本位的研究范式。这三大研究范式之间，不是相互替代的关系，而是相互补充的关系，在学术理路上表现出从"人"到"文"的重要转变。

关键词：清词研究 学术范式 研究方法

在《二十世纪清词研究史》一书中，我们把 20 世纪清词研究史划分为 1904—1918 年、1919—1929 年、1930—1949 年、1950—1979 年、1980—2000 年五个时段。如果以 1919 年五四新文化运动作为清词研究的现代起点，那么从 1919 年到 2020 年刚好是 100 年的时间。这 100 年的清词研究，不但在文献整理上取得显著的成绩，而且在理论研究上也为整个词史研究开辟了一个新的领域，清词研究成为 21 世纪以来词学研究中发展最快也较为成熟的领域。过去，我们曾从历史演进的角度，对 20 世纪清词研究观念和研究方法进行了初步探索[①]，这里拟从清词研究范式的形成与发展的角度入手，进一步探讨最近一百年来清词研究的内在理路及演进轨迹[②]。

一、以人为本位的研究范式：词人、词派、词人群体

一般说来，清词发展经过了从清初顺治、康熙的百派回流，到雍正、乾隆年间浙派一家独大，再到嘉庆初年常州派崛起，并在道光以后迅猛发展，影响大江南北达百年之久。在

---

* 本文系国家社会科学基金项目"海峡两岸中华词学发展史"（18BZW080）阶段性研究成果。
① 陈水云、周云：《20 世纪清词研究的现代化进程》，《南阳师范学院学报》2005 年第 1 期。
② 据我们的理解，词学研究当包括文献、创作、理论三大知识版块，这里所说清词研究是专指创作而言，至于清词文献和清代词论研究，因为研究对象与清词创作有别，研究方法也有差异，当另文作评述。

这一历史进程中,涌现出不少总结清词创作成就的大型选本,像清初的《倚声初集》《瑶华集》《百名家词钞》,清中叶的《国朝词综》《国朝词雅》,清末的《国朝词综续编》《国朝词综补编》《箧中词》,直到民国时期的《全清词钞》《词综补遗》《清十一家词钞》《近三百年名家词选》等。这些选本大体上遵照朱彝尊编《词综》的体例,以年代为序选录了不同时期不同词人的代表作品,还附有词人小传和词作品评,较为全面地反映了词史的发展进程和词人的创作特色,这实际上是在词史意识尚未成熟的条件下建构清代词史的重要模式。

　　受这样历史传统之影响,20世纪对清代词史的建构形成了两种模式:以选代史或选评结合。像徐珂《清词选集评》、胡云翼《清代词选》、张伯驹等《清词选》、沈轶刘和富寿荪《清词菁华》、钱仲联《清词三百首》①,即是以选代史的代表;而吴梅《词学通论》、王易《词曲史》、龙榆生《中国韵文史》、汪中《清词金荃》、黄拔荆《中国词史》②等,在研究模式上则采用选评的方式构建词史,较之以选代史模式来说,它的历史意识更为显著,对后世影响也更大。相对说来,前一种模式受传统影响较大,后一种模式则具有鲜明的现代气息,值得注意的是,选评结合的词史建构模式,逐步发展,衍变为以人带史、史论结合的现代词史写作模式。

　　在上述两种模式基础上,现代词学形成了词人研究的范式。这是一种最基础的文学史研究范式,通过对不同时期词人生平、创作的系列研究,勾勒词史变迁,揭示词史发展规律。它通常是由三种形态组成,一为词人小传,二为词人评传,三为词人年谱。其中,词人小传多是从词选或方志中摘录小传缀合而成,像《蜀词人评传》《两宋词人小传》《历代两浙词人小传》即是③,清词研究方面徐兴业《清词研究》、徐珂《清代词学概论》④便采取了这样的写作模式。词人评传通常是对词人生平、思想、交游、创作的评述,较之词人小传,不但内容更全面,而且论述更充分,因此受到现代学者的推崇,像龙榆生有《清季四大词人》、刘毓有《清末四大词人》、唐圭璋有《纳兰容若评传》《蒋鹿潭评传》、黄华表有《清代词人别传》⑤等;词人年谱乃以系年方式对词人生平、家世、交游、创作全方位呈现,相对于词人评传,它更为客观真实,也更为细致周详,是词人一生活动的行年录。如张任政《纳兰容若年

---

①　徐珂选辑:《清词选集评》,商务印书馆1926年版;胡云翼编:《清代词选》,上海亚细亚书局1934年版;张伯驹、黄君坦选,黄畬笺注:《清词选》,中州书画社1982年版;沈轶刘、富寿荪选编:《清词菁华》,安徽文艺出版社1986年版;钱仲联选注:《清词三百首》,岳麓书社1992年版。

②　吴梅著:《词学通论》,商务印书馆1933年版;王易著:《词曲史》,神州国光社1932年版;龙榆生著:《中国韵文史》,商务印书馆1934年版;汪中著:《清词金荃》,学生书局1965年版;黄拔荆著:《中国词史》,福建人民出版社2003年版。

③　姜方锓编:《蜀词人评传》,成都协美公司1934年版;季灏编著:《两宋词人小传》,民治出版社1947年版;周庆云:《历代两浙词人小传》,周氏梦坡室1922年刻本。

④　徐兴业:《清词研究》,《蕙兰》1934年第3期;徐珂著:《清代词学概论》,大东书局1926年版。

⑤　龙榆生:《清季四大词人》,《暨大文学院集刊》1931年第1期;刘毓:《清末四大词人》,《国立武汉大学四川同学会会刊》1935年第2卷第1期;唐圭璋:《纳兰容若评传》,《中国学报(重庆)》1944年第1卷第3期;《蒋鹿潭评传》,《词学季刊》1933年第1卷第3期;黄华表:《清代词人别传》,《民主评论》1953年第4卷3—13期,第7卷2—6期。

谱》、戴正诚《郑叔问先生年谱》、郑炜明和陈玉莹《况周颐年谱》、朱德慈《近代词人行年考》①等。从理论上讲，这是一种传记批评方式，传承了自孟子而来的知人论世传统，强调对作品意义的把握必须从了解作者及其时代开始。这种研究方式往前发展，就成了词人专题研究，它不像传记批评，以词人生平为主，而是根据研究对象的实际，采取比较灵活的处理方式，或论其人，或评其词，或结合其人其词，探讨某一特殊的词史现象，甚至可以结合研究对象论及一个时代的词风变迁。像黄天骥《纳兰性德和他的词》、刘德鸿《清初学人第一：纳兰性德研究》、丁惠英《陈维崧及其〈湖海楼词〉研究》、苏淑芬《朱彝尊之词与词学研究》、卓清芬《纳兰性德文学研究》、刘勇刚《水云楼词研究》、周策纵《论王国维人间词》②等即是。这一研究长处在于其研究对象明确，研究内容较为全面，因而在20世纪后半期成为研究成果最丰硕的领域。但也存在只见树木不见森林的不足，看不出一个时期词史发展的整体风貌。

在词人研究之外，词派研究也是现代词学的重要方向。自从张綖倡导婉约、豪放正变两体之论起，词坛上出现了以流派作为认识唐宋词派与词史进程的理论现象。在清初高佑釲有雄放豪宕、妩媚风流、冲淡秀洁三派说；清代中叶郭麐有花间、婉约、豪放、雅正四派论，但其立派依据主要还是词风的差异；直到嘉庆道光以后，开始出现以地域性词派作为词史认识的新依据，这在晚清谭献《箧中词》、谢章铤《赌棋山庄词话》、陈廷焯《白雨斋词话》中表现得尤为突出。进入民国，地域性词派是现代学术考察词史的重要依据。徐珂说："有清一代之词，有二大派别，一浙派，一常州派，亦犹散体文之有桐城、阳湖二派也。"（《清代词学概论》第二章"派别"）张德瀛也说："本朝词亦有三变，国初朱、陈角立，有曹实庵、成容若、顾梁汾、梁棠村、李秋锦诸人以羽翼之，尽祛有明积弊，此一变也。樊榭崛起，约情敛体，世称大宗，此二变。茗柯开山采铜，创常州一派，又得恽子居、李申耆诸人以衍其绪，此三变也。"（《词征》卷六）因此，20世纪30—50年代清词流派研究是现代学术的核心议题，但在词派划分上却存有分歧，以胡适、胡云翼为代表的现代派学者立论依据是婉约、豪放二分法，而吴梅、叶恭绰、龙榆生、唐圭璋等则接受的是以地域划分词派的做法。

因为胡适、胡云翼、冯沅君等现代派学者对清词多持否定态度，故而在清词流派研究上取得突出成就的是以吴梅、叶恭绰、龙榆生、唐圭璋等为代表的传统派学者，其成果有

---

① 张任政：《纳兰性德年谱》，《国学季刊》1930年第2卷第4期；戴正诚：《郑叔问先生年谱》，《青鹤》1933年第1卷5—19期；郑炜明、陈玉莹著：《况周颐年谱》，齐鲁书社2015年版；朱德慈著：《近代词人行年考》，当代中国出版社2004年版。

② 黄天骥著：《纳兰性德和他的词》，广东人民出版社1983年版；刘德鸿著：《清初学人第一：纳兰性德研究》，中国社会科学出版社1997年版；丁惠英著：《陈维崧及其〈湖海楼词〉研究》，高雄复文书局1992年版；苏淑芬著：《朱彝尊之词与词学研究》，台北文史哲出版社1975年版；卓清芬著：《纳兰性德文学研究》，台北"国立"编译馆1999年版；刘勇刚著：《水云楼词研究》，辽宁师范大学出版社2008年版；周策纵著：《论王国维人间词》，万里图书公司1972年版。

《浙派词与常州派词》(刘宣阁)、《论常州词派》(龙榆生)、《常州词派之流变与是非》(任二北)①等。这一趋向在后来由单篇论文逐渐繁衍为格局宏大的学术论著,有《论清词》(贺光中)、《常州派词学研究》(吴宏一)、《清代词学之摄影》(叶恭绰)②等成果。20世纪60年代以来,词派研究不但是清词研究的重要领域,而且成为清词研究最有成就的领域,出现了大量以清词流派为研究对象的著作,有《明清词派史论》(姚蓉)、《柳洲词派》(金一平)、《梅里词派研究》(陈雪军)、《阳羡词派研究》(严迪昌)、《阳羡词派新论》(侯雅文)、《常州词派研究》(黄志浩)、《清代吴中词派研究》(沙先一)、《嘉道年间的常州词派》(徐枫)、《常州词派与晚清词风》(迟宝东)、《晚清四大词人研究》(刘红麟)、《清代世变与常州词派之发展》(陈慷玲)③等,沈松勤《明清之际词坛中兴史论》专设"中编"论及柳洲、云间、阳羡、浙西四派。相较词人研究而言,这些词派研究成果涉及的词人更多,内容也更为丰富,以严迪昌《阳羡词派研究》为例,它包括有词派形成的时代背景、词派的形成及其兴衰、词派的词学观及其理论建构、词派创作成就总论、阳羡词人群传论等,更能反映一个时期一个地域的词史全貌。因此,词派研究范式对于词人研究范式,既是一种补充,更是一种超越,从补充角度而言它展现了一个时期众声齐奏的局面,从超越角度而言它走出了个体,反映出词史全貌。

　　值得一提的是,从龙榆生的论文《论常州词派》,到晚近出版的黄志浩《常州词派研究》、朱德慈《常州词派通论》、陈慷玲《清代世变与常州词派之发展》等专著,常州词派一直是清代词学研究的热点话题,何以会出现这样的学术史现象?我们认为,这是因为常州词派的理论与创作特别契合现当代的审美诉求。一方面常州词派产生在清代的衰世社会,在后来发展过程中始终相伴随的是巨大的"世变",在后期出现的"词史"说、"柔厚"说、"重拙大"说,都是立足于社会现实而提出的创作主张,这些主张与20世纪以来的社会语境特别契合,经过现当代学者的进一步完善和提升,转化为符合现代审美诉求的新理念,比如吴梅的"沉郁"说、龙榆生的"诗教"说、唐圭璋的"雅婉厚亮"说等;另一方面则是现当代词坛主要作者为常州派传人,他们在思想上潜移默化地接受了常州词派的理论与主张,这些主张不但

---

① 刘宣阁:《浙派词与常州派词》,《微音》1932年第2卷第2期;龙榆生:《论常州词派》,《同声月刊》1941年第1卷第10期;任二北:《常州词派之流变与是非》,《清华中国文学会月刊》1931年第1卷第3期。

② 贺光中著:《论清词》,新加坡东方学会1958年版;吴宏一著:《常州派词学研究》,嘉新水泥文化基金会1970年版;叶恭绰:《清代词学之摄影》,《暨南校刊》1930年第67期。

③ 姚蓉著:《明清词派史论》,广西师范大学出版社2007年版;金一平著:《柳洲词派:一个独特的江南文人群体》,同济大学出版社2002年版;陈雪军著:《梅里词派研究》,上海古籍出版社2009年版;严迪昌著:《阳羡词派研究》,齐鲁书社1993年版;侯雅文著:《阳羡词派新论》,学生书局2019年版;黄志浩著:《常州词派研究》,中国社会科学出版社2008年版;沙先一著:《清代吴中词派研究》,人民文学出版社2004年版;徐枫著:《嘉道年间的常州词派》,云龙出版社2002年版;迟宝东著:《常州词派与晚清词风》,南开大学出版社2008年版;刘红麟著:《晚清四大词人研究》,湖南师范大学出版社2012年版;陈慷玲著:《清代世变与常州词派之发展》,国家出版社2012年版。

体现在他们的研究上,而且也体现在他们的教学上。经过他们培养的学术传人也必然打上常州词派的鲜明烙印,比如在吴梅影响下,任中敏撰有论文《常州词派之流变与是非》,唐圭璋《唐宋词简释》以重拙大的理论作为全书之指南,沈祖棻《宋词赏析》以比兴寄托的观念解读唐宋词等。从以上两个方面可看出,常州词派在现当代具有非常浓厚的承传色彩。

从词人到词派,清词研究越来越趋向成熟,到 20 世纪 90 年代以后又有进一步发展,开始出现新的研究范式——词人群体研究。所谓"词人群体",是指生活在同一时期,或同一地域,有一定的社会交往,相互之间有着共同的诗词活动,但审美趣味并不一定完全相同,因此形成的自觉或不自觉的文学群落。率先提出这一范式的是王兆鹏《宋南渡词人群体研究》,它倡导研究共时态的群体关系,包括群体关系和群体特征,这一范式在一定程度上弥补了词人词派研究的局限,因而得到学术界的普遍认同,并在宋元明清等领域全面开花,出现了《北宋仁宗词坛研究》(魏玮)、《元祐词坛研究》(彭国忠)、《徽宗词坛研究》(诸葛忆兵)、《南宋孝宗词坛研究》(金国正)、《南宋理宗词坛研究》(张漾文)、《南宋遗民词人研究》(丁楹)、《金代词人群体研究》(李艺)、《元初宋金遗民词人研究》(牛海蓉)、《明代词人群体和流派》(张仲谋)①等成果,在清词研究领域也有诸如《清初遗民词人群体研究》(周焕卿)、《清初贰臣词人研究》(刘萱)、《清初广陵词人群体研究》(林宛瑜)、《群体活动与清初词体复兴:以唱和为中心的考察》(张玉龙)、《顺康词坛群体步韵唱和研究》(刘东海)、《明末清初词人社集与词风嬗变》(王雨容)、《清代词社研究》(万柳)、《清代岭西词人群体研究》(李惠玲)、《南社词人研究》(汪梦川)、《晚清民国词人结社与词风演变》(袁志成)②等相关成果。

如果对这些成果进行归类分析,会发现群体研究大致包括地域词人群体、结社唱和群体、特殊身份词人群体三类,这三类群体互有交叉,不可截然分开,但从作者命名看还是各有侧重的,如地域词人群体重在地域特色,结社唱和群体重在文学活动,特殊身份群体重在词人身份。然而无论它们有怎么样的侧重,作为一种共同的研究范式也有其一致性,如词人交往活动情况,特别是结社唱和情况,群体共有的创作特征,或是群体共有的审美趣

---

① 魏玮著:《北宋仁宗词坛研究》,知识产权出版社 2016 年版;彭国忠著:《元祐词坛研究》,华东师范大学出版社 2002 年版;诸葛忆兵著:《徽宗词坛研究》,北京出版社 2001 年版;金国正著:《南宋孝宗词坛研究》,上海人民出版社 2011 年版;张漾文著:《南宋理宗词坛研究》,南开大学出版社 2014 年版;丁楹著:《南宋遗民词人研究》,凤凰出版社 2011 年版;李艺著:《金代词人群体研究》,首都师范大学出版社 2008 年版;牛海蓉著:《元初宋金遗民词人研究》,中国社会科学出版社 2007 年版;张仲谋著:《明代词人群体和流派》,生活·读书·新知三联出版社 2020 年版。

② 周焕卿著:《清初遗民词人群体研究》,上海古籍出版社 2008 年版;刘萱著:《清初贰臣词人研究》,中国社会科学出版社 2014 年版;林宛瑜著:《清初广陵词人群体研究》,文津出版社 2009 年版;张玉龙:《群体活动与清初词体复兴:以唱和为中心的考察》,香港浸会大学 2012 年度博士学位论文;刘东海著:《顺康词坛群体步韵唱和研究》,上海古籍出版社 2013 年版;王雨容著:《明末清初词人社集与词风嬗变》,贵州人民出版社 2015 年版;万柳著:《清代词社研究》,中州古籍出版社 2011 年版;李惠玲著:《清代岭西词人群体研究》,广西师范大学出版社 2015 年版;汪梦川著:《南社词人研究》,上海古籍出版社 2015 年版;袁志成著:《晚清民国词人结社与词风演变》,湖南师范大学出版社 2015 年版。

味和理论主张,都是作为群体研究范式所共同关注的内容。从这些内容来看,似乎与流派研究出入不大,其实不然,群体研究比较关注共同之点,对于词人不同身份,不同理论主张,乃至不同创作特征,取兼容并包态度,这是它与流派研究的第一个不同之处,第二个不同之处则是流派研究重视相同的审美倾向,而群体研究更重视共同的社会活动,比如共同的交游、唱和、编书等,这是他们作为一个群体存在的依据,也是清词研究的重心所在。

二、以文化为本位的研究范式:地域、家族、性别

当代著名学者蒋寅先生说:"文学史发展到明清时代,一个最大特征就是地域性特别显豁起来,对地域文学传统的意识也清晰地凸显出来。"[①]著名词学家刘扬忠先生也说过:"在词的'中兴'期——清代,词的地域性特征更加突出,甚至成了划分和识别词派的主要标志。"[②]无论是清初云间派、西泠派、柳洲派,还是中期影响较大的阳羡、浙西、常州三大派,直到晚清京师、扬州、吴中、粤西、闽中、湖湘、岭南、沪上等地出现的众多词人群体,在创作和理论上都有比较鲜明的地域性特征,他们既承继了某一地域的固有传统,也适应时代的需要对旧有传统进行改造和发展。张宏生《清代词学的建构》、孙克强《清代词学》对于这一特征做了比较深入的探讨,指出"清词流派都带有地域名称,而且,其成员的聚集,创作的繁荣,往往都在其地展开","词坛领袖的开宗立派,往往受到特定的地域文化氛围的影响","地域性的文学群体,彼此之间本来就有很深的关系……词派的成员,不仅是朋友,许多还是亲戚,这无疑使他们的开宗立派有良好的基础,而且唱和则更明确了词风的趋向"[③]。

从清词的地域性出发,当代学者尤为重视地域词派形成的人文传统,比如严迪昌先生为了撰写《阳羡词派研究》,"曾先后数次跋涉于太湖西岸的溪山之间,对阳羡(今江苏宜兴)的山川、历史、人文、对陈维崧及阳羡词人的遗迹及影响等作深入的实地考察"[④]。而且还追溯了阳羡派形成的历史渊源,指出阳羡派豪放词风的形成受益于苏轼的"楚颂"神思和蒋捷的"竹山"情韵,他们爱国忧民、心存社稷,却耻于屈志求荣,于是对当政者持"一种离心趋向和不合作态度",并深植于阳羡这一方地域且影响到在这块土地上成长起来的词人[⑤]。金一平也认为柳洲词派的形成,得益于嘉善特有的家族文化背景和江南深厚的

---

① 蒋寅主编:《中国古代文学通论》"清代卷",辽宁人民出版社2005年版,第290页。
② 刘扬忠:《略谈对词史的地域文化研究》,见刘扬忠著:《刘扬忠学术论文集》,江西教育出版社2016年版,第976页。
③ 张宏生著:《清代词学的建构》,凤凰出版社1998年版,第143、144、147页。
④ 马兴荣:《阳羡词派研究序》,见马兴荣著:《马兴荣词学论稿》,上海古籍出版社2013年版,第239页。
⑤ 严迪昌著:《阳羡词派研究》,齐鲁书社1993年版,第40—54页。

历史文化积淀,作为一个政治性很强的词人群体,他们对亡明有眷恋之情,对清廷持抵斥态度,因此,他们的作品多多少少带上了追悼故国的色彩,风格上具有悲怆苍凉的特征①。而生活在嘉庆、道光时期的常州词派和吴中词派,虽然有着共同的时代背景,可是因为地域风尚的不同,使得其词论和词风迥然有别。黄志浩指出,常州词派的形成乃是经学发展的产物,这是研究常州词派形成之原因时不可不察的一个重要因素。"清中叶的乾嘉时期,以庄存与、张惠言为代表的常州词派……以兴学校、崇科举、继两汉、盛经学为号召,摆落今文、古文师承之争,摒弃汉学、宋学门户之见,并将这样的思维特点折射到文学上,从而形成了它颇具特色的文学观念和创作面目。"②沙先一认为,吴中词派的形成则与吴中地区向来推重文学的音乐体性有关。从六朝的吴声歌曲,到南宋姜夔在范成大石湖创作的咏梅词《暗香》《疏影》,吴中地区已然形成了一种深厚的音乐文化积淀,在晚明也有以沈璟为代表的吴江派对戏曲艺术形式美、音乐美的追求和恪守,这样的传统反映到词学领域就是对外在形式声律美的推重③。很显然,他们都一致提到了地域人文风尚,对于一个词派形成和创作格局的直接影响。

正因如此,在词人、词派、词人群体研究之外,地域、家族、联姻的研究范式在20世纪后半期得到快速发展。它首先表现在清代诗文领域,相关成果有《明代江南家族与文化》(朱丽霞)、《明清苏南望族文化研究》(江庆柏)、《地域·家族·文学:清代江南诗文研究》(罗时进)、《社会·地域·家族:清代常州古文与骈文研究》(路海洋)、《清代松江府望族与文化研究》(朱丽霞)、《清代阳羡联姻家族文学活动研究》(邢蕊杰)、《苏州文化世家与清代文学》(凌郁之)、《清代粤西文学家族研究》(王德明)④等。在这一时代风气影响下,清词研究也特别关注地域词派中的家族性因素,如严迪昌《阳羡词派研究》特地提到世家大族对这一词派形成所作出的贡献,描述了任氏、徐氏、陈氏、万氏、曹氏、蒋氏的创作情况;金一平《柳洲词派》所讨论的即是钱氏、魏氏、曹氏、陈氏、夏氏等五大家族及其他家族词人群;沙先一《清代吴中词派研究》第六章专门探讨了"吴中潘氏词人群",值得一提的是陈雪军《梅里词派研究》一书设立专章专节讨论血缘、地缘、学缘与梅里词派的内在关联。

---

① 金一平著:《柳洲词派:一个独特的江南文人群体》,同济大学出版社2002年版,第49页。
② 黄志浩著:《常州词派研究》,中国社会科学出版社2008年版,第16页。
③ 沙先一著:《清代吴中词派研究》,人民文学出版社2004年版,第4—5页。
④ 朱丽霞著:《明代江南家族与文化——以上海顾、陆家族为个案》,河南人民出版社2014年版;江庆柏著:《明清苏南望族文化研究》,南京师范大学出版社2016年版;罗时进著:《地域·家族·文学:清代江南诗文研究》,上海古籍出版社2010年版;路海洋著:《社会·地域·家族:清代常州古文与骈文研究》,凤凰出版社2014年版;朱丽霞著:《清代松江府望族与文化研究》,上海古籍出版社2006年版;邢蕊杰著:《清代阳羡联姻家族文学活动研究》,中国社会科学出版社2015年版;凌郁之著:《苏州文化世家与清代文学》,齐鲁书社2008年版;王德明著:《清代粤西文学家族研究》,广西师范大学出版社2013年版。

这一点不仅表现在词派研究上，更表现在整个清词的认识上。饶宗颐先生以吴江沈氏、山左王氏、宜兴陈氏、无锡顾氏为例，指出："清初词独盛于江浙，文学之士，大抵出于宗族、父子、兄弟以至夫妇，咸擅倚声。""至于师友渊源，更有足述，毛奇龄、陈维崧皆部业于陈卧子，沈雄从游钱牧斋，曾王孙学于朱彝尊……咸传灯有自，词学振兴，殆非偶然。"①可见，家族与师承在清词发展史上扮演着十分重要的角色，故严迪昌《清词史》结合社会、经济、文化、师承、家族、乡邦、地域等，"多角度和全景式描述清词发展的历史过程"②，为最近30年的清代词史研究提供了一种新的研究范式。曹旭指出："从这一着眼点出发，对亲友、师承、家族的考察，不仅涉及同乡同邑、师生关系，还深入到家庭内部父与子、祖与孙、叔与侄、兄与弟、姊与妹、妯与娌、姑与嫂、婆与媳等亲属渊源的关系。"再如"从地理文化上看，包括'京华三绝'在内的'京华'、'广陵'、'阳羡'、'浙西'、'常州'、'无锡'、'太仓'，乃至杭嘉湖地区，都是人口稠密、商业繁荣、经济文化十分发达的富庶锦绣之邦，有的还是商业、政治中心。如京华作为全国的政治经济中心，扬州是水陆交通枢纽、盐商关饷的中心，作为阳羡词人群体发祥地的宜兴，地傍太湖，人文荟萃，不仅是富庶的鱼米之乡，且是政治上敏感的地区，旧为东林党和复社的根据地。人口、经济、文化、地理成了词再度萌发和勃然中兴的要素。这使人口、经济、文化凝聚起来的家族群体，与词学结下不解之缘。"③这样的研究范式以词人群体为立足点，以亲友师承和家族网络为轴心，既勾勒了一代词史之轨迹，又展现了有清一代的文化演进。很显然，严迪昌《清词史》这一研究范式，是对历史学"三缘"说（血缘、地缘、学缘）理论的具体运用，也为在词人众多、头绪纷繁背景下如何合理解释清代词史现象提供了一个成功的范本。在其启示和影响下，最近30年来的清词研究论著都会聚焦于家族词人和师承关系，如金一平《柳洲词派》、陈雪军《梅里词派研究》、沙先一《清代吴中词派研究》、王纱纱《常州词派创作研究》④等，多设有专门章节讨论地域性词派中家族词人和师友群体之著述、创作、唱和等。

20世纪以来清词研究另一个重要范式是性别研究，据胡文楷《历代妇女著作考》统计，古代女作家有近4000人，而明清时期即高达3750人，其中清代女作家尤盛，约有3500人，关于女性词作的结集有《众香词》《林下词选》《闺秀词钞》《小檀栾阁汇刻闺秀词》等。其实，对女性词的关注在晚清已现端倪，郭麐《灵芬馆词话》论女性词已达9处之多，李佳《左庵词话》也谈到陆蓉佩、钱瑗、钱孟钿等女词人的作品及风格，陈廷焯更是一位对女性

---

① 饶宗颐：《论清词在词史上之地位》，见饶宗颐著：《饶宗颐二十世纪学术文集》卷一二，中国人民大学出版社2009年版，第292—293页。
② 刘扬忠：《新中国五十年的词史研究和编撰》，《文学遗产》2000年第6期。
③ 曹旭：《全景式的清词流变观照——评严迪昌新著〈清词史〉》，《文学遗产》1991年第3期，第132页。
④ 王纱纱著：《常州词派创作研究》，南京大学出版社2011年版。

词人抱有极大热情之词学批评家,他不仅在《云韶集》和《词则》里选有为数不少的女性词作,而且在《白雨斋词话》中对明末叶小鸾、清代徐湘蘋、贺双卿、吴藻的词都发表过比较精当的评论。进入近现代以后,由资产阶级改良派和资产阶级革命派创办的各类报刊,多载有肯定妇女才华和主张男女平等的言论,反映了资产阶级变革现实、倡导女权的思想和心声。在这样的舆论背景下,对女性作品的关怀亦成为现代文学批评活动的重要议题,出版了一批以"闺秀"或"女性"命名的词选或词话,发表了一系列以"女词人"命名的论文,在女性诗词研究中引入了来自西方的性别视角,对女词人的恋爱、婚姻、家庭等问题关注尤多,揭示了清代女词人题材选择的独特性,也反映出清代知识女性生活范围的有限性。

较早对女人做系统探讨的是谭正璧《女性词话》和曾遒敦《中国女词人》①,它们虽然是对自宋以来女词人作传记式批评,但能结合作者的家庭身世、爱情婚姻、社会经历分析其创作风格,做到知人论世,言之有理,持之有据。值得一提的是,《中国女词人》一书不但把写作重心放在清代,而且还具有强烈的现代意识。一是关注到女性词人的家族性(如祁家四女二妇、毗陵四女、姊妹词人)、群体性(如王派女词人、袁派女词人、陈派女词人)和结社情况(如谈到当时盛有影响的"蕉园词社"),二是从女性身份出发分析其创作特征,指出:"女性的性情是温柔的,她们的痛苦又是深刻的!她们在重重生活的桎梏压迫之下,身为弱女子,又兼懦弱成性,自然是不敢明显地反抗,却只好在暗地里哀号、怨恨、泣诉,以发泄胸怀积愫。于是,女性温柔的性情,受外界给予特殊的环境,苦乐交融,便产生了这妇女婉约的文学!"②从章节的设计到内容的安排看,该书亦可视作为一部古代女性词史初编。

进入20世纪70年代以后,随着西方女性主义观念的系统引进,先是香港、台湾地区有部分学者开始把目光转向了女性作家,而后是在大陆出现了全面深入研究清代女性词的繁荣局面。如果对这些研究成果进行归纳的话,可知它们在研究方法和学术特色上有如下几点:第一,继续沿用传记批评方式,以时代为经,以词人为纬,描述了不同时期代表词人的创作特征。比如严迪昌《清词史》第五编"清代妇女词史略",以7位女词人作为清代妇女词的代表,分析了她们各自的创作特色,并描述了有清一代妇女词的整体品格:家族性和群体性。邓红梅《女性词史》以六章的篇幅勾勒了清代女性词史,介绍了近40位女词人的创作情况,同时又以四章的篇幅深入地探讨了徐灿、吴藻、顾春、秋瑾的思想、性情、创作。相对于上文提到的《中国女词人》,其论述的内容更深入,涉及的女词人更多,对女性词的认识更具现代意识,即不只是从欣赏才华角度看待女词人,而是从思想的先进

---

① 谭正璧著:《女性词话》,光明书局1934年版;曾遒敦著:《中国女词人》,女子书店1935年版。
② 曾遒敦著,陈丽丽整理:《中国女词人》,文化艺术出版社2018年版,第232—233页。

性、表现题材的广泛性、艺术创作的审美性立场肯定女性词。第二,有的则对部分女性词人展开专题研讨,有诸如钟慧玲《清代女作家专题:吴藻及其相关文学活动研究》、王力坚《清代才媛沈善宝研究》、黄嫣梨《清代四大女词人:转型中的清代知识女性》、吴永萍等《清代三大女词人研究》①等成果。这几部论著有一个共同点,就是把研究重心放在女词人的文学活动上,像钟慧玲对吴藻交游对象的考证、王力坚对沈善宝前后期文学交游的探讨、吴永萍等对吴藻词中文学交游活动的分析,等等。但是,他们并不满足于简单的历史还原,还试图对这些女词人的性情和思想展开意义阐释。如钟慧玲对吴藻作品中自我形象的分析,王力坚对沈善宝家庭性别角色的分析,黄嫣梨对徐灿作品中所表现的传统妇德观念的分析,对吴藻《花帘词》《香南雪北词》及《乔影》中女权观念的分析,等等,都体现出从性别视角阐发新义进行的尝试。第三,有的则从女词人群体性角度出发,试图对一个时期某一地域某类女性展开整体研究,诸如张宏生《清代妇女词的繁荣及其成就》、王力坚《清代才媛文学之文化考察》、赵雪沛《明末清初女词人研究》《清中叶浙江女词人研究》②等。它们从大量作品读解或史事搜寻中,归纳或总结出了某一具有普遍性的现象或规律,比如才德观念、生命寄托、"闺音雄唱"、变调别声等。特别是赵雪沛的著作表现出对一个地域或一类人群创作共性与个性进行总结的努力。

　　从性别视角对女词人展开专门研究,虽然是一个文学传统,但因为时代的差异和文化的原因,这一研究在学术理路上是存在差异的。有过海外生活经历的学者往往会从性别与女权立场去认识清代女词人;受传统治学观念影响的学者,则明显表现出学术理念与方法的传统性,偏重于内容分析和艺术研究,对清代女词人的身份意识及其表现关注不够。

三、以文学为本位的研究范式:题材、经典、文体、接受

　　作为词史的两个高峰,清词和宋词一样,都为词体文学贡献了新的品质。钱仲联先生在《全清词序》中谈到清词对宋词有五大超越,其中特地提到清词具有的三大新品质,一是"拓境至宏,不拘于墟",二是"学人之词与词人之词合",三是"清人词论之邃密高卓"。沙先一、张宏生等也说:"清词对唐宋词既有继承,又有超越,为词体创作注入了新的时代因

---

①　钟慧玲著:《清代女作家专题:吴藻及其相关文学活动研究》,台北乐学书局有限公司2001年版;王力坚著:《清代才媛沈善宝研究》,里仁书局2009年版;黄嫣梨著:《清代四大女词人:转型中的清代知识女性》,汉语大词典出版社2002年版;吴永萍等著:《清代三大女词人研究》,甘肃文化出版社2010年版。

②　张宏生:《清代妇女词的繁荣及其成就》,《江苏社会科学》1995年第6期;王力坚著:《清代才媛文学之文化考察》,文津出版社2006年版;赵雪沛著:《明末清初女词人研究》,首都师范大学出版社2008年版;赵雪沛著:《清中叶浙江女词人研究》,人民文学出版社2017年版。

素和美学因素,在词的题材、创作手法、词境等多方面都有开拓,创造出一定程度上堪与宋词比肩的词体文学经典。"①在这样的思想启迪下,张宏生《清代词学的建构》将政治词、咏物词、艳词作为论述的重心,沙先一有《推尊词体与开拓词境:论清代的学人之词》,朱惠国有《论清代学人之词与词人之词的离合关系》②,还有孙克强《清代词学》、张宏生《清词探微》、陈水云《清代词学思想流变》③等,在探索清词题材和创作思想方面开启了新的范式。

较早从题材角度探索清词创作的,是部分关于词人、词派、词人群体的研究论著,如黄天骥《纳兰性德和他的词》、李惠霞《纳兰性德及其词研究》、徐照华《厉鹗及其词学之研究》④等,涉及某一词人在创作题材上的具体类型:咏物、咏史、写景、抒怀、爱情、悼亡、友情、边塞等。21世纪以来,对题材的探讨已突破了一家一派的格局,从词史演进的角度考察,涉及面更广,研究内容更为深入,理论意识也更为明确。一般说来,唐宋词所表现的主题,无非是花间樽前的卿卿我我。虽然也有李煜、苏轼、周邦彦、辛弃疾等人的开拓,表现相思、惜别、悼亡、羁旅、怀古、咏史、咏物等内容,然始终未能摆脱一己之悲欢的狭小格局。正如谢章铤所说:"词之兴也,大抵由于樽前惜别,花底谈心,情事率多亵。……故赵宋一代作者,苏、辛之派不及姜史,姜史之派不及晏秦,此固正变之推未穷,而亦以填词为小道,若其量之只宜如此者。"⑤在清代词的表现内容得到极大拓展,像清初阳羡派表现亡国之悲和生民之苦,中叶郑燮状写百姓之四时苦乐,黄仲则、蒋士铨抒发盛世环境下之个体悲辛,到晚清,随着列强的入侵,外侮的加重,更激起词坛对于现实的关怀,或导扬盛烈,或慨叹时艰,出现了林则徐、邓廷桢、周星誉、张景祁、叶衍兰等写海防题材的作品,从而极大地拓展了词的表现空间,从"小我"走向了"大我",所谓"大我",就是一个时代的兴衰,一个民族或国家的命运。因此,当代词学研究特别着意抉发清词这些独特的题材类型,有关于边塞词、海防词、战争词、题画词、咏物词研究的新成果,诸如许博《清代边塞词研究》、蔡雯《清代咏物词专题研究》、兰石洪《清前中期题画词研究》、董继兵《晚清战争词研究》⑥等,张宏生、沙先一、刘东海等在相关论著中也有涉及题材问题的章节,这些探索大体上是对

---

① 沙先一、张宏生:《论清词的经典化》,《中国社会科学》2013年第12期,第96页。
② 沙先一:《推尊词体与开拓词境:论清代的学人之词》,《江海学刊》2004年第3期;朱惠国:《论清代学人之词与词人之词的离合关系》,《文学遗产》2011年第6期。
③ 孙克强著:《清代词学》,中国社会科学出版社2004年版;张宏生著:《清词探微》,上海古籍出版社2008年版;陈水云著:《清代词学思想流变》,社会科学文献出版社2018年版。
④ 李惠霞著:《纳兰性德及其词研究》,台北中国文化大学出版部1982年版;徐照华编撰:《厉鹗及其词学之研究》,高雄复文图书出版社1998年版。
⑤ 谢章铤:《与黄子寿论词书》,见谢章铤著、陈庆元主编:《谢章铤集》,吉林文史出版社2009年版,第49页。
⑥ 许博:《清代边塞词研究》,南京大学2011年度博士论文;蔡雯:《清代咏物词专题研究》,南京大学2011年度博士论文;兰石洪著:《清前中期题画词研究》,南京大学出版社2017年版;董继兵著:《晚清战争词研究》,四川大学出版社2019年版。

钱仲联先生"拓境至宏,不拘于墟"观点的落实和展开。

　　这些清词研究成果,相对于一家一派之题材研究而言,其重心已由词人词派转到了文学本体上,着眼于文学文本的内容及其表现艺术。也就是说,某家某派在表现题材上的特点已不是其关注所在,它所关注的是清词题材及其表现艺术的自身特色。当代学者在探索过程中注意到,清词题材不是对传统题材的重复,而是在唐宋词题材的基础上有所开拓,并在发展过程中对自身也形成超越。它表现在三个方面,一是重视传统题材到清代如何发生新变,比如张宏生《艳词的发展轨迹及其文化内涵》、叶嘉莹《当爱情变成了历史:晚清的史词》①,将艳词或史词放在千年词史演进的大背景中考察,注意到艳词或情词自身的发展变化,也注意到艳词或情词是怎么样与时代与历史相绾合的,进而使专写艳情的小词变成了反映世变的史词。二是清词在哪些方面有新的开拓,如咏物词中的咏猫、写烟草、咏自鸣钟,或是咏边塞风光、题名人字画、叙战争时事,这些都是在唐宋时代所没有或少有的题材,因而也就成为当代学者关注的中心内容,相关成果有许博《清代"新"边塞词及其文化内涵摭论》、蔡雯《论清初咏物词的新题材及其时代意义》、张宏生《重理旧韵与抉发新题——雍乾年间的咏物词及其与顺康的传承与对话》②等。三是由题材研究转入主题研究,注意到某些词人或词派表现某些主题的一致性,例如司徒秀英把厉鹗词归结为人生、自然、伤逝三类主题,赵雪沛把清初女词人作品归纳为爱情离别、伤春悲秋两类主题,主题学方法的引进极大地拓展了题材研究的空间。这里特别要一提的是当代学者关于清代学人之词的讨论,最早提出"学人之词"概念的是晚清学者谭献,他将清代词分为才人之词、词人之词、学人之词三类,而后钱仲联先生进一步将其明确为清词创作的主要特色,20世纪90年代以后,先由陈铭展开初步论述,而后是沙先一、朱惠国、夏志颖等从不同角度进行全面论述,使得"学人之词"的观念走进了当代学术视野,有李睿《从〈梅边吹笛谱〉看清代学人之词的新变》、陈铭《论近代学人之词的基本特征》、曹辛华《论南社诸子的词学宗尚与学人之词》、谢永芳《近世广东词坛的学人之词群体》③等成果。"学人之词"作为一种新概念,既是对清词创作特色的总结,也是今后清词研究的发展方向。

---

　　① 张宏生:《艳词的发展轨迹及其文化内涵》,《社会科学战线》1995年第4期;叶嘉莹:《当爱情变成了历史:晚清的史词》,《南开学报》2004年第6期。
　　② 许博:《清代"新"边塞词及其文化内涵摭论》,《东南大学学报》2016年第5期;蔡雯:《论清初咏物词的新题材及其时代意义》,《西南民族大学学报(人文社科版)》2017年第6期;张宏生:《重理旧韵与抉发新题——雍乾年间的咏物词及其与顺康的传承与对话》,《南京大学学报(哲学·人文科学·社会科学)》2018年第4期。
　　③ 李睿:《从〈梅边吹笛谱〉看清代学人之词的新变》,《安徽农业大学学报(社会科学版)》2013年第5期;陈铭:《论近代学人之词的基本特征》,《学术月刊》1991年第2期;曹辛华:《论南社诸子的词学宗尚与学人之词》,《中国诗学研究》2006年第5期;谢永芳:《近世广东词坛的学人之词群体》,见谢永芳著:《广东近世词坛研究》,上海古籍出版社2008年版,第187—235页。

从比较清词与宋词的异同，到探索清词自身的创作特色，清词研究的总体趋向是转向文本。由"人"到"文"，表征着当代学术理念的转向，也意味着清词研究新范式的形成。过去，人们关注著名词人、词派或词人群体，其重心在"人"，如今却转向了"文"，"人"则退居其后，"文"被视作为核心内容，那么最近 20 年来人们又讨论了哪些学术话题？

首先是清词的经典化。据《全清词》编纂研究室统计，目前已出版各断代词总集，唐五代有 170 余人，词作 2500 余首；宋代有词 1430 余人，词作 28600 余首；金代有词人 70 余人，3570 余首；元代有词人 210 余人，词作 3720 余首；明代有词人 1390 人，词作 20000 余首；而清代，目前已出"顺康卷"有词人 2105 人，词作超过 5 万首；"雍乾卷"有词人 959 人，词作近 4 万首；"嘉道卷"有词人近 2000 家，词作约 75000 首；初步估计，有清一代，词人将有 1 万余人，作品数量预计超过 25 万首。唐宋词经过时间的检验，精品得以保留，劣质之作也大体上被淘洗掉了，而清词因为近现代印刷技术的发展，优劣之作皆得如实保存，如此巨量的词人词作实有经典化的必要。晚清民国时期已有部分学者在这一方面做了相关尝试，最近几年来张宏生、沙先一、曹明升等对这一领域的相关成果做了初步探索和总结，指出："清初以来，特别是晚清以迄民国，词学家们借助选本、词话、评点、论词绝句、点将录、模仿、唱和、文学史著述、文献整理、专题研究等多种方式，从不同层面建构着清词中的经典。这一经典化的建构过程，既表现了人们对清词的认识，也从不同侧面体现出清词的价值，对于思考明清以来传统文学体裁的价值，具有重要的意义。"①并先后撰有《论清词经典化》《论词绝句与清词的经典化》《统序的建构与清代词坛的经典化进程》《晚清词坛的自我经典化》《从清词总集看清词三大家的经典化生成》《论贺双卿的经典化历程》《钱仲联先生的清词研究与清经典的体认》《严迪昌先生的清词研究与清词经典的建构》②等系列论文。通观这些研究成果，可知它们分别从创作模仿、选本编纂、词集评点、作品传播、学术研究等不同角度，分析了清词经典化的不同路径，也对今后开展清词的经典化工作有指导意义。目前学术界在选本编纂、学术研究、词集笺注等方面也做了相关探索，出版有《清词选注》《清词之美》《清百家词录》《新译清词三百首》《纳兰词笺注》《弹指词笺注》《茗柯词笺注》《水云楼诗词笺注》《龚自珍词笺说》《顾太清词校笺》《况周颐词集校注》《王国维

---

① 《论清词的经典化》，第 96 页。
② 沙先一：《论词绝句与清词的经典化》，《江苏师范大学学报》2013 年第 3 期；曹明升、沙先一：《统序的建构与清代词坛的经典化进程》，《文艺理论研究》2016 年第 5 期；张宏生：《晚清词坛的自我经典化》，《文艺研究》2012 年第 1 期；孙欣婷：《从清词总集看清词三大家的经典化生成》，《南京师范大学文学院学报》2017 年第 4 期；沙先一：《论贺双卿的经典化历程》，《中国韵文学刊》2018 年第 1 期；沙先一：《钱仲联先生的清词研究与清经典的体认》，《江苏师范大学学报（哲学社会科学版）》2014 年第 4 期；沙先一：《严迪昌先生的清词研究与清词经典的建构》，《中国诗学研究》2017 年第 13 辑。

诗词笺注》《清代最美的词——词莂》①等。

　　其次，关于清词的文体研究。所谓文体研究，指的是关于文学形体的研究，如体性、体态、体貌等，就词这种文体而言，包括词调、词律、词韵、词法、形态等②。一般说来，词调创始于唐宋，南宋以后基本上是对前代的袭用，当然也有部分娴熟于音乐的作家制作了少量的"自度曲"，因此关于词调的研究大致有用调研究和自度曲研究两类。前者如吴晓亮《论陈维崧词对稼轩词的继承与创新》，通过迦陵与稼轩词用调、选韵、内容、风格的比较，找出他们之间的异同，探讨陈维崧在用调、选韵上是如何变古求新的③；后者如刘庆云《对"自度曲"本原义与演化义的回溯与平议》、刘深《清词自度曲与清代词学的发展》、查紫阳《论词乐恢复视野下的清词自度曲创作》、陈祖美《选调赏词卮见：纳兰成德自度曲解读暨其他》④等，对清代自度曲的情况作了初步探索；当然这方面的研究还可继续深入下去，不但对清代著名词人的用调情况进行统计分析，还应该对其自度曲情况作合理的解释。关于清词守律和选韵情况，民国时期吴梅、夏承焘、龙榆生、冒广生等已有初步探索，进入20世纪70年代以后，更出现了《论清代诸家词韵之得失》（张世彬）、《论清代词韵与旧词用韵的深层差异》（杜玄图）、《清人对宋词用韵研究的得失与意义》（曹明升）、《清代临桂词人的用韵研究》（叶桂郴）⑤等论著，将词律和用韵拓展成一个专门的研究领域。关于词之作法的研究，也是20世纪90年代以来清词研究的一个新方向，有诸如张仲谋《释钩勒》、彭玉平《词学史上的"潜气内转"说》、杜庆英《词史上的"钩勒"说探源》、曹明升《试析清词作法论

---

①　汪泰陵选注：《清词选注》，贵州人民出版社1992年版；贺新辉主编：《清词之美》，中国华侨出版社2010年版；周大烈选编，张青云整理：《清百家词录》，华东师范大学出版社2019年版；陈水云等注译：《新译清词三百首》，三民书局2016年版；张秉戍笺注：《纳兰词笺注》，北京出版社1996年版；张秉戍笺注：《弹指词笺注》，北京出版社2000年版；莫立民笺注：《茗柯词笺注》，线装书局2009年版；刘勇刚笺注：《水云楼诗词笺注》，上海古籍出版社2011年版；杨柏岭著：《龚自珍词笺说》，黄山书社2010年版；胥洪泉校笺：《顾太清词校笺》，巴蜀书社2010年版；秦玮鸿校注：《况周颐词集校注》，上海古籍出版社2013年版；陈永正笺注：《王国维诗词笺注》，上海古籍出版社2011年版；朱德慈校笺辑评：《清代最美的词——词莂》，浙江大学出版社2018年版。

②　如郑绍平《纳兰性德词体初探》一文（见卫汉青主编：《说不尽的纳兰性德》，开明出版社2012年版），探讨了纳兰词的结构美、音律美、长调的赋化等，包括了篇章结构、所用词调、所用词法等内容。

③　吴晓亮：《论陈维崧词对稼轩词的继承与创新》，《文学遗产》1998年第3期。

④　刘庆云：《对"自度曲"本原义与演化义的回溯与平议》，《词学》第32辑，华东师范大学出版社2014年版；刘深：《清词自度曲与清代词学的发展》，《南京大学学报（哲学·人文科学·社会科学）》2015年第6期；查紫阳：《论词乐恢复视野下的清词自度曲创作》，《兰州教育学院学报》2016年第12期；陈祖美：《选调赏词卮见：纳兰成德自度曲解读暨其他》，见卫汉青主编：《说不尽的纳兰性德》，开明出版社2012年版。

⑤　张世彬：《论清代诸家词韵之得失》，《中国学人》5期；杜玄图：《论清代词韵与旧词用韵的深层差异》，《湖南工业大学学报（社会科学版）》2018年第6期；曹明升：《清人对宋词用韵研究的得失与意义》，《江西师范大学学报（哲学社会科学版）》2008年第1期；叶桂郴：《清代临桂词人的用韵研究》，见广西哲学社会科学规划办公室编：《广西2016年哲学社会科学规划研究优秀成果汇编》，广西人民出版社2018年版。

中的钩勒之笔》、黄伟《略论清词的开篇艺术》①等。这些成果不但对词体作法有总结和分析，而且还注意到词法对诗法、文法乃至书画之法的移用，如李连生《书画论与清代词学理论关系发微》、杜庆英《碑学背景下的词学批评话语生成——"逆入平出"》《况周颐"重、拙、大"与晚清碑学》②等。至于清词创作中某些特殊形态，如回文词、櫽括词、集句词也是近年来学界比较重视的内容，这些形态在唐宋时期已开始萌生，但大部分是在清代得到充分展开，有诸如《清代的回文词及其传承与发展》《阅读与重构——论清代的櫽括词》《清代中期的集句词》③等。这些研究成果将词体文学独有的创作形态，进行了一般性的总结和提升，是清词文体研究走向深化的标志。需要专门一提的是张明华《集句词研究》（中国社会科学出版社 2016 年版），对 19 位清代词人的集唐诗、集唐句、专集一家唐诗、集宋词、集词词、集曲词、集古词等予以分类研讨，并总结了清代集句词阶段性、类别性、地域性三大特征，探析了集句词在清代繁盛发展的原因，是当前清词文体研究唯一之专著。

其三，关于清词的接受研究。20 世纪 90 年代以来，在古代文学史界，较早关注接受问题的有容世诚、陈文忠、莫砺锋等，其后有陈文忠《中国古典诗歌接受史研究》（安徽大学出版社 1998 年版），尚学锋、过常宝、郭英德等《中国古典文学接受史》（山东教育出版社 2000 年版），在词学研究领域有陈福升《繁华与落寞：柳永、周邦彦词接受史研究》、邓子勉《两宋词集的传播接受史研究》、李冬红《明代〈花间集〉接受史论稿》、甘松《明代词学演进研究》④等成果。清词研究关注接受问题最早在如何接受唐宋词影响上，如张璟《苏词接受史研究》、朱丽霞《清代辛稼轩接受史》、陈水云等《唐宋词在明末清初的传播与接受》、顾宝林《清代晏欧三家词研究与传承史论》⑤等。近年来逐渐转向清词自身的传播与接受研究，张宏生在这一领域发表有系列论文，如《师承授受与浙西立派——曹溶与吴陈琰》《咏

---

① 张仲谋：《释钩勒》，《文学遗产》2007 年第 5 期；彭玉平：《词学史上的"潜气内转"说》，《文学评论》2012 年第 2 期；杜庆英：《词史上的"钩勒"说探源》，《中南大学学报（社会科学版）》2016 年第 6 期；曹明升：《试析清词作法论中的钩勒之笔》，《社会科学家》2008 年第 5 期；黄伟：《略论清词的开篇艺术》，《中国韵文学刊》2006 年第 6 期。

② 李连生：《书画论与清代词学理论关系发微》，《中国书法》2018 年第 10 期；杜庆英：《碑学背景下的词学批评话语生成——"逆入平出"》，《古代文学理论研究》2009 年第 2 期；杜庆英：《况周颐"重、拙、大"与晚清碑学》，《文艺研究》2016 年第 10 期。

③ 张宏生：《清代的回文词及其传承与发展》，《复旦学报（社会科学版）》2017 年第 1 期；张宏生：《阅读与重构——论清代的櫽括词》，北京大学学报 2018 年第 4 期；曹明升：《论清代中期的集句词》，《文学遗产》2016 年第 5 期。

④ 陈福升著：《繁华与落寞：柳永、周邦彦词接受史研究》，北京大学出版社 2016 年版；邓子勉：《两宋词集的传播与接受史研究》，华东师范大学出版社 2015 年版；李冬红著：《〈花间集〉接受史论稿》，齐鲁书社 2006 年版；甘松著：《明代词学演进研究——以唐宋词选的接受为视角》，安徽大学出版社 2018 年版。

⑤ 张璟著：《苏词接受史研究》，光明日报出版社 2009 年版；朱丽霞著：《清代辛稼轩接受史》，齐鲁书社 2005 年版；陈水云等著：《唐宋词在明末清初的传播与接受》，中国社会科学出版社 2010 年版；顾宝林著：《清代晏欧三家词研究与传承史论》，北京大学出版社 2018 年版。

物:朱彝尊与乾隆词坛——从〈茶烟阁体物集〉到〈和茶烟阁体物词〉》《雍乾词坛对陈维崧的接受》①等,其他相关论文有林传滨《晚清词坛与纳兰词的接受》、李睿《论陈维崧词在清代的接受》、邢蕊杰《宜兴储氏家族对迦陵词的接受与反思》曹明升《论朱彝尊在清代词坛的接受及其经典化过程》《纳兰词在清代的接受及其经典化要素》②等。这些成果大都聚焦于"清初三大词人"朱彝尊、陈维崧、纳兰性德,或强调他们作为一派领袖对于后世词坛的影响和示范意义,或是强调其作品自身的艺术魅力及其典范意义,当然也注意到后世接受过程中对这些典范词人的修正。不过,当前研究大多停留在一家一派层面,还未能上升到对整个清代词史层面的考察。

近20年来清词研究在题材、文体、经典化、接受史上虽然取得了一定的成绩,但相比唐宋词研究而言,还是处于起步状态。其原因是多方面的,比如文献的不完整,研究队伍的缺乏,主要原因可能还是与研究的积累不足有关,因此,此一研究将是今后努力的方向。

四、简短的结论与今后的方向

以上通过对近百年来清词研究范式的简略回顾,我们发现每一种范式的形成大约都有一两个重要节点,标志着这种范式的形成与成熟。比如以词人词派研究为主的范式,其标志就是徐珂《清代词学概论》、龙榆生《中国韵文史》、王易《词曲史》;以地域、家族和师承为主的范式,其标志就是严迪昌《清词史》;以经典、文体、接受为主的范式,其标志是张宏生《清代词学的建构》《经典传承与体式流变》。在这些标志性著作的引领下,近百年来的清词研究形成了三大范式——以人为本位的范式,以文化为本位的范式,以文学为本位的范式,尽管这些范式之间也存在交叉的关系,但每一种范式都有其独特的研究重心和研究路向。这三大范式不是一种取代另一种的关系,而是一种范式在一个时期比较流行,另一种范式也在逐渐萌发,并对旧有范式有超越,其研究重心也会自然地发生转向。它有点类似于长江后浪推前浪的关系,尽管后浪必然以前浪为其形成之基础,但前浪也必然被后浪所取代。

我们认为清词研究从"人"到"文"的变化,一方面是和整个古代文学研究思潮同步发

---

① 张宏生:《师承授受与浙西立派——曹溶与吴陈琰》,《古典文献研究》2008年第11辑;《咏物:朱彝尊与乾隆词坛——从〈茶烟阁体物集〉到〈和茶烟阁体物词〉》,《兰州大学学报》2011年第6期;《雍乾词坛对陈维崧的接受》,《中国文化研究所学报》2013年第57辑。

② 林传滨:《晚清词坛与纳兰词的接受》,《中国韵文学刊》2011年第3期;李睿:《论陈维崧词在清代的接受》,《中国韵文学刊》2012年第3期;邢蕊杰:《宜兴储氏家族对迦陵词的接受与反思》,《绍兴文理学院学报(哲学社会科学)》2010年第1期;曹明升:《论朱彝尊在清代词坛的接受及其经典化过程》,《南京大学学报(哲学·人文科学·社会科学)》2015年第6期;曹明升:《纳兰词在清代的接受及其经典化要素》,《四川大学学报(哲学社会科学版)》2013年第6期。

展的,另一方面也和人们对清词自身价值认识的变化有关。过去,特别是在五四新文化运动以后,人们多持一代有一代之文学观,词学研究侧重在作为"一代之文学"的宋词。对清词的评价也是以唐宋词标准来衡量,尽管清词与宋词有一样的形式和称谓,但清词与宋词却有着本质的差异,一个是音乐文学(唐宋),另一个是格律文学(明清),清词相对于宋词来说是一种全"新"的文学,它与宋词最大的不同有两点:律化和雅化。从律化的角度看,清人基本上是以格律诗的观念来填词,本来宋人并没有什么词律或词韵,其律其韵都是以词乐曲谱为依据,是清人为其整理出所谓的格律规范——《词律》《词谱》,因此,在清代康熙以后逐渐形成了律词的观念。从雅化的角度看,清词与宋词最大的不同是,北宋词以美听为其努力方向,对字声腔调要求比较高,而南宋词虽然也有雅化的倾向,但仍然以美听为其前提,强调诵唱的现场效果;清词则以意义表达为其重心,在意义表达上不能如唐宋词那样浅白直露,前者多用赋法,而后者更重比兴,讲求意在言外,神余言外,以诗之含蓄为其努力方向,更加重视文本的结构和表达的技巧。因为追求意义优先,所以题材必然走向多元化,而不能像唐宋词那样只偏重于相思惜别的爱情主题;因为追求艺术创新,所以风格必然走向多样化,而不能像唐宋词那样只有婉约和豪放两种风格;因为对于文学性的讲求优先于音乐性,所以经典化成为人们所努力的方向,编辑选本、笺注词集、评点词籍等得以推广和普及。

今后清词研究如何展开或朝什么方向发展?又会形成什么样的研究范式?虽然无法作准确预测,但我们认为要确立一种新的价值观念,超越它作为宋词对待物存在的认识局限。首先,把它作为一种文学遗产看待,对今天诗词创作有哪些借鉴意义?今人填词都是学唐宋,那么清人是如何学习唐宋的?其经验和教训何在?我们应该有所了解,这当是今后努力的一个重要方向。其次,它还是一种文化遗产,是我们了解清人的一种心灵文本,因此,从文化学角度去研究清词,把清词作为了解清人所思所想的历史文本,以陈寅恪先生所发明的"以诗证史"之法来研究清词,也是今后又一可能的发展方向。其三,它还是一种思想遗产,清人总结出来的词学理论,对我们学习研究唐宋词仍有重要的参考价值,今后在理论研究上还要加大力度,或是总结清人的创作经验,以清人的创作指导今人的创作;或是对清人的理论进行新探索,以提升今天唐宋词研究的水平,为词学学科建设贡献新的思想和方法。

(作者简介:陈水云,武汉大学文学院教授。著有《清代词学发展史论》等。)

谢逸《溪堂词》考论

邢云龙

摘 要：谢逸是江西诗派群体的重要人物之一。其词祧承花间派余绪，凭借"天然工妙"自成一格而为当时所重，但对谢逸《溪堂词》版本及相关内容一直缺乏深入细致的探赜。谢逸逝世四十年后，《溪堂集》始与其从弟谢薖《谢幼槃文集》付梓合刊三十卷，谢逸词或亦得以附录桀刻传世。《溪堂词》在南宋时期不仅被纳入词集丛编汇刊本，在局部地区更是以单行刊布；元明以降，《溪堂词》附载于《溪堂集》而辗转流播，但已逐渐羼杂舛误、阙遗散佚。考察现存收录《溪堂词》的明代诸种词集丛刊本和抄本、清代《四库全书》本和近人整理的词集总本及校勘本，并对诸种版本进行爬梳比勘与钩稽鞫考，可知谢逸词实际现存数量应为62首。

关键词：谢逸 《溪堂词》 版本 考辨

谢逸，字无逸，一字夷季，生于北宋神宗赵顼熙宁元年（1068），卒于北宋徽宗赵佶政和二年（1112），自号"溪堂先生"，江西临川（今江西抚州）人。年少孤贫而博学文辞，后屡试不第，仕途偃蹇遂隐居而终老布衣。《宋史翼》载："所著有《春秋广微》《樵谈》《溪堂集》，其他诗、启、碑志、杂论数百篇。"[①]此外，谢逸还曾对杜甫诗集进行补注，并校正韩愈《昌黎集》，著述颇丰。为人所熟知的即是谢逸作为江西诗派的重要诗人之一，在《江西诗社宗派图》中位列于陈师道之后，释惠洪《跋谢无逸诗》（《石门文字禅》卷二十七）称道："于书无所不读，于文无所不能，而尤工于诗。"尤为重要的是，谢逸词作数量在江西诗派群体中仅次于黄庭坚，作为北宋后期词坛上颇为重要的文人，正如谢逸同时期师友吕本中在《答谢无逸惠书》赞誉："乐章短句真清绝，陶写万象嘲江山。"[②]但是学界对谢逸《溪堂词》版本源流系统和词作内容情况一直缺乏深入细致的探究，因而笔者立足于宏观历时性地爬梳谢逸别集《溪堂词》的版本源流流传情况，即考察《溪堂词》自南宋以来在版刻、传抄、排印、影印

---

① 陆心源辑撰：《宋史翼》卷二六，中华书局1991年版，第611页。
② 吕本中：《东莱先生诗集》，见《宋集珍本丛刊》第39册，线装书局2004年版，第10页。

乃至全部流传过程中所产生的各种形态的本子,并对其具体的词作及内容进行相应微观的蠡测和斠考,尽可能还原词集的结集概貌,以期引起对谢逸词作的进一步关注。

一、《溪堂词》历代版本源流述论

(一) 谢逸《溪堂词》在南宋时期刊布情况

谢逸卒于北宋政和二年,在此之前他本人并没有将其著作付梓锲刻,但其文集所幸由门人编纂而得以保存并辗转流传,然而至此仍"积数十年"之久而未能刊布。陈思编、陈世隆补(托名)《两宋名贤小集》卷三十载有:"《溪堂》《竹友》二集,系门人所编。长短句尤天然工妙,今诗余所载,仅剑首一吷耳。"①谢逸逝世四十年后,谢逸《溪堂集》与其从弟谢薖《谢幼槃文集》于抚州州学授梓三十卷而合刊传世。南宋绍兴二十二年壬申(1152)冬十一月,建康苗昌言《二谢集跋》对此记述原委颇详:

> 兄弟以诗鸣江西,有文集合三十卷,邦之学士欲刊之,以贻永久。积数十年而未能也。粤绍兴辛未(1151),赵公(士鹏)朝议来守是邦。期年政成,民服其教。慨然思以儒雅饰吏事,命勒其书于学官,以称邦人之美意。昌言以铅椠董兹职。于是搜访阙遗,以相参订。晚得溪堂善本于前学正易藏,又得幼槃善本于其子敏行。藏知溪堂出处甚详。敏行逮事其父,诗律有典刑,其编次是正,可无恨矣。②

此三十卷合刊本《二谢集》得到了"士大夫翕然称赞",诗、文、词合刊混编在一起,而词应是附于诗或文之后,实属最早的结集全帙本③。同时侧面反映了南宋时期随着人们对词的功能的发掘、对词的看法的转变,词这种文学形式渐而被熟知、认同,文人的词集逐渐附载于诗、文集后而得以铅椠。《二谢集》之谢逸别集,流播所及,还见于其他文人著述之中:尤袤《遂初堂书目》别集类著录"谢无逸集"④,此亦是指合集。《诗林广记》后集卷十记载:"无

---

① 陈思编、陈世隆补(托名):《两宋名贤小集》,清文渊阁《四库全书》本。
② 谢薖:《谢幼槃文集》,《续古逸丛书》景宋刊本。
③ 持这一看法的还有:邓子勉《宋金元词籍文献研究》(上海古籍出版社 2008 年版第 28 页)第一编第二章"全集本词集"第二节"南宋词人"将"谢逸"收录在内;王兆鹏《宋代文学传播探原》(武汉大学出版社 2013 年第 249 页)亦认为"《二谢文集》之谢逸集'原亦附词'";刘曼曼《谢逸研究》(河北师范大学 2015 年硕士学位论文第 6 页)也认为"《溪堂集》二十卷本当为总集,为诗、词、文合刊本"。
④ 尤袤:《遂初堂书目》,见《宋元明清书目题跋丛刊》(第 1 册),中华书局 2006 年版,第 498 页。

逸,号溪堂居士,有《溪堂集》行于世。"①南宋时期任渊《后山诗注》、陈元靓《岁时广记》、谢维新《事类备要》、祝穆《事文类聚》均引及"谢无逸《溪堂集》",但都未涉及其词集概况。

对谢逸著述情况较为确切的分类记载,最早见于南宋陈振孙《直斋书录解题》,胪列对此的记录如下:

  "别集类":《溪堂集》二十卷,临川谢逸无逸撰。②
  "诗集类下":《溪堂集》五卷、《补遗》二卷,临川谢逸无逸撰。③
  "歌词类":《溪堂词》一卷,谢逸无逸撰。④

其中记录"'歌词类'《溪堂词》一卷",这是现存最早记载谢逸词集别本单行的资料。"四方愿致其集者日至",影响所及,可见一斑。此外,《直斋书录解题》卷二十一"歌词类"载"《笑笑词集》一卷",并在此条目下附记:"自《南唐二主词》而下,皆长沙书坊所刻,号《百家词》。其前数十家皆名公之作,其末亦多有滥吹者。市人射利,欲富其部帙,不暇择也。"⑤存目共有九十三种,九十六家词集,或因取其成数而言"百家"。这是宋代汇刊词集最多的一部丛刻,除《直斋书录解题》记录外,南宋后期至元代时期,此书坊汇刊丛刻本《百家词》,较少被其他文献引用或见于记载。有明一代,据《汲古阁毛氏藏书目录》,宋代书坊汇刊丛刻本《百家词》于明代后期仍有存世本。邓子勉《宋金元词籍文献研究》考证而得出结论:"宋刻《百家词》不独见于明末的毛氏所藏,明初业已存在。"⑥阮元《揅经室集·外集》卷四在"《名家词》十卷提要"条目下转引侯文灿自序云:"古词专集,自汲古阁六十家宋词外,见者绝少。又称:'孙星远有唐宋以来《百家词》钞本,访之仅存数种。合之笥中所藏,共得四十余家。兹先集十家付之梓人云云。'"⑦但侯文灿"兹先集十家付之梓人"的《十名家词》未曾著录《溪堂词》,剩余三十余家是否存留《溪堂词》,已不得而知。清《(光绪)湖南通志·艺文志·集部·词曲类》对此亦有详细转述和记载,"[宋]《百家词》百二十七卷长沙失名氏编"条目下所列各家词集,其中亦附录有《溪堂词》一卷,并叙述道:"毛氏

---

① 蔡正孙撰;常振国、降云点校《诗林广记》,中华书局1982年版,第423页。
② 陈振孙撰,徐小蛮、顾美华点校:《直斋书录解题》卷一七,上海古籍出版社1987年版,第515页。
③ 《直斋书录解题》卷二〇,第596页。
④ 《直斋书录解题》卷二一,第618页。
⑤ 《直斋书录解题》卷二一,第629页。
⑥ 邓子勉著:《宋金元词籍文献研究》,上海古籍出版社2008年版,第4页。
⑦ 阮元撰,邓经元点校:《揅经室集》,中华书局1993年版,第1255页。

(毛晋)当有藏本(宋刊《百家词》本)。"①据此可知,宋刊书坊汇刊丛刻本《百家词》,在明代再次重现于世,至清代部分辗转仍残存三四十家词集,陆续被孙星远、侯文灿所递藏。

尤为重要的是,在谢逸逝世于政和二年至其文集刊刻于绍兴二十二年期间,南宋时期曾有两部著名词集选本较多录有谢逸词作。曾慥编选的《乐府雅词》词集选本,该书《自序》署"绍兴丙寅",可知《乐府雅词》词集选本编订于绍兴十六年,选录谢逸词22首,分别是:《菩萨蛮》《南歌子》《谒金门》《如梦令(二首)》《虞美人(二首)》《渔家傲》《清平乐》《蓦山溪》《玉楼春》《武陵春》《浪淘沙》《南乡子》《醉落魄》《鹊桥仙》《踏莎行》《采桑子》《江城子》《鹧鸪天》《浣溪沙》《菩萨蛮》;黄昇编纂的《绝妙词选》词集选本,其中《中兴以来绝妙词选》前有黄昇《自序》,于理宗淳祐九年(1249)裒集而成,可知《绝妙词选》词集选本大致与曾慥编选《乐府雅词》同时或稍后,选录谢逸词13首,分别是:《蝶恋花》《踏莎行》《南歌子》《减字木兰花》《渔家傲》《蓦山溪》《玉楼春》《南乡子》《江神(城)子(二首)》《千秋岁》《如梦令》《清平乐》。由此亦可旁证谢逸词在当时及南宋以来即广为流传,颇为当时所重。

综上所论,至早在南宋初期,部分谢逸词作已被选录收于一些著名的词集选本;宋刻合刊三十卷《二谢集》全帙本,亦附载谢逸词辗转流播②。稍后《溪堂词》已在书坊间刊刻入丛编《百家词》之零种本,此零种本更是部分流传至明清时期;同时期《溪堂词》一卷本,亦有单行刊刻流传开来。

(二) 谢逸《溪堂词》在元明时期流传概述

迨至元代,藏书目录及著述事业有所衰落,对谢逸著述有明确记录的见于《文献通

---

① 李瀚章等修,曾国荃等纂:《(光绪)湖南通志》卷二五八,《续修四库全书》第288册,上海古籍出版社2002年版,第41页。

② 案:1. 合刊三十卷《二谢集》,除去十卷本的《谢幼槃文集》,剩余的二十卷即是谢逸《溪堂集》(参见陈振孙《直斋书录解题》等)。据宋刊十卷本《谢幼槃文集》并未收录谢薖词来看,又苗昌言《二谢集跋》即载"兄弟以诗鸣江西,有文集合三十卷",再者结合宋刊本《谢幼槃文集》所载具体内容来看,《二谢集》应指的是诗、文(包括赋、序、赞、墓志铭等)合编。以上推理可证《溪堂集》二十卷也应未收录谢逸词,但这似乎又与元明以来的《溪堂集》确是附载词作,二者之间存在着矛盾。2. 宋陈振孙《直斋书录解题》曾录谢薖别集"《竹友集》十卷",可知谢薖别集的著录名称与今存宋刊十卷本"《谢幼槃文集》"之名称又有所区别,是否指的是同一版本? 如是,那么所载内容是否亦有所区别? 此外,淳熙二年(1175)十二月,阳夏赵煜曾重修《谢幼槃文集》,按绍兴时抚州州学即同时付梓刊刻《二谢集》,《溪堂集》当亦同时重修。重修刊刻之后,内容是否有所增删? 3. 宋刊本《二谢集》之《溪堂集》二十卷,今已散佚不存;今存《永乐大典》卷二〇三五三,保存有《溪堂集》所载《西江月》词一首;明代毛晋"既获《溪堂全集》,依《全集》本末载《乐府》一卷",又据此重新编订整理《溪堂词》辑入《宋名家词》;世所通行《四库全书》本《溪堂集》十卷,即是据《永乐大典》本辑录,其中即包括《溪堂词》一卷。以上或又旁证宋刊本《溪堂集》原即附载词作。综合考虑以上信息,笔者于本文中叙述时,谨按合刊三十卷《二谢集》之《溪堂集》仍是诗、文、词合刊混编。退一步讲,倘若《二谢集》之《溪堂集》并未附谢逸词(《二谢集》之《谢幼槃文集》并未收录谢薖词),总体上与本文所要探讨的版本源流并无过多抵牾,相关内容留待笔者以后论述,兹以说明。

考·经籍考》和《宋史·艺文志》。《文献通考》记载：

> 《经籍考》六十四："《溪堂集》二十卷。陈氏曰：临川谢逸无逸撰。"①
> 《经籍考》七十一："《溪堂集》五卷、《补遗》二卷，陈氏曰：临川谢逸无逸撰。"②
> 《经籍考》七十三："《溪堂词》一卷。陈氏曰：谢逸无逸撰。"③

《宋史》载有："《谢逸集》二十卷，又《溪堂诗》五卷。"④虽然谢逸别集在元代仅见于《文献通考·经籍考》和《宋史·艺文志》，但考察谢逸《溪堂词》在南宋的流传情况（结合后来在明代的传播情况），可以推断《溪堂词》在元代仍然留存。上引苗昌言《二谢集跋》曾称"有文集合三十卷"，今上海博物馆藏宋刻本《谢幼槃文集》，共十卷。由此，推理可知《溪堂集》原本当为二十卷，因此《直斋书录解题》《文献通考》《宋史·艺文志》俱载有"《溪堂集》二十卷"。至此可以大致获悉并分类谢逸的著述情况，诠次分为：《溪堂集》二十卷本是合集全帙本；《溪堂集》五卷本（或"《溪堂诗》五卷本"）是诗集单行本并附有二卷《补遗》，此五卷本疑为刊入《江西诗派诗集》之本；《溪堂词》一卷本是词集单行本。

明代初期，由于程朱理学在明初思想畛域的束缚，加之官方儒家诗教学说在文学领域的倡导，词学总体上趋于衰微。此时谢逸的著述业已开始逐渐阙遗、散佚，但所幸有诸如吴讷、毛晋等明代文人，开始有意识地搜罗编印大型词集丛刊本，《溪堂词》也得以附印于其中而流播。这些大型词集丛刊本，一定程度上既保存并恢复了唐宋以来的一些文人词集原貌，取得较大辑佚与校勘价值，同时也为"整个明代词学的黯淡"增添了几分亮色。焦竑《国史经籍志》"集类"载："谢逸《溪堂集》二十卷。"⑤柯维骐《宋史新编》载："《谢逸集》二十卷，又《溪堂诗》五卷。"⑥而明代大型类书《永乐大典》卷二〇三五三，今仅存有《溪堂集》之《西江月》一首，此外都未能找到记述或转引《溪堂词》一卷本的详细概况，《溪堂词》别集单行本至明代或已散佚。明代文人编纂的多种词集丛刊本或抄本，其中收录《溪堂词》并流传广泛而受到关注的有如下几种，大致按时间顺序兹列如次：

1. 《唐宋名贤百家词》本：此本为明代吴讷正统六年（1441）汇辑，所收选集三种、词家别集九十七种，简称为《百家词》，明清时期文人多称之为《宋元百家词》或《四朝名贤词》。

---

① 马端临著，华东师大古籍研究所标校：《文献通考》卷二三八，华东师范大学出版社1985年版，第1493页。
② 《文献通考》卷二四四，第1671页。
③ 《文献通考》卷二四六，第1719页。
④ 脱脱等撰：《宋史》卷二〇八，中华书局1985年版，第5372页。
⑤ 焦竑辑：《国史经籍志》卷五，明徐象橒刻本。
⑥ 柯维骐著：《宋史新编》卷五三，台北新文丰出版公司1974年版，第258页。

似乎是承继宋刊本《百家词》之名而来，但此本与宋刊本《百家词》已名同实异。现所知且留存主要版本有三种①：天津图书馆藏本（明红丝栏抄本，天津古籍出版社于1989年影印出版此藏本）、国家图书馆藏本（梁廷灿过录、梁启超校议本）、林大椿校勘本（商务印书馆于1940年排印此校勘本）。后两种版本皆据前一种版本所过录、校勘。据论证，"《唐宋名贤百家词》应为吴讷所编词集之定本，而津图藏本《百家词》实为该书资料集之过录本"②。其中著录谢逸《溪堂词》一卷，收录词作共62首。

2.《南词》本：作者题为"西崖主人"，是否即李西涯（李东阳）所作，尚存异议。《南词》原编本已佚，现所知且留存主要版本有两种：《南词》抄本、《南词十三种》。前一种《南词》抄本，藏于日本大仓文化财团大仓集古馆（见《大仓文化财团汉籍善本目录》）③，严绍璗《日本藏宋人文集善本钩沉》对此亦有记述。据王洪《唐宋词百科大辞典》所引"《南词》"条目可知，抄本《南词》总目中收录词集64种（内有宋词55种、金词1种、元词8种），共87卷，其中即包括"《溪堂词》一卷"。然而今仅存42种50卷，共12册，且《溪堂词》已缺，故未能详细获悉谢逸词作数量和内容④；后一种版本《南词十三种》，清诵芬室董康过录辑抄，是《南词》的简略本，现藏于国家图书馆，今存13种16卷，亦未收录《溪堂词》，从略。

3.《宋元名家词》本：此本版心题有"紫芝漫钞"字样，明佚名辑，原为李氏木犀轩旧藏。共二十四册，收有70家100卷，今藏于北京大学图书馆，《中国古籍善本书目》有著录。民国三十一年（1942）文禄堂书籍铺刊此本，王文进《文禄堂访书记》对此记载并题之为《宋金元六十九家词》。国家图书馆出版社于2014年据此版本影印出版《宋元名家词七十种》，共六函二十册。其中著录谢逸《溪堂词》一卷，收录词作共62首。

4.《宋名家词》本：明代崇祯年间虞山毛晋于汲古阁自刻行世，原定拟刻百家，最终刊成时分为六集，实收六十一家别集，称为《宋六十一名家词》，又常取成数称其为《宋六十名家词》。或另有一种说法，南宋时亦有刊本《六十家词》（见张炎《词源序》），毛晋可能藏有《六十家词》子目而复有重新刊刻《宋六十名家词》之举，宋刻本《六十家词》是否载有《溪堂词》，今已不详。《宋名家词》虽较之吴讷《唐宋名贤百家词》晚二百余年出，但"搜罗颇广，倚声家咸资采掇"。清代冯煦更是称誉为"宋词之渊薮"，并据此厘订编为《六十一家词选》

---

① 浙江省绍兴市鲁迅图书馆别藏一部蓝格明抄残本《百家词》，存16种，因未著录《溪堂词》，此处不予列举。而明中后期藏书家赵琦美《脉望馆书目》载有"《百家词》四册"，此处疑非吴讷《百家词》本，或即宋刻长沙书坊残存《百家词》本。

② 刘少坤：《天津图书馆藏〈百家词〉性质考实》，《文献》2015年第3期。

③ 北京大学于2013年斥巨资尽数购得大仓文化财团藏书，洵为皮藏界一大幸事，此《南词》抄本亦位列其中，现已藏弄于北京大学图书馆。

④ 王洪主编：《唐宋词百科大辞典》，学苑出版社1990版，第813页。

通行于世。除虞山毛氏汲古阁《宋名家词》刻本（今藏于国家图书馆、首都图书馆、日本京都大学人文科学研究所等地），在此基础上重刻影印的现存还有如下主要几种：清光绪十四年（1888）钱塘汪氏振绮堂覆刊本、上海博古斋1921年影印巾箱本、商务印书馆1933年影印本。其中著录谢逸《溪堂词》一卷，收录词作共63首。

5.《宋十六家词》本：明佚名辑，佚名校。施廷镛主编《中国丛书目录及子目索引汇编》中曾载有："《溪堂词》一卷，[宋]谢逸撰。"并记录此本藏于江苏省立国学图书馆（南京图书馆）①。

6.《宋二十家词》本：明佚名辑，佚名抄。许宗彦、丁丙跋，二十种共二十六卷，收录《溪堂词》一卷。原为鉴止水斋（许宗彦）藏书，后又辗转为钱塘丁丙所得，丁氏《善本书室藏书志》卷四十对此有著录并撰写提要，按丁氏藏书后亦皆藏于江南图书馆（南京图书馆）。

要之，有明一代，一方面谢逸词集附刊于《溪堂集》二十卷合集全帙本在局部辗转流传，如毛晋《溪堂词》跋所云："既获《溪堂全集》，依全集本末载《乐府》一卷，今依其章次就梓。"此外如大型类书《永乐大典》也辑有谢逸著述（清代四库馆臣正是据此整理为《溪堂集》十卷），但内容已非原貌；另一方面，在明代至少有六种词集丛刊本或抄本录有《溪堂词》，其中如汲古阁《宋名家词》所刻《溪堂词》本为通行本，也较为完整地保存了《溪堂词》。

（三）谢逸《溪堂词》在清代及民国以来传播略论

迨至清代，《溪堂集》二十卷合集全帙本已散佚。四库馆臣据《永乐大典》裒集缀辑，并经过重新捃拾编整，已减至为十卷的诗（共227首）、词（卷六"诗余"共62首）、文（赋、序记、墓表、行状、杂著等，共47篇）合集。《四库全书总目·集部》载："《溪堂集》十卷（《永乐大典》本）。"②《四库全书总目·集部》又载："《溪堂词》一卷（安徽巡抚采进本）。"③清代的藏书书目及部分文献也多予以著录，诸如：

瞿镛《铁琴铜剑楼藏书目录》卷二十集部二："《溪堂集》十卷。"莫友芝《郘亭知见传本书目》："《溪堂集》十卷。"陆心源《皕宋楼藏书志》卷七十八集部："《溪堂集》十卷，

---

① 施廷镛主编，严仲仪、倪友春分编：《中国丛书目录及子目索引汇编》，南京大学图书馆历史系资料室1986年版，第265页。
② 永瑢等编：《四库全书总目》卷一五五，清乾隆武英殿刻本。
③ 《四库全书总目》卷一九八。

文澜阁传抄本。"缪荃孙《艺风堂文续集》卷四:"《溪堂集》十卷。"张金吾《爱日精庐藏书志》卷三十集部:"《溪堂集》十卷,文澜阁传抄本。"

钱曾《述古堂藏书目》《也是园书目》俱载:"谢逸《溪堂词》一卷。"丁立中《八千卷楼书目》卷二十集部:"《溪堂词》一卷,宋谢逸撰。"嵇璜《续通志》卷一百六十三艺文略:"《溪堂词》一卷,宋谢逸撰。"陆心源《皕宋楼藏书志》卷一百十九集部:"《溪堂词》一卷,陆敕先、毛斧季手校本。"沈辰垣《历代诗余》卷一百三:"谢逸……有《溪堂词》一卷。"

一方面,得益于四库馆臣对谢逸著述的缀辑保存;另一方面,明代的词集丛刊本和抄本收录的《溪堂词》在清代仍传抄流传,其中主要的版本有:

1. 毛扆、陆贻典批校《宋名家词》本:清初,毛扆(字斧季,毛晋之子)、陆贻典、黄仪等人,据汲古阁所刻《宋名家词》详加批注,纠谬讹脱、舛误,并经何煌、何元锡校过,订正了原刻很多失误。《宋词四考》:"《溪堂词》一卷,毛斧季校本,毛氏从孙氏旧钞本校,陆敕先又以一钞本校,每首标次序。"①批校颇为精细,其校勘之本,今藏于国家图书馆。

2. 文澜阁《四库全书》本:四库馆臣辑,《溪堂集》卷六收"诗余"一卷,很大程度上保存并传播了谢逸的词作,收录词作共 62 首。《四库全书总目·集部》:"今刊本一卷,末有毛晋跋。"②但四库馆臣恐只是根据《永乐大典》裒辑而重新编订成帙,并参照部分民间的一些词集丛刊本收录的《溪堂词》;抑或四库馆臣抄录粗心,故所收谢逸词作内容有脱漏,下文详述。

3. 鲍氏知不足斋抄本:清乾隆五十四年(1789)鲍廷博辑抄,他以文澜阁《四库全书》所收的十卷《溪堂集》为底本,并历经数年精心批注校对。卷末有鲍以文题记,云:"乾隆己酉仲冬,借沈比部叔埏本对录,是月二十日校于青堆寓庐。乾隆六十年八月初五,偕仁和赵魏恭诣文澜阁《四库全书》本,是正一过。"③据此可知,鲍氏不仅细心校勘,还辅以他本校对,颇为精审,此本今藏于国家图书馆。四川大学古籍所编订《宋集珍本丛刊》收录有鲍氏知不足斋《溪堂集》十卷抄本,2004 年由北京线装书局影印出版。其中著录谢逸《溪堂词》一卷,收录词作共 63 首。

4. 味无味斋抄本:《溪堂集》十卷,清抄本,今藏于上海图书馆。

民国时期,《溪堂词》主要依附于《溪堂集》十卷合集本流传,尚未有单行本刊印。1915年,胡思敬编订《豫章丛书·集部·四宋人集》,据李之鼎(振堂)抄本并校文澜阁《四库全

---

① 唐圭璋著:《宋词四考》,江苏文艺出版社 2009 年版,第 86 页。
② 《四库全书总目》卷一九八。
③ 谢逸:《溪堂集》,见《宋集珍本丛刊》(第 31 册),第 1 页。

书》本,收录有《溪堂集》十卷,附《补遗》一卷、《续补》一卷、《校勘补遗》一卷,卷六"诗余"收录词作 63 首。1965 年,中华书局再版由唐圭璋先生等主编的《全宋词》[1940 年由国立编译馆(长沙,商务印书馆)首次出版],所收录的《溪堂词》是据毛扆等人批校汲古阁《宋名家词》本,并依校本所编次序及紫芝漫钞本《溪堂词》重编,目录载有 61 首,收录共 63 首,包括"另载于后"的《柳梢青·离别》和存目词《花心动·闺情》,附录存目词三阕。2011 年,中山大学出版社出版上官涛校勘的《〈溪堂集〉〈竹友集〉校勘》一书,主要据《宋名家词》本、《四库全书》本考订,校勘 63 首词较细,但未能对《溪堂词》作进一步的指瑕与辑考。

据上述考证,试将谢逸《溪堂词》历代版本源流系统图示如下①:

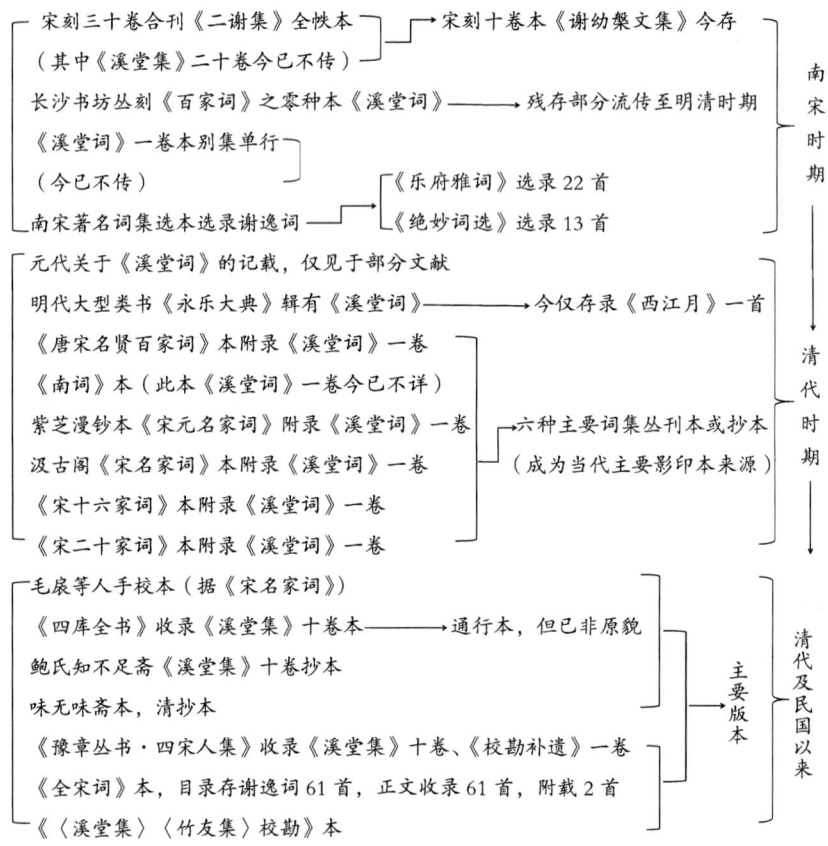

---

① 以下《溪堂词》历代版本源流系统图,是笔者根据目及的诸种版本和各家书目而草略绘成,至于诸种版本及内容的内在源流关系与异同情况,见于本文的正文内容部分。遗憾的是,其中有几种抄本未曾经眼,仅以宏观考察其题跋等内容推断。

二、《溪堂词》词作内容蠡测

如上所论,可以管窥《溪堂词》的版本流传情况,但细究明代以来流传的诸种版本和近人整理的词集总本及校订本,对所收录的《溪堂词》的词作数量和内容都有明显的不同。现以吴讷《百家词》、毛晋《宋名家词》、《四库全书》、《全宋词》等四种主要版本为参考,兹举收录《溪堂词》情况如下:

《百家词》本收录《溪堂词》依次为:《蝶恋花》《踏莎行》《菩萨蛮(二首)》《采桑子(三首)》《西江月(九首)》《南歌子》《虞美人(三首)》《谒金门》《如梦令(二首)》《青玉案》《好事近》《临江仙(二首)》《减字木兰花(二首)》《渔家傲》《清平乐(二首)》《蓦山溪》《玉楼春(四首)》《武陵春(二首)》《浪淘沙》《鹧鸪天(四首)》《浣溪沙(二首)》《燕归梁》《千秋岁》《南乡子》《醉落魄》《鹊桥仙》《江神(城)子(二首)》《点绛唇(二首)》《七娘子》《卜算子》《醉桃源(三首)》《望江南(二首)》,共计62首。

《宋名家词》本收录《溪堂词》依次为:《如梦令(二首)》《点绛唇(二首)》《浣溪沙(二首)》《菩萨蛮(二首)》《减字木兰花(二首)》《卜算子》《谒金门》《好事近》《清平乐(二首)》《醉桃源(三首)》《武陵春(二首)》《柳梢青》《西江月(九首)》《燕归梁》《南歌子》《望江南(二首)》《浪淘沙》《鹧鸪天(四首)》《玉楼春(四首)》《鹊桥仙》《虞美人(三首)》《南乡子》《醉落魄》《踏莎行》《蝶恋花》《临江仙(二首)》《七娘子》《渔家傲》《青玉案》《江神(城)子(二首)》《千秋岁》《蓦山溪》,共计63首,较吴讷《百家词》本多一首《柳梢青·离别》。

《四库全书》本收录《溪堂词》依次为:《点绛唇》《清平乐》《浣溪沙(暖日温风破浅寒)》《采桑子(二首)》《减字木兰花(二首)》《醉桃源(二首)》《菩萨蛮》《武陵春》《西江月(六首)》《玉楼春(三首)》《鹧鸪天(三首)》《鹊桥仙》《南乡子》《虞美人(三首)》《踏莎行》《临江仙(二首)》《蝶恋花》《青玉案》《千秋岁》《江城子(二首)》《蓦山溪》《如梦令(二首)》《点绛唇》《浣溪沙》《清平乐》《采桑子》《菩萨蛮》《卜算子》《谒金门》《好事近》《醉桃源》《武陵春》《柳梢青》《西江月(三首)》《燕归梁》《南歌子》《望江南(二首)》《浪淘沙》《鹧鸪天》《玉楼春》《七娘子》《渔家傲》,共计62首;

《全宋词》本收录《溪堂词》依次为:从略,除未录《浣溪沙(暖日温风破浅寒)》,所收录词作次序和《百家词》本所录《溪堂词》次序相同。在《望江南》一词后附载:"以上陆贻典、毛扆等校汲古阁本《溪堂词》。汲古阁本《溪堂词》原载词六十三首,一首乃吕本中所作,未录。另一首乃毛晋所补,非原本所有,另载于后。全部并依校本所编次序及紫芝漫抄本

《溪堂词》重编。"①可知,《全宋词》重编收录《溪堂词》时,似乎并未参校吴讷《百家词》本所载《溪堂词》。而《全宋词》本所录《溪堂词》次序是据紫芝漫钞本《宋元名家词》所载《溪堂词》次序,后者乃传抄自《百家词》本所载《溪堂词》而来,因此所录次序基本相同。未录的"一首乃吕本中所作",即《浣溪沙》:

  暖日温风破浅寒。短青无数簇幽栏。三年春在病中看。
  中酒心情浑似梦,探花时候不曾闲。几年芳信隔秦关。②

  这首词见于宋代曾慥《乐府雅词》卷下,收录此词是吕本中所作;《东莱先生诗集》卷第一亦载有:"《游刘氏园》(大观元年宿州):'暖日温风破浅寒,短青无数簇幽兰。三年止酒偿春意,可忍花梢戴面看。'"③对比结合这两首诗、词可知,此词乃吕本中所作无疑。《全宋词》对比校勘这首词非谢逸所作,足见精确。然而这首《浣溪沙(暖日温风破浅寒)》均见于明以来的词集丛本和抄本,明代陈耀文所辑词集选本《花草粹编》亦收录此词,皆误认为乃谢逸所作。清四库馆臣在整理辑补谢逸词时,不仅因袭错误增收《浣溪沙(暖日温风破浅寒)》,还漏收《醉落魄(霜砧声急)》一词。此外《全宋词》"另载于后"的《柳梢青·离别》一词,附录在末尾且没有收录在目录中,即编者可能认为这首词的署名值得商榷。而考察这首《柳梢青·离别》的由来,此词乃毛晋从他所获得的较好藏本《溪堂全集》中所辑补;沈雄《古今词话·词辩》在"《柳梢青》"条目后转引:"《古今词谱》(沈璟撰)曰:'中吕宫曲,有平仄二调,谢逸、贺铸俱仄韵。'"④清保培基《西垣集》卷九《柳梢青·春来》明确注明"用谢溪堂韵"⑤,综合上述可知这首词应是谢逸所作。此外历来署名不一的《如梦令》:

  花落莺啼春暮。陌上绿杨飞絮。金鸭晚香寒,人在洞房深处。无语,无语,叶上数声疏雨。⑥

  毛晋汲古阁本《宋名家词》所载《溪堂词》,已经注意到这首词的署名问题,故在这首词后注"或刻周美成"(图一,已用红框圈出)。曾慥《乐府雅词》和黄昇《唐宋诸贤绝妙词选》

---

① 唐圭璋编:《全宋词》,中华书局1965年版,第651页。
② 《全宋词》,第936页。
③ 吕本中:《东莱先生诗集》,见《宋集珍本丛刊》第39册,第2页。
④ 沈雄著,孙克强、刘军政校注:《古今词话》,上海古籍出版社2009年版,第214页。
⑤ 保培基:《西垣集》,清乾隆井谷园刻本。
⑥ 《全宋词》,第646页。

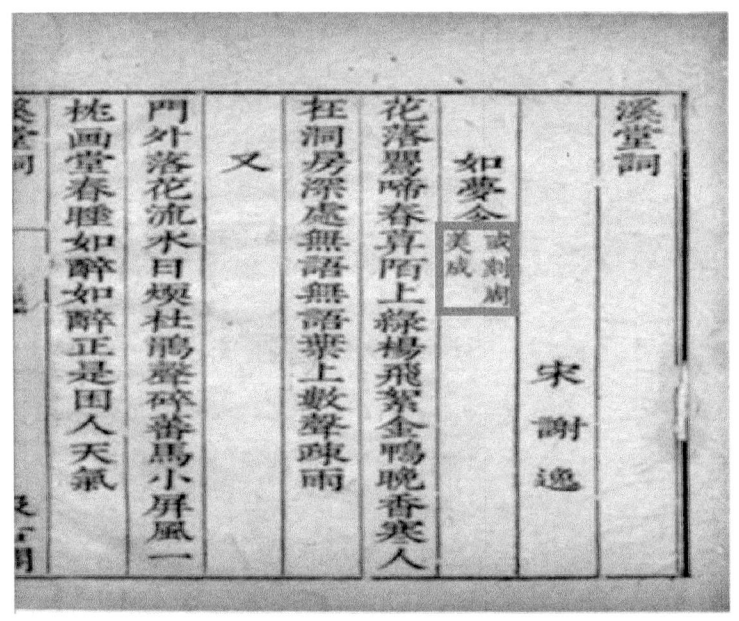

图一　日本京都大学人文科学研究所藏《宋名家词》汲古阁原本钱塘汪氏重校刊本

皆收录为谢逸所作,上述明代诸家刊刻、辑抄的词集丛本亦收录为谢逸词,清代沈辰垣所辑《历代诗余》和朱彝尊所编《词综》均从此录;而明代武陵逸史(顾从敬)《类编草堂诗余》、《类选笺释草堂诗余》和周瑛《词学筌蹄》等收录这首词为周美成所作。《全宋词》收录这首词时,附注:"案此首别误作周邦彦词,见《类编草堂诗余》卷一。别又误作赵简夫词,见杨金本《草堂诗余前集》卷下。"① 考察可知,曾慥、黄昇距离谢逸所处时期颇近,收录为谢逸所作应当无误,而这首词在明代一些词集选本中署名为周美成,当是在辑抄过程中出现的普遍舛误。至此亦可知,宋元以来《溪堂词》在刊刻流传中逐渐羼入舛误,有明一代开始散佚、阙遗。

以上各本收录《溪堂词》并非按调名有序排列,除部分词作篇幅收录有差异外,各本收录《溪堂词》词作数量均有不同,所据底本亦不尽相同,现将四种主要版本收录《溪堂词》的情况,详表对校如次:

---

① 《全宋词》,第646页。

《溪堂词》版本	目录阕数	正文阕数	收录阕数	斠考情况	所据底本
《百家词》	62	62	62	误收《浣溪沙（暖日温风破浅寒）》 漏收《柳梢青·离别》	●未详
《宋名家词》	63	63	63	误收《浣溪沙（暖日温风破浅寒）》	◆《溪堂全集》 ◆宋刊《百家词》残本
《四库全书》	62	62	62	误收《浣溪沙（暖日温风破浅寒）》 漏收《醉落魄（霜砧声急）》	◆《永乐大典》辑本 ◆《宋名家词》本
《全宋词》	61	61	63	目录未收《柳梢青·离别》，附载于后 附载存目词（托名谢逸）《花心动·闺情》	◆毛晋等人批校《宋六十名家词》本 ◆紫芝漫钞《宋元名家词》本

三、谢逸《溪堂词》斠考和存目词考辨

　　《全宋词》对所收录的谢逸《溪堂词》，已经进行了较为完整的裒辑和考订。1999年，中华书局将《全宋词》以简体字横排出版通行于世，所载《溪堂词》一卷基本不变，而附录的存目词已由原先的三阕（《全宋词》中华书局1965年版）增至五阕，分别是《浣溪沙（暖日温风破浅寒）》《谒金门（花满院）》《花心动·闺情》《临江仙（池外轻雷池上雨）》《步蟾宫（远迢迢泛水无槎）》。存目词第一阕《浣溪沙（暖日温风破浅寒）》上引已有叙述，乃吕本中所作；存目词第二阕《谒金门（花满院）》，明代茅暎《词的》卷二所载为谢逸所作，《全宋词》考订此词见于《乐府雅词》卷下，乃陈克（陈子高）所作。而此词亦见于黄昇《唐宋诸贤绝妙词选》，陈克《赤城词》集原录有这首词，因而这首词当为陈克所作无疑。此外，明陈仁锡《类编笺释续选草堂诗余》卷上录引《谒金门（花满院）》为贺方回所作，清佚名编撰的《宋金元人词》亦收录此词入《东山寓声乐府补遗》，均误。存目词第三阕《花心动·闺情》，《全宋词》考订此词见于明人传奇《觅莲记》，并认为这首词非谢逸所作，因其著名，遂作为存目词附载于后。就笔者目之所见，此词似自明代以来才见于众，故而真实作者颇存疑虑，下文详述。存目词第四阕《临江仙（池外轻雷池上雨）》乃欧阳修所作，《丰韵情词》卷五误引为谢逸词。存目词第五阕《步蟾宫（远迢迢泛水无槎）》，亦见于《丰韵情词》卷五，乃明人依托，并非谢逸所作。

　　宋王楙《野客丛书》辑有谢逸散句，卷二十"词句祖古人意"条目下载有："谢无逸词'我

共扁舟,江上两萍叶"出于乐天"与君相遇知何处,两叶浮萍大海中"之意。"①清郑方坤撰《五代诗话》卷三称此二句为谢逸词散句,《唐宋词汇评·两宋卷》亦将这二句收录为谢逸断句。而考察可知,此二句乃出自朱敦儒《樵歌》中《醉落魄·泊舟津头有感》一词,曾慥《乐府雅词》卷下亦收录为朱希真(朱敦儒)词句。上溯推理可知,《野客丛书》所引当误。刘曼曼《谢逸研究》第三节《谢逸现存作品辑佚》中,误辑一首《千秋岁(矮阑回砌)》为谢逸所作,并叙述道:"此词辑自明代陈大声《草堂余意》卷下《夏意》,载谢无逸有此词。"②试录《千秋岁》:

矮阑回砌,时有薰风细。正杨柳,三眠起。烧空榴火艳,近井桐阴翠。调琴罢,薰香又待催人睡。　锦字倩谁寄,沧海愁难洗。初病后,今年里。浅红都褪脸,旧泪多凝袂。休猜忌,闲门只是清如水。③

而考察《草堂余意》即知,《草堂余意》乃陈大声(陈铎)唱和《草堂诗余》而来,《百川书志》对此有精确论述:"《草堂余意》二卷,皇明七一居士陈铎大声次韵。"④再者,试比较这首词与谢逸《千秋岁(楝花飘砌)》:

楝花飘砌,蔌蔌清香细。梅雨过,苹风起。情随湘水远,梦绕吴峰翠。琴书倦,鹧鸪唤起南窗睡。　密意无人寄,幽恨凭谁洗。修竹畔,疏帘里。歌余尘拂扇,舞罢风掀袂。人散后,一钩淡月天如水。⑤

两首词所押之韵完全相同,句意亦是颇近,而《草堂余意》所载《千秋岁(矮阑回砌)》之所以题为谢逸,乃是明确指出追和之源流,并非谢逸之作。况周颐《蕙风词话》对陈大声《草堂余意》早有论断:"词全和《草堂》韵,每音调名下,径题原作者姓名。"⑥

明代文人刊印宋人词集时,误引、舛误较多,以《类编草堂诗余》为例,误题撰人达数十处。此外,有明一代的浮泛模拟之风,致使部分文人开始有意伪托创作一些词作。风气所

---

① 王楙撰,王文锦点校:《野客丛书》,中华书局1987年版,230页。
② 刘曼曼:《谢逸研究》,河北师范大学2015年硕士学位论文,第18页。
③ 陈大声:《草堂余意》卷下,明万历刻本。
④ 高儒著、周弘祖著:《百川书志·古今书刻》,古典文学出版社1957年版,第272页。
⑤ 《全宋词》,第649页。
⑥ 况周颐:《蕙风词话》续编卷二,见况周颐著,孙克强辑考:《蕙风词话 广蕙风词话》,中州古籍出版社2003年版,第127页。

致,明代中后期的小说创作中,亦羼杂一些伪托词作。以托名谢逸《花心动·闺情》为例,兹录如下:

  风里杨花,轻薄性,银烛高烧心热。香饵悬钩,鱼不轻吞,辜负钓儿虚设。桑蚕到老丝长绊,针刺眼,泪流成血。思量起,拈枝花朵,果儿难结。
  海样情深忍撇,似梦里相逢,不胜欢悦。出水双莲,摘取一枝,可惜并头分折。猛期月满会姮娥,谁知是、初生新月。折翼鸟,甚是于飞时节。①

  此词与部分宋代词家的同调创作有较大差异,再加上似于明代后期才见诸众,因此历来颇受争议。对这首词持存疑态度,如毛晋在《溪堂词跋》所记载:"时本《溪堂词》卷首《蝶恋花》以迄,褝尾《望江南》,共六十有三阕。皆小令,轻倩可人……近来吴门抄本多《花心动》一阕,其词云……疑是赝笔,不敢混入,附记以俟识者。"②对这首词持肯定态度,如明末卓人月所编《古今词统》收录这首词为谢逸所作;沈际飞编选《古香岑草堂诗余四集》之《草堂诗余别集》选录这首《花心动》并附有评语,《草堂诗余正集》更是称道此词:"谢无逸《花心动》一词,句句比方,用《小雅·鹤鸣》篇体也。"③潘游龙《精选古今诗余醉》亦收录此词为谢逸所作;清代沈辰垣所辑《历代诗余》和朱彝尊所编《词综》因之辑编为谢逸所作。然而,清代冯金伯《词苑萃编》引用范红友语驳之:"沈天羽《续集》收'风里杨花'一首,谓是谢无逸所作,查《溪堂集》内并无此词,必非无逸所作。其用字全失体格,语更卑陋,不堪沈氏亟赏之。并引恶滥可笑、歪倡伧卒口中之'桂枝句',以为媲美,何其村丑,至此可为一叹。"④《四库全书总目·集部》亦谓此词:"随意填添,颇多失调,措语尤鄙俚不文,其为赝作,盖无疑义。"⑤《全宋词》因而将这首词作为存目词附载《溪堂词》后,并考证出这首词出自明人传奇《觅莲记》。但实则明人传奇《觅莲记》是从明代中篇文言小说《刘生觅莲记》改编而来⑥,而《刘生觅莲记》普遍见于明代的汇刻小说《国色天香》《绣谷春容》《万锦情林》等当中。此外,明代万历年间《融春集》所载:"风里杨花性轻,银烛高烧心热。香饵悬钩,鱼不吞,辜负钓儿虚设。针刺眼,泪流成血。思量起,拈枝花朵,果儿难结。"很明显亦是截用《刘生觅莲记》所载《花心动》一词的前半阕而来。这不仅证明了《刘生觅莲记》在明代后

---

① 《全宋词》,第 652 页。
② 毛晋辑:《宋六十名家词》,上海古籍出版社 1989 年版,第 238 页。
③ 吴熊和编:《唐宋词汇评》两宋卷(第二册),浙江教育出版社 2004 年版,第 1088 页。
④ 冯金伯:《词苑萃编》卷九,清嘉庆刻本。
⑤ 《四库全书总目》卷一九八。
⑥ 陈益源:《〈刘生觅莲记〉考》,《明清小说研究》1996 年第 3 期。

期广泛传播而带来的影响力,同时也印证了《花心动·闺情》一词因其反映了男女恋情内容而在明末小说、传奇中屡被采用。综上,可以断定《觅莲记》乃为明代后期作品①。《花心动·闺情》一词并非谢逸所作,而是最初疑见于《刘生觅莲记》所录,误引为谢逸作品,载于明代卓人月《古今词统》、沈际飞《草堂诗余正集》、潘游龙《精选古今诗余醉》和"吴门抄本"等,为世人所熟知。沈际飞编选评点《草堂诗余正集》对《花心动》一词有评正,普遍认为是据武陵逸史(顾从敬)《类编草堂诗余》评点而来,据笔者查验,《类编草堂诗余》实际并未载《花心动·闺情》一词,兹存疑虑。

四、结语

通过以上探究,将谢逸《溪堂词》版本源流及衍变情况已大致爬梳清晰,《溪堂词》一卷别集单行本今已不传,谢逸《溪堂词》主要附载于明代以来的词集丛刊本、抄本和清代四库馆臣裒辑的《四库全书》本《溪堂集》十卷通行于世。现存谢逸《溪堂词》词作数量应为62首,明代以来刊布的诸种词集丛刊本、抄本和近人整理的词集总本及校勘本,对谢逸《溪堂词》的词作数量和内容有明显不同的收录与记载。误收为谢逸作品的《浣溪沙(暖日温风破浅寒)》,实际应为吕本中作品;《四库全书》漏收谢逸《醉落魄(霜砧声急)》一词;《柳梢青·离别》亦属谢逸作品,《全宋词》载谢逸词时子目漏收。此外《全宋词》载谢逸词后附录存目词《花心动·闺情》,并非出自明人传奇《觅莲记》,而是源于明代中篇文言小说《刘生觅莲记》,后屡被明末一些汇刻小说集纳入成编。明末卓人月《古今词统》、沈际飞《古香岑草堂诗余四集》、潘游龙《精选古今诗余醉》等将《花心动·闺情》误引为谢逸作品。流播所及,在清代不仅被一些词集选本所误收,乃至兴起多人误引、用韵唱和,如沈谦《花心动(怨词,用谢无逸韵)》二首②,并且王士禛对这两首词评价甚高③。沈丰垣、俞士彪和张台柱等人更是直接用韵或和韵《花心动·闺情》,彼此互相酬唱,如沈丰垣《花心动》(用谢无逸韵,同张砥中、俞季琪作)④、俞士彪《花心动》(用谢无逸韵,同沈遹声、张砥中作)⑤、张台柱《花心动》(和谢无逸韵,同沈遹声、俞季琪作)⑥,诸如此类用韵唱和作品及其普遍现象,亦值得进一步地关注。

(作者简介:邢云龙,南京大学文学院中国古代文学专业博士研究生。)

---

① 参见拙文《〈花心动·闺情〉词作者考覆及内容题旨谫论》,《文教资料》2018年第34期。
② 南京大学中国语言文学系《全清词》编纂研究室编:《全清词·顺康卷》,中华书局2002年版,第2031页。
③ 邹祗谟、王士禛辑:《倚声初集》卷一八,清顺治十七年刻本。
④ 《全清词·顺康卷》,第4541页。
⑤ 《全清词·顺康卷》,第4450—4451页。
⑥ 《全清词·顺康卷》,第4488页。

宋元时期作词法文献考述

郝文达

摘　要：宋元时期正是词体快速发展的阶段，这时的词作不仅数量庞大，而且质量也是位列历代之冠。宋词更是成为后世填词者们争相模仿的对象。自宋代开始，学者们便开始研究如何作词，并提出了"体认著题，融化不涩""翻案法""作词五要""以诗为词"等观点。《词源》《乐府指迷》《词旨》《词论》等著作，引入诗歌韵谱填词，反映出宋元时期词的创作依然与音乐有着紧密联系，注重词的审音协律、典雅含蓄，并主要以词话、词序、笔记等为载体呈现，体现出这时的作词法研究还处于萌发期，理论虽粗疏质朴、简短明炼，但其突出的开创性、典范性、先驱性的价值不容忽视。

关键词：宋元　作词法　文献考述

作词法文献是以总结词体写作技巧为主要内容，以如何立意、选调、协律、修辞、炼字等具体方法为研究对象的词学专书。宋元时期，词文学创作进入快速发展的阶段。其中宋代不仅词人群体庞大，且词作数量多、质量高，词也成为宋代的代表文学。在这样的文化环境之下，如何作词也成为宋元文学研究的一个新热点。由于词创作刚刚起步，发展还较缓慢，所以宋元时期的作词法专著数量不多。正如王水照先生在《宋金元词话全编》的序言中所说："与诗文比较而言，宋元人撰写的词学专著是屈指可数的。"[①]这些文献又经历数百年的历史变迁，能保存至今者更是寥寥。尽管如此，我们更应看到它们的价值，它们是词学批评初创期的代表，在词学史上具有重要的先驱地位。

根据《词话丛编》《词话丛编补编》《词话丛编二编》统计，宋元时词话共有十六种，其中大多涉及作词法研究。这些文献除宋代王灼的《碧鸡漫志》、张炎《词源》、沈伯时《乐府指迷》以及元代陆辅之的《词旨》四种外，宋代杨绘《时贤本事曲子集》、杨湜《古今词话》、吴曾

---

* 本文系江苏高校哲学社会科学研究项目"常州词派之作词法批评研究"（项目编号 2020SJA1176）、江苏理工学院社科类人才引进项目"古代诗词作法理论研究"（项目编号 KYY18553）阶段性成果。

① 邓子勉编：《宋金元词话全编》，凤凰出版社 2008 年版，第 1 页。

《能改斋词话》、胡仔所编的《苕溪渔隐词话》、张侃《拙轩词话》、周密《浩然斋词话》、魏庆之《魏庆之词话》及元人吴师道的《吴礼部词话》等均为后人辑录而成。另外，还有一些以单篇形式存在的文献如李清照《词论》、杨缵《作词五要》，虽有所残缺，但见解独到。作词法文献与同时的诗文作法文献相比还有着很大不足，仅《宋诗话全编》中就收录有562家诗话，这也说明宋元时期作词法文献刚刚处于萌发阶段。现就宋元时期重要的作词法文献作简要考述。

一、杨绘《时贤本事曲子集》一卷

北宋杨绘模仿唐人孟棨《本事诗》而撰，以纪事体为主。杨绘，字元素，四川绵竹人，嘉祐元年（1056）登进士第，历任荆南府通判、开封府推官、翰林学士、御史中丞等职。与苏轼交好，两人常有书信往来与诗词相和。该书成于神宗元丰初，原有一百四十余条，南宋初犹有传本，后散佚。民国时，文献学家赵万里在参考梁启超《记〈时贤本事曲子集〉》①一文的基础上，集李璟、孟昶、林逋、苏轼等六位词人的九则词话，汇成《时贤本事曲子集》一册，被收入《词话丛编》。葛渭君《词话丛编补编》又补"小辞之起""叶清臣""吴感"等十一则。

《时贤本事曲子集》标题多以人名为主，如"南唐后主""孟蜀后主""林逋""范仲淹""苏轼"等，可见其仍处于向诗话的学习阶段。以"孟蜀后主"一则为例，钱塘老尼能诵孟昶诗首联，后人以其意作词云："冰肌玉骨清无汗。水殿风来暗香暖。帘开明月独窥人，欹枕钗横云鬓乱。起来琼户启无声，时见疏星渡河汉。屈指西风几时来，只恐流年暗中换。"②并记载了苏轼创作《洞仙歌》与孟昶诗作的影响，可以说这是苏轼"以诗为词"的最早尝试。"小辞之起"一则云："近传一阕云李白制，即今《菩萨蛮》，其辞非白不能及此，信其自白始也。"③本条可以说是考察词体起源最早的记录，充分证明了宋代学者对词体起源的重视。

二、李清照《词论》一篇

宋李清照所著。原文载于《苕溪渔隐丛话》后集卷三十三，《诗人玉屑》卷二十一，《词苑丛谈》卷一等书。本文中李清照简明扼要地叙述了词的发展。从"声诗"的起源谈起，列

---

① 梁启超：《记〈时贤本事曲子集〉》，见梁启超著：《梁启超全集》，北京出版社1999年版，第5278页。
② 杨绘：《时贤本事曲子集》，见唐圭璋编《词话丛编》，中华书局2005年版，第5—6页。
③ 杨绘：《补梁赵辑时贤本事曲子集》，见葛渭君编：《词话丛编补编》，中华书局2013年版，第5页。

举众位词家的创作事迹和创作风格,步步深入揭示主旨——词"别是一家"之说,旗帜鲜明地强调了作词与作诗的区别。她认为,词应该配合词牌所对应的曲调而进行演唱,并通过对先前各家的评价,阐述了她心目中优秀词作的标准,即高雅、浑成、协乐、典重、铺叙、故实。

首先,李清照主张作词应注意协律,认为晏殊、欧阳修、苏轼等人作词"皆句读不葺之诗尔"。她认为词应是"歌词",必须有别于诗,要"协音律",讲究"五音""五声""六律""清浊轻重"等,但晏、欧、苏等人作词,均没有协律,故缺乏乐感与美感。其次,《词论》讲述"字法"时,强调"雅化",如她评论柳永词"大得声称于世,虽协音律,而词语尘下"①。她肯定了柳永在词创作方面的开拓价值,称赞他在声律上的才华,但也批评其词过于低俗、难登大雅之堂。这一看法也为当时主流文坛所接受,如晏殊就说"殊虽作曲子,不曾道'针线慵拈伴伊坐'"②,可见北宋词坛对作词应协律、词雅的观点是一致的。

再次,《词论》认为作词应在铺叙、用典、情致、质实等方面都达到和谐统一,李清照虽没有明确阐述如何将诸多技法融为一体,但她在对前人的创作点评时却一针见血:

> 晏苦无铺叙,贺苦少典重。秦即专主情致,而少故实,譬如贫家美女,虽极妍丽丰逸,而终乏富贵态。黄即尚故实,而多疵病,譬如良玉有瑕,价自减半矣。③

文字中评论了晏几道、贺铸、秦观、黄庭坚等人词在铺叙、用典、故实各方面的不足之处,言极大胆,在当时被视为一介女流的"妄评",胡仔、赵彦卫等人称其观点不够公正,而到后世陈廷焯、缪钺、谢桃坊等人方肯定了她的观点颇有见地。

三、杨湜《古今词话》一卷

南宋杨湜所撰。杨湜,字曼倩,生平事迹不详④。该书大约成书于南宋绍兴年间,公私书目中罕有著录。该书明以后亡佚,今通行本见赵万里编著《校辑宋金元人词》,其中有六十七则,后为唐圭璋先生收入《词话丛编》中。《词话丛编补编》中又补录五则,合计七十二则。本书为词林纪事体,标题以人物名为题,如"唐庄宗""孟昶""韦庄"等,内容多写词

---

① 李清照:《词论》,见李清照著,徐培均笺注:《李清照集笺注》,上海古籍出版社2002年版,第266—267页。
② 张舜民:《画墁录》,见《宋元笔记小说大观》,上海古籍出版社2007年版,1533页。
③ 《李清照集笺注》,第267页。
④ 曾枣庄主编:《中国文学家大辞典·宋代卷》,中华书局2004年版,第278页。

人创作故事。时胡仔《苕溪渔隐丛话》对其评价不高,批曰:"《古今词话》以古人好词,世所共知者,易甲为乙。称其所作,仍随其词牵合为说,殊无根蒂,皆不足信也。"①即言书中所附会的五代以下词林逸事,大都出于传闻,既无事实凭据,又侧重于艳史故事,不能作为考察史实的资料文献。本书最大价值在于保存了众多词人的创作经历,若详加考证,还可作为文献参考。文中在评判作词优劣时云"中秋夜月,照人孤眠,称为业镜。以状景写意及于此也","此词形容愁怨之意最工……颇有言外之意"②等语,对启发学词者创作颇有益处。

四、王灼《碧鸡漫志》五卷

南宋王灼所著。王灼,生卒年不详,字晦叔,号颐堂。本书为宋代较早的专论体作词法文献之一,标题已和词的具体创作技巧有了联系,如"歌曲所起""歌词之变""歌曲拍节乃自然之度数"等,不再是单一地记载词人作词故事。全书共分五卷,卷一论乐,从曲子词产生的角度分析唐宋词的歌曲渊源,历数声歌的递变史。卷二论词,点评唐五代至南渡之初的词家六十余位,主要以北宋居多,王灼从诸位词人的创作内容、风格、本事、影响等方面介绍了各家的作词情况。该卷卷首的"论各家长短"一章尽数北宋词人的高下优劣,特别对李清照与柳永二人进行批评,体现了儒家礼教的固有观点。文中说道:"古歌变为古乐府,古乐府变为今曲子,其本一也。后世风俗益不及古,故相悬耳。"③认为词与古乐府有着极为密切的联系,但宋时社会风气不及古时淳朴,因此流于浮靡。卷三至卷五论词调,列举各词调的来源、代表作等,搜罗丰富,见解独到。

五、胡仔《苕溪渔隐词话》二卷(附《词话丛编补编》154则)

南宋胡仔所撰。胡仔,字元任,安徽绩溪人。《词话丛编》收入《苕溪渔隐词话》二卷,即《苕溪渔隐丛话》前集卷五十九、后集卷三十九乐府。《词话丛编补编》又收录154则词话内容。本书标题多带有专论体性,如"好句不能改""后主词凄婉""秦处度法山谷""乐府雅词之误""词句难得全篇皆好""作词要善救首尾"等,已明显涉及具体的创作技巧。如"作词要善救首尾"一则云:

---

① 杨湜:《古今词话》,见《词话丛编》,第177页。
② 杨湜:《古今词话》,见《词话丛编》,第49页。
③ 王灼:《碧鸡漫志》,见《词话丛编》,第74页。

苕溪渔隐曰："凡作诗词，要当如常山之蛇，救首救尾，不可偏也。如晁无咎作中秋洞仙歌辞，其首云：'青烟幂处，碧海飞金镜。永夜闲阶卧桂影。'固已佳矣。其后云：'待都将许多明，付与金樽，投晓共流霞倾尽。更携取胡床上南楼，看玉做人间，素秋千顷。'若此可谓善救首尾者也。至朱希真作中秋念奴娇，则不知出此。其首云：'插天翠柳，被何人推上，一轮明月。照我藤床凉似水，飞入瑶台银阙。'亦已佳矣。其后云：'洗尽凡心，满身清露，冷浸萧萧发。明朝尘世，记取休向人说。'此两句全无意味，收拾得不佳，遂并全篇气索然矣。"①

本则中，胡仔以晁无咎与朱希真两人词作比较，赞扬晁无咎善于作词，使词首尾相照应，青烟、碧海、流霞、素秋共同构成一幅美妙秋景。批评朱希真尾词意气萧索，不及上阕词首之气势。此评价可谓颇有见地。

书中胡仔记载了"郭生改乐天诗为词"一则云"郭生言恨无佳词，因改乐天《寒食》诗歌之，坐客有泣者"②，此条可知北宋时"改诗为词"这一作词之法已为常态，词与诗之间差异越来越小，如他言"苏子瞻词如诗，秦少游诗如词"③，可见诗词间的相互转写使得诗词的界限愈加模糊。胡仔评判了孙洙、沈会宗、侯蒙、汪彦章、孙觌、冯延巳、柳永等人作词的得失，记录了秦湛取法黄庭坚、李煜用《颜氏家训》语入词的故事，提出词曲好句不能易改、词句欲全篇皆好极为难得等作词法观点，体现出胡仔推崇词要有整体美、结构美的主张。因此，本书不仅具有重要的文献价值，也有重要的词学研究价值。

六、张炎《词源》二卷

南宋张炎所撰。约有一万四千余字，有元人旧抄，清有秦敦甫嘉庆庚午刻本，戈载校订本。全文收录于《词话丛编》，目前通行版本有蔡桢《词源疏证》、夏承焘《词源注》。该书分为上下两卷，根据内容不同分列小标题。上卷专论五音相生、四宫清声、十二律吕、讴曲旨要等音律知识，间系以图，如《五音相生配属图》《阳律阴吕合声图》《律吕隔八相生图》等图，是为音乐论，是目前所知保存音谱最早的文献。下卷标题统一采用二字标题，分为音谱、拍眼、制曲、句法、字面、虚字等十五部分，为创作论。

其一，张炎在音乐论中保存了重要的乐谱文献，他认为作词法与音律密不可分。张炎

---

① 胡仔：《苕溪渔隐词话》，见《词话丛编》，第175页。
② 胡仔：《补苕溪渔隐词话》，见《词话丛编补编》，第52页。
③ 胡仔：《补苕溪渔隐词话》，见《词话丛编补编》，第59页。

家学渊源，其祖父张濡、父亲张枢都擅音律与作词，他少年学词时模仿周邦彦又深受姜夔作词的影响①，所以在创作上很注重音律协洽。如《词源》上卷对古代音乐理论进行梳理，系统论述了音声对作词法的影响，曾节引姜夔《凄凉犯（绿杨巷陌秋风起）》的词序作为"律吕四犯"的规则②。下卷中也有介绍作词法与音乐关系的内容，如《音谱》专篇云：

> 词以协音为先，音者何，谱是也。古人按律制谱，以词定声，此正声依永律和声之遗意。……慢曲不过百余字，中间抑扬高下，丁、抗、掣、拽，有大顿、小顿、大住、小住、打、揞等字。③

张炎认为古人按宫调制出工尺谱后"以词定声"，即是指把工尺上放入了具有二声或三到四声的字。他认为每个词牌皆有"一定不易之谱"，即每个词牌都有各自固定的唱腔，他还指出慢词长调的章法结构需要结合音谱做到婉转多变。另一方面，张炎也明白词人要精通音律很难，正如他说"今词人才说音律，便以为难，正合前说，所以望望然而去之"④，因此，他称赞杨缵"持律甚严，一字不苟作"，赞其《作词五要》"观此，则词欲协音，未易言也"⑤。这也是提示后世词人作词时不必畏惧词律，多下功夫就可以实现协律。

其二，《词源》首次提出作词法批评中的"句法""字面""虚字"等概念，并陈述其创作规范。他谈及："词中句法，要平妥精粹。"⑥而"字面"即为后世所说的"字法"："句法中有字面，盖词中一个生硬字用不得。须是深加煅炼，字字敲打得响，歌诵妥溜，方为本色语。"⑦以此提示填词者们要注重炼字，尽量使所用字能符合歌诵的要求。此外还有"虚字"章节详细分析一些能起到缓和音律节奏的用字之法，供人借鉴选用。

其三，张炎作词主张要意境清空、意趣高远，词中如有用典，则需"体认著题，融化不涩"⑧，以此作为"好词"的最高标准。无论是营造词境，还是使事用典，皆要与题旨一致，切不可晦涩凝滞。从创作的角度而言，张炎此论颇能代表大晟词人们的创作风格。

其四，《词源》已经关注到词文学的题材划分，张炎对咏物词、节序词、抒情词的作法进行了总结归纳。如《咏物》篇云："诗难于咏物，词为尤难。体认稍真，则拘而不畅，模写差

---

① 徐元勇著：《中国古代音乐史研究备览》，安徽文艺出版社2015年版，第98页。
② 张炎：《词源》，见《词话丛编》，第252页。
③ 张炎：《词源》，见《词话丛编》，第255页。
④ 张炎：《词源》，见《词话丛编》，第265页。
⑤ 张炎：《词源》，见《词话丛编》，第267页。
⑥ 张炎：《词源》，见《词话丛编》，第258页。
⑦ 张炎：《词源》，见《词话丛编》，第259页。
⑧ 张炎：《词源》，见《词话丛编》，第261页。

远,则晦而不明。要须收纵联密,用事合题。一段意思,全在结句,斯为绝妙。"①在张炎眼中,咏物词难以描摹事物原貌,必须结合前人典故,且在结句点题,方能成为佳作。而节序词的创作也容易落入窠臼,难出新意:"昔人咏节序,不惟不多,附之歌喉者,类是率俗。"②相比较而言,抒情词是最便于创作的题材,因为词婉于诗,擅于"簸弄风月,陶写性情"③,反映出宋人对"诗词分疆"观念的普遍认同。

其五,《词源》专门论述了作词之"章法"。在《杂论》篇中,张炎指出:"词不宜强和人韵,若倡者之曲韵宽平,庶可赓歌。倘韵险又为人所先,则必牵强赓和,句意安能融贯,徒费苦思,未见有全章妥溜者。"④可看出张炎反对为叶韵而使词句意不顺的做法,强调作词应有全局观,要以全词意旨为重。他还说"词欲雅而正,志之所之,一为情所役,则失其雅正之音"⑤,表达了他作词主张"雅正"的观点,强调词应抒发情感、志向,反对流于艳情使词鄙俗不堪,并提醒作词者以柳永、康与之为戒。

《词源》书后附有钱良祐、陆文圭、江藩、秦恩复、伍崇曜等人跋语,可见此书一直受到历代文人学者的重视。清阮元在《研经室外集》中评价《词源》"厘析精允""足以见宋代乐府之制"⑥。许增《山中白云词》评价云:"叔夏所著词源二卷,穷声律之窅妙,启来学之准范,为填词家不可少之书。"⑦肯定了该书在声律、词作法方面的重要价值,认为它是一部具有开创意义的词学著作,对学词者有着极为重要的指导意义。

七、沈义父《乐府指迷》一卷

南宋沈义父所著,约诞生于宋理宗淳祐时期。较早版本有陈耀文明刻本《花草粹编》,通行版本有蔡嵩云《乐府指迷笺释》本和唐圭璋《词话丛编》校注本。《乐府指迷》是南宋时期仅次于《词源》的一部专门论述作词法的著作,是南宋后期作词法批评演进到新阶段的理论著述,带有鲜明的时代特色和独特的审美取向。

全书共有二十九则,以短论方式阐释作词中需要注意的一些标准和要求。蔡嵩云评价道:"《指迷》虽只二十八则,而论及词之各方面,其重要与《词源》同。且宋末词风,梦窗

---

① 张炎:《词源》,见《词话丛编》,第261页。
② 张炎:《词源》,见《词话丛编》,第262页。
③ 张炎:《词源》,见《词话丛编》,第263页。
④ 张炎:《词源》,见《词话丛编》,第265页。
⑤ 张炎:《词源》,见《词话丛编》,第265页。
⑥ 纪昀:《四库全书总目提要》,河北人民出版社2000年版,第5540页。
⑦ 张炎撰,葛渭君、王晓红校辑:《山中白云词》,辽宁教育出版社2001年版,第222页。

家法,均得于是编窥见一斑。"①将其与《词源》相提并论,称赞了它们在作词法批评上的重要贡献。

其一,在《乐府指迷》第一则"论作词之法"总论中即提出了作词的四个标准,即"音律欲其协,不协则成长短之诗。下字欲其雅,不雅则近乎缠令之体。用字不可太露,露则直突而无深长之味。发意不可太高,高则狂怪而失柔婉之意"②。概括而言就是"音协、字雅、语深、意婉",而这四点对后世尤其民国时期的许多作词法理论都有很大的影响,周济提出的作词要有"寄托"即对应"语深、意婉",况周颐提出的"重、拙、大"对应"意婉、字雅",唐圭璋提出的"雅、婉、厚、亮"则对应了这四个标准的整体要求。

其二,《指迷》认为周邦彦的词作达到了"音协、字雅、语深、意婉"的统一,主张作词当向周邦彦学习。他评价周词:"最为知音,且无一点市井气。下字运意,皆有法度,往往自唐宋诸贤诗句中来,而不用经史中生硬字面,此所以为冠绝也。"③"知音"指周邦彦通晓音律,"无一点市井气"指用字典雅清丽,后两句赞誉了周词章法布局井然,有灵动之气而无经史刻板生硬之气。在论述如何结句时也常以周词为范本,如"论起句"篇云:"结句须要放开,含有余不尽之意,以景结尾最好。如清真之'断肠院落,一帘风絮',又'掩重关,遍城钟鼓'之类是也。"④"论咏物用事"篇中引周邦彦之《水龙吟·咏梨花》词为例证,诸如此类的例子还有很多,无不反映出沈氏对清真词的偏爱。此外,他批评施岳、孙惟信词得失时说:"施梅川……读唐诗多,故语雅澹。间有些俗气,盖亦渐染教坊之习故也。……孙花翁有好词,亦善运意,但雅正中忽有一两句市井句。"⑤,这也是在批评南宋词整体的浅俗,劝诫学词者务必改正。而这一观点也为后来周济、王士祯等人认同,他们指出集社酬唱和宫廷进奉是导致南宋词浅俗的原因⑥。

其三,多方面论述了作词须"音协"的标准。《指迷》在学习《词源》论作词法的观点的同时,对如何做到协音律也提出了自己的主张。一是作词时要注意用字的平仄和押韵。他在"词中去声字最紧要"篇中说:

> 然后更将古知音人曲,一腔三两只参订,如都用去声,亦必用去声。其次如平声,却用得入声字替。上声字最不可用去声字替。不可以上去入,尽道是侧声,便用得,

---

① 沈义父著,蔡嵩云笺释:《乐府指迷笺释》,人民文学出版社1963年版,第39页。
② 沈义父:《乐府指迷》,见《词话丛编》,第277页。
③ 沈义父:《乐府指迷》,见《词话丛编》,第277—278页。
④ 沈义父:《乐府指迷》,见《词话丛编》,第279页。
⑤ 沈义父:《乐府指迷》,见《词话丛编》,第278页。
⑥ 沈雄:《古今词话·词评》,见《词话丛编》,第1036页。

更须调停参订用之。古曲亦有拗音,盖被句法中字面所拘牵,今歌者亦以为碍。①

具体阐述了词中使用去声字的方法,即从古人所作词调中去总结字音经验,注意平仄合律,运用四声腔调时还要避免拗音和被句法限制。沈氏认为押韵要随词调作出相应变化,虽"不必尽有出处,但不可杜撰"②,若是句句都依原调,词就会因限制过多而词意不顺。他还强调作词要注意"句中韵","歌时最要叶韵应拍,不可以为闲字而不押"③,唯如此才能使词协音律,可歌、可唱、可听。二是认为作词音律与用字须相得益彰,不能有所偏废。他批判"坊间歌词之病"时说:"前辈好词甚多,往往不协律腔,所以无人唱。如秦楼楚馆所歌之词,多是教坊乐工及市井做赚人所作,只缘音律不差,故多唱之。求其下语用字,全不可读。"④他认为文人应多学音律,将律腔与用字相结合,才能作好词。同时,他还说:"近世作词者,不晓音律,乃故为豪放不羁之语,遂借东坡、稼轩诸贤自透。诸贤之词,固豪放矣,不豪放处,未尝不叶律也。"⑤批驳了一些作词者不讲音律,并故作豪放语的现象,认为他们假托苏辛作词不讲声律为自己开脱是不合事实的。

其四,《指迷》最早提出了"起句、过处、结句"三方面的作词原则。他认为起句要"见所咏之意,不可泛入闲事,方入主意"⑥,强调作词开头要起得好,最好能做到开门见山,将所咏之物点露出来,切忌泛泛而谈。过处则须做到"清新"和"不可太野,走了原意",强调上下片转换要自然,语言能使人耳目一新,但要保持与上片的语意承接,不能脱离原意另开他意。结句时要做到"要放开,含有余不尽之意,以景结尾最好",这一点甚为关键,句意既要有对上文的概括,更要有一定的升华,使全词意境深远,富有想象空间,故而沈氏建议以写景结尾,借景抒情,这样来将词人的含蓄心意荡开去。

其五,《指迷》对咏物之词的作法讲解尤为细致,总结出很多经验方法。如沈氏提出咏物"须时时提调,觉不可晓,须用一两件事印证方可"⑦,强调咏物时要通过一两处用事即典故来加强对该物的描写,使读者能明白所咏之物及蕴蓄之情。在咏物时还要注意"不可直说",即所咏之物不可直接出现于词中,应以其代称或一显著特征代替,避免咏物过于直白浅露,这样可使词富于趣味和含蓄之意。他还举例说"咏物词,最忌说出题字。如清真

---

① 沈义父:《乐府指迷》,见《词话丛编》,第 280—281 页。
② 沈义父:《乐府指迷》,见《词话丛编》,第 280 页。
③ 沈义父:《乐府指迷》,见《词话丛编》,第 283 页。
④ 沈义父:《乐府指迷》,见《词话丛编》,第 281 页。
⑤ 沈义父:《乐府指迷》,见《词话丛编》,第 282 页。
⑥ 沈义父:《乐府指迷》,见《词话丛编》,第 279 页。
⑦ 沈义父:《乐府指迷》,见《词话丛编》,第 279 页。

梨花及柳,何曾说出一个梨、柳字"①来说明咏物词须注意含蓄寄托的创作原则。他还说:"寿曲最难作,切宜戒寿酒、寿香、老人星、千春百岁之类。须打破旧曲规模,只形容当人事业才能,隐然有祝颂之意方好。"②即祝寿词也应做到含蓄,这样才能推陈出新,在创作上突破前人窠臼,并使词意深远。这也为后人强调词的比兴寄托提供了依据。

其六,沈氏认为作词与作诗还有相通之处,并且在字法上应向诗法借鉴一些独到的地方。如他提出作词"要求字面,当看温飞卿、李长吉、李商隐及唐人诸家诗句中字面好而不俗者,采摘用之"③,即作词也应向唐人学习,借鉴他们诗句中典雅的用字,来提高作词的品味。另一方面,他也注意到要保持词的个体特征,他说:

> 作词与诗不同,纵是花卉之类,亦须略用情意,或要入闺房之意。然多流淫艳之语,当自斟酌。如只直咏花卉,而不着些艳语,又不似词家体例,所以为难。又有直为情赋曲者,尤宜宛转回互可也。④

可以看出沈义父尚未脱离对"词为艳科"的固有观念,认为词若无艳语即非词。再如沈氏批柳永词"未免有鄙俗语"⑤,这一观点显然受李清照批柳词"词语尘下"和张炎批柳词"失雅正之音"⑥两人观念的影响。这也反映出宋代词人在词创作上"崇雅"与"语艳"的矛盾,根本上则是宋人轻视词体的一种倾向的反映,也说明词要根本从"艳科"的樊篱中独立还需要更多词人学者的努力。

《乐府指迷》在词学史上是一部重要的作词法批评著作,它是继《词源》之后的又一次对词创作经验的整理与升华,具有很好的作词指导意义。它的出现说明了作词法一出现就有了很高的理论自觉性,但它在理论的深度、广度上还有诸多不足,也未形成一个完备的作词法批评体系。如对词创作雅俗如何分辨、好词协律可读如何兼有、词人创作得失如何修正等问题尚未有答案,这也为后世学者留下了许多进步空间。

---

① 沈义父:《乐府指迷》,见《词话丛编》,第284页。
② 沈义父:《乐府指迷》,见《词话丛编》,第282页。
③ 沈义父:《乐府指迷》,见《词话丛编》,第279页。
④ 沈义父:《乐府指迷》,见《词话丛编》,第281页。
⑤ 沈义父:《乐府指迷》,见《词话丛编》,第278页。
⑥ 张炎著,夏承焘校注:《词源注》,人民文学出版社1963年版,第29页。

八、杨缵《杨守斋作词五要》一卷

南宋末杨缵所撰。杨缵，字守斋。本篇为专论体作词法文献，《词话丛编》中收录于张炎的《词源》之后，精简扼要地从择腔、择律、填词按谱等方面概述作词的要点和原则。全文云：

> 作词之要有五：第一要择腔。腔不韵则勿作。如塞翁吟之衰飒，帝台春之不顺，隔浦莲之寄煞，斗百花之无味是也。第二要择律。律不应月，则不美。如十一月调须用正宫，元宵词必用仙吕宫为宜也。第三要填词按谱。自古作词，能依句者已少，依谱用字者，百无一二。词若歌韵不协，奚取焉。或谓善歌者，融化其字，则无疵。殊不知详制转折，用或不当，即失律，正旁偏侧，凌犯他宫，非复本调矣。第四要随律押韵。如越调水龙吟、商调二郎神，皆合用平入声韵。古词俱押去声，所以转折怪异，成不祥之音。昧律者反称赏之，是真可解颐而启齿也。第五要立新意。若用前人诗词意为之，则蹈袭无足奇者。须自作不经人道语，或翻前人意，便觉出奇。或只能炼字，诵才数过，便无精神，不可不知也。更须忌三重四同，始为具美。①

简言之，作词就是要"择腔、择律、填词按谱、随律押韵、立新意"。前四要都是在谈要遵循词牌的工尺谱，词牌结合各词牌的工尺谱和各曲子的声情。再进行"择律"，即依月律选择词牌。"填词按谱"即要按着乐谱上的工尺，把字按放上去。因此难度十分大，后世能按音谱拍眼作词的人也越来越少了，一般词人仅是依照词调声韵字句创作，在语言和风格上独树新帜了。最后一要则要求填词者能够积极创新，写出别出心裁的语言，而不是蹈袭前人，拾人牙慧，还需要不断锤炼字句，最后才能写出好词。

杨缵认为作词应从音律的角度出发，分析作词时需要考虑的音韵学问题，即要把一词牌的"工尺谱"作为首要遵守规范。张炎也称赞他"持律甚严，一字不苟作"，曾发出"观此，则词欲协音，未易言也"的感叹之语。

九、张侃《拙轩词话》一卷

宋张侃撰。本书有论词之起源一则，考索词牌源流二则，论述声律二则，评述语句一

---

① 杨缵：《杨守斋作词五要》，见《词话丛编》，第 267—268 页。

则,辨证一则,评论南北宋词人十四则。首先,张侃在评论词作时,于作词法批评的"字法"层面谈到了作词时应避免使用相同字的观点,如《语句复用》一节中谈到王羲之写作《兰亭集序》时会区分使用丝竹管弦即避免字句重复,云:"黄太史谓秦少游踏莎行末句'杜鹃声里斜阳暮',不合用斜阳,又用暮。此固点检曲尽。孟氏亦有鸡豚狗彘之语,既云豚,又云彘,未免一物两用。"① 这个行文标准是前人有所注意却未被提及的,张侃能够关注到这个重点,对作词法批评而言有重要的开创之功。其次,他在评述词人创作时多用比较法,如"苏叶二公词""康辛二公词"等,即分别将苏轼与叶梦得、康伯可与辛弃疾等人加以比较,不论二者高下,只善于连类而及,互相引发。

十、魏庆之《魏庆之词话》一卷

宋代魏庆之撰。魏庆之著有诗话集《诗人玉屑》,据黄昇所撰序文可知,此书成于理宗淳祐四年(1244),现存有二十卷本和二十一卷本两个版本。《诗人玉屑》二十卷本,有明武林谢氏刻本、清《四库全书》本等;二十一卷本,有日本宽永十六年刻本和1958年王仲闻校勘本。两版比勘,二十卷本缺"李易安评""晁无咎与朱希真"等八目。唐圭璋先生编纂《词话丛编》时,以日本宽永十六年所刻印的二十一卷本作为标准,收入书末所附内容,汇编并命名《魏庆之词话》。本书征引前人及当时词人学者著述,并于文末注明出处,唯东坡《卜算子》《蝶恋花》二则,只注"词话"二字,未标书名全称,疑为黄昇《中兴词话》;又"李易安评"一则,应出自胡仔《苕溪渔隐丛话》后卷三三,但也未注明。该书采摘繁富,广引他人对各位词家的评述,资料翔实,但缺点在于较少抒发己见。

十一、黄昇《中兴词话》一卷、
《花庵词评》(补中兴词话)一卷

南宋黄昇撰。黄昇,字叔旸,号玉林,又号花庵词客,著有《玉林词》,在词理论研究方面著有《中兴词话》《花庵词评》。《词话丛编》收《中兴词话》于《魏庆之词话》附录中,《词话丛编补编》收《花庵词评》,称其为《补中兴词话》。《中兴词话》重现于日本宽永十六年刊印的魏庆之《诗人玉屑》附录处,并有注称:"系玉林黄昇叔旸《中兴词话补遗》。"原《中兴词话》有十六则,为纪事体作词法,以词人姓名列目,且所选均为南宋中兴时期的词人,有张

---

① 张侃:《拙轩词话》,见《词话丛编》,第190页。

仲宗、叶石林、陆放翁、范石湖、辛稼轩等人。书中所记词人佚事、名篇佳作，多不见于别家词话，如杨诚斋的《忆秦娥（新春早）》词，只此一例，世所罕见。黄昇在《中兴词话》中对这些中兴词人之作词法多有褒扬，如称赞辛弃疾作词"铁心石肠发于词气间，凛凛也"，赞他作寿词"自然中的，事意俱佳"，赞刘伯宠作词"下字造语，精深华妙，惟识者能知之"①，等等。《花庵词评》中黄昇介绍了唐词在命意造语上"语简而意深"，在结构上"多无换头"，在创作时多"缘题所赋"等方面的特点，再通过论说欧阳修、苏轼、晏殊、黄庭坚等多位宋代词人创作的特点来比较唐宋词作法上的异同。黄昇正是以评论词人的创作特色来指导填词者如何选调、安排章法结构，提高填词者的创作与鉴赏水平。

十二、陆辅之《词旨》一卷

元代陆辅之撰。本书为专论体作词法文献，分为上下两部分。上部分专论"词说""属对""乐笑翁奇对"，下部分专论"警句""乐笑翁警句""词眼""单字集虚""两字集虚""三字集虚"，皆是作词之专门方法。陆辅之少年时曾师从宋末词学家张炎，受老师的影响很大，《词旨》两卷即是对张炎词论观点的继承和发挥。陆氏《词旨序》中谈及："予从乐笑翁（张炎）游，深得奥旨制度之法，因从其言，命韶暂作《词旨》，语近而明，法简而要，俾初学易于入室云。"②交代了作者在张炎处学到了作词法的奥旨才有了本书。例如他在《词说七则》篇中从理论上概括如何作词时，即云：

> 命意贵远。曲则远也。《词源》云：词以意为主，不要蹈袭前人。用字贵便。生则不便也。《词源》云：词中用一生硬字不得。造语贵新。纤巧非新，能清而新，方近雅也。《词源》云：词中句法要平妥精粹，一曲之中，安能句句高妙，只要拍搭衬副得法耳。炼字贵响。《词源》云：字字敲打得响，歌词妥溜，方为本色。如贺方回、吴梦窗皆善于炼字，字面多于温庭筠、李长吉诗中来。字面亦词中之起眼处，不可不留意也。③

本段中陆氏认为作词应做到"意远、语新、用字便、炼字响"，他还结合《词源》语来对自己的论点进行注解，以贺铸、吴文英等人为例，说明炼字的重要性。观点明晰简要，注释厚重详实，不失为一种行之有效的作词方法。

---

① 黄昇：《中兴词话》，见《词话丛编》，第 213—215 页。
② 陆辅之：《词旨·序》，见《词话丛编》，第 297 页。
③ 陆辅之：《词旨》，见《词话丛编》，第 301 页。

《词旨》专有"词眼凡二十六则"一节，罗列了诸多用字极佳的字句，供人学习模仿。这一节就出于张炎《词源》中论及"字面"部分，并受到张炎"须用功着一字眼"观点的启发。同时《词旨》对作词法的批评较为公允，关注面较为广泛。例如在创作风格方面，陆辅之认为作词也应与作诗一样，需要取长补短："周清真之典丽，姜白石之骚雅，史梅溪之句法，吴梦窗之字面，取四家之所长，去四家之所短。"①他将此种博采众长的创作法命名为"翻案法"。在章法结构方面，则要"对句好可得，起句好难得""知此须布置停匀，血脉贯穿。过片不可断曲意，如常山之蛇，救首救尾"②，将作词法的"章法"部分总结得很精准。而在字法理论方面，他摘引诸多名句佳对供学词者参考，如"虚阁笼云，小帘通月"（姜白石《法曲献仙音》）、"砚冻凝花，香寒散雾"（周邦彦《齐天乐》）等，由此可见，陆辅之的审美倾向于雅化，明显受大晟乐府的"清空"理念影响。

十三、吴师道《吴礼部词话》一卷

元代吴师道撰。曾官至礼部郎中，故又称吴礼部，所著《吴礼部诗话》卷末附词论八则，存有《知不足斋丛书》本和《丛书集成初编》本两种。《词话丛编》据前本辑为《吴礼部词话》七则，《词话丛编补编》补二则，附录题跋四条。本书结构仍采用本事体体例，如标题为"柳耆卿木兰花慢""东坡贺新郎词""韩南涧题采石蛾眉亭词"等。考察其内容，可见吴氏论点较为精审，他从特定词家、词调入手，自微观角度延展开来，分析诸人的技法高下。如谈及《木兰花慢》一调时，他列举柳永词作中"倾城""盈盈""欢情"等有韵之语，称其"音调之正"；同时，又将元人吴激、元好问的同调词作与柳词相较，得出"依柳为正"③的结论。词作中最易被人忽略的就是句中短韵（或称藏韵、暗韵），而吴师道对它的关注，足以见得他对词创作的独到见解。

自宋代以来，词的创作研究逐渐得到重视，作词法文献也逐渐增多，这些著述凝结着词人与词学家们的经验与智慧。由宋及元，这一时期也正是作词法发展的初创期，在写作体例上呈现出由纪事体例向专论体例过渡的现象，带有着明显的向诗法学习的痕迹。北宋末到南宋初以纪事体为主，如《时贤本事曲子集》《古今词话》《复雅歌词》等书以记录词人轶事为主。南宋中后期至元以专论体为主，如胡仔《苕溪渔隐词话》、张炎《词源》、张侃《拙轩词话》、沈义父《乐府指迷》、陆辅之《词旨》等书开始专论词在命题、立意、协律、修辞、

---

① 陆辅之：《词旨》，见《词话丛编》，第 301 页。
② 陆辅之：《词旨》，见《词话丛编》，第 302 页。
③ 吴师道：《吴礼部词话》，见《词话丛编》，第 119 页。

炼字方面的技巧,开启了对作词法的初步探索。及至明清时期,才有了大量优秀作词法著述的问世与作词法研究的繁荣。清末民国时又受西方文学思潮的影响,加上报刊的推波助澜,传统文学的创作与传播更是得到了广泛推广。总之,宋元时期的作词法文献在词史上有着承前启后的巨大价值,它们不仅为作词法理论的深入与完备奠定了文献基础,拓宽了理论内涵,还影响了后来各代词学家的创作观、鉴赏观、声律观,为作词法研究的深入、新创作理念的形成提供了支持与保障。

(作者简介:郝文达,江苏理工学院人文社科学院讲师。著有《论清末民国时期作词法批评的新变》等。)

"声学"观与晚清词学批评的新拓

昝圣骞

摘　要:"词为声学"是晚清学人对"词学"内涵与体系的一种基本认知。它从词体倚声而作的源生机制出发,探寻音律与格律的协配规律,并引入儒家乐教思想,强调审音守律,观风化人。在这一观念的影响渗透下,词学批评的重要论题都有了新的拓展。晚清词家将赓歌、《九歌》等上古乐歌体式引入词体源流谱系中,丰富了词体起源论;将词体之声归根于古乐统序,引入儒家乐教理念,深化了词学尊体论;将乾嘉以降词体声律之学的昌明推举为词史之"中兴",为著名论题"清词中兴"注入新的内涵;又以"一唱三叹"说为代表,发展了传统文学批评范畴。

关键词:声学　词体起源　尊体　清词中兴　一唱三叹

揭橥自刘熙载《艺概·词曲概》的"词为声学"说代表了晚清学人对词体文学的一种总体认识。其基本内涵即重视词的乐歌属性,创作上以守律审音为原则,审美上追求中正和雅,研究上以音律和格律的协配规律为重心。这一观念与尊体这一清代词学主题相承接,与嘉道以降词乐研究热潮相表里,带着实证返原的朴学精神,成为学科建设的基石之一[①]。"声学"是晚清词学一个醒目的标签,也是一个颇具生发性的元命题,在它的渗透和引导下,词学批评的各个方面都有不同程度的新拓。对此学界尚未给予足够的关注。本文不揣谫陋,拟以词体起源论、词体尊体论、词史"中兴"论和批评范畴"一唱三叹"说等方面为例,探讨晚清词学批评在"声学"影响下的新进展。

---

* 本文系国家社会科学基金重大项目"历代词籍总目提要及文献数据库建设"(项目编号18ZDA257)、江苏省社会科学基金青年项目"现代词体学的发生与成立研究(1906—1949)"(项目编号19ZWC005)阶段性成果。

① 有关晚清词学"词为声学"观的学理源流及影响参见拙文《词为声学:晚清词学的基础观念》(《文学遗产》2021年第3期)。

一、"声学"观与词体起源论

  晚清词学家着眼于倚声合乐的共同体制,将赓歌、楚辞等古代乐歌文体纳入词体源生理路之中,丰富了词体起源论,也加深了词体的文化义涵。

  赓歌,出自《尚书·益稷》:"帝庸作歌曰:'敕天之命。惟时惟几。'乃歌曰:'股肱喜哉。元首起哉。百工熙哉。'皋陶……乃赓载歌曰:'元首明哉。股肱良哉。庶事康哉。'"《说文》以"赓"为"续"之古文,赓歌即续歌。皋陶赓唱舜帝之歌,也是四言三句,文字基本相同,其声调当亦相同。宋人张侃曾将"赓载歌,薰兮解愠"①等舜歌作为乐府体式的萌芽,清初吴兴祚也说过"有韵之文,肇自赓歌,降而曰诗,曰骚,曰赋,莫不以音节铿锵为美"②。不过他们都没有直接将词体上溯至赓歌。沈道宽是嘉庆道光年间的知名文人,他有《论词绝句》四十二首,其第一首曾试图反驳"庚歌"说:

    探源乐府溯虞廷,要把诗余比再赓。大晟伶官工制谱,王孙已道永依声。
    有声病对偶之诗,乃有词。近人苦为"诗余"二字辨,欲比之唐赓歌、商周雅颂,误矣。③

  后两句引用的可能是赵令畤《侯鲭录》所载、王安石提出的古歌为声依永、今词是永依声的看法。其实唐宋时期,倚声填词和倚词制曲两种模式都有,认为古歌是声依永,词是永依声,并不能驳倒词源于赓歌说,何况皋陶和舜帝的赓唱,的确类似于后世调同词异的唱和。陈廷焯也提出"唐以前无词名,然词之源,肇于赓歌,成于乐府"④的观点,其立足点当还是词体以辞配声的体制。

  晚清词学家还从辞配声的体制出发,将《楚辞》尤其是《九歌》也视作词体源头之一。自古风、骚并称,是中国各体文学的源头和典范。辛弃疾、蒋捷曾模仿《楚辞》句式作词,被杨慎称为"小词中离骚""幽秀古艳"⑤。清初朱彝尊《陈纬云〈红盐词〉序》云:"善言词者,假闺房儿女子之言,通之于离骚、变雅之义,此尤不得志于时者所寄情焉耳。"毛奇龄《峡流词序》云:"则以诗余者,其流为曲,而其源直本于《国风》、《离骚》。"二者着眼于词中怨而雅

---

 ① 张侃:《拙轩词话》,见唐圭璋编:《词话丛编》,中华书局2005年版,第189页。
 ② 吴兴祚:《词律序》,见万树编著:《词律》,上海古籍出版社1984年影印版,第4页。
 ③ 沈道宽:《论词绝句四十二首》,见王伟勇著:《清代论词绝句初编》,里仁书局2010年版,第168页。
 ④ 陈廷焯:《词坛丛话》卷一,见《词话丛编》,第3719页。
 ⑤ 杨慎:《词品》卷二,见《词话丛编》,第464—465页。

的情志与风格,与体制关系不大。前引吴兴祚《词律序》论及"骚""以音节铿锵为美",而词"尤贵音调之协和",不过未将两者结合起来。嘉道以还,词家揭橥"意内言外"之义,从寄托怨悱之情和采用比兴之体两方面,将传统诗、骚之批评移于词,提出所谓"以国风、离骚之旨趣,铸温、韦、周、辛之面目"①的创作纲领。而当时词家在体制上也找到了词与楚辞的相通之处。如光绪间诗人沈同芳《曼陀罗华室诗词集叙》云:

> 古无无声均之文,不独诗也,今别诗余曰词,非,但歧声均之诗而二之,乃歧声均之文而三之。词不祖三百篇,则祖离骚,其疾徐短长高下参差,声均与古为近。曲名或滥觞于屈子司命诸篇目,而后大盛于南北朝,妖靡曼引,殆充塞已。②

沈氏认为古时所有文学样式都是有声有韵(均)、合乐可歌,所以诗、词、文三者并无高下主次之分,只不过声韵不同而已。所以将词称为"诗余",或者将"诗余"这种长短句歌词称为"词"也是不对的。词只是另一种声韵的"诗"或者说"文"而已。而与古近体诗不同,《诗经》和《楚辞》的声韵是"疾徐短长高下"的,所以是词之源头,并且《楚辞》中《大司命》《少司命》一类篇章或许就是倚声填辞之作,而"大司命""少司命"可能就是曲调名③。况周颐说得更为明白,还找到了源头更早的证据:

> 《山海经注》:"夏后开上嫔于天,得《九辩》与《九歌》以下。"郭景纯注引《归藏·开筮》曰:"昔彼九冥,是曰《九辩》,同宫之序,是为《九歌》。"考此,则《九歌》、《九辩》皆天帝乐名,屈原、宋玉特用其音节以词填之。晚唐五季以还,填词之法导源于此。④

《九歌》到了唐代仍有曲调流传,但肯定已非战国时面目。据《新唐书》刘禹锡本传:"禹锡谓屈原居沅、湘间作《九歌》,使楚人以迎送神,乃倚其声,作《竹枝辞》十余篇。于是武陵夷俚悉歌之。"这里声(乐)、辞、歌三者齐备,是一个完整的倚声填辞而歌之的记载。清人认为单就以辞配调、倚声填辞的创作方式来说,屈原作《九歌》、刘禹锡用《九歌》调作《竹枝辞》,和唐宋人填词都属于中国古代音乐文学创作传统,是有相通之处的。"九歌"的来源和性质是一个复杂的问题,但可以肯定为乐曲。王逸《楚辞章句》已明确说屈原"出见俗人

---

① 黎庶焘:《琴洲词原序》,见孙克强、杨传庆等编著:《清人词话》下册,南开大学出版社 2012 年版,第 1690 页。
② 沈同芳:《刻鹄集》卷二,见《清代诗文集汇编》第 792 册,上海古籍出版社 2010 年版。
③ 沈同芳关于词是另一种声韵的诗的说法,用今天大韵文概念的"诗",或者大文学概念的"文"来衡量,有一定合理性,但他连"词"这一名称也想取消,显然是不可能的。
④ 况周颐:《蕙风词话补编》卷一,见屈兴国编:《词话丛编二编》第 5 册,浙江古籍出版社 2013 年版,第 1886 页。

祭祀之礼，歌舞之乐，其词鄙陋，因为作《九歌》之曲"，况氏的考证似乎求解过深了。由于尊体观念的影响，《楚辞》在晚清词家心目中和《诗经》一样，是重要的文体源头，其影响甚至比《诗经》更直接。无论是香草美人的比兴手法，哀怨无缘的情志寄托，还是瑰丽富艳的藻采，要眇宜修的风格，乃至心怀故国、行吟寻觅的诗人形象，甚至名称（词与辞，古今字），都是词与楚辞相通之处，也都是词体尊体之路。那么再加上合乐协声之体制这一沟通角度，晚清词学家眼中词体的"骚"义就更加全面了。

二、"声学"观与词学尊体论

以词体合乐，能得古诗之意，能承乐教之训，地位还在近体诗之上，这是晚清词学在"词为声学"以及词乐研究影响下形成的尊体观的新进展。

词自诞生之日起，就不断与"小道""余事""末技"等蔑视意味明显的恶谥作斗争，尊体之论贯穿词史始终，不断被重提，也不断有创新。宋代以诗为词、别是一家等论见是尊体观的萌芽。明人将词上溯至乐府、诗经，又将主情说移植到词学中，是尊体观的初展。清代尊体观念空前发达，词论家通过为词正名（抛弃词是诗之余的观念）、溯源探本（传情述志，温柔敦厚）、标榜比兴（香草美人，比兴寄托）和鼓吹词亦有史（感慨所寄，不过盛衰）等四大途径来确立词体的地位、扩充词体的社会意义[①]。然而检视嘉道以前的词学尊体理论，会发现清人多是从文学本位来立论，少有从乐歌本位来尊体的。这种做法很容易产生将词与诗靠得太近，以至于混而为一的弊端。如王昶在《国朝词综序》中大力宣扬词的合乐应歌性，把词的源头上溯于《诗经》，却津津乐道于"太白之'西风残照，汉家陵阙'，《黍离》行迈之意也；志和之'桃花流水'，《考槃》衡门之旨也。嗣是温岐、韩偓诸人，稍及闺襜，然乐而不淫，怨而不怒，亦犹是《摽梅》《蔓草》之意"这样的写作内容和情志寄托方面的比附，归于"今之词即古之诗"[②]。王昶文章中的"诗"，有时指《诗经》，有时是泛指。不管是哪一种，词总是站在诗的背后，"诗余"说之弊难以廓清，更不用说王昶私底下还是将词视为小技的[③]。

晚清词家在强调、维护词体音乐性的基础上，将主要参照物从诗经、乐府移到近体诗上，得出词的地位还在近体诗之上的结论。这种尊体观念有利于突破"诗余"的框架，改变

---

① 陈水云：《清代词学的"尊体"理论》，见陈水云著：《中国古典诗学的还原与阐释》第四辑，中国社会科学出版社2013年版。
② 王昶：《国朝词综序》，见施蛰存主编：《词籍序跋萃编》，中国社会科学出版社1994年版，第774—775页。
③ 曹明升：《雍乾学人群体风貌与清代词学复兴的进境》，《南京大学学报（哲学·人文科学·社会科学）》2013年第5期。

"词不离乎诗方能雅"①的成见。晚清著名学者汪宗沂在《莲漪词跋》中说：

> 余尝考唐诗宋词元曲之由来，而知词格之尊也。夫宋词基于南唐小令，南唐小令托始于唐人乐府，唐人乐府以绝句为可被诸管弦，其音节出于齐梁。乐府自周秦汉魏遗声亡于东晋，太白飞卿肇造词格，至有宋而燕乐之二十八调由词得存。后人因是可考见一代之乐，视今诗之徒歌者，其格故高已。②

汪氏行文有些跳跃，将其逻辑思路倒着理一下也许能看得更清楚些：周秦汉魏时的古歌谣和古乐府，到东晋已经亡佚；以齐梁为代表的六朝乐府，变为唐人乐府中的声诗绝句（而绝句实际上也已经亡佚）；唐代李白、温庭筠创造词体，由南唐小令发展到宋词至今，可由词考见唐之燕乐二十八调，也就是一代之乐。后来一直到今天的诗，纵然可以歌唱，也与古乐没什么关系了。所以汪宗沂得出词比近体诗"格高且尊"的结论。为什么能"考见一代之乐"就代表词体比近体诗"高且尊"？这岂非是汪氏作为乐律学家自我作古，自神其说吗？一方面，弄清楚"一代之乐"也就是唐宋燕乐之原理，可以沟通古今乐理。唐宋以前，诗经、乐府等声诗样式只有宫商律吕之说；唐宋以至元明清，词与曲又专言工尺，不尚律吕。词乐学家看来，在音乐文学的序列中，词处在中间位置，把握住了词乐，就可能找到沟通今乐与雅乐、工尺与律吕的关键。另一方面，更重要的是"乐"在晚清词论话语中往往不仅仅是音乐之"乐"，而是《乐记》之"乐"，"六艺"之"乐"，乐教之"乐"。这一点谭献论述的最为全面：

> 词为诗余，非徒诗之余，而乐府之余也。律吕废坠，则声音衰息。声音衰息，则风俗迁改。乐经亡而六艺不完，乐府之官废，而四始六义之遗，荡焉泯焉。夫音有抗队[坠]，故句有长短。声有抑扬，故韵有缓促。生今日而求乐之似，不得不有取于词矣。唐人乐府，多采五七言绝句。自李太白创词调，比至宋初，慢词尚少。至大晟之署，应天长瑞鹤仙之属，上荐郊廊，拓大厥宇，正变日备。愚谓词不必无颂，而大旨近雅。于雅不能大，然亦非小，殆雅之变者欤。其感人也尤捷，无有远近幽深，风之使来。是故比兴之义，升降之故，视诗较著，夫亦在于为之者矣……年逾四十，益明于古乐之似在乐府，乐府之余在词。昔云："礼失而求之野。"其诸乐失，而求之词乎？③

---

① 查礼：《铜鼓书堂词话》，见《词话丛编》，第1482页。
② 汪宗沂：《莲漪词跋》，见《清代诗文集汇编》第706册，第166页。
③ 谭献：《复堂词录序》，见《词话丛编》，第3987页。

谭献虽然沿用了词为乐府之余的旧说法,但这里的乐府不是六朝乐府或者汉魏乐府,而是上古乐歌。南风五子之歌、诗经、楚辞等都属于上古乐歌,而谭献没有以任何一种文学为中转站,而是以词直承乐歌之乐。他立足于儒家乐教,总结了词"乐"的内涵、功能和社会意义:其一,词体句式有长短、叶韵有缓急是为了配合声(人的情志)音(有调之声)的抑扬抗坠,即所谓"音有抗队[坠],故句有长短。声有抑扬,故韵有缓促。生今日而求乐之似,不得不有取于词矣",本之《乐记》"凡音者,生人心者也。情动于中,故形于声。声成文,谓之音"。其二,通风俗而观政教。当乐律沦亡之时,亦是文学衰飒、社会颓废之时,即所谓"律吕废坠,则声音衰息。声音衰息,则风俗迁改",本于《乐记》"声音之道与政通",这就是"升降之故"。其三,比兴之义,即"四始六义"之遗、变雅之义。其四,感化、教育人民,即"感人也尤捷","风之使来"。这些本都是乐的功能,也应该是词的功能;如今古乐沦丧,不得不有取于词。这即是"考见一代之乐"的深层意义。

谭献处在晚清衰世,其所论自有鲜明的现实针对性。进入民国,世乱更加频仍,文学的社会意义被放得更大。沈曾植《彊村校词图序》云:"《离骚》之辞,本《易象》,刘勰言之;宋玉微词,世或以为铎椒,《春秋》之裔绪。辞与词,古今字,后世读居士所为与所著录,其将有感乎无声之乐、不尽之意乎!抑亦且曰:不可见之《易》,莫赞之《春秋》,且于是焉在乎!"①这几句话高度概括了朱祖谋词乃至常州派词意内言外、主文谲谏的特点。"无声之乐"一词,立足于词难再传唱于人口的实际,又将词体的社会文化意义提高至顶点。这里的"乐",是儒家乐教之"乐",是观世变、察民风、正情性、匡政教的文学,是晚清词家要致力的方向。又杨恩元《弗堂词跋》云:

  故文艺一日不泯灭,即中国一日能存在。昔人称言者心之声,又称声音之道与政通,安得曰"雕虫小技,壮夫不为"也?然则中华民族复兴之枢纽,黔省人文蔚起之关键,将以先生之词卜之,识者当不以余言为河汉焉。②

这篇文章作于二十世纪三十年代,国家和民族所遭受的灾难视同光"中兴"时代更为深重,杨氏所言也更加明白激烈。词体既然妙谐声律,则当通于乐理、兴于乐教,当此生死存亡之际,甚至有存民保种的意义。词体之尊,至此已难以复加。

谭献认为词比近体更能见"比兴之义,升降之故",而比兴寄托、知人论世本就是传统诗

---

① 沈曾植:《彊村校词图序》,见《清代诗文集汇编》第783册,第816页。
② 杨恩元:《弗堂词跋》,见冯乾编校:《清词序跋汇编》第4册,凤凰出版社2013年版,第2143页。

学最为看重之处,所以谭献与汪宗沂认为词比近体诗格高且尊的观点其实是一致的。这里以词为古为高,近体为俗为低,实际上是一种文体的正变观。江顺诒《词学集成》开篇明义:

> 汪晋贤森《词综序》云:"自古诗变而为近体,而五七绝句传于伶官乐部,长短句无所依,不得不变为词。当开元盛时,王之涣等诗句,流播旗亭,而李白菩萨蛮等词,亦被之歌曲。诗之与乐府,近体之于词,齐镳并骋,非有先后。谓诗降为词,以词为诗之余,殆非要论矣。"诒案,溯词于乐府,则词为大宗。而古近体诗,乃乐府之变调,不能叶律之乐府耳。诗自唐以后无歌者,词自宋以后无歌者,元曲出而古乐亡。如黄河南徙,今且夺淮入海之路。古近体诗,黄夺淮也,谓之黄而不谓之淮。词则碣石黄河之故道,其踪迹,知之者鲜矣。①

词能协律合乐,能得古乐府之意,是黄河故道;古近体诗不能协律,本是乐府之变调,偏走淮路,而冒黄河之称。这里以词为正,近体为变的看法很明显的。和尊体观一样,词的正变观也是贯穿词史始终的重要论题,前代词论家多围绕"婉约与豪放""时代与盛衰"两个方面申论。从上引诸词家之说来看,词与近体诗之间竟似乎也存在着"正"与"变"的关系,这一点不太为研究者所注意。其实,这里的"正"与"变",是以古歌谣、诗经、楚辞及汉乐府等上古声诗的乐歌传统和乐教之学为参照物而定义的,词得古诗之意,为源流之正,近体与乐疏离,为源流之变,两者并不存在从属关系。

三、"声学"观与词史"中兴"论

除了词体起源论和尊体论这样的核心命题,以"词为声学"的看法还被学者贯彻到词史批评中,严于持律的风气笼罩词坛,同时"胶柱鼓瑟"的讥弹亦时而出现。其中最具标志性的是晚清学人将词之"声学"的勃兴艳称为"词学(界)中兴"。

在词史及词学史研究中,"清词中兴"是一个关切清词品格、特征与价值的核心命题,自清初起就被提出并不断有学者参与讨论,至当代更获得高度关注,叶嘉莹、饶宗颐、严迪昌、施议对、张宏生、孙克强等学者均有专门且深入的研究。不过学界对此论题的认识在时间上偏重于清词的两端即清初词家的标榜和清末学人的追述,在材料上偏重于近现代学者如蒋兆兰、叶恭绰等的总结,对词史内部产生的时人的看法发掘尚不全面。清代词家

---

① 江顺诒:《词学集成》卷一,见《词话丛编》,第3217页。

自己论词之"中兴"的话语,本是让我们接近"第一历史"的捷径,却似乎被学界有意无意地忽视了。实际上,以晚清词体声律之学为晚清词"中兴"词史的标志之一,也是"清词中兴"的重要内容。这部分观点,认为晚清以来的严守四声、正明词韵、复考宫调的词作能够与唐宋词相呼应,在成就上超过了其他时代。

吴中声律词派是晚清词坛"声学"研究的先锋,对此他们是颇为自信的。"吴中七子"之首戈载认为前代词学如《词律》"讹误淆混之处,沿习既久,沉溺难返,韵学不明,词学亦因之而衰矣"①,潜台词即是以自己的《词林正韵》为词学复盛的开端。七子之一的朱绶称嘉道间词体音律的研讨是"词学最盛之际"②,前人填的词只不过是长短句的歌谣,能辨析五音清浊的吴中七子词才能称得上是词,而且能穷究宫调,使宋代大晟雅乐复见于世③。他们虽然没有举出"中兴"二字,但确是以中兴词学为目标的。

当时与吴中派桴鼓相应的词家很多,如"新浙派"的代表人物之黄曾、黄燮清兄弟,不但与戈载、朱绶等人有直接交往,而且有将重音辨调之学推而广之之功。同光间"浙西三词家"中张景祁、张鸣珂就是黄氏昆仲的弟子。黄曾的《瓶隐山房词钞》八卷在当时以审律严格著称,车祖康为之作序云:

> (按,指黄曾)与里中章渠宾、钱耐青,海盐黄韵珊诸君讲求声律之学,凡九宫七调,考究靡遗,犹歉然以为未窥津逮。著《瓶隐山房词》八卷,初犹未审其律之细也,及取唐宋原词按各调对勘之,不惟平仄相符,即四声亦无字不合,展诵数过,叹为独绝。夫自来填词家沿讹袭谬,苟便自安,既不暇求辨于四声,亦不识宫调为何物,以致盲词哑曲,塞破世界。兹集一出,俾海内之耽此者翕然有所式,从而词风当为之一振。④

车祖康的逻辑与朱绶是一致的,不过论说更为直接。他认为在经过了元明以来长久的"盲词哑曲"阶段后,黄曾词四声悉依唐宋词,又能考"九宫七调"之学,所以能上窥唐宋,复振词风。"为之一振"的说法已经与"中兴"没有什么区别。

也许是旁观者看得更清,"中兴"二字反倒屡见于并非以词知名的作者笔下,可以代表当时的一般观点。嘉道间知名学者蒋湘南《三一山房诗余序》云:

---

① 戈载撰:《词林正韵·发凡》,上海古籍出版社 1981 年版,第 90 页。
② 朱绶:《历代词腴序》,见《词籍序跋萃编》,第 815 页。
③ 朱绶《桐月修箫谱序》:"自九宫八十一调之谱不传,而世所为词类皆长短歌谣耳。吾友戈顺卿氏始力寻古人之秘奥,即堆絮园旧律,厘正误谬,而阴阳清浊,辨疑似于芒忽之际,庶几其得矣。……由此以精究九宫八十一调之变,虽谓大晟雅乐至今日而复兴可矣。"(朱绶:《桐月修箫谱序》,见《清词序跋汇编》第 2 册,第 856—857 页。)
④ 车祖康:《瓶隐山房词钞序》,见《清代诗文集汇编》第 627 册,第 695 页。

先生,其词学之中兴者乎……先生服膺姜白石,不事雕绘,以天机自然为主,而分刌节度,期于能歌。余皮傅苏辛,与先生词派不同,而声律之分合、节奏之高下缓急,研之审而谱之详,其见解同于先生,故先生有所作必示余,余自愧才逊,欲自焚其词稿者数数矣。世之诗人往往薄填词为小技,不屑道,其为之者又不别词于曲,误以度曲当歌词,不知词之律细于诗,而格高于曲。其入谱也,与唐诗人所为乐府,金元人所称南北调者,差毫厘而谬千里。自宴乐新曲失传,八十四调琵琶谱又亡,于是词之歌法不闻于世。前人三百年但有诗、曲而无词,今代所称词人如陈其年、朱竹垞、厉樊榭、蒋心余诸公莫不人玉田而家《草堂》,而先生更以本色雅音,张白石老仙之帜,接轸其后,移宫换羽,铢黍合伦,有神明于宋人之琴趣,而为今代诸公所不逮者,欲不以大家尊之不得也。余之所以推为词学中兴者,此也。①

王缉庭(春泉)填词取法姜夔,蒋湘南则学苏辛,二人宗尚不同,但都重视词体之声律,可见声律论是当时词坛的通论,即便是学苏辛一派也不能不受影响。蒋氏推重王春泉在声律上"移宫换羽,铢黍合伦",认为其成就超过了康雍乾以来的"今代诸公",而能上接两宋,故得"中兴"之称。认为王春泉词能超过陈维崧、朱彝尊、厉鹗、蒋士铨,实在是推许太过。不过作者以重声律为词学"中兴"是很明显的。又如清末民初词论家周曾锦推蒋春霖、杜文澜二人为"词界之中兴":

昔谭仲修谓蒋鹿潭,咸丰兵事,天挺此才,为倚声家老杜。斯言当矣。与蒋同时唱和而工力悉敌者,有秀水杜小舫文澜,其《采香词》二卷,八十二首,几于首首可传,不能选录。但录其与蒋赠答者三阕……读蒋杜二公之词,觉白石、梅溪,去今未远。天挺二老于咸同之际,亦词界之中兴也。②

蒋春霖词在清词史上历来作为"词史"的典范为人津津乐道,他的《水云楼词》记述了太平天国运动之中士人城破家亡、流离失所的悲苦之情,词艺上能兼容浙、常两派之长而免其弊。同时《水云楼词》也是晚清词史格律与文采兼胜的典型,"于九宫、七始、八十四调不差累黍"③,"律度之细,既无与伦,文笔之胜,更为出类"④。被周曾锦举以与蒋春霖并称的杜

---

① 蒋湘南:《三一山房诗余序》,见《清代诗文集汇编》第 591 册,第 204—205 页。
② 周曾锦:《卧庐词话》,见《词话丛编》,第 4645 页。
③ 何咏:《水云楼词序》,见《清代诗文集汇编》第 670 册,第 568 页。
④ 吴梅著:《词学通论》,上海古籍出版社 2006 年版,第 125 页。

文澜是晚清著名的词学家,以校勘《词律》、究心宫调著称,宣称"词仍当以韵律为主,未可越戈氏之范围"①。细绎本条末尾"觉白石、梅溪,去今未远"两句,尽管作者引用了谭献论蒋春霖词"咸丰兵事,天挺此才"的说法,着眼点却不在蒋、杜词能沉郁顿挫、出大题目写大意义,而仍在格律之严、韵度之雅,因为这是姜夔、史达祖词的共通成就所在。何况周氏本意是用蒋引出杜,而后者的贡献就在于词体声律之学。所以此处周曾锦虽未明言,但在熟悉清代词学的人看来,自会将晚清词声律宫调之说与"词界之中兴"联系起来。再来看晚清民初著名作家、报人邹弢的观点:

  词学衰于康雍朝,乾嘉时张、戈辈出,韵学中兴,至今日填词家益众。然皆不免拘守姜张,而学北宋四大家者甚少,不知姜张之词纯乎白描,无才力以学之犹画虎类狗,反为所误矣。②
  上海王叔彝观察庆勋[动],为道咸间名士,与秦次游光[克]第、张筱峰鸿卓、吴清如嘉涂[涂]等,中兴词学。平生极服苏辛,故集中多豪迈之作。③(按,原文颇有鱼鲁之误,已校改,并存原文于方括号中)

邹弢不以词名,其论词也非行家,比如他说"姜张之词纯乎白描",就显然与姜夔、张炎词的实际不符,"词学衰于康雍"也不符合清初词史大家迭出的史实。但正是这样一个对词学无深入研究的人,其关于晚清词学"中兴"的记述反而有可能代表当时的流行观念。所谓"张、戈辈出,韵学中兴",即指以张惠言为宗的常州派和以戈载为首的吴中派,在晚清词史上分别提倡托体尊和审律严,于是造就了晚清词学复盛的局面。第二则以王庆勋、秦光第、张鸿卓、吴嘉涂等人"中兴词学"。其中吴嘉涂为"吴中七子"之一,张鸿卓因"研求七始,谐协四声,律以严而愈细,韵以谨而弥工"④而被戈载引为同调;王庆勋有《诒安堂诗余》三卷,就其词作与吴嘉涂、蒋敦复、张鸿卓、李曾裕诸家题词来看,亦为浙派余波,谨严于声律者。所以,虽然邹弢没有给出王、秦、张、吴等人"中兴"词学的理由,但从侧面反映了吴中派词学在当时的影响力。

  以审音辨调、守律正韵之学为词学的一种"中兴"或者说"复振""再盛",不是吴中派词人自我标榜,也不是某几个词论家偶然兴到之言。它反映了当时词论家于词尊体、辨体,

---

① 杜文澜:《憩园词话》卷一,见《词话丛编》,第 2857 页。
② 邹弢:《三借庐赘谈》卷六"词品"条,清光绪间申报馆丛书余集本,第 19b 页。
③ 邹弢:《三借庐赘谈》卷一"诒安堂"条,清光绪间申报馆丛书余集本,第 18a 页。
④ 戈载:《绿雪馆词钞序》,见《清人词话》下册,第 1410 页。

以专力为之,并把填词当作一门学问来研究的心态和风气。仅仅讨论婉约豪放、争辩宗南宗北,只会愈来愈疏离于词体的音乐本位,词学很难取得大的进步,词会有上消解于诗,下沦亡于曲的危险。明代后期曲论家沈璟也曾得到"中兴"曲学的赞誉①。沈璟的主要贡献在于将戏曲由"案头之曲"恢复为"场上之曲",重新焕发了戏曲的勃勃生机,拓宽了发展道路,因为"只有声腔不衰,传奇才能繁荣"②。词与曲相近,虽然是否能再次传播于人口还存很大的疑问,但由审律进而辨调,由辨调进而上追词乐,以求沟通于今乐,是词体声律研究一条重要的发展道路。要想说清代"词学之盛直接两宋,亦犹经学之盛直接两汉"③,不能不自"声学"谈起。晚清词家对前代的批评在此,对"声学"的期待在此,信心亦在此。

四、"声学"观与"一唱三叹"的新意涵

"词为声学"观念的流行还为一些词学批评重要范畴注入了新的意涵。有学者已注意到这一进展。如美学范畴"涩"在晚清词坛的流行,实际上是常州派词学意内言外、比兴寄托之论在词体声调上的反响,包世臣、许宗衡等人以尚"涩"之论进一步发展了周济"婉、高、涩、平"的词体声情观,使得"涩"成为晚清词学批评的一个标志性范畴④。此外,源出上古诗学的著名的"一唱三叹"说也在词学领域获得了新的阐发。"一唱三叹"原本代表儒家礼乐观念中崇尚简易的一面,后来逐渐演化成形容文学风格平淡和雅、余味不绝。词之为体,要眇宜修,"一唱三叹"经常被用来称赞词作有意蕴悠长、味之不尽之致。而随着词体声律观和乐教观的流行,"一唱三叹"内涵的雅正和平之意被重新发掘出来,成为雅正淡远词风的代名词,代表了晚清词家心目中的理想境界。

"一唱三叹"出自《荀子·礼论》:"三年之丧,哭之不文也,清庙之歌,一倡而三叹也,县一钟,尚拊之膈,朱弦而通越也,一也。"其本意指周人祭祀时演唱《清庙》之歌,一人唱(倡)三人叹,是古礼尚简易的表现⑤。在儒家思想体系中,乐与礼相辅相成,《吕氏春秋》和《乐

---

① 王骥德《曲律》卷四称:"其于曲学,法律甚精,泛澜极博。斤斤返古,力障狂澜,中兴之功,良不可没。"吕天成《曲品》也说沈璟:"嗟曲流之泛滥,表音韵以立防;痛词法之蓁芜,订全谱以辟路……此道赖以中兴,吾党甘居北面。"
② 顾聆森:《沈璟曲论辨》,《剧艺百家》1986年第4期。
③ 俞樾:《春在堂杂文》续编卷二《徐诚庵大令〈词律拾遗〉序》,见《清代诗文集汇编》第685册,第405页。
④ 参见陈水云:《论晚清常州词派的"尚涩"》(《东方丛刊》2005年第4期)、拙著《晚清民初词体声律学研究》(社会科学文献出版社2017年版)第五章第三节相关内容。
⑤ 唐杨倞注:"不文,谓无曲折也。礼记曰:'斩衰之哭,若往而不反。'《清庙》之歌,谓工以乐歌《清庙》之篇也。一人倡,三人叹,言和之者寡也。县一钟,比于编钟为简略也。尚拊之膈,未详。或曰:尚,谓上古也。拊,乐器名。膈,击也。即所谓'戛击鸣球,抟拊琴瑟'也。尚古乐,所以示质也……朱弦疏越,郑玄云:'朱弦,练朱弦。练则声浊。越,瑟底孔也。为发越其声,故谓之越。疏通之,使声迟也。'""一唱三叹"本意指和歌的人很少,与整段文字一样,旨在说明礼尚简易,不贵繁缛。

记》两部著作将"一唱三叹"说从礼学扩展到乐学中,以"清庙之歌"为例,说明音乐的高境是简易平和,而非一味地隆重激越、复杂繁缛①。《乐记》"有遗音"说是对"一唱三叹"的重要补充。"一唱再三叹,慷慨有余哀",余音袅袅,念之不忘,味之不尽,进入了意境的层面。后世较早将"一唱三叹"用于文学批评的是陆机,其《文赋》云:"虽一唱而三叹,固既雅而不艳"。西晋文风尚繁缛,"一唱三叹"的"雅而不艳"遭到陆机的批评。到了两宋时期,"一唱三叹"说开始在文艺批评话语中频繁出现,多用于评价内容雅正、风格平淡、韵味深长的作品②。在词论中,"一唱三叹"说一面用来形容含蓄不尽、余音绕梁的风格,远韶《乐记》"有遗音"之说;一面就读者而言,指词作有让人反复吟诵、品味的魅力。清初以来词学趋盛,词论家对"一唱三叹"说的使用更加广泛,不过大抵仍围绕着含蓄"有遗音"而论,以两宋名家为榜样。如邹祇谟曰:"欧、晏蕴藉,秦、黄生动,一唱三叹,总以不尽为佳。"③郭麐曰:"然必得其胸中所欲言之意,与其不能尽言之意,而后缠绵委折,如往而复,皆有一唱三叹之致。"④"一唱三叹"代表词意的丰富婉转、曲折不尽,而不是词句芜杂饾饤,看似典雅,却让人如坠五里云雾,不明所以。郭氏遂以"美人有言,玉齿将粲。徐拂宝瑟,一唱三叹。非无寸心,缱绻自献。若往若还,岂曰能见"描述词风中"委曲"一品⑤,也是此意。

随着"词为声学"观念的风行,崇尚简易平和的美学思想和乐教思想的复归,清代词论家还以"一唱三叹"来代表一种雅正淡远的词风,成为清代词学对这一批评范畴发展的重要贡献。如尤侗《南溪词序》云:

> 顾庵出所著近词,一唱三叹,遂使铁板承前,红牙侍后,狂奴故态,吾两人可相视而笑矣。予惟近日词家烘写闺襜,易流狎昵,蹈扬湖海,动涉叫嚣,二者交病。顾庵独以深长之思,发大雅之音,如桐露新流,松风徐举,秋高远唳,霁晚孤吹。第其品格,应在眉山、渭南之间,会须呵周、柳为小儿,嗤辛、刘为伧父……新城王阮亭亟称之矣,曰:"学士词,其源出于《豳风》,一洗郑卫。"予尝以为知言。⑥

"一唱三叹"在这里并不是指含蓄不尽的风格,而是与"狎昵"和"叫嚣"都不同的一种"深长

---

① 《吕氏春秋·适音》:"故先王必托于音乐以论其教。清庙之瑟,朱弦而疏越,一唱而三叹,有进乎音者矣。……故先王之制礼乐也,非特以欢耳目、极口腹之欲也,将以教民平好恶、行理义也。"《乐记》:"清庙之瑟,朱弦而疏越,一倡而三叹,有遗音者矣。……是故先王之制礼乐也,非以极口腹耳目之欲也,将以教民平好恶,而反人道之正也。"
② 徐利华:《论宋代诗论中的"一唱三叹"说》,《中国韵文学刊》2012年第2期。
③ 邹祇谟:《远志斋词衷》,见《词话丛编》,第651页。
④ 郭麐:《灵芬馆词话》卷二,见《词话丛编》,第1524页。
⑤ 郭麐:《词品》"委曲",见葛渭君编:《词话丛编补编》,中华书局2013年版,第926页。
⑥ 尤侗:《南溪词序》,见《清词序跋汇编》,第71页。

之思,大雅之音","桐露新流"云云形容的也是简古淡远、平和超旷的风格。王士禛(阮亭)认为曹贞吉(顾庵)词"源出于《豳风》,一洗郑卫",正好是对毛说的概括。这种风格是可以与《乐记》中"清庙之瑟"相通的。运用"一唱三叹"来评词,且明确《乐记》之本源的,康熙帝《历代诗余序》为早:"若夫一唱三叹,谱入丝竹,清浊高下,无相夺伦,殆宇宙之元音。具是推此而沿流讨源,由词以溯之诗,由诗以溯之乐,即箫韶九成,其亦不外于本人心以求自然之声也夫。"①将词视为配乐的诗,于是将儒家诗教与乐教结合起来作为词的标准。"一唱三叹"以至"宇宙之元音"几句是本于乐教思想提出的对词乐的要求。"宇宙之元音",当指三代以前古圣先王所制之乐及所定乐律,即《大韶》《大夏》《大濩》之类,"清庙之歌"自然也属此类。可以说,此处的"一唱三叹"当是完全从《乐记》中来的。

晚清词学强调的词的音乐属性,乐教观念的流行也远超前代,词论家在以"一唱三叹"评词时往往兼用清和淡雅与余味不尽两意,而侧重于前者。如戈载《沈芷桥词序》云:"窃尝谓文章之家,词为末技,而要眇恍忽,实为风雅之变声,非有孤结之性、独往之情、文外不尽之旨,流连反复,一唱三叹,而徒矜鞶帨之工,无当也。"②"鞶帨"典出刘勰《文心雕龙·序志》"文绣鞶帨",代指华丽的辞藻。这里戈载强调词重在立意,而不重在辞藻;立意当归于《风》《雅》,归于词人异于俗世、高洁寡合之性情。当然还要有"文外不尽之旨",不可意随辞尽。又如谭献论蒋春霖词云:

> 文字无大小,必有正变,必有家数。《水云楼词》固清商变徵之声,而流别甚正,家数颇大,与成容若、项莲生二百年中,分鼎三足。咸丰兵事,天挺此才,为倚声家杜老;而晚唐两宋一唱三叹之意则已微矣。③

这一段批评蒋春霖词的名论,学者多注意前半部分即"正变""家数""分鼎三足""倚声家杜老"等话题,不甚注意最后一句,即谭献认为蒋词缺乏"晚唐两宋一唱三叹之意"。要理解谭献的这一批评,就必须明白整段话的逻辑关系。抛开"必有家数"之前三句总论不看,这一段有两个"而"字,构成两次转折。中间部分,"流别甚正"到"倚声家杜老",与"固清商变徵之声"和"晚唐两宋一唱三叹之意则已微矣"分别构成转折,所以后两者之间当有相通之处。"清商"既可以指汉魏清商乐,也可以指清商调,此处与七音之一"变徵"并列,所指当

---

① 爱新觉罗·玄烨:《历代诗余序》,见《词籍序跋萃编》,第759页。
② 朱绶:《沈芷桥词序》,见《清代诗文集汇编》第563册,第151页。
③ 谭献辑,罗仲鼎等校点:《清词一千首(箧中词)》今集卷五,西泠印社出版社2012年版,第185页。

是后者。清商调和变徵调共同之处是凄怆悲怨①,这也正是《水云楼词》的一大特征。而谭献对这一点是不太满意的,他更推崇的是深有"一唱三叹"之意的"晚唐两宋词",即哪怕同样写亡国之痛、身世之感,仍不失高华神韵、和雅悠远的作品。"清末四大家"之一的王鹏运在《艮居词选序》中曾引周之琦语,谓"南宋以后有慢无令,推厥由来,后人每以慢体为小令,强人议论,妄矜寄托,而晚唐北宋一唱三叹不落言筌之妙殆成绝响"②。周之琦认为南宋以后人以慢词作小令,把很多并非真情实感的"意义"强行、生硬地塞进短小的篇幅里,导致韵致大大减弱。谭献的说法,"晚唐两宋一唱三叹"之说,和周说相比是把"北宋"换成了"两宋",等于加入了清人习称的白石、梦窗、梅溪、玉田、草窗等南宋大家,也就是在意蕴悠长之外,把中正和雅加进了"一唱三叹"的内涵里。只有明白了"一唱三叹"为何意,才能理解为什么谭献对被自己推为既"正"且"大"、"词中老杜"的《水云楼词》仍有微词;而只有从源头,也就是《乐记》来看,才能较准确、全面地把握"一唱三叹"说的内涵。

余　论

在晚清词学的横向展开中,"词为声学"是一个颇具生发性的元命题,在它的渗透和引导下,词学各个领域都有不同程度的新变:在词体起源上,学者着眼于倚声填词的发生机制,将赓歌、楚辞等古代"声诗"文体推为词体源头;在尊体与正变观上,词体之"声"直接进入乐统,获得了来自经典的权威性的加持,地位甚至凌驾于近体诗之上;在词史论断上,晚清词因为"声学"的发扬而获得了"中兴"的美称;在统序建构方面,周邦彦和柳永因为精通音律、创调有功被重新"发现",直至被推为词家之圣;在词律研究方面,以音律为主导,以合乐为目标,杜文澜论四声搭配以配合工尺抑扬,戈载论叶韵以配合宫调的起调、毕曲、煞声、住字,江顺诒论五音发声部位的不同以对应宫商谱字,皆成一家之说,张文虎释读白石旁谱、郑文焯斠律《词源》更是突破性成果;在词谱编纂方面,秦巘《词系》在《词律》基础上广泛增调备体,更为词调补注宫调,说明起调、毕曲音;在文献整理方面,律校法被成功运用到丛刻(如《彊村丛书》)和别集(如《梦窗四稿》)的校勘中,成果卓著,推动词籍校勘成为专门之学。"词为声学"已经成为晚清词学研究者的共识和共同努力的方向。

从词学史发展来看,"词为声学"是晚清词学以复古为创新的一面旗帜,其精神内核就

---

① 如《韩非子·十过》:"平公问师旷曰:'此所谓何声也?'师旷曰:'此所谓清商也。'公曰:'清商固最悲乎?'师旷曰:'不如清徵。'公曰:'清徵可得而闻乎?'师旷曰:'不可。古之听清徵者皆有德义之君也。今吾君德薄,不足以听。'"《史记·刺客列传》记载,燕丹、高渐离等人于易水送荆轲入秦,"高渐离击筑,轲和而歌,为变徵之声,士皆涕泪"。

② 王鹏运:《艮居词选序》,见《清代诗文集汇编》第 725 册,第 656 页。

是要复本追源,还词于乐。这是一个螺旋上升的历史进程。唐宋时期,词被称为曲子词,歌者被称为声党,《梦溪笔谈》《词源》等文献中多有词体之"声"的现场记录和实践总结,成为后代研究词体音律的第一手权威资料。此时,"词为声学"是不言而喻的,不需要作为一种理念特别强调。元明词乐沦亡,词学沉潜,明人虽有草创词谱、词韵之功,但基本停留在字分平仄、调列数体的层面,于音律、声调罕有发明。清初词学复兴,实证返原,学者普遍认识到词体"调有定格、句有定式、字有定声",《词律》《词韵略》《钦定词谱》在重建词体规范上厥功甚大,并且初步讨论了四声相代、词中拗句、又一体等清代词学重要论题,为"声学"在晚清的繁荣打下基础。但由于文献的缺乏,词体音律研究进展缓慢,填词"自明以来,遂变为文章之事,非复律吕之事"[①]。但如果放任填词成为"文章之事",就无法冲破"诗余"说的束缚,词学学科也难以独立。随着乾嘉学术高潮到来,音韵学、古乐学成果迭出,善本《白石道人歌曲》《词源》重新现世,学者将出发点回溯至倚声而作的唐宋词原生态,吸收前期成果,守律、审音兼行,明体、论调并进。"词为声学"观才应运而生,成为晚清词学的一大标志。

(作者简介:昝圣骞,江苏师范大学文学院副教授。著有《晚清民初词体声律学研究》等。)

[①] 纪昀等:《钦定四库全书总目》卷一九九,中华书局1997年版,第2807页。

> 新书推介

历史视野与文学本位的双重考察

——评金生奎《明代杜诗接受研究》

潘天英

20世纪80年代,来自西方的接受美学(Reception Aesthetic)在中国文论界可谓应者云集,以"接受"为目标的研究亦成为古典文学的选题热门。研究者似乎找到了新的突破口和取之不竭的研究源泉。凡作家对后学创作上有借鉴、人格上有垂范的表现,其理论主张被后世推崇或批判,作品被后人校释、鉴赏的实践皆可以"接受"目之。随着时间的推移,学界也开始反思接受美学存在的理论缺陷。王钟陵认为该理论"缺少社会性的、整体性的视野,未能说明美学接受的内在机制,忽视了审美的多元性及多线发展"(王钟陵《论姚斯的接受美学理论》)。韩可胜断言:"对文学史规律的主观化消解决定了接受美学有关文学史的宏伟设想最终只能是一种虚构。"(韩可胜《接受美学和文学史的虚构》)。表现在研究领域的弊病也随之显现:可供选择的作家多(即使唐代的三流诗人也可以就宋、元、明、清的接受分而论之),而真正处于文学发展链条关键环节的作家只是一部分;"接受研究"著述虽多,而真知灼见者寡。选题的泛化和个体研究的主观化致使大量研究并未触及文学发展的本质,接受研究的热度于20世纪初已趋消退。

不过,对于"尽得古今之体势,而兼人人之所独专"(元稹《唐检校工部员外郎杜君系铭》)的杜诗接受研究却长盛不衰。在儒家政教诗学的主流体系下,杜诗的研究总是"敏锐地体现着时代思潮和审美趣味的变化和发展"(许总《杜诗学大势鸟瞰》)。尊杜、学杜、辨杜乃至非杜更是贯穿有明一代的话题。关键在于研究者是否立足于社会性的、整体性的视野,是否真正把握了杜诗接受的内在机制。从这两方面看,金生奎先生的《明代杜诗接受研究》(安徽大学出版社2019年版)既立足于宏观历史视野的考察,也重视文学内部规律的探寻。

就历史视野而言,《明代杜诗接受研究》运用比较史学的方法,重点以宋明两代时代和思想背景下的杜诗接受为着眼点,尤其抓住了"非宋"这一粗大的学术线索来探析明代不同阶段的杜诗接受。上编"杜诗接受进程论"分论洪武至成化、弘治至隆庆、万历至崇祯三个时期的诗学主张,皆从作家所处的外部政治环境切入。正如"文学作为某一社会文化的一部分,只能发生在某一社会的环境中"(韦勒克、沃伦《文学理论》),落实到作家群体或个体的理论倾向,作者同样没有忽视时代因素的影响。如明初台阁诗人对"性情之正"的宣扬一方面来源于文人的政治身份特点,也与皇权高张之下严峻的政治压力息息相关。同样高扬"性情"之论,由台阁诗人的"性情之正"到天顺、成化年间推赏"性情之真"的微妙变化,作者考察了"土木堡之变"后明朝社会政治氛围发生的变化,即国势衰微导致了颂世之风的消歇。而万历以后诗学取向的多元化,又受到王学左派个性解放思潮的影响,诗歌创作对体格声调的强调让位于个体性情的追求。研究明代杜诗接受的同时联系儒学、文学、政治等诸多背景的考察,《明代杜诗接受研究》一书始终将研究置于宏观的历史视野。

如果单纯将明代杜诗接受的动力归因于政治等外部环境,又会重陷庸俗社会学的泥沼。作为诗学研究,文学本身的内部因素更值得关注。在明人学杜、用杜、辨杜方面,《明代杜诗接受研究》更注重探究作家个体或流派诗学观念与实践。如以陈献章为代表的理学家在宗唐兼宋的背景下,推崇的是杜诗"诗道兼顾""存养性情"的特点,较之台阁诗人所重社会教化功能,诗学旨趣上具有明显的个人色彩。又如尊杜与辨杜,胡应麟虽袭用高棅的"大家"一词,却非简单重复后者。结合《诗薮》对才藻、风神、气概等要素的辨析,尤其是杜诗"兼熔""具范"两大的特质的探讨,作者对胡氏"大家"的内涵进行了重新的审视。至于胡应麟所辨析的杜诗"体格声调",原是难以把握的神韵一说。作者追根溯源,由杜诗推及汉魏诗歌,寻求关联。以杜诗比较唐人格调,区分正变。通过杜诗的用事、字法句法、情景架构等具体诗法的分析,将杜诗体式与风貌落到实处。可以说,全书是在诗史、诗话、作品等基础上有的放矢地建构,而非炫人眼目的"七宝楼台"。

明人对唐诗接受与批评,许总先生的《杜诗学发微》、廖仲安先生的《杜诗学》、胡可先先生的《杜甫诗学引论》、孙学堂先生的《明代诗学与唐诗》等作皆有论及。《明代杜诗接受研究》作为一部考察明代杜诗接受的专论,力避步趋前人,尤注重处理以下的矛盾关系:

一、"求同"与"辨异"。求同是文学规律的总结,重在"浅出";辨异则是具体对象的分析,需要"深入"。《明代杜诗接受研究》的研究注重"求同",亦重视"辨异"。作者注意到明初杜诗接受的主流是以宋濂、方孝孺为代表的浙籍儒学文臣所高举的"性情之正"旗帜,同时也未忽视高启、袁凯等吴中诗人于性情之外的别调。同一时代的高启和方孝孺,均对杜甫"流落""不遇"产生过强烈的共鸣,却存在身份和创作心理的相悖:一个是视自由为生命的诗人,一个是以事功为旨归的儒士;前者厌弃官场,于《偪仄行》一类诗歌找到共鸣,后者于杜甫"致君尧舜"却终老江湖的经历找到同道。

二、典型作家与时代群像。弘治、正德诗坛正是前七子高呼"诗必盛唐"的时代,在相同的复古大旗下,前七子内部亦有分歧。作者以李梦阳为考察重点,一方面出于李梦阳"尚调重法"的诗学批评,另一方面是由于李梦阳在语言、篇章笔法和题材内容上对杜甫的全面模仿。前七子之外的同调诗人作者从杨慎重考据式的杜诗接受和"诗宗六朝"的批评出发,勾勒明初以来杜诗接受的新变。明代杜诗接受的不同阶段和方式,皆以典型作家的研究为纲,勾连同调的作家群体。

三、主流与特例。明代两百七十余年间诗人辈出,流派纷呈,诗学批评尤其丰富。对杜诗的认识与接受难以截然分期,分门别类。如明代前期杜诗接受的主导倾向是儒学观念下的"以性情论诗",而高棅《唐诗品汇》则表现出有别于性情一调的诗学观念。李东阳创作上的台阁气与观念上反台阁体的矛盾实为开格调一论的先河,作者对这些关键节点上的诗家给予特别的考量,避免了为论进程而切割历史之弊。

四、宏观视角与微观考据。论明代杜诗接受,作者于历史进程之外在宏观层面亦有横向比较。如以"大家"之说的演进贯串诸家对杜诗的总体评价,以"变体"而论明人的诗学价值,以"诗史"之说阐释明代的诗学反思。而微观层面,作者也不乏对具体问题的考据。如明人托名元代虞集《杜律虞注》取法《杜律演义》的事例以及对"焚银鱼"的误读与误用,这类考据表面看起来独立为文,实则有管中窥豹的价值。

当然,一部学术著作读者尽可以见仁见智。《明代杜诗接受研究》也并不刻意追求全面无遗。总体而论,《明代杜诗接受研究》一书于全面搜集的六十余万字资料中爬搜剔抉,披沙拣金,不故作惊人之论,努力还原文学发展的真实面目和内在本质。成书过程力求严谨,不汲汲于付梓,无愧于作者十年磨剑之功。

(作者简介:潘天英,淮南师范学院教师,安徽师范大学文学院博士研究生。)